MADAME

MADAME

E L James

TRADUÇÃO DE
LUCIANA DIAS E MARIA CARMELITA DIAS

intrínseca

Copyright © 2023 by Erika James Ltd

TÍTULO ORIGINAL
The Missus

COPIDESQUE
Ilana Goldfeld

REVISÃO
Nina Lopes

DIAGRAMAÇÃO
Julio Moreira | Equatorium Design

DESIGN DE CAPA
E L James
Brittany Vibbert/Sourcebooks

IMAGENS DE CAPA
E L James

CIP-BRASIL. CATALOGAÇÃO NA PUBLICAÇÃO
SINDICATO NACIONAL DOS EDITORES DE LIVROS, RJ

J29m

    James, E. L., 1963-
        Madame / E L James ; tradução Luciana Pádua Dias, Maria Carmelita Dias. - 1. ed. - Rio de Janeiro : Intrínseca, 2023.
        400 p. ; 23 cm.   (Mister ; 2)

    Tradução de: The missus
    ISBN 978-65-5560-625-6

1. Romance inglês. 2. Romance erótico inglês. I. Dias, Luciana Pádua. II. Dias, Maria Carmelita. III. Título. IV. Série.

23-86008   CDD: 823
                                  CDU: 82-31(410)

Gabriela Faray Ferreira Lopes - Bibliotecária - CRB-7/6643

[2023]
Todos os direitos desta edição reservados à
Editora Intrínseca Ltda.
Av. das Américas, 500, bloco 12, sala 303
22640-904 – Barra da Tijuca
Rio de Janeiro – RJ
Tel./Fax: (21) 3206-7400
www.intrinseca.com.br

Para D, com amor.

Capítulo Um

Meus passos ecoam de forma insistente no piso iluminado, e meus olhos começam a piscar diante da claridade implacável das lâmpadas fluorescentes.

— Por aqui — indica a médica do pronto-socorro.

Ela para e me conduz até uma sala fria e mal iluminada — o necrotério do hospital.

Em uma maca, embaixo de um lençol, jaz o corpo fraturado e sem vida de meu irmão.

O choque é avassalador. Sinto meu peito apertado, como se estivesse sugando a última lufada de ar dos meus pulmões. Nada teria me preparado para isso.

Kit, meu irmão mais velho.

Meu porto seguro.

Kit, o décimo segundo Conde de Trevethick.

Morto.

— Sim. É ele — respondo, a boca seca.

— Obrigada, Lorde Trevethick — sussurra a médica.

Merda. Ela está falando de mim!

Baixo o olhar para Kit.

Só que não é ele. Sou eu deitado na maca... ferido e quebrado... frio... morto.

Eu? Como?

De repente, observo Kit se inclinar e dar um beijo em minha testa.

— Adeus, seu filho da puta — diz ele com a voz áspera, o esforço por segurar as lágrimas pesando em sua garganta. — Você consegue dar conta. Foi para isso que você nasceu.

Ele abre um sorriso torto e sincero, que reserva para os raros momentos em que está fodido.

Kit! Não! Você entendeu tudo errado.

Espere!

— Você consegue, Reserva — continua Kit. — Você é o sortudo número treze.

Seu sorriso se dissipa, e ele desaparece. Estou mais uma vez encarando-o, me inclinando sobre meu irmão enquanto ele dorme. Mas, dessa vez, seu corpo machucado indica que... ele não está dormindo... ele está... morto.

Não! Kit! Não! Não consigo falar, a garganta apertada de tristeza.

Não! Não!

EU ACORDO E meu coração está acelerado.

Onde estou?

Levo um milésimo de segundo para me orientar conforme meus olhos se adaptam à penumbra. Alessia está enroscada em mim, a cabeça em meu peito e uma das mãos em meu abdômen. Respiro fundo, tomando fôlego, e sinto o pânico retroceder, como o bater suave das ondas de um mar tranquilo.

Estou em Kukës, no norte da Albânia, na casa dos pais de Alessia. Do outro lado do lago, a alvorada se insinua pelo céu.

Alessia está aqui. Comigo. Segura e dormindo profundamente. Com cuidado, abraço um pouco mais seus ombros e beijo seu cabelo, inspirando seu perfume. O tênue bálsamo de lavanda, de rosas e de minha garota tão doce acalma e provoca meus sentidos.

Meu corpo se inflama. O desejo, quente e profundo, desce até minha virilha.

Eu quero essa mulher. De novo.

Este desejo é novidade, mas está se tornando parte de mim, e ganha força quando estou perto dela. Alessia é tão linda e cativante que anseio por ela como se fosse um vício. Resisto ao ímpeto de acordá-la, porém... ela atravessou os nove círculos do inferno.

De novo.

Merda.

Mantenho meu corpo sob controle e fecho os olhos à medida que a raiva e o remorso reaparecem. Eu a deixei escapar. Deixei que aquele babaca violento, seu "prometido", a roubasse de mim. O que ela aguentou, eu não quero descobrir, mas os cortes e hematomas em seu corpo contam uma história horrorosa.

Nunca mais vou deixar isso acontecer.

Graças a Deus ela está segura.
Vou deixá-la dormir.
Começo a brincar de leve com uma mecha de seu cabelo, me deliciando com a maciez dos fios. Levo-os até minha boca e roço pelos lábios em um beijo terno.

Meu amor. Minha garota linda e corajosa.

Ela teve que passar por muita coisa em pouco tempo: ser vítima de tráfico, não ter onde morar, conseguir um emprego... e se apaixonar por mim.

Minha doce faxineira.

Que logo será minha noiva.

Fecho os olhos de novo, me aconchegando mais, procurando o calor de Alessia, e adormeço.

ACORDO DE REPENTE, por causa de... alguma coisa lá fora.

O que foi isso?

Já é tarde, a luz no quarto está mais clara.

— *Alessia!*

A mãe dela está chamando.

Merda! Nós perdemos a hora!

— Alessia! Acorde. Sua mãe está chamando. — Beijo sua testa, e ela resmunga alguma coisa, enquanto me desvencilho de seus braços e me sento. — Alessia! Vamos lá! Se seu pai nos encontrar, vai dar um tiro em nós dois.

A lembrança do pai dela — e da sua espingarda na noite passada — surge em minha mente.

Você vai se casar com a minha filha.

A mãe chama de novo, e Alessia abre os olhos, piscando para espantar o sono. Ela se concentra em mim, toda descabelada, sonolenta e excitante, e abre um sorriso enorme. Por um momento, me esqueço da ameaça sombria de seu pai com o dedo no gatilho da espingarda.

— Bom dia, minha linda. — Acaricio sua bochecha, evitando o arranhão que ainda está lá. Ela fecha os olhos e se aconchega na minha mão. — Sua mãe está chamando você.

Seus olhos se abrem de repente e o sorriso desaparece, substituído por uma expressão de alarme. Ela se senta, usando nada além da pequena cruz de ouro.

— *O Zot! O Zot!*

— Isso. *O Zot.*

— Minha camisola!

Ouvimos uma batida abafada, mas apressada, na porta.

— Alessia! — sussurra a Sra. Demachi.

— Merda! Se esconde! Vou resolver isso. — Meu coração está batendo freneticamente.

Alessia pula para fora da cama, linda com os braços e pernas nus, enquanto me ponho de pé em um salto e me enfio na calça jeans. Para falar a verdade, tenho vontade de rir: é como se estivéssemos em uma comédia romântica ridícula. Uma coisa maluca. Somos ambos adultos e logo estaremos casados. Olho de relance para Alessia — que está com dificuldades para vestir a camisola preta —, ando sem fazer barulho até a porta, abro uma fresta, finjo cara de sono e me deparo com a mãe dela.

— Sra. Demachi, bom dia.

— Bom dia, Conde Maxim. Alessia? — pergunta ela.

— Ela sumiu de novo? — Tento parecer preocupado.

— Ela não está na cama.

Alessia anda na ponta dos pés no piso de azulejos frio e desliza os braços em volta da minha cintura ao mesmo tempo que espreita por trás de minhas costas.

— Mama, estou aqui — sussurra ela em inglês, por minha causa, acho.

Puta merda.

Fomos pegos em flagrante, e agora vou ser tachado de mentiroso pela minha futura sogra. Encolho os ombros, para me desculpar com Shpresa, que franze a testa sem nenhum traço de humor em sua expressão.

Merda.

— Alessia! — sibila ela e olha nervosa para trás. — *Po të gjeti yt atë këtu!*

— *E di. E di* — responde Alessia e, percebendo minha cara feia, me fita de forma doce e ergue os lábios para os meus, me oferecendo um beijo leve.

Ela sai de fininho pela porta, coberta pela camisola vitoriana, e me lança um olhar ardente por cima do ombro enquanto segue a mãe escada acima. Eu a perdoo por me expor como mentiroso para a mãe, e permaneço ali, escutando as duas cochicharem em albanês. Não escuto a voz do pai dela.

Acho que conseguimos nos safar dessa.

Bom, ele tinha dito que agora ela é problema meu. Balanço a cabeça ao fechar a porta, irritado com essa ideia. Alessia não é um *problema meu*, porra. Ela é uma mulher que sabe o que quer. Como ele pode pensar uma coisa dessas? Isso me deixa irritado. Culturalmente, o pai dela e eu estamos em polos opostos, e, por mais que eu queira respeitá-lo, ele precisa aprender que estamos no século XXI. O motivo de Alessia agir com cautela ao lidar com o pai é óbvio. Ela chegou a mencionar a natureza explosiva dele durante nossa estadia na Cornualha. Na época, disse que não sentia saudades dele, apenas da mãe.

Maldição. Quanto antes sairmos daqui, melhor.
Quanto tempo vai demorar para nos casarmos?
Talvez possamos escapulir para fazer isso.
Fugir para casar?
Nós podíamos nos esconder no hotel Plaza em Tirana enquanto esperamos o passaporte novo e descobrir juntos os encantos da capital. Mas quanto tempo teremos que esperar pelo novo passaporte? Tempo suficiente para o pai dela vir atrás de nós com sua arma? Não sei, e de qualquer maneira acho que Alessia não iria gostar da ideia. Porém, nos encontrarmos em segredo, como dois adolescentes... é uma loucura. É como se tivéssemos voltado no tempo, para vários séculos atrás, e não tenho certeza de que serei capaz de aguentar isso por muito tempo.

Olho para o relógio. Ainda está cedo, então tiro a calça jeans e me deito. Enquanto encaro o teto e penso sobre os últimos dias, minha consciência é invadida por trechos de meu sonho mais recente.

Que porra foi aquela?
Kit?
Ele aprova que eu herde o título.
Será que é isso?
Será que ele aprovaria meu pedido de casamento precipitado e esse casamento forçado?

Não, acho que não. Talvez o sonho signifique isso. Pensando bem, acho que ninguém da minha família vai aprovar. Fecho os olhos, imaginando a reação da minha mãe diante da novidade. Talvez ela fique feliz de me ver casado... finalmente.

Não. Ela vai ficar furiosa. Tenho certeza.
Talvez meu sonho signifique que Kit está oferecendo sua solidariedade.
Pode ser...
É.
O sonho era sobre isso.

A mãe está brava, e Alessia não sabe o que dizer para acalmá-la.
— O que você acha que estava fazendo? — rosna Shpresa.
Alessia arqueia uma sobrancelha.
— Alessia! — exclama a mãe, sabendo muito bem o que a filha está tentando expressar. — Só porque aquele homem deu uma mordida na sua maçã não quer dizer que você não deva esperar até se casar!
Mama!

— Se seu pai pegar vocês! — Ela suspira. — Acho que ele saiu, talvez para procurar você. Era bem capaz de ele ter um ataque do coração se soubesse o que você estava fazendo.

Exasperada, ela faz um gesto de desaprovação enquanto as duas caminham pelo corredor, mas sua expressão parece mais calma quando chegam à sala de estar.

— Você já está grávida, então... — Ela dá de ombros, resignada.

Devagar, um rubor perpassa o rosto de Alessia. Será que ela devia contar à mãe que é mentira?

— Então, seu conde bonito está em boa forma. — Shpresa olha para a filha com um sorriso provocador.

— Mama! — exclama Alessia.

— Ele tem uma tatuagem.

— Tem. É o brasão da família.

— Entendi.

Ela parece desaprovar, fazendo uma careta. Alessia dá de ombros. Ela gosta da tatuagem.

A mãe sorri.

— Ele é bom para você... na cama?

— Mama! — A voz de Alessia sobe diversas oitavas com o choque.

— É importante. Eu quero que você seja feliz, e você deve fazê-lo feliz. E não vai demorar muito para a criança chegar, e, bom...

A mãe bufa, liberando seu desapontamento em ondas, enquanto Alessia a encara sem esboçar reação.

O que ela deve dizer? Que mentiu para os pais?

E foi isso que aconteceu com a mãe depois que Alessia nasceu?

Alessia não quer pensar nisso. Além do mais, está muito cedo para esse tipo de conversa.

— Acho que ele está feliz — diz ela.

— Ótimo. Podemos conversar mais sobre esse assunto.

— Eu não quero conversar mais sobre isso — replica Alessia, morrendo de vergonha.

— Você não tem nenhuma pergunta?

Alessia fica pálida só de pensar.

— Não!

— Imagino que seja um pouco tarde para isso agora. Mas, se você tiver alguma pergunta, seu pai e eu...

— Mama! Pare! — Alessia põe as mãos nos ouvidos. — Eu não quero saber.

A mãe ri, bem-humorada.

— É bom ter você de volta, meu coração. Senti tanta saudade. — Sua risada desaparece e ela semicerra os olhos, mais séria. — Na noite passada, fiquei revirando na cama. Estava pensando em algo que o Lorde Maxim disse. Não consegui dormir de preocupação. — Sua voz vai se apagando.

— O que é, Mama?

Ela respira fundo, como se fosse dizer algo particularmente desagradável.

— Ele falou alguma coisa sobre tráfico sexual.

Alessia suspira.

— Ah, Mama, tenho muita coisa para contar para a senhora, mas primeiro vou tomar um banho.

A mãe a envolve nos braços.

— Querida filha do meu coração — diz ela baixinho em seu ouvido. — Estou tão feliz por você estar em casa. E segura.

— Eu também, mamãe. E nada de Anatoli, não mais.

Shpresa aquiesce.

— E seu noivo, ele tem um temperamento violento?

— Não. Não tem, não. Pelo contrário.

A mãe abre um sorriso.

— Você brilha como o sol no verão quando fala dele. — Ela pega a mão de Alessia e, arqueando uma sobrancelha, admira o lindo anel de noivado. — Ele tem dinheiro e bom gosto.

Alessia concorda e observa o diamante resplandecente em seu dedo.

Esse belo anel agora é seu.

Ela mal consegue acreditar.

— Vá tomar banho. Vou fazer pão e café.

ALESSIA ESTÁ EMBAIXO do chuveiro no banheiro da família, se deliciando com a água quente. A pressão da água não é tão forte quanto na Cornualha, mas ela aprecia o calor enquanto esfrega e limpa a pele. Essa é a primeira vez em que se permite pensar sobre o que aconteceu nos últimos dias.

Anatoli. Seu sequestro. A longa viagem até aqui. A brutalidade dele.

Alessia estremece. Anatoli não faz mais parte de sua vida, e ela se sente grata por isso.

E foi bem-recebida em casa; até o pai admitiu que sentiu falta dela.

Alessia fecha os olhos enquanto esfrega vigorosamente o xampu no cabelo, tentando afastar a culpa. Ela mentiu para os pais, e a desonestidade pesa em sua consciência.

Ela não está grávida, mas será que deve contar a verdade?

O que o pai diria se soubesse? O que faria?

Ela levanta o rosto para o chuveiro e deixa a água percorrer o corpo.

E ainda há Maxim.

Alessia sorri enquanto a água escorre. Ele atravessou um continente para encontrá-la e trouxe um anel para pedi-la em casamento. É muito mais do que ela poderia sonhar ou esperar. Agora, precisa descobrir como Maxim realmente se sente sobre ser forçado a casar ao estilo albanês.

Ele não se opôs na noite passada.

Porém, ela gostaria que o pai tivesse sido menos insistente.

Alessia estaria mais feliz em Londres e teme que Maxim sinta o mesmo. Quanto tempo levará até ele ficar entediado em Kukës? Ele está acostumado a uma vida bem diferente, e não há muito o que fazer ali. Talvez devam fugir de Kukës juntos. Eles podiam se casar na Inglaterra.

Será que Maxim concordaria com essa ideia? Alessia enxágua o cabelo e fica imóvel de repente.

Não. Mama!

Alessia não pode deixar a mãe à mercê do pai. Precisa levá-la junto. *Será possível? Será que Maxim vai se opor?* Afinal, Shpresa fala inglês fluentemente. A mãe de Shpresa, Virginia, a querida avó de Alessia, era britânica. Ela deve ter algum parente na Inglaterra, mas a avó nunca comentou sobre os familiares ingleses, porque eles não aprovavam seu casamento com um albanês.

Será que também vai ser assim com a família de Maxim?

Eles não vão me aprovar?

Ela sente um calafrio descer pelas costas. É óbvio que não vão aprovar Maxim se casar com a faxineira, uma estrangeira sem um tostão furado. A frustração toma conta de Alessia.

O que ela pode fazer?

Talvez eles não devam se casar antes de ela conhecer a família de Maxim e descobrir se será aceita ou não. No fundo, ela gostaria da bênção dos parentes dele.

No entanto, primeiro tem que lidar com o pai e suas expectativas. Ele é um homem teimoso, orgulhoso e temperamental e quer que os dois se casem até o final da semana.

Será que isso é mesmo possível?

Ela esfrega o rosto. Há muita coisa para pensar e muita coisa para fazer.

Quando Alessia entra na cozinha, sua mãe ergue o olhar da massa que está preparando e a encara.

— Você parece diferente — comenta, deixando a massa de lado para crescer.

— São as roupas? — Alessia dá um giro. Ela está vestindo uma saia, uma blusa e um cardigã, peças que Maxim comprou para ela em Padstow.
— É, pode ser. Mas você parece mais madura. — A mãe vai lavar as mãos na pia.
— E estou mesmo — responde Alessia em voz baixa.
Ela atravessou a Europa nas mãos de traficantes de mulheres, ficou desabrigada, morou em uma das cidades mais movimentadas do mundo e se apaixonou... depois, viu tudo isso ser arrancado dela quando foi sequestrada, e quase estuprada, pelo homem a quem fora prometida. Alessia estremece.
Não pense nele.
— Café? — oferece a mãe.
— Sem açúcar para mim — responde ela e se senta à mesa.
Shpresa a observa, atônita.
— É bom?
— Você se acostuma.
Shpresa deixa uma xícara cheia de café na mesa para Alessia e se senta do outro lado com uma xícara na mão.
— Me conte... O que aconteceu depois que botei você naquele ônibus para Shkodër?
— Ah, Mama...
Os lábios de Alessia tremem conforme as lembranças do que ela passou desde que deixou a Albânia inundam seu peito. Hesitante, entre lágrimas, ela conta à mãe a história toda.

Acordo me sentindo renovado. O sol está alto no céu, e, ao olhar para o relógio, vejo que já são nove e meia. Está tarde. Às pressas, enfio a calça jeans, uma camiseta e um suéter. Em algum momento, vou ter que voltar ao hotel e pegar minhas coisas. Porém, mais importante de tudo, preciso saber como vai ser com nosso casamento forçado.
Na sala de estar, encontro Alessia e a mãe sentadas à mesa, chorando baixinho.
Que porra é essa?
— O que houve? — Eu as pego de surpresa, minha ansiedade nas alturas.
Alessia se apressa em secar as lágrimas e salta da cadeira direto para os meus braços.
— Ei. O que foi?
— Nada. Estou feliz que você está aqui. — Ela me abraça.
Dou um beijo em sua testa.
— Eu também.

Shpresa se levanta e enxuga os olhos.
— Bom dia, Lorde Maxim.
— Bom dia. Humm... Só Maxim está bom. É o meu nome.
Ela sorri de leve.
— Café?
— Por favor.
— Sem açúcar, mamãe — se intromete Alessia.

Inclino o queixo de Alessia para cima e miro os olhos escuros e tristes que testemunharam e sofreram coisas demais. Meu coração se aperta.

Meu amor.

— Por que você está tão chateada?
— Eu estava contando à minha mãe tudo o que aconteceu depois que saí de Kukës.

Um instinto de protegê-la se espalha como uma onda de energia por meu peito, comprimindo-o, e eu a abraço mais apertado.

— Entendi. — Beijando seu cabelo, eu a aconchego junto a mim, mais uma vez grato por ela ter sobrevivido a toda aquela experiência penosa e angustiante. — Você está comigo agora, e não vou mais perder você de vista.

Nunca mais.

Franzo a testa, surpreso com a intensidade dos meus sentimentos. Não quero *mesmo* perdê-la de vista, ela já sofreu demais.

— Estou falando sério — acrescento.

Ela desliza a ponta dos dedos pela minha barba por fazer, e seu toque reverbera por todo o meu corpo.

— Preciso fazer a barba. — Minha voz sai áspera.

Ela abre um sorriso.

— Eu gostaria de assistir.
— É mesmo? — Arqueio uma sobrancelha.

Os olhos de Alessia não estão mais desanimados, mas sim com um brilho de quem está achando graça, além de uma emoção que me atinge bem entre as pernas.

A Sra. Demachi está ocupada preparando café, fazendo barulho com o pequeno bule, o que acaba com o clima entre mim e Alessia. Dou um beijo no nariz da minha garota e, rindo como um bobo, volto minha atenção para a mãe dela. Alessia se acomoda em meu peito enquanto observo o elaborado processo acontecendo no fogão, que inclui um pequeno bule de estanho, uma colher de chá comprida e o ato de ficar mexendo a bebida com atenção.

A Sra. Demachi me oferece um breve sorriso.

— Sente-se — diz ela.

Então, solto a minha noiva, olho de relance para a espingarda na parede e tomo meu lugar à mesa.

Alessia pega uma xícara e um pires do armário. Ela está vestindo a saia jeans escura que compramos em Padstow, tão justa que me provoca, com aquela bunda perfeita.

Ela é maravilhosa.

Eu me remexo na cadeira, e Alessia enche minha xícara.

— Seu café — diz ela, me encarando com os olhos escuros brilhando de satisfação, e colocando a xícara na minha frente.

Ela sabe que eu a estou comendo com os olhos, e gosta disso. Sorrio e, com o olhar fixo no dela, faço biquinho e sopro de leve a borda da xícara. Ela abre um pouco a boca, ao mesmo tempo que inspira fundo, e meu sorriso se alarga.

Você me provoca, mas eu também sei provocar.

A mãe de Alessia pigarreia, o que nos traz de volta para a cozinha. Alessia ri e fala alguma coisa em albanês para a Sra. Demachi, que mexe a cabeça para cima e para baixo, desaprovando a atitude da filha em silêncio.

Tento dar um gole no café. Está pelando. É aromático e amargo, mas agradável. A mãe de Alessia acende o forno e começa a abrir um tipo de massa. Ela é rápida e eficiente e, em pouco tempo, corta a massa em tiras e depois em quadrados. Sua velocidade é impressionante. Não é de estranhar que Alessia cozinhe tão bem. Ela, aliás, se junta à mãe, e eu observo, fascinado, quando as duas pegam a massa e formam pequenas bolas com as mãos. O modo como se sentem à vontade na cozinha lembra Jessie e Danny na Mansão Tresyllian, na Cornualha. A mãe posiciona as bolinhas lado a lado em um tabuleiro, e Alessia passa leite por cima, usando um pequeno pincel de plástico. A competência das duas, a naturalidade com que trabalham juntas... é reconfortante observar esse ritual doméstico.

Droga. Cadê minha educação?

— Posso fazer alguma coisa para ajudar? — oferece Maxim.

Alessia cuidadosamente balança a cabeça enquanto sua mãe faz o gesto oposto, na vertical.

— Não, mamãe. Mexer a cabeça para cima e para baixo significa sim.

Shpresa ri.

— Nós não estamos acostumadas com a ajuda de homens na cozinha — diz, os olhos brilhando de bom humor quando ela leva o tabuleiro ao forno.

Alessia começa a pôr a mesa.

— Eu falei. Aqui, só as mulheres cozinham.

O café da manhã é um banquete delicioso de pão recém-assado. Estou em meu quarto pão almofadinha com manteiga e geleia de frutas vermelhas e meu segundo café quando ouvimos a porta da frente bater. Alguns minutos depois, o Sr. Demachi aparece, com um terno tão sombrio quanto sua expressão, que não revela nada. Shpresa fica de pé num salto e começa a encher o bule de água.

Talvez ela precise de um bule maior.

Alessia se levanta, pega um prato e o coloca na cabeceira da mesa, acompanhado de uma faca. Demachi se senta, e é óbvio que isso é normal: ele está acostumado a ser servido, ter todos os seus caprichos atendidos.

Humm... Eu também. Mas não pela minha mãe... nem pela minha irmã.

— *Mirëmëngjes* — resmunga ele, me encarando, enigmático como sempre.

— Meu pai está dando bom-dia para você — traduz Alessia e parece achar graça.

Por que ela está achando isso engraçado?

— Bom dia. — Aquiesço para meu futuro sogro.

Ele começa a falar, e Alessia e a mãe escutam, hipnotizadas pela voz profunda e melodiosa, enquanto ele lhes explica alguma coisa. Eu gostaria muito de entender o que ele está dizendo.

Depois de um tempo, Alessia se volta para mim, os olhos arregalados como se não estivesse acreditando naquilo que está prestes a me contar.

— Meu pai já organizou nosso casamento.

Mas já?

É a minha vez de ficar incrédulo.

— Me conte.

— Você só precisa do seu passaporte.

Nós nos entreolhamos, e acho que pensamos a mesma coisa.

Está parecendo fácil demais.

Meus olhos encontram os do Sr. Demachi, e ele levanta o queixo em uma expressão carrancuda e arrogante, como se quisesse dizer "não fode comigo", me desafiando a discutir com ele.

— Ele esteve com o escrivão do... humm... cartório... de estados civis. Não sei a tradução exata — diz Alessia. — Eles se encontraram para tomar um café hoje de manhã. E combinaram tudo.

Em um domingo? Simples assim?

— Muito bem. Quando? — Mantenho a voz controlada, pois não quero aborrecer o velho.

Ele tem pavio curto, quase igual ao do meu amigo Tom.

— Sábado.

Um arrepio de dúvida percorre as minhas costas.

— Tudo bem — respondo, e minha relutância deve me denunciar.

Nervosa, a atenção da Sra. Demachi vai de mim para o marido, e depois para a filha.

Alessia diz algo para o pai, que grita com ela em resposta, surpreendendo a todos. Ela empalidece, abaixa a cabeça e olha de relance para mim, no que empurro minha cadeira para trás.

Ele não devia falar com ela desse jeito.

— Ele e o escrivão são bons amigos — explica Alessia, apressada. — Velhos amigos. Acho que sei quem é. Já o vi antes. Meu pai disse que está tudo arranjado.

— É óbvio que ela está acostumada com as explosões de raiva do pai, mas também parece desconfiada.

Assim como eu. Esse arranjo parece conveniente até demais.

Perplexo, me acomodo na cadeira de novo. Não quero provocá-lo.

— O que eu preciso fazer?

— Temos que nos reunir com o escrivão amanhã na *bashkia*, quer dizer, na prefeitura, para responder a algumas perguntas e preencher uma papelada.

Ela dá de ombros, parecendo tão apreensiva quanto eu.

Tudo bem. Vamos conversar com o tal escrivão.

No banho, lavando o cabelo debaixo daquele chuveiro antiquado, tenho uma crise. Uma rápida busca na internet me mostrou que é muito mais complicado um estrangeiro casar na Albânia do que o pai de Alessia fez parecer. Existem formulários que devem ser preenchidos, traduzidos e autenticados... e isso não passa de uma amostra bem pequena do que é exigido.

O que o pai dela organizou?

Como ele conseguiu contornar todos os protocolos?

E, caso tenha mesmo conseguido, será que os procedimentos são legais?

E se não são, como posso prosseguir com um casamento que provavelmente não vai ser legal, e só para apaziguar um velho orgulhoso e impaciente? Sei que ele será meu sogro, mas o que está pedindo passou dos limites. Se é assim que o Sr. Demachi trata a filha, então aquele discurso sobre honra que ele fez não vale nada.

Estou em um beco sem saída. Não posso partir sem Alessia, e sei que o velho maldito não vai me deixar levá-la comigo. Ela precisa de um passaporte e de um visto para voltar para a Inglaterra, e não faço ideia de como nem onde conseguir isso. Provavelmente em Tirana. Não sei.

Se bem que ele me disse que agora ela era um problema meu.

Talvez eu possa interpretar o que ele disse ao pé da letra.

Desligo o chuveiro, ressentido e desorientado pela situação na qual me encontro. E pela enorme poça que deixei no chão do banheiro. Não é um bom sinal sobre as instalações hidráulicas na Albânia. Pego uma toalha, me enxugo, visto minhas roupas e abro a porta.

Alessia está parada ali, ostentando o que parece ser um dispositivo de limpeza de chuveiro de alta tecnologia. Caio na risada, surpreso e satisfeito de vê-la, e sou transportado de novo para a época em que ela estava em meu apartamento, usando seu medonho uniforme de náilon, enquanto eu a observava às escondidas... e me apaixonava.

Ela ri e leva os dedos aos lábios.

— Ele sabe que você está aqui? — sussurro.

Ela balança a cabeça, coloca a mão direto em meu peito e me empurra de volta para o banheiro. Ela solta o esfregão e na mesma hora tranca a porta.

— Alessia — aviso, mas ela agarra meu rosto e aperta meus lábios contra os seus.

O beijo é suave e doce, mas exigente, surpreendentemente exigente. Quando sua língua encontra a minha, ela pressiona o corpo contra mim, e fecho os olhos, abraçando-a e me deliciando com seu beijo. Seus dedos deslizam por meu cabelo molhado, e seus lábios se tornam mais insistentes, puxando os meus com força. É um despertador para o meu pau impaciente.

Puta merda. Nós vamos trepar.

Em um banheiro com encanamento ruim na Albânia.

Eu me afasto para recuperarmos o fôlego, e os olhos de Alessia estão intensos e cheios de promessas, mas também de incerteza.

— O que foi? — pergunto.

Ela balança a cabeça.

— Não. — Agarro seu rosto e fito seus olhos. — Meu Deus, por mais que eu queira você, nós não vamos trepar neste banheiro. Seus pais estão por aí, e não tenho camisinha. Agora, me diga, qual é o problema? É o casamento?

— É.

Respiro aliviado e a solto.

— Certo. Isso que seu pai organizou... Não sei se é... legítimo.

— Eu sei. Meus pais querem conversar com a gente sobre essas... providências hoje à tarde. Não sei o que fazer. Acho que é porque meu pai pensa que estou esperando um bebê. Ele deu um jeito de mexer as cordinhas.

Uma imagem do pai dela como um diabólico titereiro aparece na minha mente, eu e Alessia como suas marionetes. Aquilo me faz rir.

— Nós dizemos "mexer os pauzinhos".

Ela repete o ditado e sorri de modo tímido.

— Você ainda não se importa que eu corrija seu inglês?

— Nunca.

Tudo bem. Vamos partir para o Plano A. Aqui vai ele.

— Vamos embora. Você não precisa ficar aqui. Você é adulta e não deve nada a seu pai, não importa o que ele pensa. Podemos ir para Tirana. Conseguir um passaporte para você e tirar um visto. Depois voltamos para a Inglaterra e nos casamos lá. E seus pais podem ir até lá para o casamento.

Os olhos de Alessia se arregalam à medida que várias emoções permeiam seu rosto. A esperança parece vencer, e acho que ela também vinha considerando essa possibilidade.

Mas logo seu rosto murcha. Eu a abraço.

— Vamos achar uma solução — garanto e dou um beijo em sua testa.

Ela ergue a cabeça na minha direção, e acho que, no fundo, quer me fazer uma pergunta.

— O que é?
— Nada. Está tudo bem.
— O quê? — insisto.

Ela engole em seco.

— Minha mãe.
— O que tem sua mãe?
— Não posso deixar minha mãe aqui com ele.
— Você quer que ela vá com você para a Inglaterra?
— Quero.

Cacete.

— Tudo bem. Se é o que você quer.

Alessia parece perplexa.

— Você concorda?
— Sim.

Ela se ilumina como uma árvore de Natal, como se, enfim, se livrasse do peso de todos os seus problemas. Então, atira os braços ao redor do meu pescoço.

— Obrigada. Obrigada. Obrigada — diz, ofegante, entre beijos, e começa a rir e a chorar.

Ah, meu amor.

— Não chore. Eu faço qualquer coisa por você. E você já devia saber disso. Eu te amo.

Enxugo suas lágrimas com os polegares enquanto afago seu rosto.

— E, como eu disse, vamos achar uma solução. Vamos pensar num plano.

Alessia me fita com um olhar de adoração, como se eu tivesse todas as respostas para as questões eternas do universo, e um calor bem-vindo se espalha por meu peito. Sua confiança e sua fé em mim são desconcertantes, mas, porra, me deixam muito bem.

Eu faria qualquer coisa por ela.

Capítulo Dois

Está escuro lá fora. Ando tropeçando em direção à cama e tento tirar meu suéter, mas ele revida e por fim leva a melhor.

— Merda!

Caio na cama e, com a visão embaçada, olho para o teto.

Ah, meu Deus. Por que eu bebi tanto assim?

Não devia ter tomado o *raki* depois de passar a tarde inteira planejando o casamento e tentando manter o bom humor. O quarto oscila, então fecho os olhos e rezo para conseguir dormir.

Acordo de um sono tranquilo. Está tudo calmo. E brilhante.

Não. Ofuscante.

Aperto bem os olhos e depois os abro cautelosamente, enquanto a dor corrói minha cabeça. Eu me apresso para fechar os olhos de novo.

Merda. Estou me sentindo uma bosta.

Puxo as cobertas sobre a cabeça para barrar a luz e tento lembrar onde estou, quem eu sou, e o que aconteceu na noite passada.

Havia o *raki*.

Shots e shots de *raki*.

O pai de Alessia ofereceu de forma bem generosa a bebida local e letal.

Solto um gemido e flexiono os dedos dos pés e das mãos. Fico feliz em descobrir que ainda tenho controle sobre eles. Estendo a mão para o lado, mas a cama está vazia.

Nada de Alessia.

Afasto as cobertas, abro os olhos devagar e ignoro a dor forte em meu lobo frontal quando examino o quarto. Estou sozinho, mas meu olhar cansado recai sobre a pequena luminária em forma de dragão na mesa de cabeceira. Alessia deve ter trazido de Londres. Pensar nisso me deixa comovido.

E também: ela esteve aqui? Na noite passada?

Tenho uma lembrança vaga de ela estar comigo, e talvez tenha me despido. Levanto as cobertas. Estou só de cueca. Ela deve ter me despido.

Droga. Eu desmaiei e não consigo me lembrar se ela realmente esteve aqui.

Por que eu o deixei me embebedar?

Foi vingança porque dormi com a filha dele?

E o que aconteceu?

Flashes do dia de ontem surgem em meio à minha dor de cabeça. Alessia e eu nos sentamos para conversar com os pais dela sobre o casamento. Fecho os olhos e tento recordar os detalhes.

Pelo que entendi, estamos deixando de lado uma tradição albanesa e celebrando tudo em um só dia, e não em vários. Primeiro, porque sou britânico e não tenho nenhum parente nem casa aqui e, segundo, porque Alessia está "de barriga". Demachi lançou um olhar ressentido para mim quando cuspiu essa expressão, e Alessia, corando muito, teve que traduzir.

Dou um suspiro. Talvez devêssemos admitir a verdade. Talvez ele volte atrás. Talvez ele me deixe levá-la para a Inglaterra e nos casarmos lá.

A cerimônia e a festa vão acontecer no sábado e vão começar na hora do almoço, não à noite. É mais uma quebra de tradição, mas, como estou hospedado com a família da noiva, faz sentido. Pelo menos foi o que me disseram. Além do mais, o escrivão tem outro casamento marcado para a noite.

O casamento vai ser na casa dos próprios Demachi, e o pai de Alessia perguntou se minha família compareceria. Eu fui sincero. Minha mãe com certeza estava em Nova York e não chegaria a tempo, e minha irmã, por ser médica, não vai conseguir uma folga em cima da hora. Garanti a eles que iríamos comemorar em Londres quando voltássemos para o Reino Unido. Minhas desculpas pareceram tranquilizar o velho. Acho que minha família não vai aprovar um casamento forçado, e não quero lhes dar a oportunidade de se oporem ou questionarem a legitimidade de nossa união. No entanto, tenho esperança de que meu grande amigo e parceiro de esgrima Joe Diallo venha. Assim, terei Diallo e Tom Alexander comigo, meus amigos mais antigos.

Isso já é alguma coisa, sem dúvida.

Eu tinha me oferecido para pagar por tudo, mas meu sogro recusou, com uma expressão muito magoada.

Cara, como o velho é orgulhoso.

Ele não queria ouvir nenhuma oferta do tipo. Desconfio que o Sr. Demachi seja um tanto dramático. Sugeri um meio-termo, e concordamos que eu forneceria a bebida. Porém, fico preocupado de ele ficar sem dinheiro se Alessia e eu decidirmos não levar o casamento adiante.

Droga. Isso é problema dele.

Também falamos alguma coisa relacionada às alianças, mas não consigo me lembrar.

Alianças! Preciso comprar alianças.

Será que compro aqui mesmo?

Eu me sento e fico zonzo, mas, assim que me estabilizo, desço da cama cambaleando e enfio a calça jeans para procurar minha futura esposa. O que me lembro é que hoje vamos colocar em prática nosso plano. Alessia e eu vamos até o posto da polícia requerer um novo passaporte para ela e depois até a prefeitura para encontrar o escrivão que vai celebrar o casamento e descobrir se o que Demachi organizou é mesmo legítimo.

É. *Esse é o plano.*

Pego o telefone e reparo em algumas mensagens de Caroline da noite passada.

Cadê você? Conseguiu encontrar Alessia?
Me liga. Estou preocupada.

Surpreso que meus polegares estão colaborando, envio uma resposta curta, sabendo que é provável que ela mande uma equipe de busca se eu não responder.

Tudo bem. Encontrei, sim. Ligo mais tarde.

Ela vai ficar furiosa com esse casamento, tenho certeza absoluta disso. Talvez eu não deva contar antes de vê-la pessoalmente.

Covarde.

Minha cabeça está latejando, então esfrego as têmporas e tento me acalmar. Se eu contar para Caroline, vou ter que contar para Maryanne e minha mãe, e essa é uma conversa que estou tentando evitar, ainda mais com essa ressaca. Não estou pronto. Preciso saber mais sobre a legitimidade disso tudo e aí, quem sabe, eu conte à Nave Mãe, mas talvez eu deixe para falar na véspera da cerimônia.

Visto uma camiseta e guardo o telefone. Tudo isso pode esperar. Agora, o que eu preciso é de um analgésico e um café, de preferência nessa ordem.

A lessia e a mãe estão sentadas à mesa de jantar, bebendo café.

— Mama, a senhora está com a minha carteira de identidade?

— Lógico, meu coração. Estou guardando com carinho desde que você foi embora.

Alessia fica espantada com as palavras da mãe, e um vazio dolorido se forma em sua garganta. Ela estica o braço e aperta a mão de Shpresa.

— Eu pensava na senhora com frequência quando estava longe — diz, com a voz rouca de emoção. — Eu não tinha nenhuma foto nem celular. Os homens... eles levaram tudo. Inclusive meu passaporte. Ainda bem que deixei a identidade com a senhora. Vou precisar para tirar outro passaporte.

— Vou buscar para você já, já. Que bom que o arranhão no seu rosto está quase curado. E os hematomas. Parecem bem melhores. — Shpresa contrai a boca enquanto examina a filha. — Eu queria dar um soco nas orelhas do Anatoli Thaçi.

Alessia sorri.

— E eu queria ver isso.

Ela solta a mãe e a encara, ansiosa. Percebe que é sua oportunidade. Tem tentado abordar o assunto desde que ela e Maxim conversaram ontem.

— Tenho que pedir uma coisa à senhora.

— O que é, filha?

Alessia engole em seco, e o discurso ponderado que havia ensaiado mentalmente tantas vezes desaparece de sua cabeça.

— Alessia, o que foi?

— Venha com a gente — diz Alessia de uma vez, de repente incapaz de colocar em palavras o que tinha planejado.

— O quê?

— Venha comigo e com Maxim para a Inglaterra. Por favor. A senhora não precisa ficar aqui com ele.

Shpresa solta um arquejo, arregalando os olhos escuros.

— Deixar Jak?

Alessia ouve a perturbação na voz da mãe.

— Isso.

A mãe se recosta na cadeira e fita Alessia, boquiaberta.

— Ele é meu marido, filha. Não vou deixá-lo.

Não era a resposta que Alessia esperava ouvir.

— Mas ele não é bom para a senhora — protesta. — Ele é violento. Como o Anatoli. A senhora não pode ficar aqui sozinha com ele.

— Alessia, ele não é como o Anatoli. Eu amo seu pai.

— O quê? — O mundo de Alessia desmorona.

— Meu lugar é aqui, com ele — declara Shpresa, a voz expressando convicção.

— Mas a senhora me falou que o amor é para os tolos.

Os olhos de sua mãe se suavizam, e ela dá um sorriso triste.

— Eu sou uma tola, meu coração. Temos nossos altos e baixos, eu sei. Como todos os casais...

— Eu vi os hematomas, Mama! Por favor. Venha conosco.

— Meu lugar é ao lado dele. Este é o meu lar. Tenho uma vida aqui. Não há nada para mim em uma terra que não conheço. Além disso, desde que você foi embora, ele está mais atencioso. Arrependido, acho. Jak acredita que foi culpa dele você ter ido embora. Ele ficou tão aliviado quando ouviu notícias suas...

Alessia está em choque. Ela não enxergava seu pai ou, na verdade, o relacionamento entre seus pais, dessa maneira.

— Sabe, meu coração — continua a mãe, esticando o braço sobre a mesa para segurar a mão da filha. — Esta é a vida que eu conheço. Seu pai me ama. Baba também te ama. Ele pode não demonstrar como a gente vê nos programas de televisão americanos, e eu vejo que é diferente com seu noivo, mas é assim que funciona na *nossa* casa. Este é o meu lar, e ele é o meu marido.

Ela dá de ombros e depois aperta a mão de Alessia como se estivesse tentando transmitir a veracidade de suas palavras através da pressão dos dedos. A filha, porém, está chocada. Sempre achou que a mãe era infeliz com o marido.

Será que estava errada?

Será que interpretou mal a situação entre os dois?

De perto da porta da sala de estar, observo, sem ser visto, a mãe de Alessia falar com a filha em um tom rápido e sussurrado. Elas estão sentadas à mesa — o local do ataque de *raki* do Sr. Demachi na noite passada —, e a conversa entre as duas é intensa. Só que minha cabeça latejando precisa de drogas terapêuticas. Assim, entro no cômodo, hesitante, surpreendendo-as, e desabo em uma das cadeiras.

Shpresa solta a mão de Alessia.

— Podemos conversar sobre isso mais tarde. Mas não vou mudar de ideia, meu docinho. Não vou abandonar o meu marido. Eu o amo. Do meu jeito. E ele me ama e precisa de mim. — Ela dá um sorriso benevolente para Alessia e depois volta sua atenção para Maxim. — Seu conde bebeu além da conta ontem à noite. Vá pegar analgésicos para ele. Eu vou fazer um café.

Alessia olha ansiosa para a mãe, surpresa e confusa por sua reação.

— Ok, mamãe. Vamos conversar mais tarde. — Ela está pasma com a atitude da mãe, mas se vira para Maxim, a cabeça apoiada nas mãos, e sua expressão se abranda. — Acho que meu noivo não está acostumado com *raki*.

— Entendi *raki* — geme Maxim, rouco, e dá uma espiada sonolenta em Alessia. Ela sorri.

— Vou pegar uns comprimidos para sua dor de cabeça.

Eu me inclino na direção de Alessia.
— Obrigado por me colocar na cama ontem à noite. — Mantenho a voz baixa enquanto a mãe dela prepara o café.
— Foi interessante. — Ela se contém e verifica se Shpresa não consegue ouvi-la.
— Foi divertido tirar sua roupa.
Respiro fundo quando ela se levanta e apanha um estojo de primeiros-socorros da despensa. Ao retornar, Alessia me observa com seus olhos escuros e provocantes, o rosto iluminado com um sorriso discreto, tímido.
Meu coração dispara.
Minha garota tirou a minha roupa, e eu estava inconsciente de tão bêbado.
Merda. Uma oportunidade desperdiçada.
Porém, mais que uma oportunidade desperdiçada, ela não me julgou por beber demais, e agora está cuidando de mim. É uma experiência inédita e muito reveladora, e eu a amo por isso. Não me lembro de ninguém fazer isso por mim depois de adulto. A não ser Alessia, quando me colocou na cama após aquela viagem maluca de volta da Cornualha. Ela é generosa, carinhosa e... sexy, ainda mais com uma calça jeans apertada.
Sou um cara de sorte.
Tento dar um sorriso largo, mas minha cabeça lateja, e me lembro de que foi o pai dela que aprontou essa comigo. Eu só estava tomando aquela bebida horrorosa para ser educado. Alessia coloca dois comprimidos e um copo d'água na minha frente.
— Foi meu pai que fez isso com você. Eu sei. E o *raki* era daqui da região. Preparado aqui mesmo em Kukës.
— Entendi. — *Foi a vingança dele!* — Obrigado.
— O prazer é todo meu. — Ela sorri, e fico pensando se a resposta tem a ver com os comprimidos ou com o fato de ela ter me despido.
Sorrindo, tomo os analgésicos e fico pensando se Tom e Thanas também acabaram nesse estado.
Após as arrastadas conversas de ontem, e com as formalidades do casamento supostamente encaminhadas, a Sra. Demachi e Alessia prepararam um banquete e foram gentis de convidar meu amigo Tom, nosso tradutor, Thanas, e a namorada dele, Drita. Enquanto preparavam a refeição, Alessia me ensinou algumas palavras em albanês, como "por favor" e "muito obrigado".
Ela riu.
Muito.
Da minha pronúncia.
Mas é sempre um prazer ouvi-la rir.
A mãe de Alessia estava satisfeita de ter a casa cheia de convidados, mesmo não falando muito. Ela deixava essa tarefa para o marido, que contou histórias da tur-

bulenta década de 1990, quando a Albânia passou por uma transição, do comunismo para uma república democrática. Foi fascinante. A família dele se enredou em um terrível esquema de pirâmide, e eles perderam todas as suas economias. Foi assim que acabaram em Kukës durante aqueles tempos sombrios. Enquanto o Sr. Demachi falava, sua mão generosa mas pesada servia *raki* sem parar. Tom e Thanas me acompanharam a cada shot, tenho certeza. Eles vão nos encontrar na prefeitura, se tiverem sobrevivido ao Suplício do *Raki*. Checo meu relógio. Ainda tenho uma hora para me recompor.

A PREFEITURA É um prédio moderno e desinteressante a poucos passos do Hotel Amerika, onde Tom e Thanas estão hospedados. De mãos dadas, Alessia e eu esperamos por eles na recepção e, apesar da dor incômoda na cabeça por causa da ressaca, não consigo evitar um sorriso. Alessia está tão animada desde nossa parada anterior no posto da polícia que ilumina o saguão sem graça. Seu passaporte novo vai estar pronto na sexta-feira (paguei uma taxa de urgência), e ela está tão feliz que parece que eu lhe dei a lua de presente. Quando Alessia receber o passaporte teremos mais opções.

— Só de ver sua alegria já sinto a ressaca aliviando — comento.

Eu me esforço para conter o sorriso, mas em vão. Ela é *mesmo* a alegria em pessoa.

— Acho que foram os comprimidos que eu te dei.

— Não. É você.

Ela ri, me encarando por baixo dos cílios. Levanto sua mão e beijo os nós de seus dedos.

Ah, meu Deus, como eu gostaria de levá-la embora agora mesmo dessa cidadezinha sem graça.

Em breve, cara. Em breve.

Tom e Thanas aparecem. Nosso tradutor está como eu: desgrenhado e de ressaca.

— Bom, Trevethick, você está um lixo. O que estamos fazendo aqui? — pergunta Tom, alerta e animado.

O *raki* parece lhe cair bem.

— Desculpe o atraso — balbucia Thanas. — Levei a Drita para pegar o ônibus para Tirana. Ela tem que voltar às aulas.

— Viemos aqui para uma reunião com o escrivão que vai oficiar nosso casamento.

— Vou checar aonde devemos ir — diz Thanas e caminha até o balcão de recepção para esperar na fila.

Alessia se junta a ele.

— Então — sussurra Tom, mantendo a voz baixa e com um ar de conspiração. — Não te dei os parabéns pelo bebê.

Pelo bebê?

Em meu estado de confusão, levo um minuto para entender do que ele está falando. Dou uma risada e paro de repente por causa da dor de cabeça.

— Alessia não está grávida. Ela contou ao pai que estava para não ser forçada a casar com aquele babaca do Antonelli ou seja lá qual for o nome dele.

— Ah. — Tom parece aliviado. — Imagino que isso seja bom. Esse relacionamento ainda está muito no começo para vocês terem um filho. — Ele se aproxima de mim, ao mesmo tempo que observa Thanas e Alessia, e cochicha: — Mas você sabe que não precisa casar com ela, cara.

Puta que pariu.

— Tom — digo, com uma expressão de alerta. — Já tivemos essa conversa antes. Pela última vez, eu amo a Alessia e quero que ela seja minha esposa. Entendido?

— Para falar a verdade, não. Ela é uma garota linda, tenho que admitir isso, mas não acho que vocês tenham muita coisa em comum. Mas o coração tem lá suas vontades.

Não estou com paciência para discutir. Então, quando ele ergue a mão de forma conciliatória diante da minha carranca, solto um suspiro.

— Será que eu devo fazer a vontade do velho e casar com ela aqui? — pergunto. — Ou esperar até voltarmos para a Inglaterra? Estou preso em Kukës até ela conseguir o passaporte e o visto, e não vou deixá-la aqui sozinha.

Olho para Alessia, que está esperando pacientemente perto de Thanas, enquanto ele fala com o recepcionista.

— Bem... Se é o que você quer, acho que deve seguir em frente — responde Tom. — É uma cerimônia civil na prefeitura. Você deixa o velho feliz e depois foge com a filha dele e casa com ela em Londres ou na Cornualha ou em Oxfordshire. Tanto faz. — Tom franze a testa. — Se você puder.

— Como assim?

— Eu não sei se você pode se casar mais de uma vez com a mesma mulher, cara. Tenho certeza de que existem regras para isso. O que você tem que fazer aqui?

— Parece que basta mostrar meu passaporte. Só que não é o que diz o site oficial do governo.

Tom franze a testa mais uma vez.

— Você acha que tem algo errado?

Confirmo com a cabeça.

— Mas vamos descobrir com o Thanas. Você pode ficar por perto até descobrirmos? E... sabe, ajudar?

— Lógico, Trevethick. Eu não ia perder esse drama todo por nada nesse mundo.
— Drama todo? — questiono.

Meu couro cabeludo fica pinicando. Será que ele adivinhou que talvez a gente fuja?

— Você viajou até o fim do mundo para salvar sua dama. Se isso não é a definição de drama, não sei mais o que é.

Dou uma risada. Ele tem razão.

— E, humm... será que você quer ser meu padrinho?

Tom fica sem palavras por um momento e, quando consegue falar, sua voz está rouca.

— Fico honrado, Maxim. — Ele me dá um tapinha nas costas, e nos viramos quando percebemos Thanas e Alessia vindo em nossa direção.

— Por aqui — diz Thanas, e o seguimos pela escada para o andar superior.

Na placa de metal em cima da mesa está escrito: F. TABAKU. Ele é o escrivão que vai oficiar a cerimônia civil. Tem aproximadamente a mesma idade de Demachi, usa o mesmo tipo de terno escuro e tem a mesma expressão impenetrável. Ele se levanta quando entramos no escritório, cumprimenta Alessia com educação, me oferece um breve aceno com a cabeça e depois nos indica a mesinha onde nós cinco nos sentamos.

O homem começa a falar, e Thanas nos ajuda com a tradução. Ele diz que o escrivão precisa ver uma cópia da certidão de nascimento e da carteira de identidade de Alessia, além do meu passaporte. Pego meu passaporte no bolso do casaco, o abro na página correta e percebo que também vou precisar de um passaporte novo. No momento, o meu está em nome do Honorável Maximillian John Frederick Xavier Trevelyan.

Entregamos nossos documentos. O escrivão checa os de Alessia sem muita atenção, já o meu passaporte ele analisa minuciosamente. Tabaku franze a testa e fala algo com Thanas. Alessia entra na conversa.

— *Vëllai i Maksimit ishte Konti. Ai vdiq në fillim të janarit. Maksimi trashëgoi titullin, po nuk ka pasur ende mundësi të ndryshojë pasaportën.*

Tabaku parece satisfeito com o que Alessia disse. Ele se levanta e se dirige até uma pequena fotocopiadora de mesa. Enquanto ele tira as cópias, pergunto a Alessia:

— O que você falou?

— Eu expliquei a ele que você... humm... herdou seu título recentemente.

Ele se vira para nós dois. Thanas traduz:

— As pessoas, quando se casam, podem escolher entre adotar um dos sobrenomes dos dois como um sobrenome comum a ambos ou manter só o próprio sobrenome. Vocês precisam decidir.

Eu me viro para Alessia.

— O que você quer fazer?

— Eu gostaria de adotar seu sobrenome.

Sorrio, satisfeito.

— Ótimo. Assim, o nome de Alessia fica Alessia Trevelyan. Seu título formal será Alessia, A Muito Honorável Condessa de Trevethick.

— Por favor, escreva isso — traduz Thanas.

Escrevo no bloco que me deram e o entrego a Tabaku.

Ele responde, e Thanas traduz:

— Ele vai nomear Alessia como Alessia Demachi-Trevelyan. O passaporte dela não diz nada sobre Trevethick.

— Tudo bem — resmungo e me volto para Thanas. — Pergunte a ele sobre a declaração de não impedimento que supostamente devo fornecer.

Thanas faz o que peço, e Alessia me encara, ansiosa.

Os olhos do escrivão se arregalam, e ele vocifera uma resposta para Thanas, que se vira para mim e repete a fala de Tabaku.

— Ele diz que, devido à urgência — seus olhos disparam para Alessia —, está acelerando o processo do seu casamento. Ele tem o poder de fazer isso em circunstâncias especiais. O pai de Alessia é um amigo próximo, de confiança, e é por isso que ele está oferecendo esse serviço.

O escrivão continua em voz baixa, o olhar fixo no meu, e me ocorre que ele está prestando um grande favor a Demachi e, por tabela, a nós.

— Ele diz que o casamento será legítimo. É tudo de que vocês precisam — traduz Thanas. — Vocês terão sua certidão de casamento.

— E se quisermos fazer com toda a papelada correta? — pergunto.

Tabaku volta a se sentar, devolve nossos documentos e responde à pergunta de Thanas.

— Aí vai levar entre dois e três meses.

— Tudo bem. Entendi. Obrigado.

Mesmo que ele esteja nos fazendo um favor, ainda estou desconfortável. Parece uma fraude, e pensar nisso é perturbador.

O escrivão diz algo para Alessia e Thanas. Alessia concorda e começa a falar com ele em albanês. Recorro a Thanas em busca de respostas.

— Ele está perguntando sua profissão, local de residência e onde vocês vão morar depois de casados.

Profissão!

Dou a Thanas meu endereço em Chelsea e digo que é lá que vamos morar depois de casados. Alessia me olha com um sorriso tímido.

— E profissão? — indaga Thanas.

As palavras que meu pai costumava dizer nessas situações surgem convenientemente em minha cabeça.

— Fazendeiro e fotógrafo — afirmo rápido, embora não seja exatamente verdade. Ora, sou um latifundiário e senhorio... o CEO do patrimônio da família.

— E DJ. — Tom se mete, de uma maneira bem desnecessária. Quando o olho de cara feia, ele acrescenta: — Sabe, de girar os discos. — Ele imita o gesto. — E um membro da nobreza, óbvio. Com todas as devidas incumbências *et cetera* e tal.

— Obrigado, Tom.

Ignoro o riso abafado de Alessia, enquanto Tabaku termina de fazer suas anotações. Ele pousa a caneta no bloco e, recostando-se na cadeira, diz algo para Alessia e para mim.

— Ele já tem tudo de que precisa para redigir o contrato — explica Alessia.

Estico o braço e aperto a mão dela.

— É só isso?

— É.

— Ótimo. Vamos voltar ao hotel e decidir o que fazer.

Ela concorda, então me levanto e cumprimento Tabaku com um leve aceno da cabeça.

— Obrigado — digo.

Thanas traduz a resposta do homem.

— Vejo o senhor no sábado à tarde. E não se esqueçam de escolher duas pessoas para servirem de testemunhas.

Testemunhas? Estão mais para cúmplices.

Alessia não sabe como Maxim está se sentindo ou o que ele vai fazer. No caminho de volta para o hotel, ele estava calado e taciturno. Será que está zangado? Será que ainda quer fugir? Ela não consegue parar de tentar adivinhar o que ele está pensando.

Eles vão para o bar do Hotel Amerika. Alessia nunca esteve ali, e Tom e Thanas retornam aos quartos, deixando o casal sozinho. Com uma expressão pensativa, Maxim estica o braço para pegar a mão da noiva.

— Fico um pouco aflito por estarmos fazendo esse esforço tão grande para satisfazer o ego do seu pai.

— Eu sei. Me desculpe.

Ela olha fixamente para a mesa, sem saber o que dizer e se sentindo culpada pelos problemas deles. Gostaria de não ter mentido sobre a gravidez. Mas aí talvez o pai a obrigasse a se casar com Anatoli.

— Ei. Não é culpa *sua*, pelo amor de Deus. — Maxim aperta sua mão, tentando tranquilizá-la.

Ela volta a encará-lo e fica aliviada quando não vê nada além de preocupação no rosto dele.

— Não quero discutir com seu pai, mas eu gostaria que ele não nos tivesse colocado nessa situação. Sei que ele acha que está fazendo a coisa certa.

Alessia concorda, surpresa ao ver como ele está levando a sério a situação. Ele quer que o casamento seja de verdade. O queixo de Maxim está tenso, a expressão séria, e os olhos assumiram um verde brilhante. Ela detesta vê-lo tão apreensivo.

— O que você acha que devemos fazer? — pergunta ela.

Maxim balança a cabeça, mas depois sorri. Ele está deslumbrante, o que a deixa encantada.

Ele é mesmo um homem muito atraente.

— Bom, estamos presos aqui até você conseguir o passaporte e o visto. E não vou embora sem você. Então, se não se opuser, acho que devemos seguir adiante.

Alessia reflete sobre aquilo. Ele se conformou com o casamento. É isso o que ela quer?

— Você se sente preso? — murmura ela.

— Não. Sim. Mas não da maneira que você está pensando. Eu vim aqui para pedir você em casamento. Você aceitou, e basicamente o que seu pai está tentando fazer é concretizar meu desejo.

Alessia assente.

— Entendo. E também acho que vai ser melhor para a minha mãe que a gente fique aqui e siga adiante com o casamento.

— Como assim?

— Ela não quer ir para a Inglaterra com a gente. Quer ficar aqui com ele. Não entendo por quê. Mas acho que ele vai ficar bravo se a gente for embora e talvez ele... — Ela não termina a frase, envergonhada demais do que o pai pode fazer com a mãe.

Maxim a observa, a expressão decidida.

— Esse argumento é indiscutível, temos que seguir adiante. Tanto para o bem dela quanto para o nosso.

Alessia suspira de alívio.

— Concordo.

Ele sorri.

— Isso me deixa mais tranquilo.

— Verdade. Me deixa também. Acho que é a melhor decisão para o bem dela.

— E é a melhor decisão para você? — pergunta ele.

— É, sim — responde ela, enfática. — Significa que minha família não vai perder sua reputação perante a comunidade.

Maxim solta o ar e parece aliviado.

— Ótimo. Tudo bem. Decisão tomada.

Alessia se sente mais leve, livre do peso das expectativas do pai. Como foi fácil ela e o noivo chegarem a um consenso.

Será que seu casamento vai ser do mesmo jeito?

Ela tem esperança de que sim.

— Agora tenho muita coisa para fazer — diz Alessia.

— Eu sei. Vou pegar o resto das minhas coisas no quarto do Tom e podemos voltar. Tenho uma surpresa para você.

— Ah, é?

Ele abre um sorriso.

— É.

Há diversos carros na entrada quando chegamos em casa.

— *O Zot* — solta Alessia e se vira para mim. — Minha família. As mulheres. Elas estão aqui.

— Ah... — É a única coisa que consigo dizer.

— É. Elas vão querer conhecer você. — Ela faz um bico, amuada. — E eu queria... humm... configurar esse celular.

Ela levanta a caixa do iPhone que lhe entreguei no hotel, e sorrio em solidariedade. Ela suspira.

— Faço isso depois. As mulheres sempre se reúnem quando alguém vai se casar. E elas vão querer inspecionar você.

— Me inspecionar? — Dou uma risadinha. — Bom, espero não desapontar.

Apesar do tom descontraído de nossa conversa, sinto um pânico crescendo, embora não saiba direito por quê.

— Não se preocupe, você não vai desapontar ninguém. — Alessia dá um sorriso tímido.

— Ah, é mesmo?

— É. E vou proteger você delas. Estamos juntos.

Rio mais uma vez, e saltamos do Dacia. Alessia pega a minha mão e entramos juntos na casa. Assim como ela, retiro os meus sapatos, que se juntam aos muitos pares espalhados ao lado da sapateira.

— Preparado? — pergunta Alessia.

Aquiesço e respiro fundo quando atravessamos o corredor em direção ao burburinho vindo da sala de estar.

Quando nos vê na entrada, Shpresa anuncia o que acredito ser nossa chegada num tom bastante alto, e vários pares de olhos se viram para nos encarar conforme o barulho aumenta. Deve haver pelo menos doze mulheres reunidas no cômodo, entre os quinze e os cinquenta anos, e elas avançam em nossa direção. As mais velhas parecem um pouco com a Sra. Demachi e estão vestidas de modo mais tradicional, com lenços na cabeça e saias longas rodadas. As mais jovens vestem roupas mais contemporâneas e descontraídas. Alessia aperta a minha mão e começa a fazer as apresentações à medida que suas parentes a beijam e a abraçam. Ela fica de mãos dadas comigo o tempo todo enquanto elas também me beijam e me abraçam. Ao que tudo indica, todas estão radiantes de me conhecer. Nenhuma das mais velhas fala inglês, mas as duas mais jovens são fluentes.

Depois de quinze minutos sorrindo sem parar, a ponto de que talvez não seja mais capaz de mexer as bochechas, consigo me afastar com a desculpa de que tenho que dar alguns telefonemas e me dirijo ao quarto de hóspedes.

Alessia está impressionada com a atenção de suas tias e primas. *Ele é tão bonito. Onde vocês estavam? O que aconteceu com você? Nós achamos que você ia se casar com o Anatoli Thaçi. Ele é um conde! Quero ver o anel de noivado. Tão europeu. Ele é rico?* Alessia recebe uma enxurrada de perguntas, mas as tenta evitar com a ajuda da mãe.

— Eu não queria me casar com o Anatoli — diz ela, as mulheres atentas a cada palavra sua.

Ouvem-se suspiros de consternação.

— Mas e a *besa* do seu pai? — A irmã de seu pai faz um barulho de desaprovação.

— Ele não era para mim. — Alessia ergue o queixo em sinal de desafio.

— Alessia conquistou o coração de um homem bom. Ela está apaixonada. E vai ser feliz — declara sua mãe. — E, o mais importante, ele veio lá de longe, da Inglaterra, só para buscar minha Alessia.

Coloco minha bagagem na cama e tiro o celular do casaco, feliz de estar fora dos holofotes e da atenção de tantas mulheres curiosas, embora eu ainda consiga ouvi-las batendo papo e rindo na sala. Ignoro-as e pego meu celular.

Primeiro, telefono para Oliver, o diretor de operações do patrimônio Trevethick.

— Milorde... quer dizer, Maxim. Como está o senhor? Onde o senhor está?

Logo o informo de tudo o que ele precisa saber.

— ... E vamos precisar pressionar para obter um visto para Alessia. Fale com Rajah. Alessia e eu vamos nos casar.

— Ah! E, humm... parabéns. Quando?

— Obrigado. Sábado.

Ouço Oliver arquejar e depois seu silêncio. Um silêncio ensurdecedor.

— É. Repentino, eu sei. — Interrompo a pausa constrangedora.

— O senhor quer que eu faça um anúncio no *Times*?

— As pessoas ainda fazem isso? — Sou incapaz de esconder a incredulidade na minha voz.

— Sim, milorde. Em especial quando se trata de um membro da nobreza. — Percebo um quê de desaprovação em sua voz.

— Acredito que, dadas as circunstâncias, não queremos chamar atenção. Nada de anúncio. Você pode entregar as chaves do meu apartamento para o Joe Diallo? Ele vai aparecer e pegar as chaves no escritório.

Eu espero.

— Lógico — murmura Oliver.

Acho que ele ainda está em choque.

— Vou procurar Rajah para falar dos vistos — acrescenta.

— Obrigado.

— Também recebi notícias da Polícia Metropolitana. Os agressores de Alessia foram acusados de tráfico.

Porra. Ótimo.

— Não concederam fiança para eles. Risco de fuga. E acredito que outros indivíduos também foram acusados.

— Ainda bem. É um alívio.

Espero que Alessia não seja chamada para testemunhar no tribunal. Essa poderia ser uma situação complicada. Mas até lá ela já será minha esposa.

Não sofra por antecipação, cara.

A gente vai lidar com esse problema mais adiante, se for o caso.

— Alguma questão sobre a propriedade que eu precise saber? — pergunto para mudar de assunto.

Oliver me atualiza sobre o que está acontecendo, mas não é nada de mais.

— Eu mandei alguns e-mails para o senhor que precisam de atenção, mas nada grave.

— Obrigado, Oliver.

— Milorde... está tudo bem?

Passo a mão no cabelo, com a mesma sensação de pânico que tive ao chegarmos na casa. Eu a reprimo. Não quero contar a Oliver que meu casamento talvez não seja legítimo. Vou lidar com isso mais tarde, quando voltarmos para a Inglaterra.

— Sim, está tudo bem.
— Perfeito. Informo ao senhor depois sobre a posição de Rajah em relação aos vistos.

Em seguida, ligo para Joe Diallo.
— E aí — cumprimenta ele. — Cadê você?
— Albânia. Vou me casar. No sábado.
— Caralho! Sábado agora?
— É. Você pode vir?
— Cara. Espera. É sério?
— É.
— Com sua diarista? — solta ele em uma voz esganiçada, várias oitavas acima do normal, e reviro os olhos.
— Isso mesmo — murmuro, exasperado.
— Tem certeza? É ela mesmo que você quer?

Dou um suspiro.
— Tenho certeza, Joe.
— Tudo bem — diz ele, a desconfiança nítida na voz. — Vou pesquisar voos para aí.
— Você consegue chegar na sexta? E trazer um terno meu?

Ele suspira.
— Só porque é você, cara.
— Também vou precisar que você vá naquela joalheria, a Boodles.

Alessia ouve uma batida forte na porta da frente e se levanta para ver quem é. Ela se sente radiante por estar com a família, mas, ao seguir pelo corredor, fica contente com a distração e por ter um minuto de paz. Tinha esquecido como é estar cercada pelos familiares barulhentos e intrometidos.

Ela saltita até a porta e a abre.

Então congela. De choque.
— Olá, Alessia.

Ela fica pálida ao encarar o homem parado à sua frente.
— Anatoli — murmura, o medo fechando sua garganta.

Capítulo Três

Alessia não consegue acreditar que ele teve a audácia de voltar à casa do pai dela vestindo um casaco italiano elegante e sapatos caros. No entanto, Anatoli não faz movimento algum para entrar. Ele apenas a encara, com olhos de um azul gelado e que queimam. Depois engole em seco, como se fosse dizer alguma coisa, ou de nervoso, Alessia não sabe. Por instinto, ela dá um passo para trás ao mesmo tempo que seu coração começa a martelar e um arrepio sobe por suas costas, seja pela presença do homem ou pelo ar frio de fevereiro.

O que ele quer?

— Não vá. Por favor. — Ele coloca o pé no batente para Alessia não fechar a porta, os olhos suplicantes.

— O que você quer? — dispara ela quando a indignação alimenta sua coragem. *Como ele se atreve a aparecer aqui?!*

Alessia não quer interagir com ele. Ela olha para trás para ver se alguém veio checar o que está acontecendo, mas não há ninguém. Está sozinha.

— Quero falar com você.

— Nós já dissemos tudo o que tínhamos para falar no sábado.

— Alessia. Por favor. Eu vim... me desculpar. Por tudo.

— O quê? — Alessia sente como se lhe tivessem tirado todo o ar dos pulmões. Está atordoada.

— Podemos conversar? Por favor. Você me deve isso. Eu trouxe você de volta.

Uma onda de raiva cresce do fundo de seu peito.

— Não, Anatoli! Você me sequestrou — rosna ela. — Eu estava feliz em Londres, e você me tirou de lá. E me colocou em uma situação difícil. Você tem que ir embora. Não tenho nada para falar com você.

— Eu fiz besteira. Das grandes. Concordo com isso. Mas tive tempo para pensar. Me deixe explicar. Por favor. Não vou tocar em você.

— Não! Vá embora!

— Alessia. Nós somos prometidos um para o outro! Você é a mulher mais bonita, enlouquecedora e talentosa que já conheci. Eu te amo.

— Não. Não. Não! — Alessia fecha os olhos, tentando conter o choque e a indignação. — Você não sabe como é amar. Por favor, vá embora.

Ela tenta fechar a porta, mas o pé de Anatoli a impede, e ele espalma a mão na porta, mantendo-a aberta.

— Como você pode se casar com alguém que vai levar você para longe da sua terra natal? Da nossa terra natal? Você é uma mulher albanesa de corpo e alma. Você vai sentir saudades da sua mãe. Nunca vai se adaptar à Inglaterra. Os ingleses são tremendamente esnobes. Eles vão desprezar você. Vão olhar de nariz empinado para você. Você nunca vai ser aceita lá.

As palavras de Anatoli quebram Alessia, alimentando seus medos mais sombrios.

Será que ele está certo? Será que a família e os amigos de Maxim vão desprezá-la?

O olhar de Anatoli se torna mais intenso quando ele percebe as inseguranças de Alessia.

— Eu falo a sua língua, *carissima*. Entendo você. Fiz uma coisa estúpida. Terrível. Mas posso mudar. Você esteve no ocidente. Você espera mais e merece mais. Entendo isso, e posso oferecer mais para você. Muito, muito mais. Vou aceitar seu bebê, tratar como se fosse meu. Alessia, por favor. Eu te amo. — Ele dá um passo à frente e, com ousadia, toma a mão dela entre as suas, suplicando e se concentrando nos olhos dela. — Você vai me tornar um homem melhor. Preciso de você — sussurra ele, o desespero evidente em cada sílaba.

Alessia puxa a mão e retribui seu olhar intenso.

— Me deixe em paz, Anatoli. — Ela respira fundo, e, com o coração na boca, encontra uma coragem que não sabia que tinha, estica o braço e acaricia a bochecha do homem.

Ele deixa o rosto pender na mão dela, fitando-a com um olhar ardente.

— Se você me ama, me deixe em paz. Não vou fazer você feliz. Não sou a mulher certa para você.

Ele abre a boca para falar, provavelmente para contradizê-la, mas ela coloca o dedo sobre a boca de Anatoli.

— Não sou, não.

— Você é, sim — murmura ele, a respiração quente junto ao dedo de Alessia. Ela abaixa a mão.

— Não. Você quer alguém que fique radiante ao ver você.

— Já encontrei essa pessoa — murmura ele.

— Não! Eu não sou ela.

— Você já foi essa pessoa um dia.

— Séculos atrás. Mas você... você me machucou. Tanto, que tive que ir embora. Não tem como apagar o que aconteceu.

Ele empalidece.

— Você não é a pessoa certa para mim — continua Alessia. — Nunca vai me fazer feliz.

— Eu posso me esforçar para ser essa pessoa.

— Eu já encontrei a pessoa certa para mim, Anatoli. Amo outro homem. Vamos nos casar esta semana.

— O quê? — Ele fica de queixo caído, perplexo.

— Por favor. Vá embora. Não tem nada para você aqui — sussurra Alessia.

Ele dá um passo para trás, incrédulo, desolado.

— Espero que você encontre a pessoa ideal — diz ela.

— *Carissima...*

— Adeus, Anatoli.

Com o coração ainda na boca, Alessia fecha a porta quando a mãe a chama.

— Alessia? Por que você está demorando? — Shpresa aparece na entrada.

— Está tudo bem. Volto para lá daqui a um minuto.

— Quem era?

— Mãe, preciso de um minuto.

Franzindo a testa, Shpresa observa a filha com atenção, depois aquiesce e retorna à sala de estar. Alessia expira, tentando afastar a emoção e o medo desvairados que a estão sufocando. Ela espia pelo olho mágico da porta e vê Anatoli se encaminhar até seu carro. Seus ombros estão aprumados, ele é a personificação de um homem determinado, não derrotado. É uma visão assustadora.

Não!

Alessia se vira e desaba contra a porta.

Isso foi inesperado. Porém, as palavras de Anatoli — *eles vão desprezar você* — mexeram com ela. Alessia aperta o pescoço, sentindo a garganta se contrair com aquela verdade, e, de repente, sente uma necessidade avassaladora de chorar.

E se ele tiver razão?

Terminei de desfazer a mala com os poucos pertences que eu havia jogado ali dentro, em pânico, quando pensei que nunca mais fosse ver Alessia. Eu os arrumei e rearrumei, e agora estou evitando de propósito meu próximo telefonema.

Covarde. Ligue para ela.

Observo as águas calmas e paradas do lago, o céu cinzento refletido em suas profundezas — o cenário, um reflexo do meu estado de espírito. As mulheres ainda estão confraternizando na sala e, pela altura da conversa e das risadas, sei que estão se divertindo. Pego o celular e ligo para Caroline. Inspiro fundo e preparo meu psicológico antes que ela atenda.

Será que eu conto para ela?

Ou é melhor não?

— Maxim! — exclama, efusiva e preocupada ao mesmo tempo. — Tudo bem? Onde você está?

— Caro. Oi. Estou em Kukës, hospedado na casa dos pais de Alessia.

— Você ainda está aí? Não estou entendendo. Se você já encontrou Alessia, por que ainda não voltaram?

— Não é tão simples assim.

— O noivo dela?

O Babaca.

— Humm... não.

Caroline fica calada por uns minutos, esperando uma explicação. Ela suspira.

— O que você não está me contando?

De repente, tenho uma ideia, e nem é mentira.

— Temos que esperar o passaporte de Alessia.

— Ah. Entendi. — Ela soa desconfiada, mas continua: — Você não quer vir para cá e depois voltar para pegá-la?

— De jeito nenhum. Não quero tirar os olhos dela.

— Nossa, olha esses seus instintos de proteção! — zomba Caro. — Revelando seu lado salvador de donzelas indefesas.

Dou uma risadinha, aliviado por seu sarcasmo habitual.

— É verdade. Tem se revelado já há algum tempo, para minha surpresa.

— Mas ela está segura com os pais, sem dúvida.

— Foi a mãe dela que a entregou para os traficantes, mas não sabia de nada.

Ela arqueja.

— Eu não sabia disso. Que horror.

— Pois é. Por isso preciso protegê-la. Bom, mas chega disso. O que você tem feito?

— Ah — murmura Caroline, e quase a ouço se retrair.

— O que foi?

— Encontrei forças para mexer nas coisas do Kit.

Minha tristeza vem à tona, inesperada, forte e perversa, me deixando sem fôlego.

Kit. Meu irmão querido.

— Entendo — murmuro.

— Estou com algumas coisas dele que acho que você vai gostar. — O tom de sua voz é suave e cheio de lamento. — Com o resto... ainda não sei o que fazer.

— Podemos tratar disso quando eu voltar para casa — ofereço.

— Está bem. Vamos fazer isso. Vou ver alguns dos papéis dele amanhã.
— Boa sorte.
— Estou com saudades dele. — Sua voz está impregnada de uma tristeza serena.
— Eu sei. Também estou.
— Quando você volta?
— Semana que vem, espero.
— Ótimo. Está bem. Obrigada por ligar. Estou feliz que você encontrou Alessia.
Desligo, sentindo uma baita culpa.
Estou escondendo coisas dela, por isso me sinto culpado.
Eu devia ter contado a ela.
Merda!
Fico tentado a ligar de novo e confessar que vou me casar, mas ela vai querer pegar o primeiro avião para cá, e, para falar a verdade, não quero esse transtorno.

Decido não contar à minha mãe pelo mesmo motivo. A Nave Mãe vai perder a cabeça, e não tenho certeza se Kukës ou os Demachi estão prontos para a Condessa *Viúva* em toda a sua glória, porque eu não estou.

Melhor pedir perdão que permissão. Essa frase que meu pai sempre dizia me vem à mente. Ele a citava com um brilho no olhar, quando me flagrava prestes a fazer alguma coisa que eu não devia.

Tento me livrar do pensamento quando alguém bate na porta. Antes que eu possa dizer qualquer coisa, Alessia entra apressada, fecha a porta e se apoia nela. Muito pálida e ansiosa.

— O que aconteceu? — pergunto.

Ela respira fundo, avança e me surpreende enroscando os braços ao redor da minha cintura. Eu a envolvo num abraço, alarmado, e beijo seu cabelo.

— Alessia, o que foi?

Ela me abraça mais apertado.

— Anatoli. Ele esteve aqui.

Mal dá para ouvir a sua voz.

— O quê?

Meu mundo vira de ponta-cabeça, e fico tenso à medida que a raiva irrompe em meu âmago.

Ela levanta o rosto, os olhos arregalados de medo.

— Ele apareceu aqui na porta de casa.

Horrorizado, seguro a cabeça de Alessia e a examino.

— Aquele brutamontes filho da puta. Por que você não me chamou? Ele tocou em você? Você está bem?

— Eu estou bem. — Ela pousa a palma das mãos em meu peito. — E não, ele não tocou em mim. Ele queria que eu mudasse de ideia.

Fico sem ar.

— E você?

Foi por isso que ela não me chamou.

Ela franze a testa, sem entender.

— Você mudou ideia?

— Não! — exclama ela.

Graças a Deus.

— Por que você acharia isso? — Ela se afasta, parecendo muito ofendida, e não tenho alternativa senão soltá-la. — Você por acaso mudou de ideia? — pergunta, levantando o queixo daquela sua maneira arrogante, e dou uma risada diante do disparate.

O nosso disparate.

Como é que ela pode pensar isso?

— Não. Óbvio que não — respondo. — Eu queria que estivéssemos indo no nosso ritmo, mas você sabe disso. Por que duvida de mim? Estou completamente, perdidamente... bem demais apaixonado por você.

Abro os braços, e depois de um segundo ela volta a se enroscar com um tímido sorriso de perdão.

— São muitos advérbios. Bem demais?

— Minhas palavras favoritas. — Sorrio. — Quero me casar com você. Da maneira certa. — Um pouco mais calmo, dou mais um beijo em seu cabelo. — O que você disse para ele?

— Falei que não. Que nós dois vamos nos casar. Aí ele foi embora.

— Espero que seja para sempre.

Com delicadeza, pego seu cabelo, puxo sua cabeça para trás e dou um beijo suave em seus lábios.

— Fico triste por você ter que lidar com aquele babaca. Mas contente que você tenha confrontado Anatoli, minha garota corajosa.

Alessia encara aqueles olhos verdes brilhantes e vê seu amor refletido nas profundezas do dele. Ela passa as mãos pelos braços musculosos de Maxim, pelos ombros, pelo rosto e pelo cabelo castanho. O perfume dele é de uma familiaridade imensa: cheira a Maxim e sândalo. Movida a um desejo desesperado, ela leva a boca do noivo de volta à sua, enquanto, com os próprios lábios, provoca os dele, separando-os. Maxim geme quando a língua de Alessia implora pela sua. Ela quer se agarrar a Maxim e apagar a lembrança do encontro com Anatoli. Ele a abraça mais apertado, uma das mãos deslizando e apertando sua bunda, a outra prendendo seu cabelo na altura da nuca, e a mantém bem junto de si, enquanto recebe aquilo que ela dá tão sem reservas. Ele se mexe, guiando-os para trás, ao mesmo tempo que um consome o outro, até Alessia sentir as costas contra a parede. O desejo pulsa por todo o corpo dela e se acumula bem em seu íntimo, alimentando sua carência.

Maxim interrompe o beijo, a respiração acelerada.

— Alessia, está tudo bem. Eu estou com você. — Ele encosta a testa na dela. — Não podemos fazer isso agora.

— Por favor — sussurra ela, cheia de desejo.

— Com sua família lá na sala? Sendo que qualquer parente pode vir procurar você?

Alessia desliza um dedo pelo pescoço de Maxim, descendo até a gola do suéter, deixando evidente sua intenção.

— Baby, não acho que seja uma boa ideia. — Ele coloca a mão sobre a dela, os olhos de um tom de esmeralda escuro e, se ela não está equivocada, em um conflito interno...

Mesmo assim, ele está dizendo *não*.

Alessia não entende. Seu primeiro instinto é retroceder.

Não cabe a ela questioná-lo. Porém, esse é seu futuro marido, e as palavras que ele proferiu em uma tarde de inverno na grande mansão na Cornualha voltam à sua mente.

Fale comigo. Pergunte. Sobre o que for. Eu estou aqui. Vou escutar. Discuta comigo. Grite comigo. Vou discutir com você. Vou gritar com você. Vou entender errado as coisas. Você vai entender errado também. Tudo isso acontece. Mas, para resolvermos nossas diferenças, precisamos conversar.

*Q*ue porra é essa, cara?

Estou no meio de uma crise de consciência ou coisa assim. Não quero ser apanhado *in flagrante delicto* por um membro do clã Demachi. Para falar a verdade, é estranho demais estar com Alessia e escutar o bando de mulheres rindo e fazendo graça com a mãe dela e saber que seu pai doido não está muito longe com a tal espingarda.

Fui parar no século errado, e isso está me confundindo.

Alessia arregala os olhos.

— Você não quer?

— Ah, baby, nada podia estar mais longe da verdade. Olha só. — Pego a mão dela e a pressiono contra meu pau duro.

— Ah — diz ela, as bochechas corando, e os dedos começam a explorar.

Caralho.

— Alessia — resmungo, sem decidir se é um aviso ou uma súplica.

Ela me fita, os olhos escuros cheios de desejo, e não aguento mais. Eu a puxo para os meus braços e começo a beijá-la. Como deve ser. Com ardor, como um homem faminto. Meus dedos em seu cabelo a prendem no lugar enquanto nossas línguas se exploram. Um desejo quente e em erupção incendeia meu sangue, e acho que vou explodir. Ela me acompanha na paixão, me empurrando para trás em direção à cama, tirando a barra da minha camisa de dentro da calça jeans e puxando meu suéter. Seguro sua cabeça com uma das mãos, minha boca presa à sua, me deliciando com seu gosto, minha outra mão na sua bunda maravilhosa.

— Alessia!

Alguém bate na porta.

Merda.

Nós nos desvencilhamos com um salto, os dois arfando, ofegantes e surpresos. Passo as mãos pelo cabelo.

— Merda! — sussurro, e Alessia dá uma risada.

Soltando o ar, eu a puxo para os meus braços e beijo o topo de sua cabeça.

— Entre — digo, a voz rouca. — Nós nunca temos muito tempo, não é? — pergunto a Alessia.

— A não ser à noite. — Seus olhos brilham com uma sensualidade cheia de disposição.

Ah. É como se ela estivesse se comunicando diretamente com o meu pau superinteressado.

Shpresa entra no quarto e franze a testa ao ver Alessia abraçada com Maxim.

— Aí está você, meu coração. — A mãe se dirige a ela em albanês. — Temos convidadas.

— Eu sei, mamãe — responde Alessia, parecendo ofegante.

— Largue esse homem e vamos continuar com o planejamento. Elas vão embora daqui a pouco.

Alessia sorri para Maxim.

— Você vai voltar para suas parentes? — pergunta ele.

— Vou, tenho que ir. Nós estávamos conversando sobre a comida e a decoração do casamento — explica Alessia, com um suspiro. — Não se preocupe, elas não vão demorar. E aí vamos começar a limpar tudo. — Alessia solta o ar.

— Tenho que ver alguns e-mails.

— Mama. Vou em um minuto.

Shpresa fecha a cara e depois ergue o dedo indicador.

— Um minuto. Mais nada.

Ela dá meia-volta e deixa Alessia e Maxim, ambos ainda tentando se recuperar.

Observo a Sra. Demachi sair, aliviado porque ainda estávamos vestidos quando ela nos interrompeu. Beijo o topo da cabeça de Alessia de novo.

— Baby, sempre vou querer você. Mas vamos esperar até sairmos daqui.

— Mas ainda faltam dias para isso!

Os protestos de Alessia ampliam meu sorriso.

— E não tenho nenhuma camisinha — murmuro junto a seu cabelo.

— Você pode comprar.

— Posso. Mas não acha que vai ser esquisito as pessoas achando que você está grávida e eu comprando camisinha?

— Ah.

— Vou pedir ao Tom para trazer.

Alessia solta um arquejo, fica vermelhíssima e esconde o rosto em meu suéter Aran.

Abro um sorriso e a abraço mais apertado.

— Contei a ele que você não está grávida.

— Eu... eu... humm... podia ir em uma clínica. E tomar pílula anticoncepcional — sugere, o som abafado pela malha da minha roupa.

— É uma ideia excelente.

Ela arrisca um olhar cauteloso para mim, e sorrio.

Sexo sem camisinha vai ser novidade!

— Tudo bem. Vou fazer isso. Eu devia contar aos meus pais que não estou grávida.

— Isso. Nós devíamos.

— Tenho um plano. — Ela me encara, hesitante.

— Você tem?

— Amanhã é a data da minha menstruação. — Ela enterra a cabeça em meu suéter de novo.

Ah.

— Tudo bem. Então você vai contar à sua mãe que não está grávida?

— Vou, sim. Vou encontrar um momento para contar para ela. — Alessia não consegue me olhar. Imagino que esteja constrangida.

De novo com sua cabeça entre as mãos, encaro seus lindos olhos escuros.

— Nós devíamos poder falar sobre isso, sobre você e seu corpo. Está tudo bem. Acho que é um bom plano. — Dou um beijo em sua testa. — Conte a ela no sábado, talvez.

Aparentemente reconfortada, ela assente.

— É melhor eu ir.

Eu a solto, relutante, e, com um olhar sedento e demorado, ela sai do quarto, me deixando com um pau duro e um caso grave de dor entre as pernas.

Foi a mesma coisa quando a conheci.

Sorrio com a lembrança e inspiro, uma respiração profunda e purificadora. Conforme previsto, a mãe de Alessia surgiu em uma hora inoportuna. E isso é um problema, porra. A proximidade e o monitoramento constante dos pais dela estão me enlouquecendo. Estar aqui me ofereceu uma valiosa perspectiva sobre a educação que Alessia recebeu e me faz admirá-la mais ainda por fugir para Londres. Ela cresceu e viveu nessa atmosfera sufocante, sob as rédeas dos pais, a vida inteira. Estou aqui há duas noites e já sinto falta da minha liberdade. Eu me sinto como um adolescente de volta à escola.

Sou um homem-feito, porra.
Bem, a maior parte do tempo.

Porém não vou sair daqui, ainda mais se aquele babaca acha que pode dar as caras e conseguir outra chance com ela.

Bufo com a ironia. *Cara, você está mesmo de olho nela.*

Esfrego minhas têmporas para extirpar o que resta da minha ressaca e faço uma anotação mental de onde o pai guarda a espingarda, para o caso de Anatoli, o Babaca, tornar a aparecer sem ser convidado. Eu ficaria bem feliz em meter uma bala nele.

Caralho.

Quanto mais cedo sairmos daqui, melhor. Já estou até pensando em homicídio.

Capítulo Quatro

Deitada na cama, sob o brilho da pequena luz noturna em forma de dragão, Alessia fita o teto enquanto seus dedos brincam com a cruz de ouro no pescoço. Ela está exausta, mas sua mente se recusa a se acalmar, pois fica repassando os acontecimentos do dia e a lista de afazeres.

De manhã, Tom levou Alessia e a mãe até Prizren, em Kosovo, para comprar um vestido de noiva. A mãe não quis deixar o noivo levá-las porque dava "azar" e iria "estragar a surpresa". Assim, Maxim insistiu que Tom fosse o motorista. O pai de Alessia não se importou. "Como eu disse, você é problema dele agora. Se é isso que Maxim quer, então que seja. Além do mais, eu e ele temos assuntos para tratar aqui."

Alessia fecha a cara no escuro e se vira para a luz noturna.

Ela não é um problema!

Alessia se força a voltar a pensar na ida até Prizren. Foi um sucesso. Elas tiveram sorte de encontrar um belo vestido, e Alessia acabou descobrindo um lado mais ameno do amigo mal-humorado de Maxim. Ele tinha sido educado, gentil e atento com elas. Além disso, tinha dado sua aprovação relutante ao modelo escolhido.

"Sim, sim. É esse. Muito bonito. Você está... humm... encantadora", dissera ele. Seu rosto estava corado, quase da mesma cor que seu cabelo. Em seguida, tentando não mostrar seu constrangimento, se virara para examinar os pedestres através da vitrine da loja. Alessia desconfiava de que Tom estava procurando por Anatoli.

Na ida a Kosovo, Tom lhe contara sobre a empresa de segurança da qual era proprietário, e onde colocava em prática as habilidades que aprendera no Exército britânico. Ele se mostrou encantado por ter uma plateia cativa e atenta. Alessia, por sua vez, ficou fascinada, fazendo perguntas sobre o trabalho de Tom, e agradecida por ele as acompanhar, pois Maxim estava supervigilante desde a reaparição inoportuna de Anatoli.

Ela estremece, ainda abalada pela visita do outro.
O que é que ele estava pensando?
Enquanto andava pelas ruas de Prizren, Alessia havia olhado para trás diversas vezes, com uma sensação desconfortável no estômago.
Será que estava sendo observada?
Não. Era só sua imaginação.
Ela afasta esse pensamento, e sua mente foca em coisas mais felizes: o noivo, que, naquela tarde, vestia uma camisa informal. Para sua surpresa, enquanto estava em Kosovo, Maxim e Thanas tinham ajudado seu pai a limpar a garagem onde os Demachi iam montar a recepção do casamento. Com a ajuda de Maxim, o sr. Demachi tinha levado para sua oficina mecânica na cidade os três Mercedes que ele costumava manter trancados ali. Ao retornar, o pai de Alessia, Maxim e Thanas continuaram a esvaziar e arrumar a garagem, preparando tudo para a tenda que chegaria de manhã. A ideia era montá-la na frente da garagem, criando um espaço maior para os convidados.

Quando Alessia e seus acompanhantes voltaram de Kosovo, Tom também arregaçou as mangas e se juntou aos três homens. Enquanto eles se encarregavam da parte de fora, mãe e filha começavam, na parte de dentro, a gigantesca tarefa de limpar, limpar e continuar a limpar.

Alessia tinha dado um jeito de escapulir no fim da tarde até a clínica local. Depois de uma breve conversa, ela havia convencido o médico a prescrever pílulas anticoncepcionais. Ela conseguiu ir até a farmácia antes que fechasse e ficou aliviada por não reconhecer ninguém por lá. Voltou para casa correndo para prosseguir com a limpeza, e ninguém perguntou aonde tinha ido. Mais tarde, quando sua menstruação desceu, ela subiu às escondidas e tomou a primeira pílula.

No início da noite, Maxim tinha aparecido na cozinha, as mangas arregaçadas apesar do frio. Ele estava sujo, corado e com o cabelo molhado de suor. Tinha um ar... sexy.

Trabalho pesado combina com Maxim.
Ele tinha dado um beijo rápido em Alessia, deixando um gosto de quero mais antes de entrar no chuveiro.
Maxim no chuveiro.
Fechando os olhos, Alessia vira de lado, e sua mente evoca uma fantasia de que está no chuveiro com ele. Os dois estão na Cornualha, no Esconderijo, e Maxim está ensaboando seu corpo, ambos embaixo da cascata de água, cada vez mais molhados. A mão de Alessia desliza pelo próprio corpo, imaginando que é a mão dele, assim como é dele a voz que ela ouve.
Você quer que eu lave seu corpo todo?

Sua respiração se acelera, e ela puxa a camisola até as coxas. Quando a mão escorrega para entre as coxas e começa a se movimentar, ela se vira de costas.

Alessia se lembra das mãos habilidosas de Maxim passando o sabonete em seus seios e depois deslizando pela barriga e escorregando para o ápice de suas coxas. Seu desejo se desenrola em uma onda que faz os mamilos se retesarem junto ao algodão macio, mas ela os imagina se endurecendo por causa dos gestos de Maxim: entre seus lábios, roçando sua barba por fazer, e depois repuxados por seus dentes.

Ela solta um gemido.

Em sua mente, ele beija seu pescoço, e ela responde com um som de aprovação ressonando no fundo da garganta.

Humm-humm.

As palavras de Maxim se alastram por sua cabeça.

Você é tão linda.

Ela arqueja à medida que a mão ganha velocidade.

Mais rápido. Mais rápido.

Está gostando?

E ela está por um fio.

Quase lá.

Quero tentar uma coisa nova. Vire, diz ele, ronronando em seu ouvido.

Alessia goza. Forte. Rápido. E inspira uma lufada de ar.

Conforme retoma seu equilíbrio, acha que agora talvez caia no sono. Ela se encolhe enquanto a prolongada sensação de prazer e bem-estar vai se esvanecendo, e seus pensamentos invadem sua cabeça outra vez.

Amanhã a garagem estará pronta, porém ainda há mais limpeza e o preparo da comida pela frente. Tem muita comida para preparar. E lembrancinhas para montar: amêndoas açucaradas em pequeninos sacos de pano. Para sua sorte, suas tias estão ansiosas para ajudar. Na visita de ontem, todas combinaram o cardápio e quem faria o quê. Uma chef de cozinha vai estar disponível para ajudá-las no dia.

Será que Maxim vai gostar do que foi combinado?

O Zot! Ela espera que sim.

Ela sabe que não é assim que ele queria o casamento.

Porém, ele continua aqui, não foi embora, e está indo adiante com a cerimônia para o bem de Alessia e da mãe dela. Alessia abre os olhos e fita o teto de novo, os dedos mais uma vez remexendo a cruz de ouro à medida que a ansiedade arde como uma chama.

Sua mãe, que prefere ficar com seu pai.

Será que ela vai ficar bem?

Alessia vem observando os pais nos últimos dias, e parece que eles chegaram a uma espécie de acordo. É esquisito assistir aos dois. Talvez a mãe tenha razão. Ele parece... mais gentil. Talvez a partida de Alessia tenha sido o que precisavam. Talvez ela fosse o motivo da discórdia entre os dois.

Afinal, ela não é um homem.

Pensar nisso provoca um nó em sua garganta.

Todo esse tempo, será que ela é que tinha atrapalhado a felicidade da mãe?

Ela é problema seu agora...

Uma lágrima escorre por seu rosto até a orelha.

Essa hipótese é demais para suportar sozinha.

Alessia joga os lençóis para o lado e sai da cama. Agarra apressada o pequeno dragão e se encaminha para a porta. Devem ser duas da madrugada, mas ela não tem certeza. Sai do quarto na ponta dos pés, fecha a porta em silêncio e fica parada no corredor, onde tudo está calmo, pois os pais foram se deitar horas atrás. Segue sem fazer barulho até a escada e desce dois andares. Alessia não se importa que talvez possa acordá-lo quando se esgueira para o quarto, porque agora tudo o que ela quer, tudo de que ela necessita, é Maxim.

N ão consigo dormir, e, no entanto, acho que meu corpo nunca trabalhou tanto quanto hoje. Bem, não desde que meu pai nos fazia ajudar com as colheitas na fazenda da nossa propriedade. Na época, eu estava no início da adolescência e esbanjava energia.

Agora? Não tanto.

Eu nem neguei o shot de *raki* que tomei esta noite para aliviar a dor nos músculos. Amanhã de manhã vou sair para correr antes de fazer qualquer coisa. Ainda bem que trouxe roupa de corrida.

Por mais estranho que pareça, foi bom ajudar meu futuro sogro. Ele é carrancudo e mal-humorado, e não faço ideia do que passa pela cabeça dele, mas é um homem decidido, trabalhador e organizado. Ele tem um objetivo, o que é um alívio, já que estou me sentindo perdido aqui. No final de um longo dia, me deu um tapinha nas costas e me entregou as chaves de um de seus carros: um velho Mercedes C Class. Thanas traduziu:

"Para você. Quando você estiver aqui. Seu carro. Você pode dar o Dacia para seu amigo. Pegue depois. E, por enquanto, estacione na rua."

"Faleminderit", respondi. *Obrigado* em albanês.

Ele então sorriu, e foi a primeira vez que o vi sorrir de verdade. Sua aceitação e generosidade levantaram meu moral.

Talvez ele não seja tão ruim assim.

Ele só está fazendo o que acredita ser o certo para a filha.

Agora, porém, estou com dificuldades para dormir. Algum dia imaginei que me casaria em uma garagem? Na Albânia? Algum dia imaginei que me casaria antes dos trinta anos? Graças a Deus minha mãe não sabe de nada. Mas pensar nisso me faz sorrir... se ela soubesse, iria surtar.

Alessia e a mãe foram fazer compras com Tom. Elas me proibiram de acompanhá-las, pois iam comprar O Vestido. Só entreguei meu cartão de crédito para Alessia e dei uma piscadela. Ela aceitou, agradeceu e me deu um beijo na bochecha.

Elas voltaram exultantes, e Tom estava bem encantado com a minha futura esposa.

"Ela é uma joia rara, Trevethick. Eu entendo você", falou quando se juntou a nós na missão de esvaziar a garagem.

Alessia e a mãe passaram a maior parte da tarde fazendo faxina. De noite, a casa estava impecável. Ela devia estar exausta. Espero que esteja dormindo profundamente e sonhando comigo. Quando tudo isso terminar, e depois de todo esse trabalho árduo, vamos precisar de umas férias.

Uma lua de mel.

Eu podia levar Alessia para um lugar bonito. O Caribe, talvez. Ficaríamos sentados em uma praia tranquila embaixo de palmeiras balançando, bebendo coquetéis, lendo livros e fazendo amor embaixo das estrelas. Meu corpo fica inquieto diante da ideia.

Puta merda. Eu estava em Cuba e depois em Bequia no Natal com meu irmão e a esposa, Caroline.

Parece que foi ontem.

Foi apenas há oito semanas.

Merda.

Tanta coisa aconteceu desde então.

Falei com Oliver agora à noite. Além de me atualizar sobre os negócios, ele tinha conseguido um visto para Alessia, que devemos pegar na embaixada britânica em Tirana. O próprio embaixador agilizou o processo, já que ele conhecia meu pai. Assim, Alessia pode voltar para a Inglaterra como turista até conseguirmos um status de residente ou um visto de cônjuge. A embaixada também vai providenciar um tabelião para autenticar a certidão de casamento e tornar tudo oficial.

Vou me reunir com um advogado que Rajah recomendou quando voltarmos a Londres. Ele me avisou que temos muito trabalho a fazer antes que Alessia possa permanecer no Reino Unido.

A porta se abre com um rangido, me assustando, e Alessia entra de maneira furtiva, usando sua camisola ridícula e carregando a pequena luz noturna. Meu coração palpita.

Ela está aqui. A minha garota.

Mesmo no escuro, sorrio quando ela avança para a cama.

— Olá — sussurro, minha alegria ressonando forte entre as minhas pernas. Afasto as cobertas para ela se juntar a mim.

— Oi — responde ela, com a voz um tanto áspera.

— Está tudo bem?

À luz do pequeno dragão, ela assente, então o apoia na mesa de cabeceira e sobe na cama. Dou um beijo em sua bochecha e depois a abraço e a seguro bem perto enquanto ela repousa a cabeça em meu peito.

— Não consigo dormir. Estou tão cansada... — murmura ela.

— Eu também. Pode dormir agora. — Beijo seu cabelo, inspiro seu perfume e fecho os olhos.

É aqui que ela deve estar... comigo.

Para sempre.

Eu me sinto flutuando.

Alessia fecha os olhos nos braços do homem que ama. É onde ela deve estar. Ficar aqui, envolta em seus braços, lhe traz uma sensação de lar. Alessia não se importa se for pega pelos pais, ela e Maxim só estão dormindo. Ela suspira quando sua mente enfim se aquieta e cai em um sono profundo e tranquilo.

Estamos no início da tarde de sexta-feira, e não consigo parar de checar as horas. Joe disse que chegaria por volta das três e vinte. Tom, que tem cumprido o papel de motorista do grupo nos últimos dias, foi buscá-lo no Aeroporto Internacional de Tirana. Joe me mandou uma mensagem dizendo que estavam a caminho e que tinha uma surpresa para mim.

Não sei se gosto de surpresas.

O jardim da frente da casa dos Demachi está imaculado e digno de uma recepção de casamento. Há uma tenda junto à garagem, e mesas e cadeiras foram dispostas lá dentro. O lugar está limpíssimo. Ontem, todos ajudamos a colocar a tela branca doada por uma das tias de Alessia. O teto da garagem agora se encontra coberto por uma cobertura delicada e luzinhas. Tudo está bem bonito. Até romântico. Há fios de luzes decorativas nas paredes e arranjos de luzes em cada uma das mesas de plástico, cobertas com toalhas de linho. Levando em conta o prazo tão curto, os Demachi fizeram um bom trabalho. Alugaram alguns aquecedores externos para a tenda, e há uma lareira portátil a lenha de tamanho razoável na outra extremidade da garagem, que tenho certeza de que será acesa. Assim, se tudo der certo, nossos convidados não vão congelar.

O DJ, Kreshnik, um primo de Alessia, montou uma pequena cabine no canto da garagem. Seu equipamento é dos velhos tempos: um laptop e humildes decks Numark Mixtrack Pro. Não vejo um desses há anos. Ele os conectou em alguns alto-falantes, e o som é surpreendentemente agradável e nítido.

— Que som incrível. — Faço um sinal de positivo para ele e sorrio.

Kreshnik sorri de volta, e sei que não entendeu nada do que eu disse.

— Maxim! — chama Alessia.

Abro um sorriso ao vê-la. Ela deve querer que eu prove alguma coisa. O aroma da cozinha está delicioso. Demachi, que está juntando lenha no canto da garagem para usar na lareira portátil, se vira e dá um sorriso breve.

— *Ajo do të të shëndoshë!* — grita ele, rindo, mas não faço ideia do significado.

Thanas se aproxima, dando risada.

— Ele disse: "Ela vai engordar você."

Achando graça, ando apressado na direção da casa, mas me viro para entrar na brincadeira:

— Diga para ele que "Assim espero".

Entro correndo na casa, tiro meus sapatos e me encaminho para a cozinha. Eu me apoio no arco e admiro em silêncio minha futura esposa, que está perto do fogão, mexendo em uma panela grande e balançando os quadris com a música aos berros pelo alto-falante de seu celular novo. Seu cabelo está preso em um rabo de cavalo que se mexe junto com ela. Alessia veste uma calça jeans apertada com uma das blusas que compramos em Padstow e um bonito avental florido. Ela é jovem, linda e está à vontade: o suprassumo da rainha das atividades domésticas. Qualquer vestígio de trauma desapareceu. Mais nenhum hematoma. Nenhuma escoriação. E me sinto mais do que grato por sua aparência estar tão boa.

Também dançando ao ritmo da música, Shpresa mistura uma grande quantidade de massa.

Nossa, como ela tem energia.

A música que estamos ouvindo é uma canção pop albanesa. Um *hit*. A vocalista tem uma voz incrível.

Alessia abre um sorriso ao me ver.

— Tome. — Ela ergue uma colher de pau respingando algo cheiroso que leva carne no preparo.

Quando me aproximo, me lança um olhar ardente e leva a colher aos meus lábios, me observando com atenção, seus olhos se intensificando à medida que o petisco se derrete na minha boca.

É suculento, com um gosto de alho e algo picante.

Delicioso.

— Humm... — falo enquanto saboreio.

— Você gostou?

— Você sabe que gostei. Muito. E gosto de você.

Ela sorri e dou um selinho em seus lábios.

— *Tavë kosi?*

— Você se lembrou! Minha receita especial. — Ela fica encantada e balança os quadris ao ritmo da música, os olhos escuros cheios de promessas enquanto mexe a panela.

Ah, baby.

Falta pouco.

Ela agora tem um passaporte novo em folha, e, portanto, podemos partir assim que ela quiser.

Graças a Deus.

— *Ei!* — Escuto um chamado vindo da porta da frente.

— Joe! — exclamo para Alessia e saio correndo em direção ao corredor.

Joe está parado no umbral, elegante como sempre, vestindo um terno sob medida azul-escuro e sobretudo azul-marinho. Assim que me vê, ele abre os braços.

— Trevelyan! Meu amigo.

Dou uma trombada nele e o abraço.

Porra, como é bom vê-lo.

— Meu camarada. — Minha voz sai rouca quando uma súbita onda de emoções se engasga na garganta.

Ele me aperta com força e depois se afasta, me observando.

— Você está bem? — pergunta.

Estou tão emocionado que só consigo confirmar com a cabeça.

Puta merda. Não quero desmoronar justo agora. Não vou conseguir superar a vergonha.

— Você está com uma cara ótima, Maxim — comenta ele com um amplo sorriso. — A bagagem está no carro. Eu trouxe seus ternos, as alianças e... — Ele se vira e, atrás dele, de pé perto do carro, está a minha irmã.

Maryanne.

Merda.

Atrás dela, com uma expressão que pode me transformar em pedra, está a viúva do meu irmão.

Caroline.

Puta que pariu.

Capítulo Cinco

Olho para Joe, que dá de ombros, se desculpando assim que Maryanne chega na porta da casa e joga os braços em volta de mim.
— Maxie — sussurra ela. — Você encontrou Alessia, então.
— Encontrei.
— Tem alguma coisa que você queira nos contar? — diz ela, inclinando a cabeça para o lado, o sarcasmo transbordando de cada palavra.
E sei que ela está enfurecida, mas também controlando sua irritação com firmeza.
Ah, não.
Caroline entra valsando por trás dela e me oferece uma bochecha para um beijinho. Sem abraço.
— Tivemos que voar de classe econômica — dispara ela.
Merda.
Estou mais encrenca do que pensava. Tom e Thanas a seguem para dentro.
— Entre e conheça a família — digo, ignorando sua frieza. — E tire os sapatos.
Shpresa e Alessia estão paradas do lado do fogão enquanto conduzo Joe e nossas convidadas-surpresa para a sala de estar. Elas nos encaram sem entender quando entramos no cômodo. Alessia abandona a panela no fogão, limpa as mãos no avental e desliga a música do celular. Apresento Joe primeiro, já que o estávamos esperando. Sempre cavalheiro, ele dá um passo à frente, a mão estendida.
— Sra. Demachi, como vai a senhora? — diz ele, com um sorriso deslumbrante. — Estou encantado em conhecê-la.
Menos, cara. Menos.
Shpresa, mesmo em estado de choque, aperta a mão dele.
— Olá. Você é bem-vindo aqui — diz ela.
Joe sorri e se vira para Alessia, que está de olhos arregalados e pálida, como se tivesse sido pega no meio do fogo cruzado.

Ah, não.
— Alessia, que prazer ver você de novo.
— Oi — responde ela, e acrescenta: — E, dessa vez, você está usando roupas.
Ele ri alto, e um pouco de cor retorna ao rosto de Alessia quando ela abre um sorriso. Joe a abraça e beija suas bochechas.
As duas!
Cara!
A mãe dela franze a testa com a interação, mas não diz uma palavra.
— Sra. Demachi, essas são a minha irmã e a minha cunhada, Maryanne e Caroline.
Elas apertam as mãos uma de cada vez.
— E essa é minha noiva, Alessia. Caroline você já conheceu.
Caroline lhe dá um sorriso breve, mas, creio eu, sincero.
— Oi de novo — diz ela.
Alessia oferece a mão, e elas se cumprimentam.
— Oi... Caroline. — A voz dela está trêmula, revelando o nervosismo, mas, antes que eu possa dizer alguma coisa, Maryanne lhe estende a mão.
— Tudo bem? — diz ela.
Alessia aperta a mão dela e olha de Maryanne para mim.
É verdade. *Somos parecidos.*
— Tudo bem? — pergunta Alessia.
Os olhos de Maryanne se arregalam um pouco de surpresa, e ela sorri.
— Agora entendo por que tanto alvoroço — comenta ela, de sua maneira direta.
Alessia franze a testa, talvez sem entender que é um elogio.
— É. Bem. — Tropeço nas palavras.
Isso é constrangedor.
— Agora que todos nós nos cumprimentamos... — consigo dizer.
— Por favor, sentem-se. — Shpresa me salva e aponta para a mesa de jantar. — Estamos nos preparativos para o casamento.
— Na verdade, antes de nos sentarmos — diz Maryanne, usando sua voz estridente de médica. — Posso dar uma palavrinha com meu irmão? Em particular.
Maryanne concentra seus brilhantes olhos verdes em mim, e sei que estou em uma merda federal.
— Vocês podem usar a sala — indica Alessia, olhando para mim com ansiedade.
— Me leve até lá — pede Maryanne.
Como eu sei o que ela vai falar e não quero que fale na frente de Alessia e da mãe, pego a mão dela e quase a arrasto para fora dali.
Em completo silêncio, atravessamos o corredor.

Alessia assiste a Maxim saindo com a irmã. Ela acha que ele está irritado, mas não entende por quê.

Será que ele não quer a família dele aqui?

Ele tem vergonha dos próprios parentes?

Ou tem vergonha dela e da família dela?

Alessia tenta não pensar muito nessa hipótese porque teme que possa ser verdade. Ela volta sua atenção para Tom e Thanas, que entraram no cômodo, e observa Tom e Joe se cumprimentarem com um soquinho.

— Estou tão feliz que você veio, velho. — Joe sorri, os dentes brancos e brilhantes à mostra, e dá um tapa nas costas de Tom.

É óbvio que são bons amigos. Tom oferece um sorriso educado a Caroline. Ele é mais reservado com ela. Alessia acha que Tom fica mais confortável na companhia de homens que de mulheres.

Como um homem albanês.

Tom apresenta Thanas a Joe e Caroline.

— Nós não estávamos esperando essas mulheres — comenta a mãe em albanês, desviando a atenção de Alessia.

— Eu sei. E não acho que Maxim tenha gostado.

— Elas vão ter que dormir no quarto que tínhamos reservado para o amigo de Maxim.

— É. Devíamos oferecer um chá ou alguma coisa mais forte.

Naquele momento, o Sr. Demachi entra, e as apresentações recomeçam. Ele parece encantado em conhecer uma mulher linda e cheirosa, e Alessia não pode culpá-lo. Ela não consegue tirar os olhos de Caroline. Ela é a mulher mais elegante que Alessia já viu. De calça cáqui e um suéter creme, um cachecol de seda simples com uma estampa discreta cáqui e creme no pescoço, Caroline irradia riqueza e berço. Até mesmo as pérolas nas orelhas e o cabelo brilhante, com um corte chanel liso.

Perto dela, Alessia se sente desleixada e desgrenhada com a calça jeans e o avental manchado.

Ela se encaixa direitinho no papel de faxineira de Maxim.

E, da última vez que Alessia viu Caroline, ela estava nos braços de Maxim.

Quando fecho a porta, Maryanne se vira, o cabelo voando.

— Que brincadeira é essa, caramba? Casar com sua faxineira? Sério? O que é que deu em você, porra?

Olho perplexo para ela, atordoado pelo ataque e, por um momento, sem palavras para sua agressividade.

— E aí? — exige ela.

— Eu não achava que você fosse esnobe, Maryanne — retruco, minha raiva crescendo.

— Não sou. Só estou sendo prática. Que diabos uma mulherzinha... daqui... — Ela gesticula para o quarto — ... pode te oferecer?

— Amor, para começo de conversa.

— Ah, pelo amor de Deus, Maxim. Você enlouqueceu? O que vocês têm em comum?

— A música, por exemplo.

Minha irmã me ignora, ela pegou o embalo.

— E fazer isso semanas depois da morte do Kit? Isso é seu luto. Você sabe disso, não sabe? Não tivemos nem tempo suficiente para chorar a morte dele. Você não tem um pingo de respeito?

— Bem, o momento não é o ideal, mas...

— Não é o ideal? Por que essa pressa? — Ela arregala os olhos. — Ah, não. — Sua voz diminui. — Não me diga que ela está grávida.

Cerro os dentes, mal conseguindo me controlar.

— Não. Ela não está. É... — Suspiro e passo a mão pelo cabelo enquanto luto para encontrar uma explicação que possa satisfazê-la.

— É o quê?

— É complicado.

Ela olha irritada para mim, e juro que, se eu fosse lenha seca, já teria virado uma pilha de cinzas queimada. Ela está lívida, mas de repente sua expressão muda.

— E pensar que você ia adiante com essa palhaçada sem nos convidar! — A voz dela falha, e lágrimas surgem.

Merda. M.A.!

Ela está magoada.

— Isso é o que mais está me machucando — sussurra ela.

Suas palavras são um soco no estômago.

Puta merda. Eu não fazia ideia de que ela se sentiria assim.

— É esse o problema? — Meu tom está mais suave. — Eu casar com Alessia ou você não receber um convite?

— O problema é você pensar que nós não íamos querer estar aqui. Mesmo no fim do mundo! Ou que você não nos queria aqui. As duas opções me magoam. Qual é seu problema, Maxie? Eu já perdi um irmão este ano. Você é tudo o que eu tenho. Você é a minha família. — As lágrimas agora rolam pelo rosto dela. — E você faria isso sem a gente...

Ela funga e puxa um lenço para assoar o nariz.

Merda.

— Me desculpe — digo.

Abro os braços, e ela se aconchega sem hesitar e me abraça com força.

— E eu só descobri pela Caro — gagueja ela.

— M.A., eu não pensei na situação — sussurro contra seu cabelo. — Foi tudo rápido demais. Mas vamos fazer outra cerimônia em Londres ou na Cornualha. E só para você saber, não estou de brincadeira. Vou me casar porque achei uma mulher por quem estou perdidamente apaixonado e quero envelhecer ao lado dela. Alessia é tudo para mim, me sinto vivo desde que a conheci. Ela é carinhosa, compreensiva e me apoia em tudo. Ela é maravilhosa. Nunca conheci ninguém como ela e nunca senti isso por ninguém. Eu preciso dela, e, mais ainda, ela precisa de mim.

Cara, que discurso.

Ela solta um suspiro demorado e trêmulo e me examina com os olhos vermelhos.

— Você se apaixonou mesmo, né?

Confirmo com a cabeça.

— Você sabe que vai ser difícil para ela exercer o papel que é esperado para sua esposa.

— Sei. Mas ela vai poder contar com nossa ajuda. Não vai?

Maryanne me examina mais uma vez e suspira.

— Se ela faz você feliz, porque isso é tudo o que eu quero para você, Maxim, então, sim, ela vai contar com nossa ajuda.

Dou um sorriso.

— Obrigado. Ela me faz mais do que feliz. E espero que eu faça o mesmo por ela.

— Ela é linda.

— Ela é. E engraçada e doce e adorável.

A expressão nos olhos de Maryanne se suaviza.

— E ela é extremamente talentosa.

— Em quê? — Maryanne arqueia uma sobrancelha.

Dou uma gargalhada.

— Alessia é pianista.

— Ah. — Ela fica surpresa e olha para o velho piano vertical que tem um lugar de honra na sala. — Mal posso esperar para escutá-la.

— Hum... Você contou para a Nave Mãe?

Maryanne semicerra os olhos.

— Não. Eu não quis ferir os sentimentos dela.

— Ela tem sentimentos?

— Maxim!

— Precisamos voltar.

Todos, exceto Shpresa, estão sentados à mesa. Alessia olha para mim e Maryanne quando entramos. Ela franze a testa e se concentra nas próprias unhas, embora eu tente tranquilizá-la com o olhar. Os olhos de Caroline se estreitam quando ofereço uma cadeira para Maryanne se sentar, e sei que, em um futuro não tão distante, terei com a minha cunhada a mesma conversa que acabei de ter com a minha irmã.

Shpresa está trazendo um bule de chá, algumas xícaras, uma garrafa de *raki* e vários copos.

Raki. Já? Caramba.

Alessia torce o avental entre os dedos. A irmã de Maxim é tão elegante quanto Caroline. Ela é alta e linda, com cabelo vermelho vibrante e tão bem-vestida quanto a cunhada.

Como Alessia pode esperar ser considerada alguém do mesmo nível que essas mulheres?

Os ingleses são tremendamente esnobes. Eles vão desprezar você. Vão olhar de nariz empinado para você.

As palavras de Anatoli voltam para assombrá-la e deixam Alessia na defensiva. Shpresa oferece chá às mulheres e *raki* aos homens.

— Essas mulheres precisam ficar aqui — diz o pai dela à mãe.

— Isso mesmo — concorda a mãe. — Alessia, diga para elas.

— Posso ajudar — diz Thanas enquanto olha com suspeita para o copo de *raki*.

— Está tudo bem — diz Alessia em inglês. — Caroline, Maryanne, vocês são bem-vindas para ficarem aqui. Vão ter que dividir um quarto.

— Isso é muito gentil da sua parte, Alessia. Nós tínhamos pensado em ficar em algum hotel próximo — responde Caroline.

— Vocês são bem-vindas aqui — declara Shpresa.

— Vamos adorar ficar aqui, se não for muito trabalho — diz Maryanne.

— Ótimo. Está resolvido — conclui Tom, e ele se volta a Maxim. — Agora, como seu padrinho, é minha incumbência organizar sua despedida de solteiro. É uma tradição.

— O quê? — pergunta Maxim, se sentando do lado de Alessia e pegando a mão da noiva. Ele a aperta de uma forma tranquilizadora.

— Trevethick, está se esquecendo? Você vai se casar amanhã.

— Como eu esqueceria?

Maryanne e Caroline trocam olhares.

— Então, esta noite — continua Tom —, vamos beber todas em Kukës.

— Cara — diz Joe. — Estou dentro.

— Thanas? — convida Tom.

— Eu não perderia isso por nada nesse mundo!

— O que é isso? — pergunta Jak, olhando para a filha em busca de explicação.

— Os homens vão sair esta noite em Kukës. Acho que é uma tradição ocidental — explica Alessia.

— Para onde?

— Para os bares.

— Eu tenho que ir com eles. Conheço os melhores lugares. — O pai dela sorri para Maxim.

— Vou falar para ele. — Alessia olha de maneira insegura para Thanas, depois para Maxim.

— Seu pai quer ir com a gente — adivinha Maxim.

— Quer.

— Caramba. — Maxim sorri e balança a cabeça. — Tudo bem.

— Vou falar com os meus irmãos. E com os meus primos e os meus tios — diz o pai dela.

— E nós? Maryanne e eu? — pergunta Caroline, encarando Maxim com seus imensos olhos azuis.

Ela parece não conseguir desviar o olhar dele.

Ah.

— Só os homens! — insiste Tom.

— Talvez a gente possa levar Alessia para sair — oferece Maryanne.

— Tenho muita coisa para fazer — diz Alessia, rápido.

— Bem, nesse caso, vamos ajudar. Não vamos, Caro?

— Ah, não. Vocês são convidadas — protesta Alessia.

— Ficaríamos honradas de ajudar, se pudermos — responde Caroline, mas olha ansiosa para Maxim. Ou seria um olhar de devoção?

Então Alessia lembra que ela perdeu o marido há não muito tempo, e Maryanne, o irmão. Eles estão ligados pelo luto.

Estou dividindo o quarto de hóspedes com o Joe agora. Não é a primeira vez que isso acontece. Dormimos no mesmo quarto na escola e em viagens durante a adolescência, e, há nem tanto tempo, quando estávamos completamente bêbados no fim de uma noitada.

Ele está desfazendo a mala, e penduro os dois ternos que ele trouxe.

— Cara, como você tem estado, de verdade? — pergunta ele.

— Bem. Um pouco inquieto, se quer mesmo saber a verdade.

— Maxim. Preciso perguntar... Esse casamento. É coisa sua? É o que você quer?

— Em que sentido?

— Você é pegador. Está pronto para se amarrar a uma mulher só?
Olho para ele, perplexo.
— Eu não estaria passando por tudo isso se não estivesse!
— Cara. Só estou perguntando.
Dou um suspiro, controlando a paciência.
— É isso que eu quero. É isso que ela quer. Por que é tão difícil acreditar?
Ele levanta as mãos, tentando remediar a situação.
— Ok, ok. Eu acredito em você.
— Mas chega disso. O que houve?
— Achei melhor trazer dois ternos. Para você poder escolher.
— Não. Quero dizer em relação à minha família, que você trouxe junto.
— É. Desculpe. Cruzei com Caro quando estava saindo do seu prédio com os ternos.
— Ah.
— Fiquei de mãos atadas. Ela queria saber o que diabos eu estava fazendo.
— Entendi.
— Ela está puta, cara. Com você.
— Eu sei. Não contei para elas. Não queria confusão. Mas consegui conversar com Maryanne e explicar tudo. Caro vai ter que esperar.
— Alessia sabe sobre você e ela?
— Do que você está falando?
— Sobre antes do Kit.
— Hum... Não. — E, óbvio, tem também a questão de que dormimos juntos depois da morte do Kit.
Caralho.
— Você acha que eu devia contar? — perguntei.
Ele dá de ombros.
— Não faço ideia.
— Nós não falamos sobre... nada disso.
— Deixe para a lua de mel.
Rio de uma maneira um pouco nervosa.
— Isso. Boa ideia.
— Você planejou uma viagem?
— Planejei. Cuidei disso. É uma surpresa para Alessia.
— Legal. Aqui as alianças.
Ele me entrega uma sacolinha, dentro da qual há duas caixas cor-de-rosa embrulhadas para presente.
— Ótimo. Obrigado.
Eu me sento na cama e abro a sacola.

Joe se senta do meu lado.
— Então, me conta como é o casamento aqui.

Mais tarde, Maxim e Joe entram na cozinha. Alessia está na bancada batendo ovos e inspira com força, absorvendo a visão que é o noivo. Os olhos verdes de Maxim reluzem com uma promessa sedutora, e seu cabelo brilha, as mechas douradas refletindo sob as lâmpadas. Ela ainda se espanta que esse homem lindo vai ser seu marido. De jaqueta, camisa branca e calça jeans, ele está uma delícia. Seus olhares se encontram, e ele sorri e desfila até ela.

— Como você está? — pergunta ele baixinho.
— Estou bem. E você?
— Bem.

Ele beija a testa de Alessia, e ela inspira um vestígio do cheiro dele. É uma mistura de sabonete e espuma de barbear com a fragrância preferida dela: Maxim. Ele coloca uma mecha de cabelo atrás da orelha da noiva.

— Você está muito gostosa.

Ela ri, deleitando-se com aquela atenção.

— Estou parecendo sua faxineira.

Ele pega o queixo de Alessia com o polegar e o indicador, inclina com delicadeza sua cabeça para cima e dá um beijo demorado em sua boca.

— Não. Você está parecendo uma condessa.

Ela suspira diante da expressão intensa e radiante dele, mas sua mãe pigarreia, interrompendo os dois. Ele se vira e sorri para Shpresa, depois para as duas mulheres sentadas à mesa.

— Estou vendo que colocaram vocês para trabalhar — comenta ele, olhando para Caroline e Maryanne, que estão picando espinafre e azedinha.

— Queremos ajudar — afirma Maryanne, com um sorriso alegre.

— Isso é surpreendentemente terapêutico — diz Caroline, com um olhar intenso para Maxim.

— Tem vinho em algum lugar — menciona ele, ignorando a atenção da cunhada. — Compramos vários para a cerimônia no sábado. Acho que está lá atrás.

— Eu mataria por uma taça de vinho! — exclama Caroline, e Alessia não tem certeza se ela está expressando desespero ou alívio.

— Vou pegar uma garrafa — diz Shpresa, e desaparece na despensa.

— Então, como é a vida noturna aqui, Alessia? — pergunta Joe.

Ela dá de ombros, um pouco constrangida.

— Não sei. Nunca saí muito à noite.

Todos se viram para encará-la, e ela fica vermelha.

— Meus pais são protetores — explica ela rápido, mas percebe Caroline olhando para Maryanne com a testa franzida.

Sua mãe volta, empunhando uma garrafa de vinho branco.

— Pode deixar que eu abro — oferece Joe.

Shpresa lhe entrega a garrafa e um saca-rolhas e traz duas taças para a mesa.

— Duas? — pergunta Joe, consternado.

Alessia e a mãe se entreolham. Então a atenção da mãe vai para os ingleses, que fitam as albanesas, depois pousa de novo em Alessia. Os olhos de Shpresa brilham com uma travessura que Alessia nunca tinha visto. A mãe sorri e pega mais duas taças.

Mama!

Joe serve as quatro taças quando Baba entra no cômodo. Ele está de barba feita, gravata e camisa limpa. Bem elegante.

— Está todo mundo pronto? — pergunta ele a Alessia na língua deles, o tom de voz animado.

— Acho que sim, Babë.

Ele encara a esposa.

— Você está bebendo? — pergunta, chocado.

— Estou. Todos nós já comemos. Vou ficar bem. — Ela levanta a taça para ele.

E Maryanne, Caroline e Alessia fazem o mesmo.

— *Gëzuar, Babë* — diz Alessia.

Ele olha boquiaberto para a esposa e a filha e depois para Maxim, aquiescendo.

— Como eu disse, ela é problema seu agora.

Mas Maxim não entende.

— *Gëzuar, Zonja* — diz ele para as mulheres, depois se vira para Joe e Maxim. — Nós vamos.

O quê?!

Alessia olha pasma para a mãe, que também está espantada. É a primeira vez na vida que elas ouvem o pai falar inglês. Ela toma um rápido gole de vinho e assiste aos homens saírem do cômodo.

— O que foi? — pergunta Maryanne para Alessia.

— Meu pai. Ele nunca fala inglês.

Maryanne ri.

— Existe uma primeira vez para tudo. E nada mal esse vinho, hein.

— É albanês — diz Alessia, sem conseguir disfarçar o orgulho na voz.

— Saúde, Alessia, Sra. Demachi, e parabéns. — Maryanne ergue sua taça.

Caroline a imita e todas elas tomam um gole. O vinho é delicioso, embora não tão gostoso quanto o que ela tomou na biblioteca na Cornualha. Ainda assim,

Caroline e Maryanne parecem apreciá-lo, o que, como uma albanesa orgulhosa, agrada Alessia.

— Acabamos de cortar o espinafre. O que fazemos agora? — pergunta Caroline.

ALESSIA COLOCOU AS duas travessas grandes de *tavë kosi* no forno para assar e foi se sentar ao lado da mãe enquanto as mulheres fazem *byrek*. Shpresa abre a massa e Alessia, Maryanne e Caroline a recheiam com uma mistura de espinafre, azedinha e queijo feta, que Shpresa preparou com ovos, alho e cebola. Enquanto fazem os rolos, cada uma vai bebendo do próprio vinho.

A conversa vai e vem, mas as brincadeiras entre Caroline e Maryanne são divertidas.

— Não acredito que você se apaixonou por um americano. — Caroline provoca Maryanne.

— Me apaixonei?

— Querida, desde que ele ligou para você no aeroporto você está com um olhar apaixonado que eu nunca tinha visto.

— Não estou!

— Acho que você está negando até demais. Quando nós vamos conhecer ele?

— Não sei. Ethan talvez vá para a Inglaterra na Páscoa. Vamos ver. Ele é difícil de decifrar. — Maryanne lança uma expressão penetrante para Caroline, que faz biquinho com um falso desdém.

— Há quanto tempo vocês se conhecem? — pergunta Alessia.

Ela está se sentindo um pouco tonta do vinho; já estão na segunda garrafa.

— Eu e Maxim ficamos amigos na escola — responde Caroline. — Bem, mais do que amigos. Só que isso foi há muito tempo.

Ela franze a testa, ainda encarando a mistura de espinafre, e espalha-a sobre a massa, depois a torce em um rolinho.

Mais do que amigos!

— Acho que *nós* nos conhecemos em uma das festas de verão da Rowena. A partida anual de críquete na Mansão Tresyllian — diz Caroline para Maryanne.

— É. Naquela época. Você e Maxim vieram de Londres. Preciso admitir, ainda é muito divertido. Eu adoro homens com o uniforme branco de críquete.

— Verdade. — Caroline soa nostálgica. — Kit ficava lindo de branco, e era um batedor habilidoso também.

Ela fita a taça.

— Era mesmo — concorda Maryanne, e o clima entre as mulheres fica péssimo.

— Sinto muito pela perda de vocês — diz Alessia baixinho.

— Pois é. Bem. Obrigada. — Caroline engole em seco e joga o cabelo brilhante para trás como se estivesse tentando afastar um pensamento ruim. — Vai ser uma responsabilidade sua sediar a partida de críquete anual da cidade no próximo verão, Alessia, entre muitos outros eventos.

Alessia a encara. Ela não entende nada de críquete.

— Você não sabe mesmo o que esperam de você, não é? — pergunta Caroline.

— Agora não — Maryanne adverte Caroline.

— Não — sussurra Alessia.

Caroline suspira.

— Bem... — Ela lança a Maryanne um olhar tranquilizador. — Vamos estar lá para ajudar.

— Vamos terminar esses *byrek* — declara Maryanne, animada, e Alessia percebe que ela está tentando melhorar o clima.

O bar está lotado e barulhento, mas a atmosfera é sociável e festiva, apesar dos arredores espartanos. Esse é o terceiro bar a que vamos, e é tão bom quanto os dois primeiros, embora não tão sombrio, porque há diversas camisas e cachecóis do time de futebol FK Kukësi nas paredes. O esporte é muito popular em Kukës. Essa noite, os homens — todos conhecidos ou parentes de Jak Demachi, ao que parece — estão por aí afogando as mágoas, já que o time perdeu para Teuta, o time de Durrës.

Nosso amor por futebol ajuda a quebrar o gelo. Joe e eu, que somos torcedores do Arsenal e do Chelsea, respectivamente, nos solidarizamos com a tristeza deles. Tom é fã de rúgbi, como nós dois, mas não liga muito para futebol.

Estou na minha quarta cerveja e sentindo o efeito. Não consigo me lembrar do nome de ninguém, mas Tom e Joe estão segurando as pontas.

Joe, como o homem bonito que é, sem dúvida atrai todos os olhares. Não vi nenhuma pessoa negra na Albânia, embora eu tenha certeza de que elas existem, mas Joe não parece desconfortável com a atenção. É o oposto, na verdade — ele está curtindo. Estamos sendo tratados como convidados de honra, os albaneses encantados por estarmos aqui.

Para ser sincero, é tocante.

Só há dois problemas neste instante: o primeiro é Caroline e o fato de que terei que encarar sua fúria em algum momento. Ela tentou fingir que está tranquila quanto ao casamento, mas isso me deixou preocupado. Ela deve estar magoada, e preciso pedir desculpa. O segundo é a desconfortável sensação de estar sendo vigiado. Eu sei que todos nessa cidade pequena estão curiosos em relação a nós, mas volta e meia um arrepio perturbador desce pelas minhas costas, como se alguém estivesse me observando.

Será ele?

O "prometido" dela.

Ele está observando? Não sei.

Pode ser apenas minha imaginação.

— *Urdhëro!* — Jak me entrega mais uma cerveja. — *Më pas raki!* — Ele bate minha garrafa na dele.

Ah, meu Deus, raki. *A bebida do diabo!*

Está tarde. A comida está esfriando e pronta para ir para as geladeiras da despensa. Alessia está sentada com Caroline e Maryanne à mesa, já na terceira garrafa de vinho. Sentindo-se mais tonta do que antes, ela parou de beber. Sua mãe foi sensata e se retirou para dormir. Afinal, vão ter um grande dia amanhã.

Alessia boceja. Não há sinal dos homens, e ela suspeita que Maxim vai estar tão bêbado quanto na noite do *raki*. Ela gostaria de ir para a cama, mas Caroline e Maryanne estão conversando sobre homens, e é fascinante.

— Homens são difíceis de entender — comenta Maryanne.

— Emocionalmente indisponíveis, isso sim — responde Caroline. — Mas, no fundo, tudo o que eles querem é alguém para chupar o pau deles. — Ela ri, mas a risada soa forçada e vazia.

— Caro. Chega — repreende Maryanne, olhando para Alessia, que está tentando absorver essa opinião surpreendente.

Ela está chocada com o rumo da conversa, mas mantém a expressão neutra enquanto tenta pensar em como responder.

É assim que as mulheres inglesas conversam umas com as outras?

Caroline se vira para Alessia, semicerrando os olhos como se a estivesse avaliando de novo, agora que estão alegrinhas por conta da bebida.

— Você é mesmo muito bonita — observa ela, arrastando um pouco as palavras.

Alessia desconfia que a outra esteja mais do que alegrinha.

— Não fico surpresa por ele ter se apaixonado por você... mas... nunca vi isso antes. Ele. Apaixonado. Sabe, ele é meu melhor amigo.

Melhor amigo, agora.

Alessia aproveita a oportunidade.

A expressão *mais do que amigos* está se repetindo na cabeça dela, atormentando-a desde que Caroline a soltou mais cedo.

— Você e ele eram... amantes? — pergunta Alessia.

— Acho que podemos dizer que sim. Perdemos a virgindade um com o outro. — Os lábios de Caroline vão um pouco para cima, como se fosse uma lembrança agradável. — Ele fode melhor que o meu marido.

— Ah. — Alessia agora está completamente sem palavras, e uma imagem de Caroline usando apenas a camisa de Maxim e fazendo café na cozinha dele invade sua mente.

— Caroline! — exclama Maryanne, chocada.

— É verdade. Eu sei que ele é seu irmão. Os dois são seus irmãos — diz ela, arrastado. — Mas você sabe que Maxim é pegador. — Ela olha para Alessia. — Querida, ele dormiu com quase Londres inteira. — A expressão dela muda. — E depois de Kit... Bem, nós... Ai!

— Chega — grunhe Maryanne, a voz muito mais firme, e Alessia suspeita que ela chutou Caroline por baixo da mesa.

Caroline dá de ombros.

— É verdade. Promíscuo é pouco. Ele é a prova viva do ditado: a prática leva à perfeição.

— Acho que é hora de levarmos você para a cama, Caro. — Maryanne se levanta. — Perdoe a Caroline, ela está em luto e bebeu demais — se desculpa Maryanne a Alessia. — Não liga não.

Caroline franze a testa enquanto se levanta, como se houvesse acabado de perceber o que tinha dito.

— É. Lógico. Me desculpe. Não sei o que estou falando. Me perdoe.

— Boa noite, Alessia — diz Maryanne, e arrasta Caroline para fora da sala, deixando Alessia abalada.

Ele fode melhor que o meu marido.

Verbo no tempo presente.

Capítulo Seis

A Sra. Demachi preparou um café da manhã monumental para todos nós. Pelo seu imenso sorriso e a musiquinha que está cantarolando enquanto faz o café e se ocupa da cozinha, sei que ela está bem à vontade e amando cada segundo disso tudo. É um alívio não sermos um transtorno para ela.

— Bom dia, Maxim — me cumprimenta ela, irradiando felicidade.

Dou um beijo rápido em seu rosto.

— Bom dia, Shpresa. Obrigado por alimentar meus amigos e minha família.

— Menino querido. — Ela leva a mão ao meu rosto. — É um prazer. Sei que você traz muita felicidade a minha Alessia.

— E ela a mim.

Ela sorri.

— Sente-se. Coma. Grande dia, hoje. E o tempo foi generoso conosco. — Ela aponta para a janela, e do lado de fora o céu está glorioso.

Um azul brilhante de fevereiro. Espero que não esteja frio demais.

Maryanne e Joe estão sentados à mesa. Eles parecem animados, saboreando omeletes e o delicioso pão almofadinha da Mama Demachi. Há queijo, azeitonas, mel local e charutinhos de folha de uva. Jak está sentado na cabeceira da mesa, passando manteiga e geleia de frutas vermelhas no pão. O pai de Alessia é a definição de desperto e com energia. Ele está bem animado desde a noite passada. Sua mão está meio suja de fuligem, por isso sei que ele foi lá fora acender a lareira na garagem para aquecer o espaço do nosso casamento.

Os Demachi são excelentes anfitriões.

Fora a parte empata-foda, óbvio.

A única pessoa que não está animada é Caroline, sentada em silêncio, parecendo pálida e emburrada enquanto bebe devagar uma xícara de café. Suspeito que esteja de ressaca. Maryanne de vez em quando lança um olhar ansioso para ela e depois para mim.

O quê? O que aconteceu?
Maryanne me faz um sinal negativo rápido e sutil com a cabeça.
Deixa para lá, está falando.
Lógico que quem não está presente à mesa é a minha linda noiva. Alessia está nos preparativos para o casamento, e não a vejo desde que saímos para a minha despedida de solteiro. E que noite foi aquela... Kukës é boa de festa. Bem, os homens de Kukës são. E tudo acabou tranquilo... No sentido de que não fui algemado a nenhum mobiliário urbano sem calça, coisa que Tom ameaçou fazer em algum momento durante a noite.
Você não tem nem algemas.
Eu improviso, meu velho.
E me sinto bem hoje de manhã. Talvez porque dispensei o *raki*. Agora, estou animado e um pouco ansioso para dar continuidade ao dia, e vou ficar feliz quando ele terminar.
— Posso falar com você? — pergunta Caroline quando eu me sento.
Olho para ela, sentindo que está nervosa. E Maryanne está sendo evasiva. Aconteceu alguma coisa? O que será?
Meu estômago se revira.
— Sim. — Meu tom é ríspido.
É agora. O momento do acerto de contas que eu tanto temia.
— Em particular?
— Depois do café da manhã. Você precisa comer alguma coisa.
Ela faz uma careta, e sei que ela está com a maior ressaca.

Alessia se fita no espelho do quarto, sem olhar de verdade. Ela está sentada na penteadeira enquanto Agnesa, sua prima, que é cabeleireira e maquiadora, enrola seu cabelo com um babyliss. Agnesa tagarela, empolgada por estar envolvida nos preparativos e ansiosa para ver de novo Maxim, o noivo bonito.
Alessia para de prestar atenção na falação da prima. Está entorpecida, e não tem certeza se são seus nervos ou se ainda está abalada pelas revelações de Caroline.
Querida, ele dormiu com quase Londres inteira.
Isso não é novidade para Alessia. Ela costumava esvaziar as latas de lixo com camisinhas sempre que limpava a casa dele. Ela franze o nariz de nojo com a lembrança. Às vezes, havia *muitas* camisinhas jogadas fora.
E então elas de repente pararam de aparecer.
Alessia esfrega a testa, tentando lembrar quando aquilo aconteceu. Tanta coisa rolou desde então que sua memória está embaralhada. Ela se esforçou para desco-

brir na noite passada enquanto tentava dormir, mas não conseguiu, porque as palavras de Caroline ecoavam em sua cabeça, zombando dela.

Ele fode melhor que o meu marido.

Então eles *estiveram* juntos.

Maxim e Caroline.

Mas quando? Quando essa *foda* aconteceu? Parece recente, e Alessia visualiza uma imagem indesejada de Caroline nos braços de Maxim, na rua do apartamento dele.

Não.

Sua imaginação a está oprimindo e fazendo com que ela duvide de si mesma. Fazendo com que duvide dele. De seu homem. Seu Mister. No dia do seu casamento.

Alessia sente que vai sufocar com o peso desses pensamentos horríveis.

— Preciso de um minuto — pede ela.

— Tudo bem — responde Agnesa, um pouco surpresa, mas se afasta.

Com somente metade do cabelo cacheado, Alessia encontra um lenço e o prende na cabeça, escondendo tudo. Ela pega um roupão, o amarra com pressa por cima da roupa e sai do quarto. Alessia precisa da única coisa que vai lhe trazer conforto.

Alcança a base da escada e escuta todos tomando o café da manhã. Ignorando-os, corre para a sala e se senta ao piano.

Inspira fundo e apoia os dedos nas teclas. Ela se sente mais confortável à medida que os dedos tocam no marfim frio. Então, fecha os olhos e executa a "Sonata ao Luar", de Beethoven, o complexo terceiro movimento. Em dó sustenido menor. A música reflete o tom correto de sua raiva. Flui. Alta. Fácil. Reverberando nas paredes, por toda a sala. Sua raiva e sua mágoa emanam das teclas, enfatizando os contrastes altos da sonata em nuances brilhantes de laranja e vermelho até não haver nada além dela e das cores da música.

Os arpejos rápidos e frenéticos do terceiro movimento de Beethoven ecoam furiosamente pelo corredor até a sala com uma violência e paixão tão grandes que a mesa inteira fica por um momento quieta e paralisada.

Olho para Shpresa, que se vira ansiosa para Jak. Ele dá de ombros.

— Alessia? — pergunta Maryanne, e ouço a admiração sem fôlego em sua voz.

Confirmo com a cabeça e me viro para seus pais.

— Aconteceu alguma coisa?

— Eu não sei — responde Shpresa, e os olhos se arregalam de espanto. — Você sabe?

— Que ela está com raiva, eu sei. Mas não entendo o porquê.
Desesperado, tento pensar se eu posso ter feito alguma coisa para aborrecê-la. *Merda. Ela está tendo dúvidas sobre o casamento?*
— Isso é a Alessia? — pergunta Joe com uma garfada de omelete a meio caminho da boca.
— É.
— Cara!
— Eu sei.
— Ela é extraordinária — murmura Joe.
— Ela é, sim. Mas ela está furiosa. Com alguma coisa ou alguém. — Eu me concentro em Maryanne e Caroline, que a viram na noite passada.
Maryanne contrai os lábios, e Caroline me evita. Já sei quem é a culpada.
— O que você fez? — pergunto em voz baixa, com o couro cabeludo arrepiando.
Que porra é essa? Você falou alguma coisa?
— Caroline?
Ela empalidece e balança a cabeça, ainda evitando meu olhar.
Merda.
— Eu vou lá. — Shpresa limpa as mãos em um pano de prato e sai da sala.
— Como você sabe que ela está com raiva? — pergunta Maryanne.
— É um dó sustenido menor.
Ela franze a testa.
— Dó sustenido menor. Música de raiva. Em tons de vermelho e laranja. Ela me disse. Triste e furiosa.
— Uau.
— É. Música. Eu falei.
— Ela é brilhante.
— É mesmo. Ela tem sinestesia. Está tocando de cabeça. — Não consigo esconder o orgulho e a admiração na voz.
— Ela é incrível — comenta Joe, extasiado.
— Ela é, mesmo — concordo. — Em todos os sentidos.
Alessia chega ao fim da peça e escuto com atenção, tentando ouvir se ela acabou ou se vai tocar mais alguma coisa.

Alessia está respirando forte quando termina. Seus pensamentos desanuviam conforme as cores somem. Ela inspira fundo, se vira e nota a mãe na sala. Estava tão perdida na música que não a ouviu entrar.
— Isso foi lindo, meu coração. Qual é o problema?

Alessia balança a cabeça — não quer admitir seus medos. Se pronunciá-los em voz alta, eles ficarão ainda mais tangíveis, mais reais. Ela está em uma encruzilhada. Acredita no homem que ama... ou não?

— Ele sabe — comenta Shpresa.

— Sabe o quê?

— Que você está aborrecida.

— Ele já me ouviu tocar.

— Muitas vezes, eu acho — diz sua mãe.

Alessia concorda.

— Ele tem tanto orgulho de você. Consigo ver isso nele.

— Eu preciso ir me arrumar. — Alessia se levanta e encara a mãe.

— Ele ama você.

— Eu sei.

Mas sua voz vacila, revelando seus verdadeiros sentimentos.

Por que de repente ela ficou tão insegura?

A expressão de Shpresa se suaviza.

— Ah, meu coração. Vá se aprontar. Você está tomando a decisão certa. Nesses últimos dias, nunca vi você tão feliz. E seu noivo está radiante.

— Ele está? — Alessia ouve a esperança na própria voz.

— Com certeza. — Ela acaricia o rosto da filha. — Você nos deu muito orgulho, Alessia. A mim e a seu pai. Vá conquistar o mundo. Como você sempre quis fazer. E, com aquele homem a seu lado, você não vai falhar.

Alessia fica mais animada. Sua mãe nunca afirmou nada com tanta certeza antes.

— Obrigada, Mama — diz e a abraça apertado.

Elas ficam paradas naquele abraço.

— Eu sei sobre o bebê — sussurra a mãe.

Alessia arfa.

— Sei que você não está grávida.

— Como?

— Pela quantidade de analgésicos que você tomou nos últimos dias. E encontrei suas pílulas anticoncepcionais quando estava limpando sua penteadeira.

Alessia fica vermelha.

— Me desculpe por... enganar você.

— Eu entendo. Vou encontrar uma maneira de contar para seu pai. Maxim sabe?

— Obrigada. E, sim, Maxim sabe desde o início.

— E mesmo assim ele foi adiante com tudo isso?

— Foi. Por mim... e por você.

— Por mim?

Alessia faz que sim com a cabeça.

— Não estou entendendo.

Alessia beija a testa da mãe.

— Um dia eu conto.

*P*orra!
  Estou aqui ruminando meus pensamentos, tentando descobrir o que há de errado com Alessia, e não consigo aguentar mais nem um segundo. Eu me levanto da mesa e, ignorando os muitos olhares que sinto queimando minhas costas, saio pelo corredor em direção à sala.

— Alessia — chamo através da porta e prendo a respiração.

— Sim — responde ela enfim.

Solto o ar com força.

— Você está bem?

— Estou. — Ela soa indecisa.

— Quer conversar sobre alguma coisa?

— Não.

Não é suficiente. Não acredito nela.

— Eu não ligo para essa bobagem de superstição, mas você e sua mãe, sim. É por isso que estou aqui fora. Não sei o que está incomodando você, mas saiba que eu te amo. Quero me casar com você. Hoje. Se você precisar conversar... estou aqui.

S hpresa olha para a filha.
  — Mama, preciso conversar com ele — diz Alessia.

— Vou sair daqui. Você decide se quer ele aqui ou não. Nada nesse casamento é convencional, então...

A mãe balança a mão, resignada, beija a testa da filha e sai.

— Posso entrar? — pergunta Maxim.

— Pode.

Maxim espia pela porta e sorri quando a vê. É impossível não retribuir o sorriso dele, e o coração de Alessia dispara. Ela estava com saudades. Maxim entra e se aproxima, os olhos verdes em chamas. Está de camiseta e calça jeans, a preta com o rasgo no joelho. Está preocupado e *gostoso*.

Especialmente gostoso.

— O que houve? — pergunta ele.

Alessia está usando um lenço azul em volta da cabeça que esconde seu cabelo e um roupão azul, me fazendo lembrar de quando ela estava no meu apartamento.

Que época aquela... Eu a desejando enquanto ela me ignorava.

Alessia está tão linda quanto estava naqueles dias. Mais ainda, e meu desejo por ela não diminuiu. Ela me encara, uma montanha de mágoa nos olhos.

— O que foi?

Ela empalidece um pouco.

Merda. É ruim.

— Me conta, por favor — peço.

— Foram... só palavras.

— Me conta — insisto.

— Sua cunhada. — A voz dela está quase inaudível.

— Caroline?

Ela confirma.

— Ah. — *Eu sabia.* — O que ela disse?

Ela parece estar refletindo se vai me contar. Eu assisto à batalha interna transparecer em seu rosto expressivo. Por fim, ela engole em seco.

— Ela disse que você... *fode...* — sussurra a palavra — ... melhor que o marido dela.

Inspiro com força, explodindo de raiva. Nunca ouvi Alessia usar linguagem chula antes, e ouvir aquela palavra saindo de sua boca me chocou mais do que deveria.

Mas o que Caroline disse é ainda mais chocante e *totalmente inapropriado. Caralho.*

Por isso ela estava com a cabeça baixa de vergonha no café da manhã.

Ela deveria estar mesmo.

Caro veio para cá para causar problemas. E conseguiu. Controlo minha raiva, sabendo que posso lidar com isso depois.

— Tenho certeza de que ela estava bêbada — murmuro, tentando soar um pouco moderado.

— Não consegui parar de pensar nisso ontem à noite. Enquanto estava tentando dormir.

Merda. Vamos ter mesmo essa discussão agora, no dia do nosso casamento?

— Você ama ela? — pergunta Alessia.

Eu a encaro, perplexo, em silêncio, atordoado. *O quê? Como ela pode pensar isso?*

— Você não está respondendo a minha pergunta. Na Cornualha, você disse, "fale comigo", "pergunte". Estou perguntando agora.

— Não, eu não amo a Caroline dessa maneira. — Sou categórico. — Eu a amei, há muito tempo. Mas eu tinha quinze anos. Ela é da família. Esposa do meu irmão.

— E fisicamente?

Franzo a testa, sem entender direito o que ela está tentando perguntar.

— Você teve relações sexuais com a esposa do seu irmão?

Cacete.

— Hum... não. Mas eu transei com a viúva dele.

Alessia se encolhe e fecha os olhos, e sua expressão me dilacera.

Merda. Nunca me senti tão envergonhado como agora.

— Quando eu vi a Caroline pela última vez — diz Alessia, abrindo os olhos muito, muito escuros e magoados —, ela estava nos seus braços, na calçada da sua rua.

— Nos meus braços? — Franzo a testa, tentando desesperadamente me lembrar, me sentindo como se tivesse sido pego em flagrante.

— Eu estava no Mercedes de Anatoli.

Sinto um aperto no coração e sou transportado de volta àquela noite pavorosa.

— Ah, é. Ela estava se desculpando e trombou em mim. Nós teríamos caído se eu não a segurasse. — Engulo em seco. — Tivemos uma briga. Uma briga feia.

— Faz sentido. Você e ela. Vocês são iguais. Da mesma classe. — A voz dela está cada vez mais baixa.

— Não! Eu não quero a Caroline. Eu quero você, Alessia. Quando fui vê-la, falei que estava apaixonado por você. Ela me expulsou e depois foi correndo se desculpar. E foi bem nesse momento que Anatoli entrou no carro. Não escutei o que Caroline estava falando. Eu sabia que alguma coisa estava errada. Reconheci a placa albanesa no carro, e não consigo descrever como foi angustiante assistir a tudo e não poder fazer nada enquanto o carro se distanciava. — Fechei os olhos e me lembrei da sensação de total desamparo e desespero enquanto o Mercedes desaparecia de vista. — Foi um dos piores dias da minha vida.

Os dedos dela encontram os meus, e abro os olhos enquanto ela aperta a minha mão.

— O que está acontecendo, Alessia? — Retribuo o aperto.

— Você tem certeza de que quer fazer isso? Ela ama você também.

Eu a puxo para meus braços e a abraço.

— É você que eu amo, não ela. É com você que eu quero me casar. Não com ela. Por favor, não deixe que ela estrague nosso dia.

Não consigo acreditar que estamos tendo essa discussão.

Alessia suspira, os olhos escuros nos meus.

— Baby, vamos em frente. — Acaricio seu lábio com meu polegar. — Quero envelhecer ao seu lado. E não quero que minha família tenha nenhuma dúvida sobre o que sinto por você, Alessia Demachi. Você é o amor da minha vida.

Ouço seu pequeno suspiro.

— Você é o amor da minha vida. — Ela pressiona os lábios no meu polegar.

— Graças a Deus. — Expiro com alívio. — Não vou beijar você. Quero guardar para essa noite.

Assim que essas palavras saem da minha boca, um arrepio de desejo percorre a minha pele, eriçando os pelos do meu corpo.

Uau.

Alessia inspira com força.

— Tudo bem. — Ela soa um pouco ofegante.

— Tudo bem. — Dou um sorriso.

Seu sorriso de resposta é tímido, e sei que a ganhei de volta.

— A música que você tocou impressionou bastante meus amigos e minha família.

— Eu estava com raiva.

— Percebi. Me desculpe.

Ela fecha os olhos e balança a cabeça como se estivesse se livrando de um pensamento terrível.

— Você já fez as malas?

Ela abre os olhos e confirma com a cabeça. Depois do casamento, vamos dar o fora daqui.

— Ótimo. Por favor, vá se arrumar. — Eu me inclino para a frente e beijo sua testa, fechando os olhos.

Não quero perder você. De novo.

VOLTO À MESA do café da manhã, onde a conversa está mais baixa, e sei que todos os olhos estão em mim. Não consigo nem encarar Caro. Ela passou mesmo de todos os limites, porra, e eu estou irritado.

Não. Furioso.

Como ela ousa fazer isso?

Nesse momento, não confio no meu pavio curto, e puta que pariu... hoje é o dia do meu casamento.

Ouvimos uma batida na porta da frente, e Jak salta da mesa como se estivesse esperando visita.

— Tudo bem, cara? — me pergunta Joe.

— Tudo. — Olho para o relógio. Tenho tempo. — Vou dar uma corrida.

Quando volto para cima com minha roupa de corrida, o ritmo está intenso. Há mais pessoas na casa, talvez para ajudar com o bufê e a arrumação, mas consigo evitá-las. Estou contente de sair para correr. Deixei Joe no quarto para tomar banho, e não tenho ideia de onde estão M.A. e Caro. Para falar a verdade, não quero saber e não me importo. Preciso de um tempo sozinho com meus pensamentos para me acalmar.

Do lado de fora, no dia claro, mas frio, a luz do sol reflete na superfície reluzente do lago verde. Mas logo no fim da entrada de carros vejo Demachi conversando com *ele*!

Demachi e o Babaca se viram para mim, e fico imóvel, encarando os dois de cara séria.

Que merda ele veio fazer aqui?

Fecho as mãos e estou pronto. Nada me daria mais prazer do que quebrar os ossos desse homem, ainda mais levando em conta como estou me sentindo agora.

— Não é o que você está pensando, inglês — zomba Anatoli.

Demachi levanta as mãos.

— *Po flasim për punë, asgjë më shumë.*

Não tenho ideia do que ele diz.

— Rá — exclama Anatoli, o desprezo evidente naquela única sílaba. — Se você soubesse a língua, saberia o que ele disse. Estamos discutindo negócios. Nada mais. Nada a ver com você. — O inglês do Babaca é impecável, o que é irritante, porra. — Não estávamos falando sobre Alessia — continua ele, e sua voz trava quando fala o nome dela.

O quê? Ele gosta dela?

— *Mos e zër në gojë Alesian* — fala Demachi para ele bruscamente.

— Vou estar aqui, inglês, esperando, na terra natal dela, com a família dela. Quando você foder com tudo — provoca Anatoli.

— Você vai esperar muito tempo, cara — murmuro, mais para mim mesmo do que para ele. — Assim espero.

Porra.

— Adeus, Babaca — grito, sabendo muito bem que meu sogro não vai entender, e me viro e subo correndo a entrada de carros, deixando-os para trás.

Para minha satisfação, vejo a boca de Anatoli fechada em uma linha firme, e sei que meu escárnio o perturbou.

Isso!

Na rua, passo desviando do Mercedes dele, alongo as pernas e corro.

Corro como nunca corri antes.

— Você está ótimo, cara — elogia Joe enquanto endireita a minha gravata.
— Estou feliz que você trouxe o Dior. É o meu preferido.
— Azul-marinho é sua cor. Combina com seu sangue.
— Muito engraçado, Joe.
— Estou puto que você não me deu tempo de fazer um terno sob medida para você.
— Você ainda vai ter essa oportunidade.
— Para um casamento? — Joe franze a testa.
— Vamos fazer uma cerimônia em Londres ou na Cornualha. Ou em Oxfordshire — eu o tranquilizo.
— Você e Alessia?
Dou uma risada.
— Isso. Não fique tão assustado. É complicado. Mas é provável que eu use um fraque completo.
— Cinza-claro? Preto? Risca de giz? — Os olhos de Joe se iluminam.
— Cara. Vamos resolver o atual casamento primeiro.
— Buraco do botão da lapela — diz ele, prendendo a rosa branca na minha lapela e colocando as mãos nos meus bíceps. — Você parece um noivo.
— Obrigado, cara. — E de repente me sinto emocionado com tudo o que aconteceu, com tudo o que estou prestes a fazer. Eu o abraço. Forte. — Estou tão feliz que você está aqui, cara...
Joe dá um tapa nas minhas costas.
— Eu também, Max. Eu também.
Pigarreio.
— Agora. Você sabe o que precisamos fazer — digo.
— Sei.
A tradição albanesa dita que o noivo deve pegar a noiva e levá-la para a casa dele para um banquete. No nosso caso, isso é impossível, já que não tenho casa aqui. Mas vou acompanhar Alessia da porta da frente de sua casa até o local da festa. É o mais próximo que conseguimos chegar dessa tradição.
Joe, Tom e eu esperamos a noiva do lado de fora, na porta da frente. Joe também está de terno azul-marinho e, como sempre, elegante e estiloso. Tom está de smoking preto com gravata-borboleta preta.
Foi só o que eu trouxe, Trevethick.
Ambos têm flores nas lapelas, e estou aliviado por eles estarem aqui comigo. A amizade e o apoio dos dois nos últimos anos têm sido tudo. E eles se produziram para o evento.
Os convidados estão perambulando pela entrada de carros, e alguns saem da casa. Acho que são os parentes que estavam cumprimentando Alessia lá dentro,

como manda a tradição. Alguns se encaminham para a tenda junto à garagem, que é mais quente, e sei que o escrivão já está lá dentro, com tudo pronto. Ao lado dessa combinação deslumbrante de lago e montanha, há a energia festiva e agradável de uma comunidade se reunindo.

Tento conter minha emoção. É emocionante.

Isso é muito diferente de onde eu venho, sem dúvidas.

As luzes coloridas que Jak pendurou nos abetos ontem complementam a atmosfera, assim como as poucas crianças correndo e rindo no jardim da frente, balançando bandeiras da Albânia.

As pessoas me cumprimentam com um aperto de mão ou beijos. Muitos dos homens que eu conheci na minha despedida de solteiro de última hora me chamam de "Chelsea" por causa do meu time de futebol. É um apelido que eu gosto, mas ainda estou achando impossível decorar os nomes de todos eles.

Uma fotógrafa está documentando nosso dia com uma Canon EOS. Acho que é uma das primas de Alessia, mas não tenho certeza.

Estou a um mundo de distância de casa.

Maryanne e Caroline se dirigem ao local do evento. Ambas estão usando roupas elegantes invernais de casamento. Maryanne veste um terninho azul-marinho e Caro, um vestido da mesma cor. Joe provavelmente deu a dica para elas do que eu estou usando.

Maryanne me abraça.

— Maxie, você está maravilhoso. Sua noiva também. — Ela funga e sai apressada antes que eu tenha a chance de falar qualquer coisa.

Caro ainda não consegue me olhar nos olhos.

— Você está me evitando — diz ela baixo.

— O que você esperava? Não é hora, Caro. Ainda estou muito puto com você.

— Me desculpe.

— Não é comigo que você precisa se desculpar.

— Eu preciso te contar uma coisa. — E ela me encara, insegura, os olhos azuis bem abertos e um pouco marejados. — E você vai ficar irritado com isso também, mas eu precisava fazer isso por você e por ela — sussurra.

— O que você fez?

— Eu contei para sua mãe. Ela vai chegar daqui a pouco.

— O quê? — As palavras saíram de forma quase inaudível, e mal consigo respirar.

Merda.

Capítulo Sete

— Querido, já estou aqui — ouço em uma dicção perfeita e com sotaque sofisticado, que vem em nossa direção por cima da leve brisa.

Nós nos viramos e meu coração se aperta: minha mãe está abrindo caminho pela multidão. Ela veste um casaco preto pesado, da coleção da Chanel para o próximo inverno, provavelmente, enormes óculos da mesma grife, um chapéu de pele artificial e botas Louboutin.

Acompanhando-a há um homem jovem que deve ter mais ou menos a minha idade, de casaco Moncler preto. Ele parece um modelo, com dentes perfeitos, e suspeito que seja com ele que ela anda trepando nos últimos tempos. A mão dela está pousada no braço dele.

— Mãe, que surpresa agradável — digo, recorrendo ao personagem desinteressado que deixo para interpretar apenas com ela. — Você devia ter me avisado que estava vindo.

— Maxim. — Ela oferece uma bochecha, e lhe dou um beijinho rápido, inspirando o aroma caro de Creed, seu perfume preferido.

— Joe e Tom você conhece — indico. — E Judas Iscariotes, minha cunhada.

Sinto uma pontada de prazer diante do rosto pálido de Caroline enquanto ela dá um beijo rápido no rosto da sogra.

— Obrigada por me avisar, Caroline. Em cima da hora, eu sei. Mas parece que chegamos a tempo. Esse é meu amigo, Heath. — Rowena apresenta o homem louro a seu lado.

— Tudo bem? — cumprimento, com um sorriso forçado.

Antes que ele possa responder, ela o solta.

— Posso ter uma palavrinha, querido?

— Acho que agora não é uma hora apropriada. Estou prestes a me casar. Por favor, dirija-se ao local da recepção. — Faço um gesto na direção da tenda. — Judas vai encontrar um lugar para você se sentar.

Caro ruboriza e fita seu par de sapatos Manolo Blahnik.

— Não estou aqui para impedir seu casamento, Maxim. Isso seria um pouco vulgar, você não acha? Mas vamos conversar sobre o assunto depois. E você vai me explicar por que está se casando com a faxineira e que merda é essa de não convidar sua mãe que está de luto para esse... evento. Você tem vergonha da sua noiva e da família dela? Porque, convenhamos, é isso que parece.

Não consigo encará-la, mas ela faz um beicinho com os lábios vermelhos, e sei que, por baixo daquele frio desdém, está fervendo de raiva.

Bem, então somos dois.

Não, não fervendo de raiva. Estou puto da vida.

Mas disfarço bem.

— Não convidei você, Rowena querida — eu me inclino para baixo e sussurro no ouvido dela —, porque você está fazendo exatamente o que achei que faria. Exibindo seu privilégio de merda. Agora, se me der licença, estou prestes a me casar com a mulher que eu amo.

Ela enrijece.

— Eu sei que se casar com essa garota é uma maneira de me provocar, mas deixe-me avisar que...

— Não é sobre *você*, porra — sibilo. — Nem tudo é sobre você, Rowena. Eu me apaixonei. Simples assim.

Tom pigarreia, o pescoço corando. Será que ele nos ouviu? Atrás dele, Jak e Shpresa aparecem na porta da frente. Eu me viro para cumprimentá-los. Shpresa está quase irreconhecível. Veste um tubinho rosa-claro e um xale de chiffon combinando. O cabelo escuro, como o de Alessia, está arrumado e elegante. E ela está usando um pouco de maquiagem.

Está deslumbrante.

— Mama Demachi, a senhora está linda — murmuro, e ela sorri, nos mostrando de onde Alessia herdou sua beleza.

Cabeça erguida, cara. Vamos nessa.

Eu me viro para apresentá-los.

— Jak, Shpresa, minha mãe decidiu nos honrar com sua presença. Quero lhes apresentar Rowena, a Condessa Viúva de Trevethick. — Enfatizo a palavra *viúva*, e Rowena contrai a boca, porque é grosseiro e também incorreto, mas ela não perde a pose e, com graciosidade, estende a mão.

— Sr. e Sra. Demachi, que grande prazer conhecê-los sob circunstâncias tão felizes.

Ela soa sincera, mas sua declaração é permeada por sarcasmo.

É irritante, mas eu ignoro e coloco os braços em volta dos meus sogros enquanto eles apertam a mão de minha mãe.

— Jak e Shpresa fizeram um trabalho incrível organizando esse evento em tão pouco tempo. — Dou um beijo na bochecha de Shpresa, e ela cora e logo traduz tudo para o marido.
— *Konteshë?* — pergunta Jak.
— Isso.
— Como vai a senhora? — cumprimenta Shpresa. — Por favor. Entre.
Shpresa me lança um olhar curioso e conduz Jak, acompanhando minha mãe e seu amante para dentro da casa.
— Isso foi um pouco turbulento — Tom declara o óbvio. — Você está bem, meu velho? — Ele dá uma batidinha nas minhas costas enquanto fazemos uma fila atrás deles.
— Estou — sibilo.
Mas é mentira. Inspirando fundo, enterro minha raiva e os sigo para dentro da casa.
Os Demachi suspenderam sua política de não entrar de sapatos naquele dia, e ficamos esperando parados no corredor, que está lotado agora que minha mãe e *Heath* se juntaram a nós.
Jak ajeita os ombros e, com um floreio teatral, abre a porta da sala, onde bem no centro encontra-se Alessia Demachi.
Ela é uma miragem, em renda, cetim e um tecido macio e diáfano, sob o contorno da luz da janela. Eu paro e fito a mulher que vai se tornar minha esposa em breve e perco completamente a linha de raciocínio. Ela está maravilhosa. Com os olhos escuros expressivos destacados pelo rímel, ela parece um pouco mais sofisticada, um pouco mais... segura, porém reservada e sexy demais.
Ela me tira o ar.
Seu vestido é a epítome da elegância: um corpete justo de cetim branco com uma camada de renda por cima, o rendado cobrindo também seus ombros e os braços, e uma saia que abre da cintura para baixo de forma suave. Há botões de pérolas bem pequenos na frente, e o cabelo está em um penteado delicado, com cachos, sob um véu fino.
Percebo que estou olhando embasbacado, guardando esse momento para me lembrar por toda a eternidade, e sinto um nó de felicidade, admiração e ansiedade na garganta.
Ela parece uma deusa, até o último fio de cabelo... não, uma condessa. Minha condessa.
Cara, não fique emocionado.
De repente, não me importo mais que o que estamos fazendo possa não ser de fato legítimo. Estou muito feliz e grato por estarmos fazendo isso hoje. Aqui. Agora.
— Oi de novo, linda. Eu podia passar o dia inteiro olhando para você.

— E eu para você — sussurra ela.

Seus olhos escuros, emoldurados pelos cílios mais compridos e escuros, estão vívidos e intensos, e eu quero me afogar neles.

Dou um passo à frente e beijo seu rosto.

— Você está maravilhosa — comento.

E percebo que é a primeira vez que a vejo de maquiagem. Ela está linda.

Alessia afaga minha lapela e sorri para mim.

— Você também.

— Minha mãe está aqui.

Ela arregala os olhos, em choque.

— Pois é. Prepare-se — aviso, em voz baixa, para que só ela escute. — Mãe — chamo em seguida.

E Rowena entra na sala. Está sem os óculos escuros, então força um pouco a vista enquanto observa a imagem primorosa à sua frente.

— Quero lhe apresentar a Alessia Demachi.

— Minha querida — diz Rowena e beija o rosto dela, depois dá um passo para trás para avaliar minha noiva.

— Lady Trevethick, como vai a senhora? — cumprimenta Alessia.

— Você fala inglês? — Rowena parece surpresa.

— Fluentemente — responde Alessia, e eu poderia beijá-la, porra.

Minha garota sabe se defender.

Rowena aquiesce e sorri. Acho que está impressionada.

— É um prazer conhecer você em um dia tão feliz — diz ela.

— O prazer é todo meu.

Só então percebo as outras pessoas na sala. As primas de Alessia, acho. E talvez algumas tias.

— Vamos ter muito tempo para nos conhecermos, depois desse casamento às pressas. Estou ansiosa para isso. — O tom de Rowena é neutro, mas amigável o suficiente. — Vamos pegar nossos lugares.

Ela se vira e sai da sala. Logo depois, percebo que Alessia solta um suspiro rápido. Deve ser de alívio.

Pego sua mão e sussurro no seu ouvido:

— Você foi incrível. Muito bem!

— Eu não sabia que ela vinha — sussurra ela de volta.

— Nem eu. Foi um choque, para falar a verdade. Podemos falar sobre isso mais tarde. Agora vamos nos casar?

Ela sorri.

— Vamos.

— Ah, esqueci. A tradição. Preciso dar isso para você.

Do bolso do paletó, tiro um lenço. Dentro dele, há uma amêndoa confeitada. Eu a levo aos lábios de Alessia.

Maxim está arrebatador, ainda mais com o terno escuro e elegante. Ela nunca o viu vestido de forma tão sofisticada antes. Ele parece que nasceu para isso.
Mas é óbvio que nasceu para isso. Ele é um aristocrata.
Os olhos dele reluzem um verde brilhante enquanto sua atenção vai dos dela para a sua boca. Os lábios de Maxim estão entreabertos quando Alessia lambe e depois pressiona os lábios no doce que ele está segurando.
— Humm — murmura ela, e ele fecha os olhos por um milésimo de segundo, depois joga o doce na própria boca.
Alessia sente um frio na barriga e inspira com força. Ele lhe dá um sorriso travesso cheio de promessas sensuais. Ela tem uma ideia... para mais tarde, quando eles por fim ficarem sozinhos.
Até lá, ele será dela.
Ela não consegue acreditar que ele será dela. Seu homem.
Ela quer desfilar pela casa de braços dados com ele, para que todos possam ver, e gritar *ele é meu*.
Alessia ri de si mesma, se sentindo um pouco boba e zonza.
Ele a ama. Maxim declarou da forma mais direta possível essa manhã, e sua declaração deu forças a Alessia.
Desde a revelação chocante de Caroline, Alessia percebeu que a família dele a está desafiando. Ela ajeita a postura.
Desafio aceito.
Vale a pena lutar por Maxim.
Ela acabou de se impor diante da mãe dele, e vai continuar alerta. Maxim sempre foi cauteloso quando o assunto era Rowena, então Alessia vai ter cuidado também. Ela sabe que deve encontrar um meio-termo com Caroline. Afinal, ela é cunhada de Maxim. Mas, ainda assim, vai ficar atenta. Caroline tem intenções próprias, e Alessia suspeita que ela está apaixonada por Maxim.
— Alessia, aqui! — chama Agnesa e lhe entrega o buquê de rosas brancas.
— Obrigada.
Alessia sorri e Maxim pega sua mão. Ela deixa os pensamentos de lado enquanto os dois saem juntos da casa.
Do lado de fora, solta a mão do noivo e pega o lenço que a mãe bordou para ela para essa ocasião. Como dita a tradição, Alessia finge estar triste por deixar a casa dos pais e toca de leve os olhos com o tecido, mas por dentro está comemorando.

— Você está bem? — pergunta Maxim, preocupado ao deslizar a mão pelo cotovelo dela.

Ela lhe oferece um sorriso rápido e pisca para ele.

Maxim franze a testa. Está confuso, mas achando graça.

— É tradição.

— Ah, é?

— Não há beleza em uma noiva sem lágrimas — sussurra ela.

Maxim balança a cabeça, sem entender, mas logo eles se distraem com os gritos e aplausos da família e dos amigos quando seguem em direção à espaçosa tenda, acompanhados de Tom e Joe. Os pais dela e a mãe de Maxim vão atrás rumo ao local, prontos para a cerimônia de casamento.

Estamos sentados de frente para Ferid Tabaku em uma mesinha, enquanto o escrivão nos informa solenemente de nossas obrigações. Os Demachi, sua família e amigos e os poucos membros da minha família estão nas mesas atrás de nós.

Tabaku se levanta e lê todo o código tradicional da família, explicando o que se espera de nós durante o casamento. Thanas traduz tudo para mim em voz baixa.

— Os cônjuges têm os mesmos direitos e deveres um com o outro. — Ele nos fita com atenção, os olhos escuros brilhando de sinceridade. — Eles devem amar e respeitar um ao outro, manter fidelidade matrimonial, apoiar um ao outro em todas as obrigações familiares e sociais...

Olho de relance para Alessia, e ela aperta minha mão, à beira de lágrimas. Um nó se forma na minha garganta, e logo desvio o olhar.

Respira fundo, cara.

Tabaku continua. Acho que esperar o pobre Thanas traduzir tudo o faz demorar mais.

Atrás de nós, embora todos estejam sentados, a multidão começa a ficar inquieta. Há tosses e risos abafados, e um bebê começa a chorar. Um menino fala alguma coisa que faz os convidados rirem, mas não tenho ideia do que foi. Alguém o leva para fora, acho que sua mãe. Suspeito que ele precise ir ao banheiro.

Por fim, Tabaku pergunta se concordamos com nossas obrigações e se consentimos com o casamento.

— Eu concordo com todas as nossas obrigações e consinto — respondo.

O escrivão aquiesce, satisfeito com minha resposta, e se vira para Alessia, que responde em albanês, e eu espero que ela esteja concordando e consentindo também. Ela me dá um sorriso rápido.

— Tenho o consentimento de vocês. Agora os declaro casados em nome da lei. — Tabaku sorri, e os albaneses irrompem em aplausos. — Parabéns — acrescenta ele. — Vocês podem trocar as alianças.

Eu estava ansioso pela hora das alianças.

Eu as pego onde guardei: no bolso interno, perto do coração.

— Lady Trevethick — digo para Alessia, e ela me oferece a mão.

Deslizo a aliança de platina em seu dedo, me sentindo um pouco estranho por não precisar falar nada. Cabe perfeitamente. Graças a Deus. Levo a mão dela aos meus lábios, meus olhos nos dela, e beijo a aliança e seu dedo.

Alessia responde com um sorriso tão lindo que chego a sentir um calor na virilha. Eu lhe entrego a minha aliança, e ela a desliza no meu dedo.

— Lorde Trevethick — sussurra ela, depois pega minha mão, beija a aliança e meu dedo, e aí se inclina para a frente e me beija.

Os albaneses aplaudem e comemoram, e Tom se aproxima.

— Parabéns, Trevethick — diz ele, e eu me levanto e o abraço.

Joe vem em seguida.

— Senhores, é preciso que assinem o contrato nupcial como testemunhas. Maxim, Alessia, vocês também precisam assinar — informa Thanas.

A família de Maxim se aproxima deles.

— Parabéns — diz Rowena a Maxim com seu tom seco e frio.

Ela coloca a mão no braço do filho e oferece a bochecha.

— Obrigado, mãe — responde Maxim, também seco e frio, e os lábios mal roçam no rosto dela.

Rowena encara Alessia com os olhos frios e sérios.

— Você está uma noiva linda, Alessia. Bem-vinda à família.

Ela oferece a bochecha a Alessia, que, assim como Maxim, dá um beijo rápido, com cuidado por conta do batom.

Maryanne joga os braços em volta de Maxim, e ele a abraça.

— Maxie — diz ela, e estende a mão para Alessia ao mesmo tempo. — Parabéns para vocês dois. Espero que sejam muito felizes.

Ela solta Maxim e abraça Alessia.

— Libertinos reabilitados dão os melhores maridos — sussurra Maryanne, mas, antes que possa responder, Alessia se distrai com Caroline, que está tocando na lapela de Maxim, com olhos suplicantes.

— Parabéns. — Caroline dá um rápido beijo no rosto dele.

Impassível, ele aquiesce.

— Obrigado.

Ela ruboriza de leve. Alessia percebe que Maxim ainda está chateado com a cunhada, e Caroline não sabe como lidar com a raiva dele. Ela se vira para a noiva, a expressão mais rígida, e Alessia sente o coração martelar.

— Parabéns, Alessia. E me desculpe. Pelo que eu disse ontem à noite. Foi deselegante e inconveniente.

Agindo por puro instinto, Alessia a abraça antes que ela possa falar qualquer outra coisa.

— Obrigada — diz e a solta.

Caroline aquiesce e sai, constrangida, deixando Alessia sozinha com Maxim.

— Como foi isso? — pergunta ele quando pega a mão dela.

— Tudo bem — sussurra, e leva a mão aos lábios dele.

— Você lidou de forma admirável com a minha família. Parabéns, Lady Trevethick.

Ela sorri, se iluminando com o elogio.

— Precisamos nos sentar lá.

Alessia aponta para duas cadeiras de veludo cinza colocadas embaixo de um pequeno caramanchão, diante de uma mesa coberta com uma toalha branca, rosas brancas e luzinhas.

Depois que eles se sentam, duas crianças, primos mais jovens de Alessia, oferecem pratos do impressionante bufê.

A FESTA ESTÁ a todo vapor. Alessia se sente tonta e um pouco alegrinha por causa do vinho.

Maxim tirou o paletó e a gravata. Como todas as parentes da noiva ficam mexendo no seu cabelo, ele está todo despenteado, mas continua lindo demais. Os homens começaram a dançar, e os tios de Alessia estão tentando convencer Maxim a se juntar a eles.

— *Vallja e Kukësit*. Venha! Chelsea! — convoca o primo Murkash. — Você é albanês agora!

Maxim revira os olhos e se volta para Alessia.

— Você não falou nada de dança. Com um monte de homens.

— Essa é a dança tradicional de Kukës — explica Alessia, sorrindo para ele.

Ele lhe dá um sorriso enquanto se levanta para se juntar aos outros.

*C*ara. *Que merda é essa?*

— Está bem! Está bem, estou indo. Joe, Tom, venham comigo — chamo os dois da mesa adjacente, onde estão sentados com minha família.

Murkash apoia a mão no meu ombro, depois pega a minha mão e vários de seus... não, de *nossos* parentes se juntam a nós, dando as mãos, e incluem Tom e Joe.

— Isso — exclama Murkash, segurando no alto um lenço vermelho, sinalizando para Kreshnik, o DJ, e a música começa.

Uma balada tradicional com um ritmo *techno* bate-estaca e uma mistura de cordas um pouco desafinadas acompanhada de vozes arcaicas retumba. Nunca ouvi algo semelhante. Mas outros homens se levantam e se juntam a nós. O público parece gostar mesmo.

Murkash me mostra a coreografia, e eu imito seus passos. Não é tão difícil quanto parece. Logo estamos dando a volta na pista de dança, e alguns dos rapazes mais novos se juntaram a nós também.

Joe sorri para mim. Tom está concentrado nos passos.

Nós circulamos a pista uma, duas vezes... Os homens gritando e sorrindo, aproveitando a camaradagem coletiva e a dança enérgica.

Quando a música acaba, estou um pouco sem fôlego.

Minha noiva se aproxima, tão radiante quanto no momento em que a vi na sala, sua silhueta contra a janela.

— Nós dançamos agora — diz ela.

Alessia pega seu lenço, joga os braços para cima quando a música se inicia e começa a balançar, os sedutores olhos escuros em mim. Não tenho certeza do que devo fazer. Nossos padrinhos e familiares deixam suas mesas, formando um círculo ao redor, então, aproveitando a oportunidade, pego as mãos dela e dançamos juntos, mas em seguida me afasto e apenas assisto, porque ela está fascinante.

Minha esposa gira devagar os punhos, o lenço na mão, e se vira seguindo um ritmo que parece antigo, com uma batida de percussão. Ela está cativando totalmente a mim e ao público. Alessia acena para me chamar de novo, e me rendo de bom grado e dou mais algumas voltas com ela antes de a música terminar.

O Sr. Demachi se lança à pista com seu lenço, e os homens mais velhos da comunidade o seguem. O DJ toca uma faixa tradicional e diferente, e Jak conduz os companheiros pelo local.

Fico parado e assisto com Joe e Tom. É... comovente, essa expressão de irmandade masculina, uma tradição que não escolhemos incentivar na Inglaterra. Fico meio que imaginando por quê. Demachi sinaliza para que nós nos juntemos ao grupo, e obedecemos, assim como algumas das mulheres.

DEPOIS DE ALGUMAS horas de farra exaustiva e mais dança, por fim cortamos o magistral bolo de casamento e o comemos acompanhado de uma taça de champanhe. Nossos convidados vão continuar curtindo a noite, mas para mim chega. Quero ir embora. Quero ficar sozinho com a minha noiva.

— Nosso táxi deve chegar logo — murmuro para Alessia.

— Vou me trocar.

— Não demore muito. — Dou um sorriso voraz para ela, e o rosto de Alessia cora.

Ela sai apressada da recepção, seguida pela mãe, e encontro Joe e Tom parados perto do bar improvisado.

— Trevethick, pra festa de casamento, esta foi muito boa. Diferente — diz Tom.

— É. Foi maneiro, cara. — Joe me dá um tapa nas costas. — Você parece feliz. Não deixe sua mãe cortar a sua onda.

— Não vou deixar. Obrigado por terem vindo. Devo fazer tudo isso de novo no verão. Vou manter vocês atualizados.

— Casar com a mesma mulher duas vezes no mesmo ano? Deve ser algum tipo de recorde — observa Joe, mordaz.

Concordo com um aceno de cabeça e volto a atenção para minha família. Rowena está conversando com Heath. Ele olha atentamente para ela com uma expressão séria enquanto Rowena fala. Heath concorda e se vira para mim, com um olhar curioso. Ele cora, com vergonha de ter sido pego me observando, e no mesmo instante volta a atenção para minha mãe. Ele ri de alguma coisa que ela fala e acaricia sua bochecha.

Há certas coisas que um homem não devia ver. Uma delas é a própria mãe se engraçando com um homem da metade da idade dela.

Enojado, foco em Maryanne, que está falando com uma das primas de Alessia. Acho que é Agnesa, que fez o cabelo e a maquiagem da minha esposa. Elas estão tendo uma conversa animada. Já Caroline está olhando fixamente para... mim! Ela se levanta.

Merda. Não quero nem preciso de mais drama por causa dela.

Ela se aproxima devagar, e sei que bebeu demais.

— Caro, e aí? — pergunto, o coração apertado.

— Pare de ser babaca — retruca ela, ríspida.

— Oi?

— Você entendeu!

Eu a encaro, tentando transmitir a merda monumental que ela fez revelando nossas questões para Alessia. Minha esposa não precisava saber daquilo por ela.

Eu que devia ter contado.

Mas estou cansado de ficar puto com Caro.

— Vou embora logo. O que foi? — pergunto.

— Você vai embora?

— Vou. Lua de mel. É tradição.

— Para onde você vai?

Faço uma careta. Como se eu fosse contar para ela.

Caroline bufa, mas não me pressiona.

— Eu só queria me desculpar. De novo. Você vai me ignorar para sempre?

Suspiro.

— Vou ver. Você fez merda, Caro. Precisa parar com isso.

— Eu sei — diz ela com calma, e me cutuca com o ombro, um gesto de afeição nada típico de Caroline, o que me faz rir.

Coloco meu braço em volta dela e beijo seu cabelo.

— Obrigado por ter vindo ao meu casamento.

— Obrigada por ter me convidado. — Ela faz uma careta... porque eu não convidei. — Estou perdoada?

— Por pouco.

— Maxim, posso ter uma palavrinha? — É a minha mãe.

Cacete.

Ela olha de forma incisiva para Caro, que concorda e sai para nos dar privacidade.

— Rowena.

— Vou ser breve. Desejo toda a felicidade para você. — O sorriso da minha mãe não chega aos olhos. — O lado bom é que essa garota vai injetar DNA novo no nosso *pool* gênico, mas ela não tem ideia de onde está se metendo. Você podia pelo menos colocá-la em alguma aula de etiqueta, para que ela não faça papel de boba nem envergonhe você quando estiverem com outras pessoas. Ou talvez mandá-la para uma escola de boas maneiras para moças. Pode ser que assim haja alguma esperança para ela.

— Obrigado pela preocupação. Tenho certeza de que Alessia vai se sair bem.

— Fico feliz em pagar. Meu presente de casamento para vocês dois.

Por algum milagre, consigo controlar minha raiva.

— É uma oferta tentadora, obrigado, mãe. Mas estamos bem.

— A oferta está de pé e vejo você em Londres quando voltarem da lua de mel. Lá vou ter mais a dizer sobre todo esse... desastre.

— Mal posso esperar. — Dou um sorriso tão falso que acho que vou rachar.

Ela levanta o rosto para mim, dou um beijo muito rápido, e então ela se vira para Heath.

— Vamos, querido.

Shpresa ajuda Alessia a tirar o vestido e o véu.

— Querida, você estava tão linda hoje.

— Obrigada, Mama. E obrigada por todo o trabalho que você teve.

Ela a abraça apertado, tentando transmitir sua gratidão por tudo que a mãe fez nos últimos dias.

— Você vai vir me visitar, não é? — pergunta Shpresa, com um quê de desespero na voz.

— Lógico, Mama — diz Alessia, se esforçando para não chorar. — E, sabe, minha oferta, nossa oferta, se você quiser ir conosco...

Sua mãe levanta a mão.

— Meu coração, Jak e eu vamos ficar encantados de visitar você em Londres assim que estiver instalada.

Ela está inflexível. Alessia suspira e abraça a mãe mais uma vez.

— O convite ainda está de pé. Quando quiser.

— Obrigada — responde Shpresa. — Agora, me deixe ajudar você com esse vestido novo.

Alessia reaparece radiante no local improvisado da recepção de nosso casamento. Ela se trocou e está com um vestido esmeralda simples e... bastante justo.

Porra.

Meu corpo se enrijece.

Bastante.

Ela está simplesmente deslumbrante. O cabelo em um penteado elegante, embora alguns cachos agora emoldurem seu lindo rosto. Ela está segurando o buquê quando me aproximo e pego sua mão. Ao fazer isso, toda a raiva que eu estava sentindo da minha mãe desaparece.

— Você está linda — sussurro. — Mal posso esperar para tirar você desse vestido.

É só então que percebo uma fenda em um dos lados e vislumbro sua coxa em uma meia-calça e os sapatos de salto alto.

Ah, cara.

— Vamos. Agora.

Após uma meia hora de despedidas chorosas, Alessia e Maxim estão prontos para ir embora. Ele joga o paletó por cima do ombro quando saem da tenda.

Está frio do lado de fora, e o chão brilha com uma geada precoce, enquanto a lua crescente lança uma trilha de luz pelo lago.

Alessia se vira e joga o buquê para a multidão ansiosa. Quem pega é Agnesa, que pula de empolgação, balançando o prêmio acima da cabeça.

As armas começam. Os primos e os tios de Alessia atiram para o ar, ao mesmo tempo que mulheres jogam uma chuva de arroz nos noivos.

— Porra! — grita Maxim, se esquivando e agarrando Alessia.

Ele olha desesperado em volta para todos os compatriotas da noiva.

— É tradição — grita Alessia, não tão alto quanto o barulho.

— Caramba! Tom! — grita Maxim, mas Tom está parado, tranquilo, perto de Joe, assistindo aos parentes dela com suas armas e balançando a cabeça.

Nós corremos para a entrada de carros, para longe da saraivada de tiros.

Atirar em um casamento? Que ideia de merda é essa?

O Mercedes Classe C está esperando, e nosso motorista, um dos primos de Alessia, abre uma das portas. Minha esposa se vira e oferece um último aceno para a multidão antes de entrar no carro. Dou a volta e me sento do lado dela.

— Você não gosta das armas — comenta seu primo.

— Não! Não gosto!

— Bem-vindo à Albânia!

Ele ri, depois acelera e se afasta com pressa da festança, dos tiros e do melhor casamento que um homem poderia ter — dadas as circunstâncias e o fato de que foi organizado em menos de uma semana.

Pego a mão de Alessia.

— Obrigado por se tornar minha esposa, Alessia Demachi-Trevelyan.

Alessia está com lágrimas nos olhos, e seu coração, seu peito... sua alma de repente está cheia demais.

— Maxim — sussurra, mas a voz falha quando ela é dominada pela emoção.

Ela se vira e, pela janela, observa sem prestar atenção as águas escuras do Drin enquanto eles cruzam a ponte que vai levá-los de Kukës para uma nova vida. Uma vida com um homem que ela ama com todo o seu ser. Depois de tudo o que ele lhe deu, de tudo o que ele fez por ela, Alessia só espera ser suficiente para ele.

— Ei — sussurra Maxim.

Ela se vira e vê os olhos dele brilhando na escuridão.

— Estou com você. Você está comigo. Estamos juntos. Vai ser maravilhoso — declara ele.

E as lágrimas de alegria de Alessia deslizam por seu rosto, deixando uma parte da emoção dela sair para o mundo.

Capítulo Oito

Um gerente nos mostra a suíte presidencial do Plaza em Tirana, que reservei por duas noites. Alessia fica impressionada com o imenso vaso de rosas brancas que nos espera no pequeno hall de entrada.

— Uau! — sussurra ela.

Aperto sua mão, e o porteiro deixa as malas no que presumo ser o quarto. Ele retorna à entrada da suíte, dou alguns *leks* como gorjeta e ele sai apressado.

— Posso oferecer ajuda com as instalações? — pergunta o gerente em um inglês com sotaque.

— Acho que conseguimos nos virar. — Com um sorriso treinado, dou a ele diversas notas, esperando que ele vá embora.

Ele concorda com a cabeça, agradecido, e sai, nos deixando sozinhos pela primeira vez em séculos.

— Aqui. Venha. Deixe eu mostrar para você.

Fiquei aqui com Tom quando chegamos à Albânia, o que parece ter sido há eras, e sei o que quero mostrar para Alessia primeiro. Pegando a mão dela mais uma vez, eu a guio para dentro da sala, que tem duas áreas de estar, uma área de jantar e janelas do chão ao teto. Em uma das mesas de centro, noto uma garrafa de champanhe dentro de um enfeitado balde de gelo, com morangos mergulhados em chocolate arrumados com esmero em um prato. Mas não é isso que quero mostrar para ela. Vou até as janelas e abro as persianas, revelando a cidade iluminada em toda a sua glória aos nossos pés.

— Uau! — diz ela mais uma vez.

— Sua cidade! É deslumbrante vista do vigésimo segundo andar.

Alessia absorve a paisagem. É uma colcha de retalhos de luz, sombras e escuridão devido aos edifícios, altos e pequenos, e ruas iluminadas feito linhas tecidas no meio da colcha, fluindo em direção às montanhas distantes. Ela se lembra de dizer a Maxim que nunca tinha ido a Tirana... e ali está ele, tornando os sonhos dela realidade.

De tantas maneiras.

— A parte escura ali. — Maxim aponta com o queixo, parado do lado dela. — Aquela é a praça Skanderberg. O Museu de História Nacional é ali do lado. Podemos ir amanhã, se você quiser. — Ele se vira, dá um rápido sorriso e pega o champanhe no balde de gelo. — Quer uma taça?

— Quero. Por favor.

Alessia nota que a garrafa tem um invólucro de cobre em cima: é uma Laurent-Perrier rosé, o primeiro champanhe que ela tomou na vida, não faz muito tempo, no banheiro do Esconderijo. O sorriso de Maxim aumenta, como se ele estivesse lendo os pensamentos dela, e, com destreza, seus dedos retiram o arame e a rolha com um estouro agradável. Ele enche as taças com o champanhe rosa e borbulhante e entrega uma a Alessia.

— A nós dois. *Gëzuar,* meu amor. — Na luz suave, seus olhos verdes brilham com um calor que faz o sangue de Alessia ferver.

— A nós dois. *Gëzuar,* Maxim — responde ela, e eles batem as taças.

Ela toma um gole, se deliciando com o sabor de um verão alegre e frutas maduras que desce por sua garganta. Ela se sente um pouco tímida agora que estão por fim juntos sozinhos.

Com vergonha do meu marido?
Marido.

Ela deixa a palavra soar na sua cabeça, gostando do som ali dentro.

Maxim se volta para a vista de novo.

— "Se eu tivesse os tecidos bordados celestiais" — sussurra ele, quase para si mesmo.

— "Adornados com luz dourada e prateada" — continua Alessia.

Maxim vira a cabeça para ela, surpreso.

— "Os tecidos de azul, de penumbra e de escuro."

— "Da noite e da luz e da meia-luz."

— "Eu estenderia os tecidos sob seus pés." — Os olhos dele ardem por ela, sua expressão intensa.

— "Porém, eu... pobre que sou... tenho apenas meus sonhos" — sussurra Alessia, e sua garganta queima com lágrimas não derramadas e a verdade daquelas palavras.

Maxim sorri e passa a parte de trás do indicador pela bochecha dela.

— "Estendi meus sonhos sob seus pés. Pise com cuidado" — murmura ele.

— "Pois está pisando nos meus sonhos." — Alessia pisca, contendo uma lágrima, e Maxim se inclina e dá um beijo suave em seus lábios.

— Você não cansa de me surpreender.

Alessia engole em seco, tentando manter o equilíbrio. A todo momento, ela se lembra do que Maxim fez por ela — e da diferença entre eles, mas afasta isso. É... complexo e arrebatador demais para ser contemplado agora.

— Minha avó inglesa. Ela amava os seus poetas. Yeats e Wordsworth. Temos livros de poemas desses autores. Eram escandalosos na Albânia algumas décadas atrás.

Nana.

O que ela diria da neta, casada com um lorde inglês, bebendo champanhe na suíte presidencial de um hotel elegante em Tirana?

— Eu queria ter conhecido a sua avó — comenta Maxim.

Ela sorri.

— Você teria gostado dela. Ela teria amado você.

— E eu a ela. Eu sei que você passou por muita coisa nas últimas semanas. Temos dois assuntos para tratar na embaixada amanhã quando pegarmos nossos vistos. Mas depois disso, acabou. Estamos na nossa lua de mel agora. Só nós dois. Relaxe. Aproveite. — Ele passa o braço em volta da cintura dela, a puxa para si e acaricia seu cabelo.

Alessia encosta a cabeça no ombro dele e juntos ficam em um silêncio confortável enquanto apreciam a vista de Tirana e tomam o champanhe.

— Mais? — oferece Maxim, olhando para a taça dela.

— Por favor.

Ele enche de novo as taças e devolve a garrafa ao balde de gelo. Ela o observa dobrar o paletó e colocá-lo em cima de um dos sofás. Na mesa lateral, ele conecta o celular a uma caixa de som e seleciona uma música. Um instante depois, os acordes de uma guitarra ecoam pela sala e um homem com um sotaque norte-americano começa a cantar.

— Quem é esse? — pergunta Alessia quando Maxim se aproxima mais uma vez.

— É das antigas, mas muito bom — murmura ele e a abraça, as costas dela na frente do corpo dele. Encosta o queixo na cabeça dela e começa a balançar. — JJ Cale. "Magnolia." Humm... Você está cheirosa. — Ele beija o cabelo da esposa.

Alessia relaxa, balançando junto. Coloca a mão em cima da dele e bebe o champanhe.

A música é suave e sensual. Fica ainda mais sexy quando Maxim canta um verso baixinho no ouvido dela.

— Me faz pensar em você, amor...

Ela sorri.

Ele sabe cantar! E de um jeito suave também.

— Vamos para a cama — diz Maxim, a voz rouca e cheia de promessas enquanto mordisca o lóbulo da orelha de Alessia com delicadeza.

Ela prende a respiração e sente aquele frio na barriga doce e delicioso. Então se lembra.

— Hum...

Maxim pega a taça de Alessia e a apoia na mesa.

— Humm? — pergunta ele e inclina o queixo dela para cima, os olhos queimando. Ele beija o canto da boca de Alessia.

— O que você disse? — indaga ele.

— Eu... Eu...

Maxim a beija de novo embaixo da orelha enquanto ela pressiona as mãos na camisa dele, os dedos indo para os botões por vontade própria.

Só mais um pouquinho.

E ela começa a desabotoá-los.

Ele pega o rosto de Alessia e inclina sua cabeça, levando os lábios aos dela.

— Esposa — sussurra ele e provoca os lábios dela de leve com os seus, a ponta da língua procurando a dela.

Ela suspira, e a língua de Maxim encontra e acaricia a dela conforme suas mãos deslizam pelo corpo da esposa, uma a pressionando contra si e a outra passando pelas costas de Alessia. Ela abandona os botões e agarra a camisa dele, tirando-a de dentro da calça. Suas mãos sobem pelos bíceps e ombros firmes, e os dedos se fecham no cabelo macio e despenteado dele à medida que os dois se devoram.

Ele geme e se afasta, sem fôlego.

— Senti saudade sua — sussurra ele. — Tanta.

— Eu estava aqui... — A voz dela é um murmuro ofegante.

— Não assim.

Ele se mexe de repente, carregando-a no colo. Ela sorri, o coração transbordando de amor, e coloca os braços em volta do pescoço de Maxim, enquanto ele a leva pela suíte para o quarto, deixando para trás o timbre aveludado de JJ Cale.

O cômodo é decorado em tons de creme, minimalista e moderno, mas Alessia mal percebe isso quando Maxim a coloca de pé. Os dedos dele deslizam pelo cabelo da esposa, e ele retira os grampos com cuidado, soltando mecha por mecha. Ela fecha os olhos, desfrutando daquele toque terno, e surpreendida por ele.

Porém, seus pensamentos a perturbam.

Diga a ele.

Não. Ela não pode ainda. Isso está bom demais.

— Pronto, esse é o último, eu acho — murmura ele, os olhos se intensificando de desejo enquanto pega uma mecha e a enrola no dedo. — Tão macio. — Ele a puxa com delicadeza, aproximando-a de si, e beija a mecha antes de soltar os fios. — Agora, esse vestido sensacional.

Com a mão na nuca de Alessia, a outra no zíper, ele a beija mais uma vez conforme arrasta o zíper para baixo.

Alessia fica ofegante e cruza as mãos por cima do peito para que o vestido não caia no chão.

Diga a ele.

— Maxim, eu... Eu estou...

Ele para, franzindo a testa.

— O que foi?

Ela cora, segura o vestido no peito e se concentra no diamante brilhante aninhado em seu dedo, perto da aliança de casamento.

— Estou sangrando.

— Ah — diz ele e inclina o queixo de Alessia de leve. Ela espera que ele fique decepcionado, ou pior, enojado, mas tudo o que ela vê é alívio e preocupação. — Você está se sentindo bem?

— Estou. Estou bem.

— Podemos esperar, se você quiser... — Ele beija o canto da boca de Alessia, depois murmura contra seus lábios: — Mas, só para você saber, isso não me incomoda.

— Sério?

— Eu ainda quero você. — Ele dá beijos leves como plumas ao longo da mandíbula dela.

— Ah.

Alessia suspira, e fica estupefata por um momento.

Eles podem? Mesmo se...?

Maxim sorri e acaricia o rosto dela com a ponta dos dedos.

— Eu deixei você chocada. Linda Alessia. Me desculpe.

Antes que ele possa terminar, Alessia levanta as mãos, soltando o vestido, que desliza pela cintura, prendendo nos quadris, e, com as palmas das mãos, segura o rosto de Maxim e guia a boca dele para a sua.

Há um vislumbre tentador de um sutiã bonito de renda. Mas a boca de Alessia está colada à minha, sua língua insistente, e ela pressiona seu corpo no meu. Fechando os olhos, eu me rendo a seu fervor, meus dedos no seu cabelo enquanto a seguro junto a mim. Qualquer hesitação que ela havia sobre continuar parece uma lembrança distante.

Quando ela se afasta, estamos ofegantes de novo, e meu pau está pressionando minha braguilha.

Porra.
— O que a gente faz? — A voz dela está rouca.

Levo um milésimo de segundo para entender do que ela está falando, enquanto dou um passo para trás para contemplar a imagem da minha esposa com uma lingerie bonita.

— Tire o vestido.

Ela inspira com força e me avalia, os olhos desviando dos meus para a minha boca e então descendo meu corpo até o volume endurecendo na minha virilha. Com um sorriso tímido, mas vitorioso, ela rebola para o vestido descer e ele desliza, passando pelos quadris e pelas coxas, revelando uma pequena calcinha de renda branca e meias de seda.

Minha boca fica seca de repente, e tenho certeza de que está aberta em fascínio à medida que minha calça fica mais apertada a cada segundo.

— Agora você — sussurra ela, colocando o vestido em cima da espreguiçadeira.

Apressado, tiro os sapatos e as meias, em seguida abro os botões que faltam da camisa que Alessia abandonou. Logo me livro das abotoaduras, tiro a camisa e a jogo com o resto das nossas roupas na espreguiçadeira.

— Calça — exige ela, os olhos escuros brilhando e recaindo para baixo da minha cintura.

Minha esposa é mandona.
Eu gosto disso.

Com um ritmo lento de propósito, abro o cinto, e ela ri e dá um passo à frente para ajudar.

Isso!

Ela abre o botão, desce o zíper da braguilha e puxa a calça para baixo, se ajoelhando aos meus pés.

Porra.

A imagem de Alessia de joelhos e meu pau em sua boca vem de forma automática à minha mente quando nossos olhares se encontram. Me observando com seus enormes olhos escuros, ela estende os braços para tirar minha cueca... e eu assisto. Enfeitiçado. E duro. Tão duro que é quase insuportável, enquanto ela arrasta minha cueca para baixo e libera meu pau enrijecido.

Os olhos dela desviam dos meus para o meu pau.

— Alessia — sussurro... e eu sei que soa como um pedido.

Ajoelhada, Alessia segura o pau de Maxim. Ele está macio que nem veludo e rígido na mão dela. Maxim arfa e fecha os olhos. Alessia sabe que é isso que ele quer... É o que ela quer também. Ela era tímida demais para fazer isso até agora, mas quer satisfazê-lo, de todas as maneiras. Ele abre a boca, mas parece ter parado de respirar, o corpo tenso de ansiedade pairando acima dela. Ela mexe a mão devagar para cima e para baixo, como ele havia lhe mostrado antes, e com delicadeza Maxim coloca a mão na cabeça de Alessia. Quando ele abre os olhos, estão cheios de desejo.

A reação dele inflama o desejo dela e o estômago de Alessia se contrai. Ela ama excitá-lo. Ele usou sua língua e seus lábios nas partes íntimas do corpo dela muitas vezes, e faz muito tempo que ela quer fazer isso nele. *Por ele.* Ela se inclina, os olhos ainda nos dele, e passa a língua pelo lábio superior, observando-o com atenção. Ele está encantado, seus olhos ardendo nos dela. Está cativado e completamente à mercê dela.

O poder que ela sente... É inebriante.

Alessia se inclina para a frente e beija a ponta, e sua língua segue arrebatadora sobre ele. Ele tem um gosto salgado. Masculino. De Maxim.

Humm...

Maxim geme. E ela o cobre com sua boca, empurrando cada vez mais para o fundo.

— Porra — exclama ele.

Eu me dou um milésimo de segundo para desfrutar dos lábios dela em volta de mim... é o paraíso, porra, e o que mais quero no mundo é empurrar mais para dentro da boca de Alessia, mas ela toma o controle e faz isso por conta própria.

Ah, meu Deus.

De forma instintiva, flexiono a bunda, enfiando de leve mais fundo na sua boca, e ela me aperta com um pouco de força.

Caralho. Isso.

Ela vai para trás e para a frente de novo como se já tivesse feito isso antes. E minha decisão de não deixar isso continuar é uma memória distante conforme deixo ela me tomar. Mais e mais. Na sua boca quente, molhada, apertada e doce!

Minhas pernas começam a tremer enquanto luto para conter meu clímax.

Caralho.

Ela vai me derrubar.

Agora.

— Na cama. — Ele se inclina para baixo. — Por mais que eu queira que você continue, vou gozar muito rápido na sua boca se...

Alessia afasta as mãos dele, o silenciando.

Ela o quer.
Ele inteiro.
Na sua boca.
— Alessia! — Ele acaricia a cabeça dela. — Eu vou gozar!
Ela olha para ele por baixo dos cílios enquanto ele deixa a cabeça tombar para trás e se entrega, o sêmen quente e salgado descendo pela garganta de Alessia. Ela engole, um pouco chocada, mas triunfante por ter feito aquilo. Relaxa e vai para trás, soltando-o, e limpa a boca com as costas da mão.

Arfando, Maxim concentra os olhos ardentes nela, se abaixa, a ajuda a se levantar e a envolve em um abraço. Ele a beija forte e rápido, sua língua explorando a boca de Alessia, pegando tudo o que ela tem a dar e, sem dúvida, sentindo o gosto do próprio sêmen.

— Eu te amo tanto — diz, com um suspiro.
— Eu te amo — responde ela, se sentindo em êxtase.
Ela conseguiu!
Fez aquilo!
Até que enfim!
Ele sorri.
— Como foi? — pergunta ele, e ela escuta a hesitação em sua voz.
— Bom. — Ela morde o lábio inferior. — Para você também?
— Ah, baby. Foi incrível. Podemos fazer isso a qualquer hora. Agora é melhor você ir ao banheiro e... faça o que precisa fazer. Traga uma toalha com você.
Ela sorri.

Eu a observo desfilar para dentro do banheiro, meu pau em espasmos, sedento por mais uma rodada, já que a bunda dela nessa calcinha é digna da porra de um poema.
Talvez Yeats ou Wordsworth.
Minha esposa é cheia de surpresas.
Quem diria que ela era capaz de citar Yeats?
Quem diria que ela ia topar chupar meu pau de joelhos?
Doce Alessia.
Sorrindo e tonto de prazer, afasto o edredom e, com um impulso, volto à sala, pego nossas taças e as coloco em uma bandeja com o balde de gelo, o champanhe e os morangos. Ao voltar para o quarto, apoio a bandeja na mesa de cabeceira enquanto Alessia abre a porta do banheiro e se inclina contra o batente. Ela está nua, a não ser pela toalha.
— Mais champanhe? — ofereço.

Ela faz que não com a cabeça, e assisto seus olhos percorrendo o meu corpo. Meu pau responde em saudação, pronto e querendo mais.

Uau! Isso é que é uma recuperação rápida!

— A única coisa que eu quero é você — sussurra ela.

— Sou todo seu.

Abro os braços e ela anda na minha direção, abrindo a toalha. Deslizo meus braços em volta dela, e ela nos enrola no material macio.

— Que toalha grande — murmuro.

Ela dá uma risadinha.

— Sabe o que é grande também?

— O quarto? Minha cabeça? Meu pau? O quê?

— Seu pau — sussurra ela.

E eu rio.

— Adoro quando você fala sacanagem.

Ela dá mais uma risadinha, e meu pau incansável não aguenta mais esperar. Pegando seu rosto, pressiono minha boca na dela, e Alessia a abre, procurando minha língua. Obedeço de bom grado, e, enquanto ando com ela na direção da cama, nos beijamos, só língua e lábios e respiração, até eu estar pronto para explodir de novo. Paro para recuperar o fôlego, e Alessia também está ofegante.

— Cama — sussurro, e juntos caímos no colchão.

Alessia desaba na cama, a toalha embaixo do corpo, e Maxim paira acima dela, sustentando o próprio peso com as mãos.

— Agora você está exatamente onde eu quero — sussurra ele e acaricia os seios de Alessia com o nariz. — Você está com dor?

— Não.

— Tem certeza?

— Tenho! — diz ela. Enfática.

Eu me apoio nos braços e olho para ela. Da última vez que fizemos isso, ela estava com arranhões e hematomas e Deus sabe o que mais cobrindo o seu corpo. Mas agora encontra-se deitada embaixo de mim, o cabelo espalhado em uma juba escura no travesseiro, os olhos brilhando de amor e desejo, e não há marca alguma em seu corpo. Ela estende os braços para me tocar, passando os dedos no meu cabelo e puxando os fios, me fazendo deitar por cima da maciez do seu corpo. Meu pau fica aninhado entre nós, em sua barriga.

Mas ele, como eu, está ansioso para estar dentro dela.

Beijo a parte inferior do seu seio e deixo um rastro de beijos até o mamilo. Ela agarra meu cabelo, e fecho os lábios em volta da sua auréola e a sugo. Com força, sentindo o mamilo firme e inchando sob meus lábios e minha língua. Eu o puxo de leve, e Alessia geme e se contorce embaixo de mim, o quadril se erguendo e pressionando o meu. Repito a ação de novo e de novo e mudo para o outro seio.

— Por favor — implora Alessia.

Alcanço a mesa de cabeceira para pegar uma camisinha.

— Não — diz ela. — Comecei a tomar pílula anticoncepcional.

O quê?

— Está tudo bem. — Os olhos dela incendeiam os meus.

E não posso mais esperar. Eu a beijo de novo, seguro meu pau e o guio para onde ele quer estar...

— Ah! — solto assim que entro nela com facilidade.

Pele contra pele.

Uma deliciosa primeira vez.

Ela está apertada, escorregadia e molhada de desejo, e aperta os braços em volta de mim, as mãos indo para a minha bunda, as pernas envolvendo minhas panturrilhas, e começo a me mexer e a me perder no seu prazer.

Na sua paixão.

No seu amor.

Minha esposa.

Sem parar.

Suas unhas gravam seu desejo na minha pele enquanto ela arfa e geme perto do meu ouvido. Seu prazer vai aumentando cada vez mais, assim como o meu, e de repente ela se enrijece embaixo de mim e grita, seu orgasmo me levando ao limite.

Grito ao gozar, e o mundo à nossa volta desaparece, somos só eu e minha esposa.

Meu amor.

EU ME INCLINO por cima dela, apoiado em um cotovelo. Afasto seu cabelo do rosto, e ela me encara. Ainda estamos intimamente conectados, e não quero me mexer.

— Como foi, Lady Trevethick?

Ela sorri, iluminando o quarto e meu coração.

— Foi maravilhoso, Lorde Trevethick. E para você?

Mudo de posição, e ela deita em cima de mim. Beijo o cabelo dela.

— Foi bem demais.

Ela dá uma risadinha e beijo seu cabelo de novo.

— Foi mesmo. Quero fazer de novo logo. Mas talvez você precise de champanhe e morangos primeiro?

ALESSIA ESTÁ DEITADA ao meu lado, em sono profundo. Sua luz noturna de dragão está conosco, protegendo-a do escuro. Estou feliz que ela a tenha trazido. Eu me aconchego mais, inspirando o perfume calmante de Alessia, e fico admirado com o quanto gosto de ficar deitado aqui ao seu lado. Será que é porque ela não exige nada de mim? Será que é porque ela faz eu me sentir necessário? Amado? Não sei. Seja o que for, nunca me senti tão satisfeito. Satisfeito e animado. Amanhã vamos explorar a capital e seremos apenas nós mesmos. Juntos.

Fechando os olhos, beijo seu cabelo.

Até amanhã, e o resto de nossa vida, meu amor.

Capítulo Nove

O sol reflete no reluzente mar do Caribe na praia de Endeavor Bay, enquanto minha esposa pratica stand up paddle na água azul-turquesa. Ela põe a língua para fora, concentrando-se em ficar de pé sobre a prancha. É provocante demais. Nos últimos tempos, tenho visto bastante a língua de Alessia: ensinando-a a fazer stand up paddle, a jogar pôquer e sinuca, a usar hashis, a chupar meu pau...

Caralho.

Pensar em minha esposa com a boca ao redor do meu pau duro, praticando sexo oral, tem um efeito imediato e intenso em meu corpo. Eu me mexo na prancha tentando me conter, mas perco o equilíbrio e caio no mar, sem qualquer classe, espirrando água.

Quando volto à superfície, Alessia está rindo. De mim. De *mim*.

Ela está usando um biquíni pequeno verde vivo que compramos na Pink House, a loja da região, e seu corpo todo está com um bronzeado lindo. Sua aparência é deslumbrante, mas ela está rindo de mim.

Ok! É guerra.

Agarro a prancha, subo de novo e, rindo como um desvairado, resolvo persegui-la.

Ela solta um gritinho, vira a prancha para a praia e começa a remar de maneira frenética.

A caçada começou.

Só que ela não é páreo para mim, e a alcanço logo antes da parte rasa. Saio da prancha e a agarro, nos jogando no mar.

Ela grita, mas é silenciada pela água, e emerge tossindo, se engasgando e dando risada. Ali dá pé para mim, então eu a seguro, a puxo para os meus braços e lhe dou um beijo.

Dos bons.

Sua boca tem gosto de felicidade, sol e água do mar cristalina. Tem gosto da minha esposa amada.

— Assim é melhor — murmuro, nossos lábios grudados.

— *Je trap fare!* — Ela empurra meus ombros, mas me recuso a soltá-la.

— Imagino que isso não tenha sido um elogio. — Roço meu nariz no dela, e Alessia dá uma risada.

— Eu disse que você é um babaca.

— Baixando o nível de novo?

— Estou aprendendo com você.

— Humm... eu sou um bom professor? — Prendo seu lábio inferior entre os dentes e puxo de leve.

Seus olhos escuros brilham, e as bochechas coram sob o bronzeado.

— O que você acha? — sussurra ela.

Sorrio.

— Não tenho do que reclamar.

— Minha avó dizia que o melhor dicionário de uma língua estrangeira era um amante.

Lógico, a avó inglesa que se casou com um albanês.

— Amante, hein? E marido conta?

Ela envolve meu tronco com as pernas, agarra meu rosto e me beija, apenas língua, lábios e amor, enterrando as mãos em meu cabelo molhado. Eu a mantenho apertada contra mim. Estamos pele contra pele, e meu corpo reage, mais uma vez ávido por ela.

Será que algum dia vou me cansar da minha esposa?

Estou sob o total domínio dela e me deixo levar por seu beijo, sua língua... seu amor.

Quando nos separamos para recuperar o fôlego, estou excitado e pronto para ela.

— Vamos foder no mar? — sussurro, ofegante, meio de brincadeira. — Não tem ninguém por aqui.

— Maxim! — Alessia fica escandalizada, mas dá uma olhada na costa, onde há algumas casas de veraneio, e realmente não há ninguém à vista na praia nem no mar.

Ela me oferece um sorriso recatado, me beija de novo e se esfrega em mim. Depois, pondo a mão dentro da minha sunga, agarra meu pau mais do que pronto.

Puta merda... nós vamos fazer isso!

As pranchas flutuam ao nosso lado, pois ainda estão presas aos nossos tornozelos, nos fornecendo certa cobertura. Com delicadeza, afasto o biquíni de Alessia e enfio o pau dentro dela. Ela faz força para baixo, os dentes brincando com o meu lábio inferior.

Ah!

A maré é suave e nos faz boiar, e começo a me mexer devagar, segurando-a presa a mim. Ela vira os quadris em minha direção, balançando em um compasso ágil. E logo estamos perdidos em nosso ritmo. Juntos. As respirações se mesclando, olhos fechados, olhos abertos, e bocas frouxas e famintas enquanto um consome o outro.

Porra, como ela é gostosa.

Alessia joga a cabeça para trás e geme ao gozar, me levando junto, e atinjo o clímax nas águas límpidas e azuis do mar do Caribe.

É A NOSSA última noite aqui, e as velas tremeluzem na brisa suave. Estamos no arejado gazebo, apreciando mais uma das incríveis refeições do chef. Alessia beberica um rosé enquanto observa a faixa de céu claro próxima ao horizonte. O sol já se pôs faz muito tempo, porém um vestígio do dia persiste ali. Ela usa um vestido de seda verde, também da Pink House, e o cabelo preso, mas alguns fios escaparam e emolduram seu belo rosto. Nas orelhas, brincos de pérola que comprei em Paris. Ela realmente parece uma condessa.

Minha condessa.

Estendo o braço por cima da mesa e pego sua mão.

— O que você está achando?

Ela me fita com os olhos escuros, que brilham à luz das velas.

— Maravilhoso — responde ela, mas sinto uma inquietação em sua voz.

— Qual o problema?

— Temos que voltar?

Dou uma risada.

— Infelizmente, temos. Não acho que a hospitalidade do meu tio vai durar mais de uma semana.

Meu tio Cameron, irmão do meu pai, foi o pesadelo de sua geração. Após uma discussão monumental com meus pais, antes de Kit nascer, ele foi para Los Angeles e se estabeleceu lá como artista. Durante o final da década de 1980, ganhou uma fama tremenda no cenário artístico norte-americano, e hoje seu nome está no mesmo patamar que David Salle e Jean-Michel Basquiat. Agora, ele mora em Hollywood Hills e tem duas propriedades em Mustique.

Estamos em uma delas. A elegante casa de veraneio de dois quartos na beira da praia, chamada Água Turquesa, foi projetada por Oliver Messel e é deslumbrante. Meu tio ficou muito contente quando Alessia e eu decidimos passar nossa lua de mel aqui.

Parabéns, Maxim, meu rapaz tão querido. Estou muito feliz por você. Óbvio que pode usar minha casa. Meu presente de casamento para vocês.

Eu não vinha aqui desde a adolescência, quando minha mãe, relutante, deixou Maryanne e eu ficarmos com o tio Cameron depois que nosso pai morreu. Existe um ressentimento entre eles, tanto que Cameron ficou pouco tempo no funeral do meu pai e no enterro de Kit. Nós dois trocamos apenas algumas palavras depois. Não consigo decidir se ele não gosta de nós, ou se Rowena não gosta dele porque ela e tio Cameron são muito parecidos — ambos compartilham a mesma paixão por casinhos com rapazes jovens — ou porque ele não tolera os disparates dela.

Seja lá qual for o motivo, eles não se falam. Nunca.

Foi um saco chegar a Mustique. Não podíamos ir para Miami porque Alessia precisava de um visto para os Estados Unidos, e não tínhamos tempo para solicitá-lo. Eu não queria fazer escala em Londres, então fomos até Paris, depois pegamos um barco até Castries, de onde, por fim, pegamos um voo para Mustique.

E Alessia nunca tinha andado de avião.

A viagem para Londres será mais direta.

— Adorei que seu tio tenha uma casa com um piano de ¼ de cauda. Este lugar é mágico — murmura Alessia.

Beijo sua mão.

— É, sim, com você aqui.

Bastian, nosso mordomo, aparece.

— Posso levar os pratos, milorde? — pergunta ele.

— Obrigado.

— Algo para beber? — oferece.

— Alessia? — indago.

— Estou bem com o vinho. Obrigada, Bastian.

— Milorde?

— Conhaque, por favor.

Ele aquiesce e retira nossos pratos de sobremesa.

— Alguma coisa está incomodando você, não é? — insisto.

— Não tenho certeza do que esperam de mim. Quando chegarmos na Inglaterra.

Aperto sua mão e suspiro.

— Para ser sincero, eu não sei. — Não faço ideia do que Caroline ou minha mãe costumavam fazer. Gostaria de ter reparado mais. — Mas não se preocupe, vamos descobrir.

Ela puxa a mão e a leva ao colo.

— Eu estou... humm... nervosa de comer com a faca errada ou dizer qualquer coisa errada para algum amigo seu e deixar você constrangido.

Merda.

— E ainda tem a questão dos empregados, como aqui — diz ela.

— Você vai se acostumar.
— Você está acostumado porque teve empregados a vida toda.
— É verdade.
— Eu, não.
— Ei, pare com isso. Você vai se sair bem. Você tem se saído bem aqui, com Bastian, o chef e a arrumadeira. Apenas continue fazendo o que tem feito.
Alessia franze a testa.
— Isso está fora das minhas capacidades.
Sorrio.
— *Além* da sua capacidade, você quer dizer. E eu não acho isso. Você vai ser incrível. Vi como você e seus pais organizaram um casamento em menos de uma semana. Você tem todas as habilidades necessárias.

Ele puxa a mão de Alessia, que vai de bom grado para o colo dele. Maxim a abraça e roça o nariz em seu cabelo.
— Além do mais — sussurra ele. — Quem liga para que porra os outros estão pensando?
Alessia dá uma risada.
— Você repete muito essa palavra.
— É verdade, e o seu inglês está melhorando. Notei isso durante essa viagem.
— É porque tenho passado tempo com alguém que fala inglês muito bem, tirando os palavrões, óbvio.
Maxim ri.
— Sei que você adora quando eu falo palavrão.
Ele está usando uma camisa branca de algodão larga e calça de linho. O cabelo está dourado por conta do sol, e os olhos verdes brilham na luz tremeluzente das velas.
Ele é delicioso.
— Seu conhaque, milorde — diz Bastian, interrompendo-os.
— Obrigado.
— Tomei a liberdade de levar duas espreguiçadeiras para a praia e acender o fogareiro.
— Obrigado, Bastian. Vamos aproveitar para fazer mais um pouco de stand up paddle à luz da lua.
Alessia sai do colo de Maxim. Ele pega sua mão e o conhaque e a conduz, descendo os degraus do jardim, até a praia, onde Bastian arrumou um pequeno caramanchão para eles. Tochas ardem nos quatro cantos, e as chamas da fogueira oscilam na brisa da noite.

As espreguiçadeiras têm almofadas e cobertores. Alessia se senta em uma delas, e Maxim se acomoda na outra. Ele pega sua mão de novo e a leva aos lábios.

— Obrigado pela lua de mel maravilhosa.

Ela ri.

— Não, Maxim. Eu que agradeço. Por tudo.

Ele beija a palma da mão de Alessia, depois suas alianças, e em seguida se recosta. Os dois contemplam a água escura, que reflete a lua minguante. Ouvem uma serenata composta do canto das pererecas, o crepitar, chiar e estalar das chamas no fogareiro de ferro, e o barulho das ondas suaves do mar do Caribe varrendo a areia. Alessia inspira fundo, sentindo o aroma dos trópicos, o exuberante cheiro terroso da floresta tropical e o odor salgado do mar, e tenta gravar aquela cena na memória. Acima deles, as estrelas formam um espetáculo à parte.

— Uau, tantas estrelas — murmura Alessia.

— Uhum... — responde Maxim, mirando o céu.

— Elas parecem diferentes aqui.

— Uhum... — O som de felicidade ressoa na garganta de Maxim mais uma vez.

Alessia contempla o céu noturno, sentindo que o destino providenciou aquele impressionante show de luzes apenas para compensar tudo o que aconteceu a ela e Maxim antes do casamento.

O coração de Alessia está transbordando.

Esta agora é a sua vida.

Ela tem que se beliscar.

Ele lhe mostrou os locais interessantes de Tirana, levou-a em uma rápida viagem a Paris e depois a trouxe até este lugar mágico.

O que ela fez para merecer toda essa sorte?

Ela havia se apaixonado por ele. O seu Mister... Não, o seu conde.

— Vamos dançar? — diz Maxim, interrompendo seu devaneio, e deixa o celular no braço da cadeira ao mesmo tempo que entrega a Alessia um AirPod.

Ele coloca um na orelha, e ela faz o mesmo. Quando ele dá play, as conhecidas melodias de RY X enchem o ouvido de Alessia.

Maxim olha para a esposa e abre os braços. Ela aceita o abraço, e juntos balançam devagar na areia.

— Nossa primeira dança — sussurra Maxim.

E Alessia se emociona, porque ele se lembrou.

— A primeira de muitas — responde ela, e ele acaricia seu rosto e a beija.

ELES ESTÃO EM sintonia. Indo e vindo. Dois virando um. Alessia agarra os lençóis, seu corpo pegajoso de suor... seu suor... o suor dele, e Maxim grita e fica imóvel ao gozar, provocando o orgasmo dela, que então grita também, e transcende e desaba em seu êxtase. Ela envolve o pescoço de Maxim com os braços quando ele desmorona em cima dela, e depois se afasta para o lado.

— Caralho. Alessia — sussurra ele e beija a testa da esposa, que está voltando a si.

Ela abre os olhos e acaricia o rosto do marido enquanto os dois se encaram. O dedo de Alessia traça o contorno dos lábios de Maxim. Lábios que estiveram nela.

Por todo o corpo dela.

— É sempre assim? — pergunta Alessia.

— Não — responde Maxim e beija sua testa de novo.

Ele sai de dentro dela, e Alessia estremece.

— Está dolorida? — A voz dele revela sua preocupação.

— Não. Estou bem. — Ela sorri. — Mais do que bem.

— Também estou mais do que bem.

O quarto deles é todo de madeira pintada de branco, com móveis em pátina e obras de arte discretas. Uma cama com dossel, protegida por telas, domina o cômodo. Alessia adora o romantismo das redes: quando eles estão na cama, ficam encapsulados em seu pequeno refúgio particular.

À medida que sua frequência cardíaca vai desacelerando, um pensamento que a vem importunando desde o casamento invade sua mente.

— O que foi? — indaga Maxim.

De frente para ela, abraçado ao travesseiro, ele está nu e lindo, os olhos brilhando no rosto bronzeado.

Ela fita a tatuagem do brasão e, estendendo o braço, contorna a figura com o dedo, ao mesmo tempo que pondera sobre como fazer a pergunta.

— O que foi? — insiste ele e coloca uma mecha solta de cabelo úmido atrás da orelha de Alessia.

— Humm... é uma coisa que a sua irmã me disse no casamento.

Ah, merda. O que pode ser?
Fico tenso, imaginando o que Maryanne deixou escapar para minha querida e adorada Alessia.

— Ela disse "Libertinos reabilitados dão os melhores maridos". — Os olhos escuros de Alessia cintilam na luz suave, cheios de perguntas.

Suspiro com força, pensando no que dizer.

— Já li Georgette Heyer. Eu sei o que é um libertino... — acrescenta ela.

— E?

— A sua irmã quis dizer que você é um libertino?

— Alessia, estamos no século XXI, não no século XVIII.

Ela me encara por muitos segundos, os dentes pressionando o lábio superior, enquanto me avalia.

Mas que porra é essa? Ela está me julgando?
Me achou desprovido de alguma coisa?
Não faço ideia. Prendo a respiração.

— Quantas mulheres? — pergunta ela afinal.

Ah. Sinto um peso no estômago. É nisso que ela está pensando.

— Por que você quer saber?

— Curiosidade.

Acaricio seu rosto.

— Para ser bem sincero, não sei. Não fiquei contando.

— Muitas?

— Muitas.

— Dezenas? Centenas? Milhares?

Faço uma careta. *Milhares! Nossa.* Acho que não.

— Dezenas... mais ou menos. Não sei. — Uma mentirinha inofensiva.

Está mais para centenas, cara.

Ela me encara de novo, e peço aos céus que ela não esteja percebendo minha mentira ou me vendo sob uma luz nova e sórdida. Era só sexo.

— Ei. — Eu me aproximo mais dela. — Ninguém, desde que eu conheci você.

— Nem a viúva? — sussurra ela.

E, naquelas três palavras, escuto sua angústia e seu receio. Fecho os olhos enquanto uma fagulha de raiva da minha cunhada de língua solta me faz arder por dentro.

Maldita Caro!

— Não. Ninguém desde que vi você agarrada com uma vassoura no meu corredor.

Quando torno a abrir os olhos, ela está me examinando mais uma vez, e não consigo decifrar no que está pensando. Ela aquiesce, no entanto, pelo visto satisfeita, e solto um suspiro de alívio.

Ainda bem, porra.

— Vem cá. — Eu a puxo para mim. — Existia o antes de Alessia e então o resto da minha vida com você. É só isso que importa.

E a beijo de novo.

À medida que a alvorada rompe naquele pedacinho de paraíso, Alessia está encolhida em uma das poltronas, observando Maxim dormir. Ele se encontra esparramado na cama, nu e de bruços. As pernas estão enroscadas nos lençóis... como na primeira vez em que ela o viu, não faz muito tempo.

Ela ficou chocada e depois fascinada, atraída pelas linhas bem definidas do corpo atlético dele. Agora pode apreciar cada linha e músculo. Ele tem o físico tão esculpido e parece tão jovem e relaxado enquanto dorme... O contraste de bronzeado entre as costas e o traseiro redondo e musculoso está muito mais nítido, e ela gostaria de morder com força aquela bunda. Chocada com os pensamentos impróprios, Alessia toma um café sem açúcar, desfrutando do sabor forte e amargo, assim como da visão provocante do marido.

Será que deve acordá-lo?

Um bom-dia personalizado?

Ele ia gostar. Alessia sente os músculos de seu ventre se contraírem de prazer diante dessa perspectiva.

Alessia! Ela consegue ouvir a voz da mãe.

Ele é meu marido, Mama.

Hoje eles vão voltar para a Inglaterra.

Para seu novo lar.

E ela vai ter que encarar a família de Maxim, os amigos, os colegas do trabalho... Só espera que eles a considerem adequada.

E ela vai ter que encontrar alguma coisa para fazer.

O que esperam dela, Alessia não sabe.

E suspeita que esse seja o motivo de sua insônia. A agitação e a ansiedade.

Maxim se mexe e estica o braço para o lado de Alessia na cama. Quando percebe o espaço vazio, levanta a cabeça e procura ao redor, os olhos verdes brilhando na suave luz cor-de-rosa do amanhecer.

Alessia apoia a xícara, afasta a tela da cama e vai para o lado dele.

— Aí está você — murmura ele, puxando-a para seus braços.

Aterrissamos no aeroporto de Heathrow pouco depois das oito da manhã. Assim que desembarcamos do avião e chegamos ao portão, uma funcionária do serviço VIP nos recebe. Ela nos acompanha por uma área restrita, onde pegamos um elevador até o térreo, e saímos do terminal ao lado do Boeing 777 da British Airways que nos trouxe de Santa Lúcia. Lá, um vistoso BMW série 7 preto nos aguarda. A atendente abre o porta-malas e coloca nossa bagagem de mão lá dentro. Depois, abre a porta de trás, e ambos entramos no carro e afundamos no assento de couro.

— Eu não esperava esse tratamento — diz Alessia, os olhos arregalados para mim.

Dou de ombros.

— Não vou passar pelo tumulto que é o controle de migração.

Nossa guia entra no carro e atravessa o aeroporto até o edifício VIP.

— Você vai precisar do seu passaporte — aviso Alessia, quando saímos do veículo.

O funcionário da Agência de Controle de Fronteiras passa os olhos de forma superficial pelo meu passaporte e faz uma inspeção mais detalhada no de Alessia.

Prendo a respiração.

Ele ergue o olhar e examina o rosto de Alessia, comparando com a foto do documento, e logo carimba seu passaporte.

— Bem-vinda ao Reino Unido, senhorita — diz ele.

Solto o ar.

Ela entrou! Legalmente! Viva!

Alessia abre um sorriso deslumbrante, e seguimos nossa acompanhante até uma sala elegante e confortável para esperar a bagagem.

— O mordomo já vem pegar seu pedido para o café da manhã. Devemos dar um retorno sobre a bagagem dentro de alguns minutos. Há um banheiro logo atrás dos senhores, se precisarem. Qualquer outra coisa, basta chamar. — Ela indica um botão vermelho na mesa de centro.

— Obrigado.

Com um sorriso alegre e profissional, ela sai, e ofereço o cardápio para Alessia.

— Está com fome?

Ela balança a cabeça.

— Nem eu. Conseguiu dormir?

Alessia faz que sim, observando os arredores.

— Nunca estive em um lugar como esse antes. Você sempre faz isso em Heathrow?

— Faço. — Beijo seu cabelo. — Vá se acostumando.

Ela sorri.

— Acho que vai demorar um pouco.

Dou de ombros ao mesmo tempo em que alguém bate à porta, e um dos mordomos entra.

— Bom dia, Lorde Trevethick. Posso trazer seu café da manhã e uma bebida?

Eles estão mais uma vez no banco traseiro do carro de luxo, e um homem em um terno elegante os conduz até Londres. Enquanto avançam pela autoestrada, Alessia dá uma olhada no horizonte e repara nas torres de Brentford.

Magda! Michal!

Ela fica imaginando como estarão seus amigos no Canadá. Não tem o número de Magda, mas talvez possa entrar em contato com Michal pelo Facebook. Essa parte de sua vida parece muito distante e, no entanto, aconteceu há apenas algumas semanas. E agora aqui está ela, dentro de um carro elegante com seu querido marido, chegando em alta velocidade ao centro de Londres depois de férias na linda Mustique.

O que ela fez para merecer isso tudo?

Maxim entrelaça os dedos nos dela.

— Parece que faz um século desde que saímos daqui — comenta ele, soando um pouco melancólico.

— É verdade.

Alessia aperta a mão dele, mas não sabe mais o que dizer. Ela se sente perplexa e um pouco desligada, como se estivesse sonhando e fosse acordar a qualquer momento em uma realidade horrorosa.

Ele leva a mão dela até os lábios e dá um beijo carinhoso.

— Vamos chegar logo em casa. Vou precisar tirar um cochilo.

— Você dormiu?

Eles tinham viajado na primeira classe, onde os assentos se convertiam em confortáveis camas.

— Não muito. O voo estava barulhento, mas a verdade é que não dormi porque estou animado demais para levar você para casa.

Alessia sorri e, assim, do nada, seus receios desaparecem.

O AUTOMÓVEL PRETO para na frente do prédio de Maxim no Chelsea Embankment, e o motorista abre a porta para Alessia. Ele tira a bagagem do porta-malas e a deixa no saguão. Maxim lhe dá uma gorjeta generosa e, pegando as malas, se dirige ao elevador. Espera Alessia entrar e as portas se fecham, deixando os dois sozinhos com sua bagagem. Maxim aperta o botão para a cobertura, e seus olhos cor de esmeralda se voltam para ela. A respiração da esposa falha quando ela percebe a expressão ardente dele.

Ele se aproxima e, com delicadeza, segura o rosto dela entre as mãos.

— Você está segura. Estamos em casa — sussurra ele e se inclina para um beijo lento, doce e agradecido.

Porém, assim que sua língua provocante e insistente encontra a dela, Alessia sente o desejo despertar dentro de si. Seu corpo se tornou tão sintonizado com o do marido que ela o quer também. Aqui. Agora. Imprensada contra a parede por Maxim, Alessia sente a ereção dura em sua barriga, e aquilo alimenta seu tesão. Ela geme, o corpo se moldando ao dele, e retribui os beijos com uma paixão que faz sua alma arder.

O elevador para, a porta se abre e Maxim os guia para fora, ainda presos em um abraço, grudados um no outro.

Será que algum dia ela vai enjoar dele?
— Maxim, que bom ver você. Estava viajando?

Nosso momento de pegação, antecipando uma trepada gostosa antes do cochilo (assim espero!), é interrompido pela voz não tão suave da Sra. Beckstrom. Por um instante, apoio minha testa na de Alessia, frustrado, e depois dou uma espiada nela, que parece tão atordoada quanto eu. Respirando fundo, seguro minha esposa junto a mim para ocultar meu tesão evidente.

— Sra. Beckstrom. E Hércules. — Eu me inclino e ofereço um breve afago ao cachorrinho irritante dela.

Ele mostra os dentes, indignado.

— Que bom ver a senhora. Como vai? Quero apresentar minha esposa. Alessia.

— Ah, que adorável. — A Sra. Beckstrom estende a mão para Alessia, que está ofegante.

— Como vai a senhora? — diz Alessia, apertando a mão da vizinha.

— Você é tão bonita, meu bem. Você disse esposa, Maxim?

— Isso mesmo, Sra. B.

— Até que enfim você se casou. Ora, parabéns. Meio repentino. Você está esperando um bebê, meu bem?

Puta que pariu! Não me atrevo a encarar Alessia enquanto puxo as malas do elevador.

— Não, Sra. Beckstrom — responde Alessia rápido, as bochechas coradas apesar do bronzeado.

— Mas vou ver o que posso fazer a esse respeito! — Dou uma piscadela para a Sra. B, e o rubor de Alessia se intensifica.

— Bom, vocês jovens devem se divertir. Hércules e eu vamos dar o nosso passeio matinal.

Ela entra no elevador e aperta o botão para o térreo. Assim que as portas se fecham, me viro para Alessia e ela cai na gargalhada. Eu a imito e a puxo para meus braços.

— Desculpe por isso.

— Ela é... como foi que você falou? Ah, sim, excêntrica.

— É, sem dúvida. Agora, tenho uma obrigação a cumprir.

Eu a pego no colo, e ela dá um gritinho de surpresa. Segurando-a contra mim, enfio a chave na fechadura, abro a porta e entro em casa com Alessia nos braços.

Eu a coloco no chão e a beijo, na esperança de continuar o que tínhamos começado no elevador, quando percebo que o alarme não está ligado. Ambos viramos a cabeça, e há uma faixa sobre as portas duplas no final do corredor com os dizeres "Bem-vindos ao lar".

De repente, Caroline, Tom, Joe, Maryanne e Henrietta aparecem na nossa frente.

— Surpresa! — gritam todos.

Puta que pariu!

Capítulo Dez

Desnorteados e cansados da viagem, Alessia e eu ficamos parados no hall. A Sra. Blake, empregada de Caroline, aparece na porta da cozinha segurando uma bandeja com bebidas, e o choque me deixa mudo.

Que porra é essa?

— Bem-vindos ao lar, Maxim, Alessia — diz Caroline.

Com um sorriso forçado, ela dá um cauteloso passo à frente, esticando os braços para nos receber.

Será que ela estava bebendo? Já?

Essa atitude não é muito a cara de Caroline.

— Oi — digo, espantado, enquanto ela abraça a mim e depois a Alessia.

— Bem-vinda de volta, Alessia — diz Caroline, um pouco animada demais.

— Olá — sussurra Alessia, e, pela hesitação em sua voz, suponho que ela também está aturdida.

Meus amigos avançam para nos cumprimentar, enquanto a Sra. Blake serve bebidas para todos. Mimosa, champanhe e suco de laranja natural.

— Que surpresa isso, hein? Não, um choque, para falar a verdade. Mas obrigado — murmuro para Caro.

— Achei que um brunch comemorativo seria bom para dar as boas-vindas, e também como uma espécie de desculpas.

Ela dá de ombros com ar travesso e pega uma taça de champanhe. Desconfio que não seja a primeira do dia.

A Sra. Blake oferece uma bebida para Alessia com o que só posso descrever como um sorriso hostil.

— Madame — diz ela, o tom de voz contido.

Alessia agradece e pega uma taça.

Fazendo uma cara séria para a Sra. Blake, esperando que eu tenha interpretado mal sua expressão gélida, escolho um copo de suco de laranja.

Ela enrubesce.

— É bom ver o senhor de volta, milorde.

— Obrigado, Sra. Blake. Espero que você e o Sr. Blake estejam bem.

Eu a encaro, e ela me oferece um sorriso amável. Apesar de não nos ter dado parabéns, talvez sua falta de entusiasmo em relação à minha esposa seja coisa da minha imaginação.

Maryanne engancha os braços em volta de nós dois e nos empurra para a sala de estar, onde a mesa está posta para o brunch.

Ok, pelo visto vamos adiante com isso.
Quando tudo o que eu quero agora é levar minha esposa para a cama.
E foder e depois dormir.

Porém Henrietta, a namorada de Tom, está lá, e é ótimo vê-la. Ela é um farol de luz, um contraste com o jeito sombrio e briguento dele.

— Maxim, estou tão empolgada por você! Meus parabéns. — Ela me abraça.

— Henry, que bom ver você. Esta é Alessia, minha esposa.

A sujeira e a poeira da viagem estão grudadas na pele de Alessia, mas aqui está ela, no apartamento de Maxim, com... convidados. Amigos dele. O que ela realmente queria era tomar um banho e trocar de roupa. Embaixo do casaco preto elegante, está usando calça jeans e a camiseta com os dizeres "É melhor no Basil's", que Maxim comprou para ela em um bar de Mustique. Alessia queria sair dali e vestir roupas um pouco mais formais para estar com os amigos dele, mas se retirar agora seria grosseiro.

Todas as mulheres presentes parecem impecáveis.

Caroline em especial.

— Oi, Alessia. É um prazer conhecer você — diz Henry.

A voz dela é melódica, comedida e doce, e seu rosto parece o de um anjo, emoldurado por cachos macios castanho-avermelhados. Seus olhos cor de mel são afetuosos e transmitem sinceridade.

— Como vai? — cumprimenta Alessia, na mesma hora sentindo-se à vontade com ela.

— Aqui está ela! — diz Tom e envolve Alessia em um enorme abraço. — Espero mesmo que Maxim esteja tratando você bem, Alessia. Vou dar umas chicotadas nele se não fizer isso.

Alessia ri.

— Bom ver você, Tom.

— Qual foi a última vez que você montou em um cavalo e pegou um chicote? — zomba Caroline. — Seus dias de jogador de polo são passado.

Henry fita Caroline, séria, e há um ligeiro silêncio na conversa. Alessia percebe que Maxim e Joe também ficaram sérios.

— Alessia — diz Joe após um minuto, abraçando-a. — Você está ótima. Vocês se divertiram? Foram para onde? Maxim não deu detalhes para ninguém.

Joe abre um sorriso largo e contagiante, os dentes brancos e brilhosos à mostra. Ele está muito elegante de terno, e Alessia imagina que deve se vestir assim sempre, até aos sábados.

Maxim passa um dos braços por Alessia e beija seu cabelo.

— A viagem foi maravilhosa. Fomos para Tirana e Mustique.

— Foi maravilhosa mesmo — concorda Alessia, tímida. — E Paris.

— Deve ter sido um sonho! — exclama Caroline. — Espero que todos estejam com fome. A Sra. Blake preparou um banquete.

Depois que relaxei em relação a tudo o que está acontecendo, achei que foi mesmo bastante gentil da parte de Caroline ter organizado um brunch. É bom passar um tempo com meus amigos depois da lua de mel e apresentar Alessia a todo mundo em um ambiente tão casual. E é uma alegria ver Henry. Alessia também parece tranquila, ou talvez apenas cansada. Mas está devorando seu salmão defumado com ovos e torrada de abacate e conversando entusiasmada com Henrietta, que tem um talento raro para deixar qualquer um à vontade.

Até o Tom.

Maryanne me conta que todos voltaram da Albânia com Rowena em um jatinho particular.

— Particular?

— É.

— Humm... Quem será que pagou por ele?

— Bem provável que tenha sido você — informa Caro enquanto belisca a comida.

Quer dizer que minha mãe ainda está usando o fundo da família para pagar as contas das suas merdas...

Bem, não por muito tempo.

— Seus pais fizeram um trabalho esplêndido organizando o casamento, Alessia. Tenho que dizer que foi o ponto alto deste ano até agora.

— Ainda estamos em março, Tom — se intromete Caro.

Tom ignora o comentário.

— Também me inspirou. — Ele se levanta, orgulhoso e pomposo como sempre. — Estou muito honrado em dizer que Henry, louca como só ela é, aceitou ser minha esposa. Estamos oficialmente noivos. — Ele abre um sorriso para Henrietta, que sorri de volta para ele e fica vermelha, de uma maneira encantadora, por ser o centro das atenções.

— Parabéns, cara — diz Joe e ergue a taça. — Viva Tom e Henry!

Um coro de felicitações ecoa pela sala, e todos nos revezamos para abraçar e beijar os dois.

— Você e Trevethick vão ter que organizar essas datas, então, já que ele quer se casar de novo — sugere Joe e toma mais um gole de champanhe.

— De novo? — perguntam Caroline e Maryanne em uníssono.

Merda.

— Humm... é, isso.

— Isso é permitido? — pergunta Henry com um ligeiro vinco na testa.

— Espero que sim. Vou descobrir. Queremos nos casar aqui também. Não é, Alessia? — Estico o braço, e ela pega a minha mão, franzindo de leve a testa enquanto digere minha expressão de pânico.

Maryanne e Caroline não podem saber as circunstâncias questionáveis de nosso casamento nem o fato de que não seguimos os protocolos normais.

— É. Com certeza — responde Alessia. — Assim todos os amigos de Maxim vão poder estar presentes — acrescenta, com uma expressão meiga. — Nós recep... recepcionamos... — Ela me olha, e acho que está checando se está falando certo. Confirmo com a cabeça, e ela continua: — ... meus amigos e minha família, e agora é a vez de Maxim. Vai ser uma honra para nós.

Puta merda. Alessia, minha deusa.

Caroline semicerra os olhos e toma outro gole de champanhe.

— Mais uma cerimônia de casamento? Bom, vai ser incrível. Em Londres, na Cornualha ou em Oxfordshire?

— Nós acabamos de chegar em casa, Caro. Dá um tempo — retruco.

Caroline fecha a cara, mas não responde. Pelo contrário, se vira para Alessia.

— É lógico que todos os funcionários dessas propriedades estão morrendo de vontade de conhecer você, Alessia. Você sabe montar?

Minha esposa me lança um olhar rápido e carregado, e na mesma hora a imagino nua, montada em mim, os peitos quicando, a cabeça para trás, o cabelo caindo sobre os ombros, a boca aberta enaltecendo sua paixão.

Cacete.

Que tesão.

Minha esposa doce e inocente. *Ela me olhou assim de propósito.*

— Não — responde Alessia, e escondo meu sorriso travesso.

A atenção de Caroline vai de Alessia para mim, e de volta para minha esposa, e meio que espero que Alessia complete com "Só meu marido", mas ainda bem que ela não faz isso.

Cara. Cresça.

— Temos que ver como resolver isso — murmura Caro.

— Caroline é uma amazona apaixonada, assim como eu. Maxim, nem tanto. Mas ele e Kit costumavam jogar polo — completa Maryanne.

— Vocês têm cavalos? — Alessia olha para mim.

— Temos. Em Oxfordshire — respondo. — Vamos fazer uma excursão, não se preocupe.

Uma excursão. O que ele quer dizer com isso?

— Pelas propriedades — responde Maxim à sua pergunta não enunciada. — Você esteve na Cornualha. Temos uma propriedade em Oxfordshire. E outra na Nortúmbria, mas está alugada para um americano que ganhou milhões com tecnologia. Não sei por que ele não compra logo uma casa.

Alessia faz um gesto afirmativo enquanto absorve essa nova informação. Durante toda a lua de mel, ele não mencionou nenhuma outra propriedade.

Mais terras. Mais posses!

Qual é o tamanho da riqueza do meu marido?

— Nós já vamos indo. Vamos deixar vocês dois descansarem — diz Tom. — Mas tenho um pedido.

Todos os olhares se voltam para ele.

— Perdi sua performance épica no piano antes do casamento, Alessia, porque estava com Thanas no hotel. Por favor, pode tocar para a gente? Só ouvi elogios.

— Ah, sim, por favor! — Henrietta bate palmas. — Eu adoraria ouvir você tocar. O Joe rasgou elogios sobre a sua performance.

Ah.

— Você quer fazer isso? Não precisa se sentir obrigada — Maxim se apressa em tranquilizá-la.

— Não. Tudo bem. Você sabe que eu amo tocar.

Ela sorri, encantada por poder retribuir tudo o que Tom fez por eles na Albânia. Alessia se levanta da mesa e vai até o piano, sentindo todos se virarem para observá-la.

Por que está tão nervosa?

Abrindo a tampa que cobre o teclado, Alessia respira fundo e se senta no banco. Decide o que quer ouvir e as cores que quer ver, pousa as mãos nas teclas e fecha os olhos. Inicia o arranjo feito por Rachmaninoff para a Partita Nº 3, de Bach. Seus dedos tocam cada nota à medida que elas brilham em sua cabeça, tons claros de cor-de-rosa e lilás, enquanto o prelúdio ecoa com suavidade por todo o ambiente, reconfortando-a e consumindo-a até ela fazer parte da música e das cores.

Eu nunca a ouvi tocar essa peça antes e, como sempre, minha garota... minha esposa está perdida na música, oferecendo uma apresentação magnífica. Os convidados estão hipnotizados, como de costume. Porém, o que eu amo na relação de Alessia com a música é que ela mergulha completamente ali. Fica imersa... não, possuída. Tanto que tenho certeza de que todos nós desaparecemos, e só restam ela, o piano e essa música extraordinária.

Alessia atinge a emocionante nota final, que persiste no ar, nos mantendo arrebatados, antes de erguer os dedos do teclado.

Os convidados explodem em aplausos e se levantam.

— *Alessia, foi incrível!*

— *Minha nossa!*

— *Brava! Brava!*

Alessia sorri, tímida. Eu me aproximo e apoio as mãos em seus ombros. Sua mão se enrosca na minha.

— Senhoras e senhores, minha esposa. — Eu me inclino e lhe dou um beijo breve. — Bom, acho que é hora de encerrarmos por aqui. Nós dois estamos exaustos da viagem.

— É. Já estamos indo — concorda Tom.

— Obrigado de novo — acrescenta Joe ao sair da sala de estar.

A Sra. Blake está limpando a cozinha, e lhe agradeço antes de Alessia e eu acompanharmos o grupo até a porta. É então que reparo, com muita satisfação, que minhas fotos de paisagens foram emolduradas de novo e estão de volta às paredes.

Caro se despede de mim com um abraço.

— Pelo amor de Deus, leve a Alessia para fazer compras — cochicha ela no meu ouvido. — Ou deixe que eu leve!

Eu a solto.

— Tudo bem. Se você acha que é uma boa ideia.

— É. Ela é uma condessa, pelo amor de Deus. Não uma estudante. Vá com ela à Harvey Nicks.

Alessia franze a testa.

— O que foi? — pergunta.

— Deixe o Maxim levar você para fazer compras, querida.

Caroline abraça Alessia, sorri com ternura e sai com os outros. Alessia se vira para mim, mas, antes que ela possa dizer qualquer coisa, sou salvo pela Sra. Blake, que aparece na porta.

— Já lavei tudo. A cozinha está limpa e com as compras que o senhor pediu. Só vai precisar esvaziar o lava-louça. — Ela lança um olhar dissimulado para Alessia. — Eu sei... quer dizer... eu espero que não seja um problema para *a se-*

nhora... *milady*. — A Sra. Blake franze os lábios no que pretendia ser um sorriso, porém é mais uma expressão de escárnio.

— Já chega, Sra. Blake — digo em um tom brusco e de repreensão, mantendo a porta aberta para ela. — Está na hora de ir embora.

Alessia coloca a mão no meu braço, para me impedir de falar qualquer outra coisa. Ela se empertiga e ergue o queixo.

— Sim. É óbvio. Obrigada pela ajuda, Sra. Blake.

— Milorde. Milady. — Ela aquiesce, uma expressão insegura, já que foi confrontada, e sai.

É isso mesmo, porra.

O rosto de Maxim parece esculpido em pedra quando ele diz um "passar bem" à empregada, mas Alessia está encantada que ele notou o tom condescendente da Sra. Blake. Ele se volta para a esposa.

— Acho que vou precisar ter uma conversa com a Sra. Blake.

Alessia enrosca os braços nele e o abraça.

Ele reparou naquilo e agiu.

No entanto, Alessia gostaria de enfrentar as próprias batalhas no futuro. Ela tem certeza de que outras virão. Afinal, ela era a faxineira de Maxim e entende o ressentimento da Sra. Blake.

Ela sorri.

— Ela é a serviçal da Caroline.

— Nós diríamos empregada. Serviçal parece um pouco... feudal.

— Eu era a sua serviçal — sussurra ela.

Maxim se inclina e esfrega o nariz no dela.

— E agora eu que sou o seu.

A boca dele está na sua, e ele a imprensa contra a parede, beijando-a até ela não aguentar mais.

— Vamos para a cama — murmura ele, em um tom que atinge os lugares mais íntimos de Alessia.

— Isso, vamos — sussurra ela.

MAXIM COCHILA AO lado de Alessia. Os lábios entreabertos, os cílios roçando a parte superior das bochechas, o rosto bronzeado e relaxado enquanto dorme... ele é mesmo lindo. Alessia o observa, maravilhada com sua aparência jovial. Ela resiste à tentação de tocá-lo e resolve examinar o quarto. Não faz ideia de que horas são, embora ainda esteja claro do lado de fora. Na última vez em que estiveram neste cômodo, fizeram amor, e logo depois ela saiu do apartamento e Anatoli estava à sua espera.

Não pense nele!

Ela se distrai analisando o quarto sob uma nova perspectiva, agora como esposa de Maxim. É um espaço masculino: o estilo é minimalista, com pouca mobília em tons suaves de prateado e cinza. A única peça ornamentada é o enorme espelho com moldura dourada na parede atrás da cabeceira da cama, que vai até acima dela. E na parede oposta há duas fotografias de mulheres nuas, as costas voltadas para a câmera, nada muito explícito. Ainda assim, são eróticas e sensuais. Ele disse que todas as fotografias no apartamento são de sua autoria, então Maxim deve ter tirado essas fotos também.

Querida, ele dormiu com quase Londres inteira.

Alessia suspira. Isso ela sabe, via as provas toda semana na lixeira. E ainda houve aquela jovem no pub na Cornualha, uma mulher cujo nome Alessia não consegue se lembrar.

Mas quantas mulheres nesta cama?

Ela estremece.

Não pense nisso!

No entanto, nesses momentos de calmaria, ela fica refletindo se está à altura de todas que gozaram das delícias deste quarto antes dela. Alessia bufa com a ironia... todas que literalmente gozaram antes dela.

Pensar essas coisas é péssimo, Alessia não quer focar nisso nem passar o dia inteiro na cama. Não está cansada, então escorrega em silêncio para fora das cobertas e vai até o banheiro tomar banho e lavar o que restou da viagem e de sua fabulosa lua de mel.

A cordo com o som do chuveiro da suíte.
Alessia.
Molhada e nua.

A imagem me excita na mesma hora, e dou um salto para fora da cama para me juntar a ela.

Alessia está de pé embaixo da cascata de água quente, de costas para mim, lavando o cabelo. Ela espalha o xampu, os fios até a cintura, acima daquela bunda fantástica. Entro no box por trás dela e, com delicadeza, coloco as mãos em sua cabeça para ajudá-la a massagear o couro cabeludo.

— Humm... que gostoso — geme ela.

Eu paro.

— Ah!

Alessia dá um passo atrás, pressionando o corpo no meu, porém o que mais importa é que minha ereção está encostando em seu traseiro. Dou um sorriso travesso, e ela vira a cabeça, me brindando com um sorriso iluminado e brincalhão, e balança a bunda, me provocando.

Ah, cara.

— Quer que eu continue?

— Quero. Por favor.

Retomo a importante tarefa de lavar seu cabelo, espalhando o xampu pelas longas madeixas e as desembaraçando com delicadeza. Ela ergue o rosto na direção da água e enxágua o cabelo. Pego o sabonete líquido, espalhando um pouco nas mãos e esfregando para criar espuma. Devagar, passo o sabão na pele macia de sua barriga e depois embaixo dos seios, roçando os mamilos com a ponta dos polegares. Alessia arqueja de prazer e arqueia as costas, se pressionando contra minhas mãos.

Ela tem peitos maravilhosos, porra.

Deslizo a mão por seu corpo, sentindo suas curvas suaves e sua pele conforme a ensaboo. Minha outra mão continua a provocar seus mamilos, cada vez mais rijos, enquanto estimulo cada um. À medida que eles enrijecem sob meus dedos, meu pau fica mais e mais pesado.

— Você tem peitos lindos, Alessia — sussurro e puxo o lóbulo de sua orelha com os dentes.

Levo a mão para baixo, até seu sexo, os dedos deslizando sobre seu clitóris.

Ela geme, se inclinando para trás, e suas mãos envolvem meu pescoço, suas costas ainda contra meu peito. Ela vira o pescoço e pressiona a boca na minha.

Nós nos beijamos. Um beijo ardente. Intenso. Só língua e desejo... e meu pau ainda aninhado na bunda de Alessia.

Ela mantém uma das mãos agarrada em meu cabelo, traz a outra para as costas e segura minha ereção. Sua mão me envolve, apertando com força, e, devagar, começa a deslizar para cima e para baixo. *Porra, tão devagar.* Me torturando. Minha respiração sibila entre os dentes, e a faço andar para a frente até o tronco dela encostar nos ladrilhos de ardósia escura.

— Agora você está limpa. Vamos sujar você.

Ela afasta as mãos de mim, a boca arfando, e as apoia na parede.

— Vamos fazer isso? Aqui, assim? — pergunto.

— Humm...

— É um sim?

Ela requebra a bunda contra mim, e abro um sorriso sacana.

— Vou considerar um sim.

Com cuidado, enfio um dedo nela. Alessia está molhada. De mais cedo? De agora? Não importa. Ela está pronta. Para mim. Empino seu traseiro.

— Se segura.

E bem devagar, para ela não perder o equilíbrio, penetro ela ao mesmo tempo que ela se impulsiona para trás, na minha direção.

Assim!

Segurando seus quadris, recuo e depois meto nela de novo, me deleitando com cada centímetro da minha esposa. Ela solta um gemido alto, empinando a bunda, e tomo isso como um deixa para ganhar impulso.

Mais forte. Mais rápido.

Várias vezes. Desfrutando da sensação de estar dentro dela. Enquanto nos aproximamos do clímax, cada vez mais.

De repente, sinto o interior dela se contraindo, e me preparo, com a mão na dela.

— Ah! — grita ela e atinge o orgasmo, me levando junto.

Berro seu nome e me seguro nela enquanto gozo.

Depois nos largamos no piso, os dois juntos embaixo da cascata de água.

— Como foi? — pergunta Maxim, afastando o cabelo molhado do rosto de Alessia e beijando sua têmpora.

— Bom. Muito bom. — Ela sorri.

— É. Para mim também. Acho que fazer amor com você é meu novo passatempo favorito.

— E é... hã... nobre... Essa é a palavra certa? Um passatempo nobre.

Ele ri.

— Funciona. Muito nobre. — Ele a envolve com os braços e a puxa para si. — Estou tão feliz que você está aqui comigo, segura.

— Também estou feliz.

— Quando penso no que podia ter acontecido... — A voz de Maxim começa a falhar.

Alessia se vira e o beija.

— Eu estou aqui. Segura. E estou com você.

Ele beija a testa de Alessia.

— Ótimo.

Uma imagem de Bleriana, uma das outras vítimas de tráfico, invade a mente de Alessia. As duas se tornaram amigas na parte de carga do caminhão que as trouxe para a Inglaterra. Elas achavam que estavam vindo para trabalhar.

O Zot. Bleriana tinha só dezessete anos.

Alessia franze a testa e tenta abafar a ansiedade e a culpa.

Será que a Bleriana conseguiu escapar também?

Será que Dante e Ylli a capturaram?
A possibilidade é aterrorizante.
— Ei, o que foi? — pergunta Maxim.
Ela balança a cabeça, tentando se livrar daquelas imagens. Vai pensar naquilo mais tarde quando estiver sozinha, para não preocupar Maxim agora.
Ele já fez muito.
— Acho que estou limpa de novo. — Ela sorri.
Ele solta uma risada.
— Está com fome?
Ela faz que sim com a cabeça.
— Ótimo. Vamos sair para comer alguma coisa.

Capítulo Onze

É domingo, de manhã cedo: o ar está seco e frio, as árvores ainda sem folhas no parque Battersea. Estou correndo. É aquela hora específica do dia em que este lugar pertence apenas a corredores e pessoas passeando com seus cachorros. O céu está cinzento, ameaçando chuva, mas há uma energia na brisa gelada. O parque está despertando do longo inverno, a primavera no horizonte. Quando encontro meu ritmo, colocando um pé na frente do outro, minha mente desanuvia. É ótimo estar ao ar livre com um *house lo-fi* animado fazendo meus fones de ouvido tremerem enquanto respiro o ar de Londres. Senti falta disso.

Deixei Alessia dormindo, toda encolhida. Temos o dia inteiro diante de nós para desfrutarmos, só precisamos desfazer as malas e nos acomodar no apartamento.

À medida que corro, me dou conta de que, nas últimas semanas, não pensei em mais nada a não ser encontrar Alessia, depois me casar e depois nossa lua de mel. Agora, preciso descobrir como será nossa vida de casados.

E não faço ideia.

Acho que Alessia também não.

Será que vamos morar em Londres?

Vamos precisar manter uma residência aqui, mas podíamos nos mudar para a Cornualha ou para Oxfordshire — apesar de não ter certeza se Alessia vai gostar de Angwin, pois a propriedade emprega mais funcionários que a Mansão Tresyllian, uma vez que é aberta ao público.

Talvez possamos passar o tempo fazendo bebês.

Um herdeiro e um reserva.

Um menininho parecido com Alessia?

Uma menininha parecida com Alessia?

Merda. Ainda não.

Nós dois somos jovens demais.

Amanhã, vamos nos reunir com a advogada que vai nos ajudar com a questão do visto. Depois podemos tomar algumas decisões.

Isso.

Amanhã será o dia de tomar decisões. Vamos aproveitar o dia de hoje.

A lessia acorda e vê que está sozinha. Há um bilhete no travesseiro de Maxim.

Saí para correr.
Volto logo.
Te amo. Bj M

Alessia sorri, se lembrando de como tinha que catar do chão as roupas de ginástica suadas de Maxim depois de suas corridas. E ainda havia os bilhetes que ela encontrava amassados no chão. Em geral, eram números de telefone. De mulheres?

O Zot. Ela franze a testa e tenta afastar esses pensamentos.

Não fique se torturando, Alessia.

Ela se espreguiça, sentindo-se descansada, depois levanta da cama. Está na hora de desfazer as malas e limpar o apartamento.

O mesmo de sempre.

Ela sorri, recuperando o bom humor.

E pode preparar um café da manhã para Maxim, talvez alguns pães almofadinhas, contanto que a Sra. Blake tenha cumprido o prometido e providenciado as compras que pediram quando estavam em lua de mel. Feliz, ela entra no banheiro para tomar um banho.

MAXIM RETORNA QUANDO Alessia está desfazendo a mala no quarto de hóspedes. Sorrindo, porque ele enfim chegou em casa, ela interrompe a arrumação ao ouvi-lo entrar no quarto e depois percebe quando ele dispara apressado pelo hall, indo checar a cozinha e depois a sala.

— Alessia! — grita ele, o pânico evidente na voz.

O Zot! Não!

— Maxim. Estou aqui! — Ela dá um passo para fora do quarto de hóspedes e o observa, de pé no final do corredor.

Ele deixa os ombros relaxarem, aliviado, e passa a mão pelo cabelo úmido.

— Não faça isso comigo. Achei... achei que você tinha ido embora. — Sua voz vai sumindo à medida que se aproxima dela, uma expressão desconfiada em seu rosto.

— Eu... — Alessia não sabe o que falar. Ela não queria preocupá-lo, e seu coração se derrete ao perceber que Maxim se preocupa tanto com ela.

Mas por que ele achou que ela havia ido embora? Alessia fica confusa, mas ele não espera uma explicação e a puxa para um abraço apertado e suado.

— Não faça isso comigo de novo — repete ele, enfatizando cada palavra, e beija o topo da cabeça da esposa. — Na última vez que não encontrei você aqui, o filho da puta tinha te sequestrado.

Ah!

Ele solta o ar como se estivesse liberando a tensão, mas os lábios formam uma linha fina, então ela desconfia que Maxim está um pouco chateado também.

— Vou tomar banho — diz ele, amuado, e sai pisando duro em direção ao quarto, deixando Alessia no corredor, às voltas com sua culpa.

O Zot. O Zot. O Zot.

A última coisa que ela quer fazer é aborrecê-lo, mas Alessia não tinha como imaginar.

— Merda — solta baixinho.

Ela decide parar de desfazer a mala e vai até a cozinha. Usando uma garrafa de vinho, já que não achou um rolo, Alessia abre a massa que preparou mais cedo e a corta para formar bolinhas, posicionando-as no único tabuleiro que encontrou. Precisam comprar mais utensílios, já que agora ela vai cozinhar ali. Ela franze o rosto, em dúvida se Maxim estaria disposto a pagar por tais coisas. Eles não falaram nada em relação a dinheiro. Ela tem o que ganhou enquanto trabalhava com faxineira, mas só isso, e está acabando. Durante a lua de mel, Maxim pagou tudo. Ela sabe que eles terão que conversar sobre esse assunto alguma hora, mas está insegura sobre como abordar a questão.

Imersa em seus pensamentos, enfia o tabuleiro no forno, lava e seca a tigela e depois arruma a pequena mesa redonda para eles. Quando volta até o forno para checar o pão, fica surpresa ao ver Maxim a observando. Ele está apoiado no batente da porta, vestindo uma camiseta branca de mangas compridas e a calça jeans preta com o rasgo no joelho. A preferida de Alessia. O cabelo está molhado e despenteado, e, em contraste com o rosto bronzeado, seus olhos assumem um vibrante verde primaveril. Ela respira fundo, deliciando-se com a imagem do marido.

Ele é deslumbrante.

E é dela.

Ela fica extasiada, mas a expressão de Maxim é indecifrável, e ele permanece calado enquanto seus olhos a deixam paralisada.

Ela engole em seco e pergunta:
— Está bravo comigo?
— Não. Estou bravo é comigo.
— Por quê?
— Porque minha reação foi exagerada.
Ela se aproxima dele de tal forma que sente o calor de Maxim em sua pele.
— Eu devia ter dito que estava no quarto de hóspedes. Estou aqui. Estou segura.
Maxim levanta o queixo de Alessia, os olhos queimando nos dela.
— Eu fiquei... ansioso. — Ele dá um beijo suave em sua boca. — Não gosto de me sentir assim.
— Desculpe. Eu não pensei muito nisso. — Com cautela, Alessia enrosca os braços em volta de Maxim, a bochecha no peito dele.
Ele apoia o queixo da cabeça de Alessia, envolvendo-a em um abraço e inspirando seu perfume.
— Você está com um cheiro incrível — sussurra ele.
— Você também. Cheiro de limpo.
Ela sente o sorriso de Maxim e relaxa quando ele beija sua cabeça. O marido aninha o rosto da esposa nas mãos e guia a boca dela para a dele.
— Preciso ter certeza de que você está segura.
— Estou segura. Com você.
Ele a beija, um beijo doce, suave, molhado e carinhoso. Ela se rende àquela língua habilidosa, e ele apoia a testa na dela e solta o ar.
— Esse cheiro que estou sentindo é de pão assando?
Ela sorri.
— É, sim. Pão almofadinha.
Ele reage com um sorriso deslumbrante.
— Bem que seu pai me avisou.
— Meu pai?
— É. Ele disse que você ia me engordar.
— Só vou fazer pão aos domingos.
Maxim ri, o bom humor de volta.
— Ótimo plano.
Alessia respira fundo.
— Mas vou precisar sair alguma hora para comprar comida.
— Eu sei. Eu sei. É óbvio. Estou sendo ridículo. — Do bolso traseiro da calça, ele tira a chave que deu a ela não faz muito tempo. — Só me avise onde você vai estar. Por favor.
Alessia pega a chave.

— Obrigada. — Ela examina o chaveiro de couro. — Que lugar é esse... Residência Angwin?

— É a nossa propriedade em Oxfordshire. Vamos lá esta semana, se você quiser. Ou até hoje. Podemos fazer uma viagem curta para onde você quiser.

Ele se senta à mesa, e Alessia pega um pano de prato para tirar o pão do forno enquanto digere essa informação.

— Aliás, o que você estava fazendo no quarto de hóspedes?

— Desfazendo as malas. Não tem lugar para minhas roupas no seu closet.

— Ah, entendi. — Maxim contrai a boca. — Precisamos de uma casa maior para nós dois.

Alessia fica boquiaberta.

— Nossa família tem uma grande quantidade de imóveis — responde ele à pergunta não formulada por Alessia. — Vou falar com Oliver e ver qual estará disponível em breve.

Mais uma casa? Sem mais nem menos? Alessia franze a testa, consternada.

— O que foi?

— Quanta terra... hum... quantos imóveis você tem?

— Pessoalmente, não muitos. Todo o nosso patrimônio, que inclui as três grandes propriedades e todos os seus bens, está em um fundo fiduciário. O fundo é o dono legal das propriedades, e Kit, Maryanne e eu éramos os gestores. Agora que Kit morreu, somos apenas Maryanne e eu... mas, como o conde, sou o beneficiário efetivo. Isso faz sentido?

Alessia me encara com um olhar vazio.

— É complicado — admito, sabendo que não é fácil de entender. — Basicamente, o patrimônio possui uma grande quantidade de bens imóveis, e sua renda vem de aluguéis e arrendamentos de todo esse conjunto de propriedades residenciais, comerciais e industriais.

— Ah... — diz Alessia. — E o seu trabalho é... hum... administrar isso?

— O Oliver, que você conheceu através da janela do carro, é o nosso diretor de operações e cuida da administração no dia a dia. Eu sou... o chefe dele. Era o trabalho do meu irmão, e Kit tinha tino para negócios, era a pessoa ideal para essa tarefa. Mas eu ainda estou aprendendo.

Meu humor piora. Esse é o ponto crucial do meu problema ao assumir o título. Não fui treinado para isso, enquanto Kit tinha aptidão para essas coisas. Ele era tão bom em economia que ampliou as fortunas de nossos fundos individuais também.

Merda. Não quero pensar nisso agora.

— Olhe, este é o último dia de nossas férias — acrescento. — Vamos aproveitar. Podemos viajar até Angwin. Fica a duas horas daqui. Podemos dar uma olhada lá. Amanhã, começa o trabalho. — Pego um dos pãezinhos que Alessia colocou na mesa. — Precisamos encontrar uma casa nova. Providenciar um visto para você ficar aqui. Voltar ao trabalho.

Nossa, são três palavras que achei que eu nunca diria.

Balançando a cabeça, em um falso autodesprezo, passo manteiga no pão e a observo derreter. Depois acrescento geleia de cassis e dou uma mordida.

Meu Deus. Isso aqui é uma delícia.

Alessia apoia uma xícara de café na minha frente e se senta.

— Tudo bem. Eu adoraria conhecer Angwin.

Sorrio.

— Eu posso me acostumar com isso, sabe? — Ergo um pedaço de pão almofadinha, saudando a minha esposa.

— Você não tem escolha. — Alessia sorri, presunçosa.

— Mas *você* tem. Você sabe que não precisa fazer isso. Nós podíamos sair para comer ou contratar alguém para ajudar.

— Eu quero fazer. Para você. É o meu trabalho.

E lá vem: o modo como ela foi criada e nossas diferenças culturais. Não conheço nenhuma mulher como Alessia. Durante anos, ela serviu aos homens de sua vida, e suas expectativas ficaram limitadas por essa experiência. Nunca pensei que fosse me casar com uma mulher tão dona de casa. Será que algum dia ela vai superar isso?

Quer dizer, eu gosto que ela queira cuidar de mim.

Cara.

Tudo bem, eu adoro que ela queira cuidar de mim.

Porém, quero que Alessia tenha outras opções. Quanto mais cedo nos mudarmos para um lugar maior, melhor. Podemos contratar alguém, e ela não vai precisar lidar com afazeres domésticos. Além disso, há casas para administrar, propriedades para supervisionar e pessoas para gerir.

Meu Deus. É coisa demais.

— Eu não sei o que fazer a não ser cozinhar e limpar para você — acrescenta Alessia, dando uma mordida no pão com manteiga.

— Tenho certeza de que você vai ficar ocupada depois que se estabelecer como condessa.

Alessia arregala os olhos.

— O que você quer dizer com isso?

— Que você vai ter funcionários para gerir, casas para administrar, eventos para organizar e frequentar.

Ela engole em seco, os olhos escuros alarmados.

— Desculpe. — Dou de ombros. — Faz parte do pacote. Não fique tão preocupada. Vai dar tudo certo.

— Acho que preciso de umas aulas! — exclama ela.

— Aulas? — E a oferta depreciativa de minha mãe sobre uma "escola de boas maneiras para moças" surge na minha cabeça, indesejada.

— É. Deve existir alguma coisa que eu possa ler, ou... uma escola que eu possa... — Sua voz começa a falhar.

— Você está falando sério?

— Estou — responde ela, enfática.

— Bom, tenho certeza de que podemos encontrar algo do tipo. Se você quiser mesmo. Se for deixar você mais confiante.

Ela sorri.

— É. É disso mesmo que eu preciso.

— Tem certeza?

— Tenho. Eu não nasci neste tipo de... vida. Não quero decepcionar você.

Dou uma risada.

— Sou eu que devia dizer isso para você, Alessia. Você é perfeita do jeito que é, mas podemos procurar umas aulas, se você quiser.

Alessia sorri, os olhos brilhando.

Aulas de etiqueta.
Como minha mãe sabia?

— Vou desfazer a mala — mudo de assunto, irritado por minha mãe ter razão. — Depois, podemos ir a Angwin. Fazer compras, almoçar fora, o que você quiser.

Alessia concorda.

— É. Acho que vou gostar disso. E eu já desfiz sua mala.

— Ah, obrigado.

— Eu gostaria de fazer umas compras. Nós precisamos de... hum... utensílios de cozinha.

— Eu não tinha pensado nisso. É, imagino que você esteja certa. Não entendo muito de cozinha.

— Você prepara um bom café da manhã.

Sorrio, me lembrando de nossa temporada no Esconderijo.

— É verdade. Tudo bem. Talvez a melhor loja para isso seja a Peter Jones. Nunca comprei esse tipo de coisa. Nós podíamos pesquisar na internet. Podíamos também comprar algumas roupas novas para você. O que me faz lembrar...

Maxim se levanta e sai do cômodo, voltando alguns minutos depois com quatro envelopes endereçados a Alessia Trevelyan. Alessia os examina, virando-os.

O que podem ser?

— Providenciei isso quando estávamos viajando. Cartões de banco. E as senhas. Você vai precisar. Um cartão é de débito. O outro é de crédito.

— Dinheiro? — pergunta ela, encarando-o. — Para mim? — Ela está perplexa.

— Isso. Para você. Cartões mágicos, teve uma vez em que você os chamou assim. Não são mágicos, tenho que enfatizar isso. Então, não faça loucuras. — Ele dá um sorriso torto.

E, em um piscar de olhos, a questão do dinheiro foi resolvida.

— Obrigada.

— Não precisa me agradecer. — Maxim franze a testa. — Você é minha esposa.

E, mais uma vez, Alessia tenta domar o pânico que sente diante de sua sorte. Quando pensa no que poderia ter acontecido... Uma imagem de Bleriana lhe ocorre, e seus pensamentos dão uma guinada mais sombria.

Onde será que ela está?
Será que está bem?
Será que Alessia consegue encontrá-la?

— Vou lavar a louça — diz Maxim, interrompendo os pensamentos de Alessia.

— Não. Não vai, não. Eu que vou.

Maxim ri.

— Isso não está em discussão. Sou capaz de lavar uma louça. E encher um lava-louça. Vamos fazer uma visita surpresa a Angwin assim que eu acabar.

Ele fica de pé, levando consigo sua xícara e seu prato.

Angwin fica aninhada nas colinas de Cotswold, perto de Chipping Norton. Dirigindo o Jaguar, saio da estrada e deslizo pelo portão principal, seguindo pelo majestoso caminho de acesso à propriedade, ladeado de faias.

— Uau — murmura Alessia, ao avistar a casa principal em todo o seu esplendor paladiano, com as quatro colunas coríntias e o impressionante frontão na fachada.

Entre as austeras faias, a construção de pedra cor de mel domina a paisagem bem-cuidada.

— Pois é. Esta é Angwin.

Alessia sorri para mim, com um ar de admiração no rosto.

Entro no estacionamento dos visitantes, satisfeito em ver que está cheio. Em geral, eu estacionaria na parte de trás da casa, perto dos estábulos, mas quero que nossa visita seja discreta. Não avisei a ninguém que viríamos, e não quero sobrecarregar minha nova condessa.

— Está preparada? — pergunto, desligando o motor.

O sorriso de Alessia responde por si só.

Fora do carro, pego a mão dela, e caminhamos pela entrada de veículos até a casa principal.

— Olhe ali. — Gesticulo para uma bifurcação para a esquerda, que leva ao próspero centro de jardinagem construído onde outrora se encontrava a ampla horta original.

Explico que, depois dele, há um parquinho para crianças e uma fazendinha, ambos muito populares entre os moradores locais e seus filhos, além de destino de muitos turistas durante as férias escolares. Um dos nossos arrendatários fornece as ovelhas, as vacas e os porcos para a fazendinha. Há ainda nossos outros animais, três alpacas e quatro jumentos. Todos foram resgatados e são os queridinhos de Maryanne.

— Nenhuma cabra? — pergunta Alessia, os olhos brilhando, achando graça.

Dou uma risada.

— Acho que não. Podemos verificar. Talvez eu consiga algumas só para você.

Paramos na pequena bilheteria, ocupada por alguém que não reconheço.

— Boa tarde — diz o jovem.

— Dois para a casa, por favor. — Parece mais fácil comprar os ingressos que explicar que sou o proprietário.

O homem me entrega os dois ingressos, e encosto meu cartão na maquininha. Alessia sorri.

— Você tem que pagar?

Eu rio.

— Em geral não, mas não conheço aquele rapaz.

Caminhamos a passos lentos pela entrada, em direção à casa. Através das árvores, conseguimos ver as margens de uma das duas lagoas, e, no meio da vegetação rasteira, observo duas carquejas e alguns patos nadando até a beira.

— Cisnes — exclama Alessia, encantada, ao avistar nosso casal de cisnes brancos deslizando de forma majestosa pelas águas tranquilas, as penas brancas como neve enroladas em forma de velas.

— Isso. Esse casal está conosco há uns dez anos. Acho que Kit os batizou de Triumph e Herald, mas não sei quem é quem.

— Nomes grandiosos. Eles são lindos.

— São mesmo. Kit era obcecado por carros, ainda mais os clássicos antigos. Daí os nomes.

Rio sozinho. Alessia não sabe nada sobre carros britânicos antigos.

— Eles têm um parceiro só a vida toda, sabia? — acrescento, me virando para ela com um grande sorriso.

Ela sorri e ergue o queixo, achando graça, mas se mostrando orgulhosa.

— Eu sei várias coisas sobre cisnes.
Lógico que ela sabe.
— Esses dois criam seus filhotes aqui todos os anos.
E um dia nós vamos criar nossos filhos aqui também.
Pensar nisso me surpreende e me agrada.
Um dia.
Ela aperta minha mão, e fico imaginando se estaria pensando a mesma coisa.
Na frente da casa, há um grande gramado de cerca de um hectare. A metade mais próxima está muito bem aparada, formando listras. A área é cercada por árvores antigas, carvalhos, olmos e faias, e pelo lago. Agora que estou prestando atenção, percebo que é um cenário deslumbrante.
— Quer dizer que qualquer pessoa pode vir aqui? — pergunta Alessia dos degraus da casa, enquanto aprecia a vista.
— Pode, é só comprar o ingresso. Não é muito caro se quiser visitar apenas os jardins. É muito popular no verão, as pessoas adoram fazer piqueniques aqui. Atrás da casa ficam os estábulos. Fornecemos baias para os moradores locais com cavalos, e um amigo de Maryanne gerencia uma escola de equitação. É aqui que Maryanne e Caroline deixam os próprios cavalos. Venha, vou mostrar o interior para você.

Alessia segue Maxim, que avança animado pelos degraus de pedra e atravessa as portas duplas, entrando em um impressionante hall. Há estátuas em pequenos nichos e detalhes decorativos em gesso por todo o cômodo, até no teto. Alessia sente o peito apertado conforme tenta absorver a imponência de um aposento que não passa de uma mera entrada para essa casa imensa.
De trás da mesa da recepção, a mais jovem das duas mulheres ergue a cabeça para nos cumprimentar.
— Olá, como vão? Estão aqui para o tour? — pergunta.
Maxim solta uma gargalhada, e a mulher mais velha levanta a cabeça.
— Ah, meu Deus! Maxim! Quer dizer, milorde.
— Olá, Francine. Como vai você?
— Vou bem, milorde. — Ela dá a volta no balcão, surpreendendo a colega.
— Por favor, me chame de Maxim. É o meu nome. Já falei isso da última vez que estive aqui.
— Eu sei, milorde, mas sou uma mulher antiquada. — Pela maneira como ela sorri, seu carinho por Maxim é óbvio.
Ele passa o braço ao redor de Alessia e a puxa para perto de si.
— Francine, quero lhe apresentar minha esposa, Alessia.

— Sua esposa! — exclama Francine. — Ora, Lady Trevethick, que prazer conhecer a senhora.

Alessia estende a mão, que Francine aperta com entusiasmo.

— Lady Caroline disse que o senhor tinha casado. Parabéns aos dois, milorde.

Caroline. Ela esteve aqui?

— Obrigado.

— O senhor podia ter avisado que estava vindo...

Maxim levanta a mão para interromper Francine.

— Vamos voltar e fazer uma apresentação apropriada mais para o final do mês. Eu só queria mostrar um pouco da casa para minha esposa. Dar uma ideia do que ela assumiu.

Francine ri, de forma bem-humorada, os olhos brilhando para Alessia.

— Eu conheço o conde desde que ele era um rapazinho.

Maxim logo a interrompe.

— Você é nova — diz ele, se virando para a mulher mais jovem atrás do balcão.

— Este é o conde. O proprietário — murmura Francine para ela. — Esta é Jessica. Ela está conosco há mais ou menos três semanas.

A jovem se levanta, abalada.

— Desculpe, senhor. Maxim. Hum... milorde.

— Bem-vinda a Angwin, Jessica. — Maxim estende a mão, e Alessia o imita, pegando a mão frouxa e pegajosa de Jessica e apertando-a de modo afável.

Jessica curva a cabeça em uma reverência breve, e as bochechas de Alessia se ruborizam.

— Vamos dar uma volta — diz Maxim.

— Faça isso, senhor — replica Francine com um enorme sorriso. — Vou avisar à Sra. Jenkins que o senhor está aqui.

Eles atravessam uma porta ao lado do hall e seguem por um corredor atulhado de quadros.

— Você não me contou que ele era tão bonito! — Eles ouvem Jessica cochichar para Francine.

Alessia olha para Maxim arqueando uma sobrancelha, e ele dá de ombros e ri.

Alessia permanece calada, enquanto atravessamos Chipping Norton na volta para Londres. Pego sua mão.

— É muita coisa. Eu sei.

Alessia aquiesce.

— Eu não imaginava que seria tão... grande. Maior do que... hum... a Mansão, na Cornualha.

— Verdade. É a nossa maior propriedade, tanto a construção em si quanto o terreno. A maior parte das terras é cultivada, e é de agricultura orgânica. Meu pai estava à frente do seu tempo. Um ativista ambiental no fim da década de 1970.

Sinto um aperto no coração e um nó doloroso se formando na garganta. Sinto saudade dele. *Do meu pai.*

E de Kit.

Pigarreio.

— Os funcionários que tomam conta de Angwin são excelentes, então a propriedade quase se administra sozinha.

— Mas você não mora lá.

— Não. Ficamos de vez em quando. Como você viu, temos um apartamento na casa principal. Mas só isso. Sempre penso em Angwin como um monumento histórico e um local de lazer para a comunidade. É aberta ao público, que pode passear pela construção, ver como morava a aristocracia rural, admirar as obras de arte...

Alessia concorda com a cabeça.

— Tantos cômodos...

— É. Eu sei. A manutenção da casa é astronômica. Mas conseguimos mantê-la funcionando sem deixá-la definhar.

Ela abre um breve sorriso, e sinto meu couro cabeludo formigar quando imagino o que ela pode estar pensando.

Será que está nos julgando? Minha família?

A riqueza?

Merda.

— Está tudo bem? — pergunto.

— Está. Está, sim. Só estou um pouco... humm... impressionada. Mas obrigada por me mostrar sua... outra casa. Os funcionários admiram você.

O quê? Suas palavras são inesperadas.

— Você acha?

Seu sorriso é carinhoso.

— Acho, sim. Todo mundo. Eles são... leais. É a palavra certa?

Eu rio.

— É. Acho que sim, mas não sei se concordo com você. Eles meio que não têm escolha.

— Acho que eles torcem para o seu sucesso.

Sinto um calor desconhecido se espalhar pelo peito. Não esperava ouvir que os funcionários me admiram. Todos os elogios em geral eram reservados a Kit.

— Eu era o depravado da família — murmuro enquanto reflito sobre o comentário de Alessia. — Kit era o irmão estável, maduro e trabalhador. Mas, bom, ele não tinha outra opção.

— Depravado? — pergunta ela.
— Sem dúvida.
Eu lhe lanço o meu sorriso mais travesso, na esperança de amenizar o clima, e, para meu alívio, funciona. Ela ri.
— Coloque uma música — digo, indicando o sistema de som com o queixo, e Alessia mexe nos botões.

Graças à luz do pequeno dragão, Alessia observa Maxim dormir. Ele parece mais jovem quando dorme. Ela afasta o cabelo dele da testa com delicadeza e o beija com carinho. Depois se vira e fica deitada de costas, observando os reflexos fluidos e dançantes no teto. A única coisa em que consegue pensar é como uma única família pode possuir tantas propriedades.

E agora ela é parte dessa família.

Ela tem tanto, enquanto outros... não têm nada.

Alessia fecha os olhos para bloquear os reflexos oscilantes no teto e reprimir uma intensa sensação de culpa.

Capítulo Doze

Bleriana! A doce e jovem Bleriana está lá fora, junto às portas trancadas do decorado hall de recepção da Residência Angwin. Tentando entrar. Ela faz a porta tremer.
Bate os punhos no vidro das portas duplas.
No vidro.
Ela vai quebrar o vidro.
Ela está gritando. Mas Alessia não escuta nada.
Alessia tenta e não consegue abrir as portas.
E atrás de Bleriana... Dante e Ylli emergem da escuridão.
Sacos plásticos pretos abertos e prontos.
Alessia mergulha em uma escuridão sufocante.
Bleriana grita.

— Alessia! Alessia! Acorde! — A voz repleta de pânico de Maxim invade a cena de terror de Alessia, puxando-a para a luz, tirando-a das profundezas de seu pesadelo.

Com o coração acelerado, ela abre os olhos, o medo formando um nó apertado no peito, se arrastando até a garganta e a asfixiando.

Maxim.
Seu salvador.
De novo.

Ele a encara com os brilhantes olhos verdes, a preocupação estampada no rosto.
— Você está bem?
— Foi um sonho, um sonho ruim — balbucia Alessia e estremece, e Maxim a abraça.
— Estou aqui com você — sussurra ele, apertando seu abraço e curvando o corpo de forma protetora em volta dela. Ele beija a testa da esposa.

Alessia sente os batimentos cardíacos desacelerarem, grudada no marido tão querido, e inspira seu cheiro reconfortante, cheiro de sabonete líquido, sono e Maxim.

— Hum — sussurra ela.

— Pode ficar tranquila agora — murmura ele na penumbra e se deita com Alessia nos braços. — Durma, meu amor.

Ela fecha os olhos e, à medida que o medo vai sumindo, adormece mais uma vez.

É meu primeiro dia no escritório depois dos acontecimentos tumultuosos das últimas semanas. Quando o táxi para na frente do prédio, fico pensando no que acontecerá hoje. Ainda estou inquieto com o pesadelo de Alessia no meio da noite e seu grito por ajuda. Ela parecia bem hoje de manhã e não se lembrava do sonho ruim, mas estou preocupado que o trauma do passado esteja dando as caras. Ela sempre parece bastante tranquila, mas talvez, agora que está segura, o choque dos inúmeros sofrimentos pelos quais passou recentemente acabem cobrando um preço.

Cara. Foi só um pesadelo.

Respirando fundo, afasto esses pensamentos, pago o motorista e subo os degraus do prédio de meu escritório.

A recepcionista me cumprimenta com um sorriso alegre.

— Bom dia, Lorde Trevethick.

— Bom dia, Lisa.

— E parabéns, milorde. Pelo casamento.

— Obrigado.

Atravesso a sala da recepção, bato na porta de Oliver e entro. Ele abre um grande sorriso. Acho que está contente em me ver.

— Maxim. Bem-vindo de volta, e parabéns. — Ele se levanta e estende a mão.

— Obrigado, Oliver. — Apertamos as mãos, e fico agradecido por ele estar mantendo tudo em ordem. — E obrigado por restaurar as fotografias no meu apartamento.

— Você reparou! Foi um prazer. Você é um bom fotógrafo. A lua de mel foi boa?

Sorrio.

— Foi, sim, obrigado.

— Temos uma pauta extensa, será que já devemos pôr a mão na massa?

— Sim, lógico. Mas preciso de uns minutos. Decidi que chegou a hora de me mudar para o escritório de Kit.

— Muito bem, senhor. — diz Oliver, com gentileza, e faz um gesto em direção à porta da sala sagrada que foi ocupada por meu irmão e meu pai. — Se precisar de qualquer coisa, estou bem aqui.

— Obrigado.

Atravesso o cômodo, agarro a maçaneta de metal e abro a porta do santuário secreto. Respirando fundo para me estabilizar, adentro o cômodo, ao mesmo tempo que sou acometido por uma onda de nostalgia. O cheiro, o ambiente, a decoração... tudo lembra Kit.

As recordações são um soco no estômago.

Uma das paredes é repleta de livros e diversos objetos de decoração: troféus e uma bola de polo, a miniatura de um Bugatti Veyron, o brasão da família e alguns dos seus troféus de rali. A parede atrás da mesa tem retratos, quadros, certificados e fotos, incluindo um grande daguerreótipo da Mansão Tresyllian, na Cornualha. Ao lado, está minha versão fotográfica em branco e preto, tirada com minha Leica. Estico o braço para endireitar a foto e lembro que Kit sempre apoiou meu interesse em fotografia.

A mesa é ornamentada, com entalhes intricados e um tampo de couro preto embutido. Em cima dela, há mais retratos, com molduras douradas, de nós, Caroline, e Jensen e Healey, seus queridos setters irlandeses. Passo um dedo sobre a madeira fria e polida e depois tento abrir as gavetas. Estão todas trancadas.

Alguém bate na porta, e Oliver entra na sala.

— Você vai precisar disso. — Ele mostra um molho de chaves e o deposita sobre a mesa.

— Obrigado.

Ele dá uma espiada em volta.

— Também não venho aqui faz um tempo. — Ele olha a foto de Kit cumprimentando alguma autoridade que não reconheço e depois me fita de novo.

— Você também sente falta dele. — É uma afirmação que me causa um aperto no peito.

— Sinto, sim — confirma ele, e pigarreia. — Essas chaves devem abrir a mesa e o arquivo.

— Vamos começar nossa reunião? Podemos usar esta bela mesa estilo Queen Anne.

Oliver ri.

— Vou pegar minhas anotações.

Suspiro ao tirar o casaco e o penduro no cabideiro, pensando como a morte de Kit afetou tantas pessoas, inclusive Oliver.

— Qual é o primeiro item da pauta? — pergunto, quando ele volta.

— Talvez você deva emitir um comunicado à imprensa sobre seu casamento. Os tabloides estão atazanando nosso diretor de comunicação.

— Sério?

Oliver assente.

Não quero a imprensa fuçando os detalhes do meu casamento.

— Vou pensar no assunto. E pode arranjar um computador para mim?

— Óbvio. Vou providenciar hoje mesmo.

— Próximo assunto?

Alessia está no apartamento, sentada à mesa de Maxim, vasculhando a internet no iMac dele. Está tentando descobrir como rastrear uma pessoa vítima de tráfico. É uma tarefa impossível, ainda mais porque o interfone não para de tocar. São jornalistas que estão na rua, querendo falar com Maxim. Ela se faz de desentendida, e agora está de fones de ouvido, escutando a interpretação de Angela Hewitt para os prelúdios e fugas de "O Cravo Bem Temperado", de Bach. Alessia ficou surpresa que houvesse apenas algumas poucas artistas mulheres nos álbuns clássicos da Apple Music. As várias cores que ecoam em sua cabeça a mantêm tranquila enquanto lê um artigo atrás do outro sobre vítimas que escaparam dos traficantes e assediadores e conseguiram abrigo na Inglaterra graças aos esforços de diversas instituições de caridade.

É uma leitura preocupante.

Ela fica repetindo mentalmente o mesmo mantra: *Podia ter sido eu.*

Alessia estremece.

Se não tivesse fugido das garras de Dante e Ylli, Alessia teria a própria história angustiante para contar, e se tornaria, muito provavelmente, mais uma chocante estatística.

Um fragmento de seu pesadelo invade sua mente.

Bleriana batendo com força nas portas de Angwin.

O rosto manchado de lágrimas. Um medo selvagem e perturbador nos olhos.

O Zot. O Zot. Pobre Bleriana.

Quando Alessia ergue a cabeça para ver as horas, percebe lágrimas descendo pelas bochechas. Ela as enxuga logo, mais determinada do que nunca a encontrar a amiga. De qualquer jeito.

Oliver e eu estamos concluindo a reunião. A reforma de Mayfair está quase pronta, e chegou a hora de contratar um decorador. Preciso que Caro decida se quer o projeto.

Pedi a Oliver uma relação completa das despesas de minha mãe no último ano, o que significa que vou ficar a par do acordo de divórcio dos meus pais. E ele ainda vai preparar uma lista com todas as casas mais espaçosas pertencentes a nossa família que estão ou vão estar disponíveis no futuro próximo.

Está na pauta de amanhã.

Durante toda a conversa, ignorei meu celular. Quando dou uma espiada na tela, fico espantado ao ver que há uma tonelada de mensagens e ligações não atendidas.

Que história é essa, porra? Você se casou!!!!

Quando vamos conhecer a sua ESPOSA?

Que história é essa que você casou?

Você não está mais solteiro?

Estou de coração partido!

Maxim. Você se amarrou!!!

PQP, cara! Você casou?!

Quem é a sortuda?

Posso fazer uma entrevista com você e sua noiva?

Merda! A última mensagem é de uma jornalista de uma revista de fofocas. Trepei com ela muito tempo atrás.

Como é que todas essas pessoas descobriram?

— Você tem razão, todo mundo já está sabendo do meu casamento — murmuro para Oliver, que está recolhendo seus papéis.

— Ainda dá tempo de enviar um comunicado à imprensa.

Reviro os olhos, me recusando a interagir com a imprensa conforme deslizo o dedo por uma enxurrada de mensagens que Caroline me mandou algumas horas atrás.

Podemos nos ver hoje?
Você precisa saber o que descobri.
Pode afetar você.

O que é agora, cacete?

Dá para esperar?

Não.

Alguém bate na porta do escritório enquanto Oliver se levanta.
— Entre — digo.
Lisa entra na sala.
— Sinto muito por interromper, milorde. Lady Trevethick está aqui.
Alessia! Meu coração dá um pulo e me levanto da mesa com um enorme sorriso no rosto, pronto para receber minha esposa.
— Pode mandar entrar.
Lisa dá um passo para o lado, e Caroline entra, guardando o celular.
Ah.
— Esperando outra pessoa? — alfineta Caroline. — Você parece decepcionado, querido.
— Oi, Caro. — Ignoro a provocação e dou um beijo em sua bochecha. — Que surpresa agradável.
— Oliver. — Ela o cumprimenta, e ele faz um gesto rápido com a cabeça antes de sair.
Caroline o observa deixar a sala, o rosto impassível, depois se vira para analisar o cômodo.
— Faz tempo que não venho aqui. — Ela volta a atenção para mim, os olhos expressando tristeza.
— Engraçado, o Oliver falou a mesma coisa — murmuro.
O nariz de Caroline fica graciosamente rosado, e ela balança a cabeça, se recompondo.
— Eu estava aqui perto. E queria saber se você gostaria de almoçar.
— Acabei de voltar e estou ocupado, Caro.
Ela ri, um som triste e lamentoso.
— Você nunca diria isso nos velhos tempos.
— Verdade. O que posso fazer por você?
— Posso me sentar? Tenho uma coisa para mostrar para você.
— Lógico.
Indico a mesa e ofereço a cadeira da qual acabei de me levantar para ela se sentar.
Sento a seu lado, e Caroline coloca a bolsa no colo e vasculha lá dentro, evitando contato visual.

— Você sabe que andei mexendo nos pertences e nos papéis de Kit.
— Sei — concordo.
Aonde ela quer chegar?
— Bem, encontrei todo tipo de coisa. É impressionante o que pode aparecer.
— Ela parece nervosa.
— O que foi, Caro?
— Bem. — Ela engole em seco. — Isso pode ser tanto do seu interesse quanto do de Maryanne.

Ela pega duas cartas da bolsa e as deposita na mesa na minha frente. Olho para os envelopes, depois para Caro, e deixo a cabeça tombar para o lado.

— Do que se trata?
— Acho que você devia ler.

Seu olhar apreensivo me provoca um calafrio. Pego ambas as cartas e as leio por alto. Todos os pelos do meu corpo se arrepiam.

— Genético... o quê? — Quando me viro para ela, minha boca está seca. — Por que o Kit ia ser encaminhado para um aconselhamento genético?
— É essa a questão — sussurra ela.
— Você não sabe?

Ela balança a cabeça, os olhos arregalados, cheios de dúvida.

— Não. Foi uma surpresa para mim também.

Que porra é essa?

Releio ambas as cartas com atenção e verifico as datas. O encaminhamento do clínico geral foi em outubro do ano passado, e a clínica de aconselhamento genético respondeu marcando uma consulta para novembro.

— Você encontrou mais alguma carta? Algum resultado?

Caroline balança a cabeça.

— Alguma data na agenda dele?
— Não. — Caro parece tão confusa quanto eu.
— Se Kit foi encaminhado para um aconselhamento genético, deve haver algum motivo.

Ah, merda.

Sinto o sangue esvair do rosto.

Se Kit estava com algum problema médico genético, então eu também devo ter.

E Maryanne.

Cacete.

Será que tem alguma coisa errada comigo?

Eu me forço a lembrar se há algum registro de problemas de saúde de algum dos meus antepassados. Nada me ocorre.

— Talvez eu também devesse ser testado.

— Testado para o quê? Não fazemos ideia do que se trata — argumenta Caroline.

É verdade.

— Talvez fosse apenas algo preventivo — continua Caro. — Você sabe como é o Dr. Renton. Ele é sempre hipercuidadoso. Tenta inflar a conta.

— O Kit estava doente?

— Não que eu saiba. Ele tinha dores de cabeça, mas você sabe disso.

— Ele sempre teve.

Merda. O que podia ser? Não faço ideia.

— Você ligou para o consultório do Dr. Renton?

— Liguei, mas eles não podem divulgar nenhuma informação. — Caro parece frustrada.

Merda ao quadrado.

Eu me pergunto se minha mãe sabe.

— Você contou isso para Rowena?

— Não. Ela voltou para Nova York assim que chegamos de Tirana.

— Você sabia disso no casamento? — Minha voz sobe várias oitavas.

Os olhos de Caroline se arregalam, e tenho minha resposta.

E você não me contou nada, porra?

Eu a olho de cara feia. Posso ter algum problema, e acabei de me casar!

Merda. No que eu fui meter Alessia?

Porém, antes que eu ficasse puto de verdade, somos interrompidos por uma batida na porta, e Lisa entra carregando uma bandeja. Isso me dá um minuto para conter a minha raiva.

— Tomei a liberdade de trazer um café — oferece Lisa, com um grande sorriso.

— Obrigado — murmuro quando ela apoia a bandeja na mesa.

— Obrigada, Lisa — diz Caro, e Lisa permanece parada, sem jeito, nos analisando por um instante.

— É só isso, por ora. Obrigado de novo. — Forço um sorriso, e fico aliviado quando ela sai. — Você ligou para esse pessoal? — pergunto, dando um tapinha na carta da clínica de aconselhamento genético.

— Liguei. Eles também não podiam me dizer nada, mesmo eu sendo parente.

Mas que porra é essa?

— Acho que também não vão falar para você — diz Caroline com delicadeza.

— Bom, talvez eu consiga algumas respostas com o Renton. Afinal, ele é meu médico também. E ainda preciso registrar a Alessia no Serviço Nacional de Saúde e pedir para que ele a atenda também. Merda, talvez eu tenha que ligar para a Rowena para ver isso do Kit.

— Maxim, tenho certeza de que não é nada de mais.

— Como é que você sabe, porra? — grito, me levantando, e, para minha vergonha, Caro se encolhe.

Merda. Merda. Merda.

Tenho vontade de berrar.

Estou tão bravo com ela agora quanto estava na Albânia quando descobri que ela havia contado a Alessia sobre nós dois. Passo a mão pelo cabelo e ando de um lado para outro em cima da porra do tapete persa antigo.

Cara. Se controle.

— Vou investigar um pouco antes de contarmos para a Maryanne — resmungo.

— Ela pode ajudar a entender um pouco a situação. Afinal, ela é médica.

— Me deixe descobrir qual é o problema antes.

Ela é minha irmã, e é meu dever protegê-la, porra.

Caro suspira.

— Está certo. A outra coisa que eu queria conversar com você é sobre a cerimônia fúnebre do Kit.

— Agora não.

— Bom, eu falei com o escritório do deão de Westminster.

— E aí?

— Eles sugeriram uma data em abril.

— Não é meio cedo?

— Será que é? — replica Caroline.

— Ah, droga, Caro. Não sei. Me deixe pensar no assunto. Isso tudo é... coisa demais.

— Verdade — admite ela. — Tem certeza de que não quer ir almoçar comigo?

— Tenho que sair daqui a pouco. Alessia e eu vamos nos reunir com uma advogada para conversar sobre o status de imigração dela.

— Ah, é?

— É.

Caroline faz um bico, mas sua expressão se suaviza.

— Me desculpe — murmura. — Por não ter te contado no casamento.

Desabo na cadeira atrás da mesa que agora é minha.

— Talvez alguma coisa aqui possa nos ajudar a entender essas cartas.

Pegando o chaveiro, tento a primeira chave de metal, a menor, que parece a mais provável de servir. A quarta chave funciona e abro a gaveta de cima, que contém um suporte com pastas suspensas.

Caroline se senta na cadeira em frente à mesa e espicha o pescoço para ver se encontro alguma coisa. Dou uma conferida rápida nos arquivos, mas eles parecem pessoais: uma série de recortes de revistas de carros, uma divisória com cartas da London School of Economics, alguns currículos, e uma pesada agenda de couro do ano passado. Eu a pego, apoio na mesa e a folheio, apressado, verificando as datas mencionadas nas cartas. Para meu azar, a agenda não oferece pista alguma.

Sacanagem.

— Achou alguma coisa? — pergunta Caroline.

Balanço a cabeça.

As demais gavetas também não fornecem qualquer indício promissor. Apenas alguns suprimentos de papelaria e suvenires das viagens de Kit pelo mundo. Minha busca não dá em nada, mas tenho uma ideia.

— Cadê o notebook do Kit? E o celular? Ele tinha um diário?

— Não faço ideia.

— Como assim? Não estão junto com as coisas dele? Talvez estejam aqui. Ou no cofre da Residência Trevelyan ou da Mansão Tresyllian?

Caroline levanta o queixo.

— Não sei — responde.

— Você pode checar?

Ela dá de ombros de maneira evasiva e nem um pouco a cara dela.

— Sério? — questiono.

Ela balança a cabeça, com um ar constrangido e um pouco encabulado.

— Posso tentar — murmura.

— Vou marcar uma consulta com o Renton e tentar falar com a clínica de aconselhamento genético.

— Espero que você tenha mais sorte do que eu. — Caroline se levanta. — É melhor eu ir. Tenho certeza de que não é nada de mais, Maxim.

Eu me ponho de pé, e nos encaramos. Estou imaginando mais uma vez o que o Kit estava fazendo pilotando uma moto em alta velocidade nas pistas de Trevethick no auge de um inverno gelado. Será que Caroline está pensando o mesmo que eu? Que a notícia era tão ruim que Kit preferiu tirar a própria vida?

Cacete.

Nós permanecemos calados. A respiração de Caroline está ofegante, e as pupilas ficam maiores e mais escuras. Não gosto do que isso indica, mas, antes que eu possa ter certeza, ela rompe o contato visual e dá uma espiada na direção da porta.

— Desculpe — sussurra, e sai da sala, me deixando totalmente confuso: sozinho, zangado e... com medo.

Olho para o relógio e percebo que tenho tempo suficiente para caminhar até em casa e espairecer. Pego meu casaco e saio do escritório.

Oliver ergue a cabeça e franze a testa.

— Você está bem, Maxim?

— Estou. Tenho que sair.

— Conversou sobre a decoração com Lady Trevethick?

Merda!
— Não. Mas vou fazer isso. A não ser que você prefira ver isso com ela.
Oliver fecha a cara, parecendo um pouco desconfortável.
— Eu preferia que você fizesse, Maxim — responde ele depois de um instante.
— Tudo bem. Eu cuido disso. Nos vemos amanhã.

DESANIMADO, ME ARRASTO pelas ruas secundárias de Chelsea rumo ao apartamento. Até agora, o dia tem sido péssimo. Sinto como se estivesse sendo contrariado a cada momento. Liguei para o Dr. Renton, meu médico e de Kit, e marquei uma consulta para amanhã. Tomara que eu consiga algumas respostas. A clínica de aconselhamento genético não foi nada acessível e a médica que lidou com o caso de Kit está de férias, mas marquei uma consulta com ela daqui a duas semanas. Até liguei para minha mãe e deixei uma mensagem para ela me retornar... e nada.
É inacreditável como essa notícia me abalou.
Pode não haver nada de errado.
Por outro lado, alguma coisa pavorosa pode acontecer quando eu ficar mais velho.
Cacete.
Não saber é que me deixa frustrado.
Quando viro a esquina da Tite Street que dá para o Embankment, percebo algumas pessoas — em sua maioria homens — perambulando perto da entrada do meu prédio.
Espera. Não são pessoas quaisquer!
Três indivíduos dessa gentalha caótica seguram câmeras fotográficas.
Paparazzi!
Por um milésimo de segundo, imagino quem eles estão esperando, mas aí um homem mais velho de cachecol do Arsenal me avista.
— Lá está ele! — grita.
Puta merda. Estão me esperando!
Lorde Trevethick! Lorde Trevethick! Maxim!
Parabéns!
Poderia fazer alguma declaração sobre seu casamento? Sua esposa? Quando vamos conhecê-la?
Meu humor vai de ruim para péssimo quando eles se aglomeram ao meu redor, feito baratas. Abaixo a cabeça e passo no meio deles, sem falar uma palavra.
Era só o que me faltava, porra.
Busco a segurança do prédio, enquanto alguns jornalistas berram perguntas. Deixo-os na entrada e subo os degraus aos saltos, xingando a pessoa que infor-

mou a imprensa sobre o casamento. Alessia não vai gostar da atenção, tenho certeza disso.

Eu não era abordado por nenhum jornalista desde que estava com Charlotte, uma ex-namorada que adorava atenção. Ela era atriz — atriz não, desculpe, artista, como costumava se denominar — e aceitava sem questionar qualquer tipo de atenção, em especial da imprensa. Reviro os olhos ao me lembrar disso. Ela era extremamente ambiciosa e queria fazer parte da alta sociedade de qualquer jeito. Ainda bem que terminamos e ela seguiu em frente. Tirando a época em que saía com Charlotte, consegui evitar ser alvo dos tabloides, mas de vez em quando recebo algumas menções nas colunas sociais de publicações mais conceituadas.

Destranco a porta de casa, entro no hall e paro.

Alessia está no piano, e reconheço a melodia de imediato: "Clair de Lune", uma peça que também sei tocar, mas sem a graciosidade dela. À medida que escuto a música, maravilhado, a frustração das últimas horas se torna insignificante, e, de repente, fico mais calmo e esperançoso. Atravesso o hall sem fazer barulho, espreito a sala de estar e a observo.

De olhos fechados e cabeça inclinada, ela está rendida por completo à música, que flui com naturalidade dela e através dela. De algum modo, minha esposa sente a minha presença, se vira e sorri, o rosto se iluminando ao me ver.

— Não pare — peço, me aproximando.

Alessia desliza um pouco pelo banco do piano, sem perder uma nota, e me acomodo a seu lado, enroscando o braço ao redor de sua cintura enquanto a música nos acaricia e nos prende.

Isso é sublime.

E tenho uma ideia. Coloco minha mão sobre a de Alessia, que logo entende o que estou tentando fazer. Ela retira a mão, e eu assumo. Nós nos atrapalhamos nas primeiras notas, mas observo sua mão esquerda, deixando que ela me guie, e continuamos a tocar.

Juntos.

Fico emocionado de ser capaz de acompanhá-la sem a partitura na minha frente. Ela torna fácil, porque está sintonizada com a música e seu ritmo lânguido.

Seguir os movimentos dela me torna um pianista melhor.

É uma lição de humildade.

É revigorante.

Quando a última nota se desfaz no ar e desaparece, sorrimos um para o outro, como dois tolos.

— Foi fantástico — sussurro.

Alessia ri, passando os braços ao redor de meu pescoço e puxando meus lábios para os seus. Nós nos beijamos. Sua boca é cálida, molhada, acolhedora e excitante, tudo ao mesmo tempo. Puxo-a para meu colo, intensificando nossa conexão, nossas línguas celebrando um ao outro, tanto que estamos ofegantes ao nos separarmos.

Ela apoia a testa na minha, seus olhos fechados.

— Senti saudades de você — sussurra ela.

— Ah, baby. Senti saudades também. E, por mais que eu queira levar você para a cama, temos um compromisso agora com a advogada de imigração.

Ela faz beicinho, mas se levanta, e dá para ver sua relutância em deixar a segurança de meu colo.

— Estou pronta.

Ela me entrega nossos passaportes, nossa certidão de casamento e a autenticação emitida pelo escrivão de Tirana, confirmando que a certidão é legítima. Guardo tudo no bolso do paletó. E depois franzo a testa.

— Só tem um probleminha. A portaria está cercada pela imprensa.

— Eu sei.

— Sabe?

— Eles tocaram o interfone. Perguntaram por você e me fizeram perguntas.

— O que você fez?

— Eu disse que era sua faxineira e que você não estava em casa. E depois parei de atender. — Ela morde o lábio inferior, com ar travesso.

Dou uma gargalhada.

— Brilhante. Pelo visto, nosso casamento é de interesse público.

— Eles ainda estão do lado de fora do prédio?

— Infelizmente, sim.

— Podemos sair pela lavanderia.

— Ótimo! Vamos.

Do lado de fora da escada de incêndio, Maxim tranca a porta da lavanderia e sorri para Alessia.

— Nem me lembro a última vez que estive aqui!

Ela ri e depois fica séria. A última vez que usou a escada de incêndio foi para fugir de Dante e Ylli, quando eles invadiram o apartamento. E ela a usava com frequência para esvaziar a lixeira de Maxim.

— Vou atrás de você — diz ele, e os dois tomam cuidado ao descer os seis lances até o beco lateral.

Ao passarem pelas latas de lixo, Alessia se lembra de ter vomitado ali. Maxim pega sua mão e entrelaça os dedos nos dela.

— O que foi? — pergunta.

Ela balança a cabeça, relutante em lhe contar e ansiosa para se livrar daquela lembrança horrível. O rosto doce de Bleriana aparece em sua mente. Pobre menina. Será que ela conseguiu fugir dos sequestradores? E quanto às outras?

Maxim não diz nada, deixando-a à vontade, e juntos se dirigem ao portão do beco lateral. Maxim o abre e examina o exterior. A rua está vazia.

— Foi assim que você escapou quando aqueles bandidos apareceram.

— Foi.

— Você devia estar com muito medo. Vamos. A barra está limpa. Vamos pegar um táxi.

De mãos dadas, eles sobem a rua apressados, livres dos jornalistas, e Maxim faz sinal para o primeiro táxi que avista.

Os escritórios da Lockhart, Waddell, Mulville e Cavanagh ficam na Lincoln's Inn Fields. Um estagiário nos leva até a sala de reunião.

— Aceitam um chá ou um café? — oferece ele, piscando rápido.

— Para mim, não. Alessia?

— Não, obrigada.

— Muito bem, Lorde e Lady Trevethick. Ticia Cavanagh já vem falar com os senhores. — Ele sai, e indico uma cadeira para Alessia na mesa de reuniões.

A Srta. Cavanagh é sócia da firma e foi muito bem recomendada por Rajah como uma especialista na área.

A porta se abre antes que eu possa me sentar, e Ticia Cavanagh entra. Ela está vestindo um terninho preto caro e uma blusa de seda branca. Na mão, traz um bloco de anotações, e suas unhas vermelhas contrastam com o amarelo do papel.

Ah, merda.

Nós nos encaramos e nos reconhecemos na mesma hora. A última vez em que a vi, eu tinha acabado de desamarrá-la da minha cama.

Que outras surpresas o dia de hoje vai trazer?

Pigarreio.

— Leticia, que bom ver você de novo.

Capítulo Treze

— Lorde Trevethick — diz Leticia com seu sotaque irlandês, salientando meu título. — Como vai? E sua esposa — ela enfatiza a palavra *esposa* —, Lady Trevethick?

Ela dá um passo à frente, o rosto marcado por desdém ao estender a mão para me cumprimentar. Quando aperta a minha um pouco forte demais, sinto necessidade de me defender.

— Nós nos casamos recentemente.

Alessia franze a testa, os olhos desviando rápido para mim e então de volta para Ticia Cavanagh enquanto as duas apertam as mãos.

— Como vai? — murmura Alessia como se a garganta estivesse seca, e ela se vira de novo para mim, os olhos arregalados ao compreender a situação.

Droga. Ela sabe.

Sinto um aperto no coração e fecho os olhos por um momento ao perceber que vou ter que me explicar mais tarde.

Se eu soubesse... *inferno.*

Estou confuso por Leticia estar usando um apelido.

— Ticia?

— Aqui. É — responde ela, o tom sério, e percebo que não vai dar nenhuma outra explicação, o que, é óbvio, ela não tem nenhuma obrigação de me oferecer.

Eu me pergunto se ela vai nos pedir para sair ou passar nosso caso para um colega.

— E então, como posso ajudar o senhor e sua... esposa? — Ela dá um sorriso profissional que é quase um rosnado ao se sentar na cabeceira da mesa, mas os olhos permanecem gélidos.

Eu me acomodo numa cadeira ao lado de Alessia.

— Alessia e eu nos casamos há pouco tempo na Albânia, e ela precisa de uma licença de permanência por tempo indefinido para ficar aqui.

Leticia tamborila as unhas vermelhas na mesa, e me lembro de ela brandindo-as como armas.

Cara! Afasto esse pensamento. Rápido.

— Me conte. Como os dois se conheceram? E quando?

Olho de lado para Alessia com o que espero ser um sorriso tranquilizador, mas ela não retribui. Minha esposa engole em seco e fita as próprias mãos, que estão cruzadas no colo. Com um suspiro, volto a atenção para Leticia.

— Alessia trabalhava para mim...

Enquanto Maxim resume os acontecimentos dos últimos meses para a advogada bonita, Alessia tenta não deixar a insegurança tomar conta. Ela se sente como um bloco de cimento afundando sob o peso das relações anteriores de Maxim, e está com dificuldades para respirar.

Querida, ele dormiu com quase Londres inteira.

Parece que Caroline não estava exagerando.

Ticia, Leticia — qualquer que seja seu nome — é mais velha, uma mulher elegante, inteligente e madura, com olhos cor de mel que não revelam nada enquanto ela faz anotações no bloco de papel pautado. A voz da advogada é leve, com um sotaque que Alessia não reconhece. Parece ser uma mulher que não é enganada com facilidade, e há algo de atraente no seu jeito, uma espécie de determinação implícita, que faz Alessia se lembrar de sua avó.

Será que foi isso que atraiu Maxim?

Alessia tenta afastar esse pensamento. Ela não gostaria de ter essa mulher como adversária, mas como uma aliada... que dormiu com seu marido e arranhou as costas dele com suas unhas vermelhas.

O Zot. Não pense nisso.

Maxim conta tudo à advogada.

A parte do tráfico.

A prisão de Dante e Ylli.

Anatoli. O sequestro.

A viagem dele à Albânia.

A velocidade com que eles se casaram e a legitimidade questionável do casamento deles.

Leticia levanta a mão, interrompendo-o.

— A senhora foi coagida a se casar? — pergunta ela direto a Alessia.

Maxim faz uma careta e abre a boca para falar, mas a advogada o silencia com um olhar.

— Deixe sua esposa falar, Lorde Trevethick.

— Não! — declara Alessia. — De jeito nenhum. Se algo do tipo aconteceu ... foi o... hum... o oposto.

— O senhor foi coagido? — questiona Leticia com ironia, virando-se para Maxim.

— Não — responde ele rápido. — O pai dela tem uma espingarda intimidante, mas eu fui para a Albânia para me casar com Alessia. Por amor.

Alessia levanta a cabeça e, para meu alívio, me oferece a sombra de um sorriso. Leticia percebe e se recosta na cadeira, parecendo um pouquinho mais relaxada.

— Então, os dois se casaram há uma semana.
— Isso.

Ela arqueia as sobrancelhas.

— Entendi. Estão com a certidão de casamento?

Procuro no bolso interno do blazer.

— Estamos. E uma autenticação.

Leticia dá uma olhada superficial nos documentos.

— Ótimo — murmura. — Vou precisar de uma cópia de cada para mandarmos traduzir. E uma cópia dos seus passaportes.

Entrego-lhe tudo.

Leticia consulta suas anotações.

— Para não restar dúvidas — diz ela, fitando Alessia —, a senhora foi ilegalmente traficada para dentro do país?

— Fui. Com outras garotas.

— Outras? Elas também escaparam?

— Não sei — responde Alessia baixo, a voz carregada de culpa.

— Lady Trevethick, isso não é sua culpa — diz Leticia, a voz firme. — Agora, existe alguma prova do tráfico?

— Os homens que me sequestraram foram presos — informa Alessia.

— É um caso em andamento — acrescento.

— Esteve nos jornais há pouco tempo? Parte de uma gangue?

— Isso — confirmo.

— Eu li sobre o assunto.

— Eles pegaram tudo. Meu passaporte... — A voz de Alessia some.

Leticia olha para ela com empatia.

— Bem, se seu passaporte antigo aparecer pode ser uma pedra no nosso sapato, mas vamos lidar com isso caso aconteça.

— Qual o pior cenário possível? — pergunto.

— Bem, acho que existe um risco de Lady Trevethick ser deportada.

— O quê? — Eu me viro para Alessia, que agora está pálida.

— Lorde Trevethick, esse é um risco pequeno, mas acredito que temos um caso forte para mantê-la aqui, e com certeza ainda não chegamos a esse ponto. — Sua atenção vai de mim para Alessia. Ela parece estar com mais boa vontade. — A validação do seu casamento pode ser um problema se qualquer pessoa mal-intencionada descobrir que protocolos oficiais não foram seguidos.

— É por isso que queremos nos casar de novo. Aqui. Para não haver dúvida — explico.

— Isso não é possível. Sob a lei inglesa, só há uma cerimônia válida que cria o estado civil, e os senhores têm o que parece ser uma certidão de casamento legítima, que foi autenticada. Se os dois se casarem de novo, seu segundo casamento não vai ser reconhecido legalmente.

— Ah, eu não sabia disso.

— Os senhores precisariam ter a certidão de casamento original anulada para se casarem de novo. Podem receber uma bênção aqui, se for muito importante para vocês. Mas... — ela examina nossa certidão de casamento e a autenticação mais uma vez — ... acho que precisamos confiar nas autoridades albanesas e na certidão que vocês receberam. Parece estar tudo em ordem.

— Tudo bem. — Meu ceticismo está evidente no meu tom de voz. Eu não esperava isso. — Minha única preocupação é o interesse considerável da imprensa. Não quero nenhum repórter fervoroso se intrometendo e descobrindo detalhes sobre nosso casamento.

— Você acha que isso pode acontecer?

— A imprensa estava na porta do nosso prédio hoje.

— Ah. Entendi. Certo, vamos cuidar disso se for necessário. — A advogada se vira para Alessia e diz: — Primeiro, precisamos trocar seu visto de visitante antes de podermos considerar um pedido de visto de família para a senhora. A não ser que considere voltar à Albânia e pedir um visto de cônjuge de lá.

— Não — responde Maxim na mesma hora.

Ticia contrai os lábios.

— Lorde Trevethick, eu estava me dirigindo à sua esposa.

Maxim faz cara feia, mas fecha a boca e permanece em silêncio.

— Por quanto tempo eu teria que ficar lá? — pergunta Alessia.

— Bem, se for um processo rápido, em geral dá para conseguir um visto dentro de trinta dias, mais ou menos. A senhora vai ter que fazer um teste de inglês e o Lorde Trevethick precisa ter um limite de renda mínimo. — Ticia se vira para

Maxim. — Acho que é seguro presumir que Lorde Trevethick tem isso, além de possuir acomodação adequada na Inglaterra.

— Eu tenho — garante Maxim de forma brusca.

— Então, a senhora quer voltar à Albânia?

— Não. Prefiro ficar com o Maxim.

— Tudo bem. Então a alternativa pode ser estudar aqui. A senhora já pensou nisso?

Alessia está pensativa no táxi de volta para Chelsea. Ela não falou uma palavra desde que saímos do escritório de Leticia. O trânsito está lento em Westminster. Checo o horário: são cinco e meia da tarde, o auge da hora do rush. Tenho várias ligações e mensagens perdidas, incluindo uma de Caro, que estou ignorando. Joe encaminhou uma matéria de um dos tabloides de Londres, que especula sobre nosso casamento e está ilustrada com uma fotografia minha entrando no meu prédio hoje mais cedo. Quando me tornei tão interessante? Isso está me deixando puto da vida.

E ainda não recebi resposta da minha mãe.

E estou levando um gelo de Alessia.

Tem como esse dia piorar?

— Você quer sair para comer? — pergunto, na esperança de fazê-la falar.

Alessia está observando o Big Ben enquanto damos a volta no quarteirão.

— Não estou com fome.

— Alessia. Olha para mim.

Ela vira seus olhos escuros e magoados para mim, e eles partem minha alma.

— O que aconteceu? Não sei no que você está pensando. Isso está me enlouquecendo.

— Você teve um relacionamento com a advogada?

— Não. Foi coisa de uma noite só. Só sexo. Uma vez.

Bem, mais do que uma vez naquela noite, se é para ser exato.

Alessia dá uma olhada no taxista.

— Ele não consegue nos escutar.

— Maxim, eu estou tentando... meu inglês. — Ela fecha os olhos, frustrada.

— Me diga.

Ela apruma os ombros e concentra o olhar escuro em mim de novo.

— Você tem um... baita de um passado, com muitas amantes. Não sei por que isso me magoa tanto. Acho que... hum... fico ansiosa de não ser o suficiente para você. Ou de você ficar entediado comigo.

Pronto. Ela falou. O medo mais sombrio de Alessia paira entre eles.

No banco de trás do táxi, Maxim desliza para junto dela e pega seu queixo, prendendo-a com seu olhar verde intenso. Ele se aproxima dela.

— Nunca — diz Maxim com tanta convicção que Alessia sente um arrepio de alarme. — Eu sou seu. De corpo e alma. Porra, Alessia! — Ele a solta e se inclina para a frente, apoiando a cabeça nas mãos.

Ela solta o ar, chocada com a veemência de Maxim.

— Você está com raiva de mim.

— Não. Estou com raiva de mim mesmo, mas não acho que eu mereça.

— Não — diz ela, baixo. — Não merece. Me desculpe.

Ele a fita e dá um sorriso torto.

— Você não precisa se desculpar. Como eu disse, tenho um passado. Olhe, vamos só chegar em casa. Esse dia está uma merda.

Alessia apoia a mão no braço dele.

— Não está um dia tão ruim.

— Não? — Maxim se recosta no banco.

— Hoje de manhã conversei com a minha mãe. Ela está... hum... se deleitando... essa é a palavra certa? Com os comentários sobre o casamento. Esse é o assunto do momento em Kukës. Ela está feliz. Meu pai está feliz.

— Essa é a palavra certa. Estou contente por seus pais estarem felizes. E parece que não precisamos nos casar de novo, embora eu não me importasse de fazer isso. Eu me casaria com você várias e várias vezes até o fim dos tempos, se eu pudesse.

Alessia suspira, admirada com essas palavras, e o recompensa com um sorriso hesitante.

— Eu também me casaria com você de novo. Mas é um alívio não organizar outro casamento às pressas. Já fizemos isso uma vez.

Maxim pega a mão da esposa.

— Verdade. E foi um casamento lindo. É oficial. Estamos casados. Foi o que nossa advogada disse.

— E hoje de tarde fizemos um dueto juntos.

Os lábios de Maxim se curvam em um sorriso deslumbrante.

— Aquilo foi incrível. Você é tão talentosa e fácil de acompanhar... — Maxim faz uma pausa. — Você nunca estudou música formalmente, não é? — Ele aperta a mão dela e a solta.

— Não. Aprendi em casa. Você sabe disso.

— Bem, não que você precise disso... Mas você já pensou em se inscrever em uma escola de música? Aqui, em Londres, para formalizar tudo o que você já aprendeu?

Alessia o encara, desconcertada, enquanto tenta avaliar suas palavras.
— Você poderia estudar. Podemos conseguir um visto de estudante para isso.
Estudar. Música. Em Londres.
O coração de Alessia começa a martelar com uma empolgação súbita.
— Isso seria caro.
Maxim ri de leve.
— Acho que podemos pagar — comenta com uma ponta de ironia.

— Viu? O dia não está tão ruim assim. — Ela dá um sorriso largo, e sua alegria é contagiante.
— Não. — Retribuo sua expressão. — Vamos pesquisar quando chegarmos em casa. Etiqueta e música. Vamos encontrar alguma coisa.
E basta isso para meu humor melhorar e a atmosfera entre nós se transformar.
Há apenas dois paparazzi do lado de fora do nosso prédio quando voltamos. Elaboro um plano de última hora e peço para o táxi nos deixar na Tite Street.
Assim que saímos do táxi, Alessia dá a volta no quarteirão e caminha em direção ao prédio. Óbvio que, como os paparazzi não fazem ideia de quem ela é, não lhe dão muita atenção, embora eu perceba, da minha posição estratégica, um deles comê-la com os olhos quando ela passa em sua calça jeans justa, que valoriza as curvas.
Desgraçado nojento.
Depois que ela entra, eu vou, a cabeça baixa, ignorando as perguntas dos jornalistas. Avanço rápido pela entrada do prédio e encontro Alessia no elevador.
— Você não tem noção de como eu me diverti com isso. — Dou uma risada. — Eles não fazem ideia de que minha esposa misteriosa passou bem na frente deles.
As portas se fecham, e somos só nós dois naquele espaço apertado. Os olhos de Alessia estão nos meus; ela me observa atentamente. Um sorriso provocante surge em seu rosto, e logo sinto uma tensão entre as pernas.
— Mais feliz? — pergunto.
Ela assente e agarra minha jaqueta, me puxando para junto de si. As mãos de Alessia deslizam pelas minhas costas, e os lábios encontram os meus. Damos um beijo. Demorado. Intenso. Eu a imprenso contra a parede, pressionando meu pau ávido em sua barriga enquanto nossas línguas se esfregam uma na outra.
— Maxim. — Ela suspira e se afasta um pouco, passa os dedos na minha braguilha e apalpa minha ereção através da calça jeans.
Ah!
Quando o elevador para e a porta se abre, eu a pego no colo.

— Prenda as pernas ao meu redor, baby.

Ela obedece, os dedos no meu cabelo, nossas bocas unidas, enquanto a carrego pela curta distância do elevador à porta.

Alessia dá uma risadinha quando Maxim passa a mão em volta de sua coxa, tentando alcançar o bolso da calça jeans para pegar a chave de casa.

— Não tem muito espaço na minha calça — murmura ele, tirando a chave e destrancando a porta, com Alessia ainda no colo.

O alarme toca, mas ele o desarma, carrega Alessia até o corredor e a coloca de pé.

— Por mais que que eu queira levar você para a cama, vamos pesquisar as faculdades de música.

— Não. Vamos para a cama.

Ele recua, sua expressão confusa em aparente surpresa.

— Mas...

— Não. Cama. — Alessia é mais insistente.

Ele franze a testa e segura a cabeça da esposa, erguendo o rosto dela para concentrar ali seus intensos olhos verdes. Por um momento, parece perdido e confuso, mas logo fecha os olhos.

— O que eu fiz para merecer você na minha vida? — sussurra ele, e gruda os lábios nos dela, enfiando a língua em sua boca, enquanto a conduz de costas, em direção ao quarto.

Com as línguas duelando, ele continua se movendo até Alessia sentir a cama tocar suas panturrilhas. Então para e, com um sorriso carnal e malicioso, a empurra com delicadeza. Ela cai deitada em cima da cama, uma mecha do cabelo cobrindo o rosto.

Ainda de pé, Maxim tira a jaqueta e a joga no chão. Com os olhos brilhando, puxa a camisa de dentro da calça e começa a desabotoá-la. Devagar. Um botão de cada vez. Seus lábios estão entreabertos, macios e sensuais, sua respiração compassada, mas acelerando aos poucos.

Alessia lambe os lábios de expectativa.

Com a camisa aberta, revelando o tórax bronzeado e tonificado, ele puxa um punho da camisa e o abre... e depois o outro.

Ele está se despindo para ela.

Num ritmo lento e sensual.

Alessia assiste. Fascinada. Ela o come com os olhos: o peito largo, com poucos pelos, o abdômen bem definido, os pelos da barriga que vão descendo por baixo do cós da calça jeans, formando um caminho.

Maxim não tira os olhos de Alessia. Ele nem está tocando nela, mas ela está seduzida, a excitação se espalhando entre suas pernas, fazendo-a se contorcer. Ele tira a camisa de seu jeito de sempre, por cima da cabeça, que bagunça o cabelo, deixando-o despenteado como ela gosta. Em seguida, joga a roupa no chão, na maior tranquilidade.

Ele abre o botão da calça.

E para.

Não!

Maxim se inclina e agarra o tornozelo de Alessia, retirando com habilidade sua bota curta e a meia. Depois repete o processo com a outra bota, deslizando o polegar até o peito do pé da esposa, já descalço, fazendo-a se contorcer.

Ele se aproxima e abre a calça jeans de Alessia — com extrema habilidade. Maxim é tão rápido que agarrou a barra da calça e a arrancou antes que a esposa pudesse inspirar. Ele atira a peça no chão, junto às próprias roupas.

— Você. Seu jeans. — Alessia aponta para a virilha do marido.

Maxim sorri e abre devagar o zíper, mas não tira a calça. Ele descalça os sapatos e as meias. Em seguida, arranca a calça e a cueca e fica livre em toda a sua glória.

Alessia arfa. Maxim vai para a cama e dá um beijo suave e molhado entre as pernas dela, por cima do algodão macio da calcinha. Esse contato manda um choque pelo corpo de Alessia, e ela arfa de novo, os dedos emaranhados no cabelo de Maxim. Ele sobe e desce o nariz ao longo da junção mais preciosa da esposa, arranhando suas coxas com a barba por fazer.

— Sua calcinha está molhada, doce Alessia. Eu gosto disso. Gosto muito.

Ele belisca com a boca a parte interna da coxa dela, seus lábios cobrindo os dentes, e Alessia aperta o cabelo dele e puxa.

Ele se ajoelha entre as pernas dela, forçando-a para ficar numa posição sentada, e, apressado, a despe da jaqueta e da camisa de manga comprida e as joga ao lado do resto das roupas. Alessia fica então só de sutiã e calcinha.

Ela estende o braço e acaricia o queixo de Maxim.

— Quer que eu raspe a barba? — pergunta ele.

— Não. Eu gosto. Bem demais. — Ela passa as unhas com delicadeza pela bochecha do marido, que fecha os olhos.

— Tenho uma ideia — sussurra ele e, segurando a cabeça dela mais uma vez, a beija.

Sua língua é insistente, dominando e possuindo a dela enquanto ele os deita. Ele puxa para baixo o bojo do sutiã de Alessia, liberando o seio, que tanto o quer, e, abandonando a boca da esposa, deixa um rastro de beijos molhados pelo pescoço e pelo peito dela, até o mamilo duro.

O desejo flui pelas veias de Alessia, e os olhos escuros dela encontram os verdes ardentes de Maxim, à medida que ele desliza o queixo pelo bico sensível de seu seio.

Ah!

— Tem certeza que você não quer que eu faça a barba? — provoca ele, e faz de novo, os olhos fixos nos dela.

— Não! — grita ela enquanto o mamilo endurece e cresce com o toque dele.

— Está bom?

— Sim. — A pulsação de Alessia está disparada, bombeando sangue para os seios, inchando os mamilos, que anseiam pelo toque dele, e também para a virilha dela. — Por favor!

Ele repete a carícia, e ela arqueia as costas ao seu toque.

Maxim sorri, abaixa o bojo do sutiã cobrindo o outro seio e começa o mesmo movimento sinuoso, roçando a barba na pele supersensível.

Ela agarra o edredom enquanto os lábios e o queixo de Maxim descem, e ele se aninha entre suas coxas. Ele a beija, *lá*...

Então afasta a calcinha dela devagar e a beija *lá. De novo.*

Dessa vez, circulando o clitóris inchado com a língua.

O Zot!

Alessia fecha os olhos e arqueia as costas, e a língua dele continua seu ataque sem pressa. Em círculos. Lambendo e sugando.

Ah!

Ele para e esfrega o queixo no ponto sensível, a barba causando uma reviravolta nas terminações nervosas de Alessia.

— *Të lutem!*

— Em inglês — pede ele. E faz de novo.

— Por favor. Maxim.

Ele se senta, a vira de bruços e abre o fecho do sutiã.

Maxim se deita em cima dela, sua ereção se aninhando na bunda de Alessia.

— Quer que eu coma você assim?

— Quero!

— Falando desse jeito, parece que você está necessitada.

— Estou mesmo.

Ela sente o sorriso dele na sua orelha, e, com delicadeza, Maxim puxa o lóbulo dela com os dentes.

— Meu Deus, eu te amo, Alessia. Minha. Esposa.

Ele afasta os joelhos dela com os seus e a puxa a seu encontro. Desliza o dedo por entre as nádegas de Alessia, e ela enrijece os músculos ao sentir o dedo passar sobre seu cu.

— Algum dia, Alessia — sussurra ele, e então enfia o polegar dentro dela, empurrando naquele ponto doce e bem profundo.

Os outros dedos dele vão para o clitóris dela. Formando círculos. Provocando. Atormentando.

Ela emite um som abafado, o corpo em espasmos em volta do polegar dele. O orgasmo a surpreende e se espalha para suas pernas.

Maxim tira o polegar e a vira. Observando os olhos atordoados de Alessia, ele a penetra devagar, absorvendo a última de suas ondas de choque.

Ele geme de aprovação e começa a se mexer. Com força. Rápido. Levando Alessia ao mais alto clímax. Para ela não ter a oportunidade de aterrissar. Ela está voando mais uma vez. Impulsionada por ele. Ele paira sobre ela. A testa suando. Está incansável. Levando-a cada vez mais alto. As pernas dela se enrijecem novamente, e ela grita quando chega ao clímax pela segunda vez. Com mais intensidade e drenando todas as suas forças. Alessia acha que pode ver o paraíso.

— Graças a Deus — exclama Maxim entre os dentes cerrados, e goza demoradamente, desmoronando sobre ela e abraçando-a apertado.

ALESSIA ABRE os olhos quando Maxim sai de cima dela, deixando um rastro viscoso e escorregadio de sêmen na parte de cima de sua coxa. Ela não se importa. Deleita-se com aquilo.

Ele beija a sobrancelha da esposa e tira mechas de cabelo úmidas de sua testa.

— Tudo bem?

— Mais do que bem — sussurra Alessia.

Ele acaricia o rosto dela com os nós dos dedos.

— Nunca pense que você não é suficiente. Por favor. Me parte o coração você falar isso. Eu te amo. Não se esqueça disso. Esse sentimento é novo para mim também. Só senti isso depois que conheci você.

Ela estica o pescoço e o beija.

— Eu sei.

— Sabe? — Ele parece perdido de repente.

Ela aquiesce logo para tranquilizá-lo.

Nada mudou, Alessia.

Ele te ama.

O sorriso de Maxim é cauteloso.

— Ótimo. Olhe. Minha mão se encaixa perfeitamente. — Ele estica a mão, a ponta do polegar e do dedo mínimo roçando nos mamilos dela.

Maxim sorri e ela dá uma risadinha, curtindo o lado brincalhão dele.

— Eu podia ficar deitado aqui e contemplar você o dia inteiro, mas preciso ir ao banheiro.

Ele dá um beijinho nela, se levanta da cama e vai para o banheiro.

Alessia observa os movimentos do marido, com sua graciosidade atlética habitual, a bunda branca e musculosa em contraste com o resto do bronzeado.

Ela suspira conforme vai voltando à terra.

Ele é um amante excepcional.

Não que ela tenha qualquer experiência ou alguém com quem o comparar... mas as palavras de Caroline a assombram. *Promíscuo é pouco. Ele é a prova viva do ditado: a prática leva à perfeição.*

Alessia se enrola no edredom.

Maxim é o homem *dela*. O marido *dela*. E somente *dela*.

Ele disse isso...

Deveria ser suficiente.

Mas aquela voz irritante persiste. *Por quanto tempo?*

Capítulo Quatorze

Os reflexos do Tâmisa cintilam no telhado, me provocando, como sempre fizeram ao longo dos anos. Não consigo cair no sono, embora Alessia esteja dormindo profundamente a meu lado. Invejo sua habilidade de dormir, mas fizemos amor duas vezes essa noite... meu desespero me levou a trepar com minha esposa, então ela está exausta. Eu a quero segura e feliz, e quero que ela saiba que venero o chão que ela pisa.

Merda, se ela soubesse sobre Kit, será que ela me deixaria?

Por mais que eu tente reprimir esse tipo de pensamento, meu cérebro continua remoendo a notícia que Caro me deu hoje. Com cuidado para não acordar Alessia, saio da cama, pego o celular e a calça de moletom no sofá e vou para a sala. Lá, eu me visto e fico parado do lado da janela, encarando a noite com o olhar vago.

Liguei para minha mãe. De novo. E ela não atendeu.

Essa mulher é inútil, porra.

Ela é a única que pode dar uma luz sobre essa situação. Será que Kit falou com ela? Confidenciou algo a ela? Minha mãe achava que Kit era perfeito, então os dois eram muito próximos.

Para meu azar, não consegui deixar Rowena orgulhosa quando eu era jovem.

Cara. Esquece isso.

Estou tentado a ligar para Maryanne, mas não quero preocupá-la, e ela comentou que seus plantões eram de noite essa semana, ou seja, ela vai estar ocupada no momento. Minha irmã trabalha demais, considerando que não precisa.

Apoio o punho no vidro frio e encosto a testa ali. Observo a escuridão e reflito sobre o dia, começando com a noite passada e a crise de Alessia enquanto dormia. Como eu posso sobrecarregá-la com as revelações de Caroline quando ela ainda está tendo pesadelos? Ela não precisa saber disso, não agora. Ainda mais se está tendo dúvidas sobre mim e meu... como ela chamou? *Baita de um passado.*

As mulheres.

Estou torcendo para tê-la tranquilizado. Não sei o que mais eu posso fazer.

Apesar do gelo que ela me deu depois da reunião com a advogada, minha doce esposa foi a salvação de hoje: me juntar a ela para tocar "Claire de Lune". Nós dois fazendo amor. Ela cozinhando. Essa noite ela fez um cordeiro delicioso e alguma coisa mágica que levava berinjela. Ela faz mágica na cozinha, mas acho que seu pai estava certo, ela vai me engordar. Embora tenhamos queimado umas boas calorias essa noite...

Uma imagem de Alessia em cima de mim, agarrando meus punhos, com a cabeça para trás e gritando em êxtase invade meus pensamentos, despertando minha libido e me deixando excitado e cheio de vontade. Considero voltar para a cama, acordá-la e me perder nela de novo.

Cara. Deixe ela dormir.

Mas essas sensações efêmeras de alegria evaporam rápido. De olho no reluzente rio escuro do parque Battersea, me sinto entorpecido conforme minha mente é atormentada pelas notícias sobre Kit.

Em termos de saúde, estou ótimo. Na verdade, nunca me senti melhor.

Porém, será que, no futuro, alguma coisa terrível vai me afetar? Ou essa questão genética, qualquer que fosse, afetava somente Kit?

Continuo voltando à mesma teoria depressiva. Será que era por isso que ele estava andando de moto nas pistas congeladas? A notícia era tão devastadora que ele pensou *Foda-se* e pisou fundo na sua adorada Ducati?

Não faço ideia.

E se as notícias eram tão ruins, isso significa que vou sofrer horrores? E Maryanne também?

Caralho.

Graças a Deus pelo anticoncepcional.

Até descobrirmos o que está acontecendo, não posso pensar em filhos. Posso?

Merda. Essa incerteza. Essa ignorância. Essa impotência. É uma tortura.

Nada mudou.

Meu lado racional tenta me tranquilizar.

Mas não é verdade. O caminho que eu achei que já estava definido mudou por completo.

Cara, você ainda não sabe disso.

Que inferno.

Abro minhas mensagens e leio a que Caroline me mandou mais cedo.

Você está com uma cara boa, Maxim.
Você sempre está.
Tenho certeza de que não é nada para se preocupar.

Ignoro seu elogio.

> Não consigo dormir.
> Fico pensando no Kit.

Eu também.

> Me desculpe por hoje.

Não precisa se desculpar.
Onde está a albanesa?

> Vá se foder, Caro.
> Dizendo assim parece uma ofensa.
> Minha amada esposa Alessia está dormindo.

PQP! Calma. Ela é mesmo albanesa!

> Boa noite.

Maxim, não fique assim.
Apesar do motivo, foi bom ver você hoje.
Saudade.
Bj
C.

O que isso significa? Jogo o telefone no sofá, enojado. Não quero lidar com as merdas de Caro, e fico pensando por que resolvi mandar mensagem para ela. Volto para a cama e me deito ao lado de Alessia.

Quando faço isso, ela se mexe.

— Maxim — sussurra ela, sonolenta.

— Shh. Volte a dormir, baby.

Ela se encosta em mim, então sou forçado a abraçá-la. Em seguida, ela deita a cabeça em meu peito.

— Estou com você — murmura ela, lutando contra o sono.

Sinto um emaranhado de emoções se formar na garganta quando percebo que ela vai adormecendo e voltando aos sonhos, e nunca me senti tão grato por minha esposa como agora.

Meu amor.

Dou um beijo em sua cabeça e fecho os olhos enquanto um nó de medo e remorso ganha vida dentro de mim. Nós vamos conseguir enfrentar isso? O que quer que seja?

Inspiro sua fragrância, e é um bálsamo contra a tristeza.

Estou com você. Essas palavras, com o sotaque dela, flutuam pelo meu cérebro, me acalmando, e caio no sono.

NA MANHÃ SEGUINTE, fresca e gelada, ando até o consultório de meu médico — que fica a algumas ruas de distância do nosso apartamento — para a consulta e, espero, algumas respostas. A recepcionista ágil e eficiente me conduz à sala dele assim que chego.

O Dr. Renton está usando seu terno elegante habitual e gravata-borboleta vermelha. Com sessenta e tantos anos e cabelo ralo e escorrido, ele se levanta quando entro na sala e me indica uma cadeira na frente de sua mesa.

— O que posso fazer por você, Lorde Trevethick? — Ele me dá seu típico sorriso paternal e volta a se sentar.

— Meu irmão fez um aconselhamento genético. O que sabe sobre o assunto?

— Ah.

Ele é pego de surpresa, arqueando de imediato as fartas sobrancelhas grisalhas. Inclina-se para a frente, e suas sobrancelhas voltam para o lugar quando ele franze a testa. Renton apoia os cotovelos na mesa e sustenta o queixo nas mãos.

— Não posso ajudar, milorde.

— Como assim?

— Seu irmão, por alguma razão, decidiu não compartilhar informação alguma com você, e, como médico dele, não posso violar sua privacidade. Tenho uma responsabilidade com ele.

Fico de queixo caído. Sem ar, observo estupefato enquanto ele cruza as mãos no colo e permanece ali pacientemente esperando que eu diga algo.

— Sua resposta é inaceitável. Meu irmão não está mais conosco.

— Sinto muito, Maxim. Não há nada que eu possa fazer. Como parte do aconselhamento genético, antes de ser testado, seu irmão discutiu as implicações e se queria contar ou não aos parentes de primeiro grau.

— Mas com certeza...

— Minhas mãos estão atadas.

— Eu acabei de me casar.

— Parabéns.

— Caralho, Renton.

Seus olhos azuis se estreitam e seu tom de voz fica mais sério:

— Não há necessidade de usar esse tipo de linguagem, milorde.

Bufo de frustração e, na minha mente, estou de volta a Eton, na sala do diretor, sendo repreendido por algum ato insignificante.

Renton suspira.

— Você tem algum problema de saúde? — Ele está mudando de assunto.

O quê?

— Não.

— Então essa é sua resposta. Sugiro que você deixe tudo isso para lá e respeite a decisão do seu irmão.

— O Kit se matou por causa do diagnóstico?

Renton fica lívido.

— Maxim, o Lorde Trevethick anterior morreu em um acidente horroroso.

— Isso mesmo. Ele não vai saber que você me contou! E quanto à sua responsabilidade comigo? Sou seu paciente também.

— Mas você não está doente — responde ele com gentileza.

Olho irritado para ele, esperando intimidá-lo para que mude de ideia, mas ele se recosta com o tal sorriso benevolente e percebo que não vai ceder.

Bem, como essa porra é inconveniente.

Uma parte de mim admira a lealdade dele a Kit, então me controlo e mudo de assunto.

— Gostaria que você atendesse minha esposa também. — Meu tom de voz é petulante.

— Mal posso esperar para conhecê-la — declara Renton com suavidade. — Isso é tudo, milorde?

Eu me levanto para sair.

— Estou decepcionado que você não possa me ajudar.

— Sinto muito por decepcioná-lo, Maxim.

MEU ÂNIMO ESTÁ péssimo à medida que o táxi preto segue com dificuldade pelo trânsito a caminho do escritório. Estou furioso com Renton. Talvez seja hora de encontrar um médico novo, alguém um pouco mais jovem.

Alguém menos ético?

Merda.

Meu telefone vibra com uma mensagem. É minha mãe. Até que enfim!

Acabei de aterrissar no Heathrow.
Preciso dormir.
Ligo mais tarde.

Porra! Não. Tento ligar para ela, mas vai direto para a maldita caixa postal.

— Rowena. Me ligue. Isso não é a porra de um pedido. — Desligo e olho mal-humorado pela janela do táxi.

A manhã clara e ensolarada parece estar zombando do meu humor.

Minha mãe está me enlouquecendo.

Por que ela não fala comigo?

Quando o táxi para do lado de fora do escritório, respiro fundo e tento me acalmar. Pago o motorista e, com passos largos, entro no edifício.

OLIVER ME ENCAMINHOU detalhes de três propriedades que ou estão vazias, ou estarão vazias em breve, para Alessia e eu avaliarmos. Eu as examino com cuidado, diante da escrivaninha, agradecendo a distração enquanto bebo um café. Uma delas já foi um estábulo e é menor do que meu apartamento, então a descarto de primeira.

As outras duas têm potencial para se tornar o lar de uma família.

Cacete.

Eu quero filhos... um dia. Parte do meu trabalho é proteger o legado da minha linhagem. Mas, se há algo errado comigo, como posso considerar formar uma família?

No entanto, Renton me perguntou como eu estava me sentindo.

Talvez essa seja uma maneira indireta de me dizer que não tenho nada com que me preocupar.

Cara. Se controle.

Deixo de lado meus medos sobre filhos e decido ser otimista.

É hora de mudança, precisamos de espaço. Meus dias loucos de solteiro acabaram.

Quem diria que eu ficaria feliz de permanecer em casa, aproveitar uma comida caseira e fazer amor com minha esposa?

Vai ser bom para Alessia também.

Vamos poder traçar nosso caminho em um lugar novo, sem lembranças do meu baita passado libertino. Essa associação é desconcertante, ainda mais porque vem acompanhada de uma pontada constante de culpa.

Por quê?

Não fiz nada errado.

Fiz?

Afasto esse pensamento.

Examinando os detalhes das propriedades, a casa em Cheyne Walk tem uma vantagem. No final do jardim dos fundos, há um antigo estábulo com uma garagem, onde cabem dois carros. Podemos usar para os funcionários. Ainda não conversei com Alessia sobre a contratação de uma equipe, mas isso significa que *essa* parte da vida dela vai ficar no passado. Vou ter sempre recordações afetuosas de calcinhas cor-de-rosa e uniformes azuis, mas ela vai estar ocupada com outras coisas. A escola de música, se tudo der certo. A casa de Cheyne Walk também é boa porque é entre meu aparamento e a Residência Trevelyan, onde Caroline mora.

Talvez eu devesse pedir para Caro trocar. Ela podia ficar com meu apartamento ou algum outro lugar menor. A Residência Trevelyan é minha, afinal.

Não. Está cedo demais para abordar esse assunto, faz pouco tempo desde a morte de Kit.

Pego o telefone e ligo para Caroline.

— Oi, Maxim. — Ela soa altiva e distante. Talvez seja porque a repreendi por mensagem ontem.

Eu me faço de desentendido.

— Oi, o que foi?

— Não param de publicar matérias sobre você. E os jornalistas estão me ligando. Querem saber sobre você e Alessia.

— Merda. Me desculpe, apenas ignore.

— Estou ignorando, mas você devia fazer alguma coisa. Talvez dar uma espécie de festa de "apresentação" da sua esposa. Convide todo mundo e aí você vai acabar com todo esse interesse exagerado.

A última coisa que eu quero ou preciso é a imprensa fuçando o nosso casamento. *Mas eu não posso deixar Caro saber disso!*

— Não é uma má ideia — despisto.

— Eu posso organizar para você! — oferece ela, entusiasmada.

Hum... não tenho certeza de como Alessia se sentiria em relação a isso.

— Vou pensar no assunto. Estou ligando porque estamos em um momento decisivo na reforma dos prédios em Mayfair. Você quer fazer a decoração?

Caroline respira fundo.

— Sim, quero. Vai me dar alguma coisa para me concentrar e me trazer de volta para esse mundo. Estou sentindo falta.

— Ótimo. Fico feliz.

— Além disso, posso precisar do dinheiro — acrescenta ela, soando mais como ela mesma.

— Caro, você tem um fundo fiduciário imenso e o rendimento das propriedades.

Ela bufa, indiferente, mas nenhum de nós menciona o testamento de Kit e o fato de que meu irmão a deixou de fora dele.

Cara, não vá por esse caminho.

— Vou pedir para Oliver ligar para você e acertar os detalhes.

— Oliver! — exclama ela como se estivesse surpresa.
— Sim, ele vai colocar você em contato com a construtora. Tudo bem?
Qual o problema dela com Oliver?
— Sim. Ok. Você está certo. Já contou a Alessia sobre as cartas?
— Ainda não. Você falou com Rowena?
— Não. Por quê?
— Ela está me evitando. Deixei inúmeros recados na caixa postal, mas ela não retorna minhas ligações.
— A Rowena... é a Rowena.
— É verdade. Alguma novidade com o laptop do Kit? Estou em um beco sem saída.
— O Dr. Renton não ajudou você?
— Ele não quis me contar.
— Aquele velho desgraçado de bico fechado.
— Pois é.
— Nenhuma novidade com o laptop. A verdade é que Kit nunca me deu nenhuma senha. Nem daqui nem da Mansão. Por que você acha que ele fez isso? — A voz de Caro fica trêmula no fim da pergunta, e percebo que ela está chateada.
— Não sei. O Kit era o Kit... um pouco como a mãe dele.
— É. Ele era... — Sua voz diminui até um sussurro quase inaudível, e quero me dar um soco.
— Vou pensar na sugestão da festa.
— Pense mesmo — diz ela, se animando. — Sabe, você devia me deixar levar Alessia para fazer compras.

Ah, não sei se é uma boa ideia.

— Maxim, eu já disse, ela se veste como uma estudante.
— Engraçado você dizer isso. Sugeri que Alessia entrasse na faculdade. Vai ajudar com o visto. Isso me lembrou: sua madrasta...
— Vacadrasta — me corrige Caro.
— Ela não é benfeitora do Royal College?
— É. Ah. Música. Para Alessia?
— Isso. O que você acha?
— Acho que é uma boa ideia. É óbvio que Alessia tem um talento enorme.
— Bem, posso precisar contar com a ajuda da sua vacadrasta.

Caroline bufa.

— Boa sorte com isso. Nunca a vi sendo solícita nem receptiva. Não sei o que meu pai vê nela.

Caro está sempre reclamando da esposa do pai dela.

— Você teve aulas de etiqueta? — Mudo de assunto.

— Óbvio que sim, Kit insistiu. Ele era um pouco chato com isso, na verdade.

Inspiro rápido, chocado. *Kit? Chato?*

— É. Logo depois de nos casarmos — completa ela.

Kit insistiu que a esposa fizesse aulas de etiqueta!

Que esnobe. Eu não fazia ideia.

— Alessia quer fazer.

— É uma boa ideia. Vai dar mais confiança a ela. Funcionou para mim. A que eu fiz era ótima. Em Kensington. Vou mandar os detalhes para você.

— Obrigado. E só para reforçar: foi ideia da Alessia, não minha.

— Que moderno, hein, Maxim — resmunga Caro. — Minha oferta está de pé. Vou ficar feliz de levar Alessia à Harvey Nicks. Com seu cartão de crédito. — Ela dá uma gargalhada.

E me vejo sorrindo contra minha vontade.

— Vou falar com ela.

— Ótimo. Preciso me redimir.

— É, você precisa.

Oliver bate na porta e entra.

— Preciso ir. — Desligo e o encaro. — Falei com Caroline. Ela quer fazer a decoração.

— Fico feliz que isso já esteja resolvido. Aqui estão as informações que você pediu sobre os gastos da sua mãe. — Ele me entrega uma planilha, e a linha de baixo salta da página, com todo seu esbanjamento.

Caralho!

Eu me viro para ele em choque.

— Pois é. — Os lábios dele estão contraídos em uma linha fina de desaprovação.

— Isso é parte do acordo do divórcio?

— Aqui. — Ele me entrega um segundo documento. — Marquei os valores que você precisa saber.

Examino apressado.

Uau. Um buraco de inquietação se abre em meu estômago ao me intrometer nos assuntos de meus pais. O divórcio matou meu pai. Ele morreu de coração partido, e nunca perdoei minha mãe pela morte dele.

— Isso é mais que o dobro da pensão dela.

— Sim, milorde.

— Certo. Vou dar um jeito nisso.

— Boa sorte, milorde. — Ele me oferece um sorriso solidário e sai.

Ligo para minha mãe e cai na caixa postal mais uma vez.

— Rowena. Estou prestes a cortar seu acesso aos fundos. Me ligue.

Desligo, depois telefono para o banco e tenho uma rápida conversa com o meu gerente sobre minha mãe.

Em seguida, mando uma mensagem para Maryanne.

> Por favor, peça a sua mãe para me ligar.
> Deixei inúmeras mensagens.
> Todas em vão.

Preciso de respostas. E estou chocado que minha própria mãe não faça a gentileza de retornar minhas ligações. A vida que eu conhecia está por um fio, todas as minhas esperanças e sonhos vagos se encontram suspensos.

Que inferno.

Se essa tática não funcionar, não sei o que vai.

Alessia desembrulhou, limpou e guardou todos os utensílios de cozinha que ela e Maxim compraram on-line na John Lewis. Limpou. Poliu. Lavou. Tudo. A cozinha está impecável. Ela preparou o jantar. Praticou diversas peças no piano. Agora está sentada na escrivaninha de Maxim, debruçada sobre o computador, comparando cursos de música e tomando notas. Enquanto analisa as vantagens da Royal Academy em relação ao Royal College, sua atenção se desvia para o cartão de visitas de Ticia Cavanagh em cima da mesa. Ela se lembra da declaração chocada da advogada ontem.

Outras? Elas também escaparam?

O rosto doce de Bleriana surge em sua mente, rindo de uma das piadas de Alessia quando elas estavam na caçamba daquele caminhão horrível e fedorento. Talvez Ticia possa ajudar a encontrá-la. Ela é advogada, sabe como fazer isso, certo?

Ignorando seus sentimentos conflitantes — essa mulher transou com seu marido, sabe? —, ela pega o celular e liga para Ticia.

— Escritório de Ticia Cavanagh — atende uma voz masculina.

— Alô. Hum. Aqui é Alessia Trevelyan. Eu queria falar com Ticia Cavanagh.

— Vou ver se ela está disponível.

A linha fica muda, mas um instante depois Ticia atende.

— Lady Trevethick, como posso ajudar?

— Por favor, me chame de Alessia. Hum... Eu estou, é...

— É sobre seu marido? — pergunta Cavanagh com uma pressa sussurrada e afetada.

— Não. Não. Não é. Eu acho que... hum... vocês se... conheceram antes de mim.

Alessia não acredita que está falando sobre Maxim dessa maneira. Há um silêncio constrangedor, e Alessia escuta Ticia inspirar com força.

— Eu também acho — diz ela, enfim, e sua resposta é um alívio.

Vá direto ao assunto, Alessia.

— Estou ligando por causa das outras garotas que foram traficadas junto comigo. Eu quero encontrá-las. Bem, uma delas, pelo menos. Se puder encontrar as outras, seria bom também.

— Entendi. Não sei se consigo ajudar, mas o que você pode me contar?

ALESSIA ESTÁ RECOSTADA na cadeira de Maxim encarando suas anotações. Ticia lhe deu o número de um detetive particular que presta serviço para o escritório dela. Ele é discreto, mas caro. Ela quer ligar para ele — afinal, agora tem recursos para isso. Mas será que deveria pedir a Maxim primeiro? O dinheiro é dele. Ele aprovaria? Ela não sabe. Talvez, como Ticia, ele ache que é uma tarefa impossível, uma vez que Bleriana e as outras garotas podem estar em qualquer lugar do país.

Mas Alessia precisa tentar.

E aí ela vai ter *alguma coisa* para fazer.

Por mais que goste de ficar no apartamento, está começando a se sentir meio claustrofóbica. Precisa sair um pouco.

Mas deveria consultar o marido?

Seu telefone toca, e é como se ela tivesse invocado Maxim só de pensar nele.

— Oi — diz ele, e o calor na sua voz aquece o coração dela.

— Oi. Como está o trabalho?

Ele saiu cedo naquela manhã e estava preocupado com alguma coisa. Alessia imaginou que tivesse a ver com o trabalho.

— Tudo bem. Tenho uma surpresa para você. Vou mandar um endereço para você por mensagem. É uma caminhada rápida saindo do apartamento. Encontro você lá em meia hora.

Ela suspeita que ele está sorrindo. Está animado com alguma coisa.

— Está bem — diz ela, sorrindo de volta.

— Trinta minutos.

Ele desliga, e uma mensagem aparece na tela do celular dela. É um endereço em Cheyne Walk, o que significa que Alessia ainda tem tempo suficiente para dar um telefonema e começar sua missão para encontrar Bleriana.

Ando de um lado para outro em frente à casa em Cheyne Walk e dou uma olhada na rua para ver se avisto Alessia. Nossa nova casa em potencial fica atrás dos jardins do Chelsea Embankment, e, se Alessia gostar daqui, isso significa que não vou precisar sofrer com os reflexos da água que de vez em quando me incomodam no teto do quarto. Espero que ela goste, acho que atende bem às nossas necessidades.

Entre a vegetação, tenho vislumbres do Tâmisa. Dou uma pausa e inspiro uma lufada de ar, detectando o familiar cheiro de lama do rio.

Estou em casa.

Quando reparo, Alessia está descendo a rua, vindo em minha direção. Seu rosto se ilumina assim que me vê, e corro para encontrá-la.

— Oi. — Pego sua mão. — Venha. Estou empolgado para mostrar uma coisa.

Seu sorriso de resposta me anima, e a conduzo para o portão de ferro. A expressão dela é inquisitiva, a curiosidade atiçada enquanto digito o código na fechadura eletrônica. O portão abre com um rangido, e caminhamos pelas lajotas até a reluzente porta preta coberta por uma magnífica claraboia.

M axim tira algumas chaves do bolso e destranca a porta.
— Isso aqui pode ser nosso se você quiser — diz ele e gesticula para Alessia entrar.

A casa inteira?

Deve ter quatro andares!

Eles encontram um corredor largo, que dá para uma sala de jantar elegante e, mais além, para uma cozinha grande e moderna, parecida com a de vidro do apartamento de Maxim. Para além das portas de correr envidraçadas no fim do cômodo, há um jardim bem-cuidado e, do outro lado do pátio, o que parece ser mais uma casa.

— Isso. Duas casas. Podemos transformar a de lá em dependências para os funcionários. — Maxim aponta naquela direção.

Funcionários!

— Ah — diz Alessia.

No andar de cima, abarcando toda a sua extensão, há uma sala de visitas enorme, decorada com bom gosto em tons de creme, bege e cinza.

— Podemos redecorar — comenta Maxim, a testa franzida, parecendo preocupado.

— É lindo — elogia ela de forma automática.

Alessia fica intimidada só com o tamanho da casa. São cinco quartos, todos suítes. A suíte principal engloba um quarto grande, um banheiro com duas pias — de mármore! —, uma banheira oval, um chuveiro grande o suficiente para quatro pessoas e dois closets grandes o bastante para ela e Maxim.

— O que você achou? — Maxim a encara com ansiedade.

— Quer se mudar para cá?
— Quero. Precisamos de mais espaço.
— Cinco quartos?
— Você prefere uma coisa menor? — Ele franze as sobrancelhas.
— Eu não tinha pensado em um lugar tão grande... mas acho que um dia vamos ter filhos. — Ela cora ao pensar nisso, embora não saiba por quê.
— É. Um dia — concorda ele, baixinho, e fecha os olhos como se essa fosse uma ideia dolorosa.
— Um dia — reforça Alessia, enquanto se pergunta por que isso seria um pensamento doloroso para ele. — Você quer filhos. Não quer?
Ele aquiesce, mas seus olhos dizem outra coisa. Maxim está com medo.
Por quê?
— Podemos colocar um piano aqui? — pergunta Alessia com entusiasmo, para distraí-lo.
Ele ri.
— Óbvio. Não vou deixar o piano de cauda para trás. Deixe eu mostrar o porão.

De mãos dadas, vamos andando de volta para o apartamento.
— Você já morou lá? — pergunta Alessia.
— Não. Nunca nem tinha entrado lá até hoje.
— Você gostou?
— Gostei. — Aperto a mão dela. — E você? Podemos criar nossas próprias lembranças lá.
Alessia me observa com o que parece ser admiração ou alívio, não sei, mas me oferece um lindo sorriso.
— É. Vamos ser só nós.
Viramos na esquina e fico aliviado ao não ver nenhum paparazzo esperando na frente do prédio. Somos notícia velha.
Na hora em que entramos no apartamento, meu telefone toca.
É minha mãe. *Até que enfim.*

Capítulo Quinze

— É Rowena. Preciso atender — murmuro e deixo Alessia fechar a porta do apartamento.

Sigo para a privacidade do nosso quarto e atendo a chamada.

— Rowena. *Muito* obrigado por retornar minha ligação. — Cada palavra é carregada com bastante sarcasmo.

— Maxim. Suas mensagens são de uma tremenda grosseria. Por que eu não iria querer falar com você? E que porra é essa que você falou, de me cortar?

Falando palavrão agora! Minha mãe está irritada.

— É isso mesmo que eu falei. Liguei para você há dias e você não respondeu. *Isso, sim,* foi de uma tremenda grosseria.

— Quando você aprender a ser um pouco mais gentil na hora de deixar mensagens, vai receber respostas mais rápidas. Você pega mais moscas com mel do que com vinagre, Maxim. É óbvio que um homem com o seu apetite entende isso.

O quê?!

— Que Deus ajude o nosso patrimônio, com você vociferando no telefone com todo mundo — continua ela.

— Isso faz de você a mosca nessa analogia — devolvo, ríspido. — E é só você que provoca essa reação em mim, mãe. E não acho que você esteja em posição de dar lições sobre apetites.

Ela respira fundo.

— Então você cortou meu acesso aos fundos para me controlar?

— Não. Eu cortei porque você está gastando mais que a pensão à qual tem direito segundo o acordo do divórcio.

Ela fica muda do outro lado da linha, e sei que está fervendo de raiva.

— Você achou que eu não fosse perceber? Talvez Kit fechasse os olhos para isso.

De novo, não recebo resposta. E isso não está me ajudando. Respiro calma e profundamente, tentando controlar a raiva.

— Mas não foi por isso que liguei. Você sabia que o Kit estava procurando aconselhamento genético?

Ouço um suspiro alto do outro lado da linha.

— O quê? — sussurra ela, e sei pelo tom baixo que ela está muito chocada.

— Isso mesmo. Eu esperava que você pudesse me explicar o motivo.

— Não — retruca ela, abafando uma exclamação de revirar o estômago, o que faz meu couro cabeludo se arrepiar e toda a minha atitude mudar.

— Como assim "não"? O que você sabe? — questiono, sem ar.

— Isso não tem nada a ver com você, Maxim. Nada. Apenas esqueça o assunto. — Ela é seca e parece desesperada.

— O que você quer dizer?

— Esqueça isso! — grita ela, e a ligação cai.

Ela desligou na minha cara!

Rowena nunca fez isso antes, e ela estava *gritando*, o que é o extremo oposto de seu normal — geralmente ela é fria e distante. Telefono para ela e a ligação vai direto para a caixa postal. Tento novamente, mas Rowena continua não atendendo.

Alguma coisa está errada. Muito errada. Em um abismo de confusão, olho para meu celular.

Que porra é essa?

Ligo para Maryanne e cai na caixa postal.

— M.A., me ligue. A Nave Mãe anda mais irracional que o normal.

Quando guardo o aparelho no bolso, ele vibra.

Verifico a tela e atendo.

— M.A.

— Maxie. Que diabos você disse para sua mãe? Ela acabou de bater a porta quando saiu.

Droga. Preciso abrir o jogo com minha irmã.

— Minha mãe! Ela é sua mãe também. E eu não queria incomodar você com isso, Maryanne.

Dou uma breve explicação sobre as cartas que Caro encontrou do médico de Kit e da clínica de medicina genética, assim como a recusa do Dr. Renton em me dar mais informações e agora a recusa de nossa mãe também.

— E você não pensou em contar para a única médica da família? — vocifera Maryanne.

— Eu não quis preocupar você. Sei que você é ocupada.

— Maxim! Você é tão babaca às vezes. O que exatamente sua mãe disse?

— Em poucas palavras, sua mãe disse que isso não é da minha conta.

— Que estranho.

— É mesmo.

— Ah — sussurra Maryanne, como se tivesse acabado de pensar em alguma coisa bem desagradável.
— O quê?
— Te ligo depois.
— Maryanne...
Ela desliga.
O que é isso?!
Minha família está me enlouquecendo.

Alessia tenta conter a ansiedade, mas ela se expande em seu peito, fazendo o coração disparar. O que houve? Por que Maxim está atendendo a uma ligação da mãe em particular? Ele não costuma guardar segredos. Mas o que ele não quer que ela escute? O que ele tem a esconder?

Ela vai para a cozinha — não quer ficar tentada a pressionar o ouvido na porta e escutar. Para se distrair, se ocupa com os preparos finais do jantar, mas não consegue parar de pensar em como Maxim tem andado preocupado nos últimos dias.

Menos na cama.

Ela franze a testa com esse raciocínio. O encontro surpresa com Ticia Cavanagh e a forma como Alessia reagiu ao descobrir o passado dos dois pelo visto não eram a única preocupação de Maxim. Na noite anterior, enquanto pesquisavam faculdades de música, ele parecia distraído com alguma coisa, tanto que ela perguntou se ele queria continuar. Ele havia assegurado que sim, mas algo o estava incomodando. Ainda está. Alessia sente isso.

Maxim está apoiado no batente da porta, observando-a enquanto ela rala parmesão, até que ela para e o encara. Ele parece ansioso, desnorteado.

Ah, não.

— O que foi? — pergunta Alessia.

Maxim entra na cozinha e passa a mão pelo cabelo, deixando-o despenteado e bagunçado, do jeito que Alessia gosta. Mas seus olhos estão arregalados de incredulidade e confusão, como se ele estivesse lutando contra alguma reviravolta interna.

— O que sua mãe disse? — questiona Alessia.

— Ela desligou na minha cara. — Ele levanta as mãos com desânimo. — E preciso de respostas dela... — Sua voz enfraquece, mas ele se aproxima e acaricia o rosto da esposa com os dedos, o contato reverberando de forma tentadora pelo corpo dela. — Não é nada com que você precise se preocupar.

— Mas você está preocupado — murmura ela.

A postura dele muda, a mandíbula se contrai, e ele passa a mão pelo cabelo de novo, a frustração evidente.

— Você quer ir vê-la? — sugere Alessia.

— É uma ideia tentadora. Rowena fica com Maryanne quando está em Londres, numa *townhouse* em Mayfair. Ela se divide entre lá e seu apartamento em Manhattan. No momento, está aqui. — Ele consulta o relógio. — Talvez eu possa ir até lá e confrontá-la. — Mas sua boca vira para baixo e ele balança a cabeça.

— De quais respostas você precisa?

Ele solta o ar.

— De verdade, não se preocupe. É uma coisa que Caroline me mostrou na segunda...

— Caroline? — Na mesma hora, Alessia fica em alerta.

Maxim franze a testa, e seus olhos se arregalam, como se tivesse sido pego em flagrante.

— É. Ela foi ao escritório com algumas cartas do Kit.

— Ah.

Caroline.

Por que ela vai ver Maxim no escritório dele? Alessia nunca foi lá. Ela sabe que não é ciúme o que a está incomodando, só não quer o marido sozinho com a cunhada.

Sua ex-amante.

Porque, no fundo, ela não confia em Caroline.

Será que Alessia confia no marido? Afinal, ela só está sabendo agora dessa visita que aconteceu ontem.

Alessia ignora a voz insistente em sua cabeça enquanto Maxim contrai os lábios e fecha os olhos. Quando volta a abri-los, parece irritado.

— Alessia. Não é nada para você se preocupar. Vamos sair, preciso de uma mudança de ares. Vamos comer fora. — Ele parece exasperado.

— Tudo bem — concorda Alessia. Ela pode assar a lasanha amanhã. Ou congelar.

Maxim semicerra os olhos.

— Podemos ficar em casa se você quiser. Você precisa me dizer o que quer fazer, isso é uma parceria. — Ele balança a mão entre eles, o tom de voz seco.

Ele está chateado com ela?

De repente, Alessia sente como se eles estivessem à beira de um precipício, e ela não sabe o que dizer ou fazer.

Por que ele está tão agitado? Ele não contou sobre a visita de Caroline nem das cartas de Kit.

Como ela deveria se sentir a respeito disso?

No entanto, ela percebe que ele está abalado com alguma coisa, e não acha que tem a ver com Caroline. E Alessia não quer ser mais uma preocupação.

— Podemos conversar sobre a casa — acrescenta ele em um tom mais gentil.

Ela aquiesce e, por instinto, estende a mão e pega a dele.

— O que quer que esteja acontecendo, você vai dar um jeito. Você sempre dá — diz Alessia, se aproximando, e o abraça apertado.

Fico tocado com a fé de Alessia em mim, embora eu ache que ela esteja equivocada. Mesmo assim, seu carinho e suas palavras me acalmam, e um calor se espalha por meu peito enquanto relaxo aos poucos nos seus braços. Segurando-a bem apertado, beijo sua cabeça, agradecido que ela esteja comigo.

— Tanto minha mãe quanto minha irmã estão se comportando de um jeito estranho.

— Isso é... hum... frustrante — diz Alessia. — Podemos sair. Vou trocar de roupa.

— Você está linda de calça jeans.

Paro, seguro as mãos dela e as levanto no ar como se estivéssemos prestes a dançar. Observo seu corpo, ignorando o aperto familiar abaixo da minha barriga.

Caro está certa.

Alessia precisa de roupas que combinem com uma condessa, não com uma estudante.

— Vamos fazer compras. Você precisa de roupas. Roupas adequadas.

Alessia o encara, perplexa.

— É. Vamos fazer isso. — Checo as horas. — A Harvey Nicks ainda está aberta.

— Mas... mas... eu não sei nem por onde começar.

— Lá existe um serviço de *personal shopping*. Vamos começar por aí.

E vai ser uma distração maravilhosa de toda essa merda.

Alessia sente a cabeça girar. Em menos de noventa minutos, ela se tornou a orgulhosa proprietária de um "armário cápsula" com "peças-chave" que vão servir para os próximos meses. O custo de tudo é espantoso, mas Maxim parece radiante e, bem no fundo, Alessia também está. Ela não vai mais se sentir como uma faxineira quando estiver do lado de Caroline.

Maxim rabisca o endereço para entrega no papel timbrado e entrega à *personal shopper*.

— Vai estar tudo lá amanhã de manhã, Sr. Trevelyan.

A jovem pisca os cílios para Maxim, mas ele a ignora. E não a corrige sobre o título.

— Vamos comer? — Maxim pega a mão de Alessia.

— Vamos. E obrigada. Por tudo isso — diz Alessia, olhando para as sacolas cheias de roupas e sapatos novos.

— Não precisa me agradecer. — Ele franze a testa, como se um pensamento monumental tivesse acabado de lhe ocorrer. — Quero cuidar de você. — Ele se aproxima e dá um beijo rápido nela. — Vamos atravessar a rua e jantar no Mandarin Oriental.

Alessia segura a nova bolsa Yves Saint Laurent e, de mãos dadas, eles saem da loja, com as palavras de Maxim martelando na cabeça dela.

Quero cuidar de você.

Alessia não tem certeza de como se sente em relação a isso. Ela quer ser mais do que um bem entregue de seu pai para seu marido. Sua breve tentativa de liberdade quando veio para o Reino Unido foi sua primeira experiência sendo independente. Para seu azar, falhou. Mas ela encontrou Maxim. Só que agora ela está um pouco perdida.

Ele quer uma parceria.

O que ela pode fazer para contribuir na parceria?

Maxim aperta a mão dela mais forte, distraindo-a, e eles atravessam a rua, desviando dos carros, até o magnífico prédio que é o Mandarin Oriental Hyde Park.

— Por aqui — indica ele, e os dois vão em direção ao restaurante The Aubrey.

Alessia coloca a língua entre os lábios com determinação enquanto segura os hashis, e me lembro da primeira vez que ela os usou, em Mustique. O chef tinha preparado um banquete de sushis e sashimis, e, com minha esposa no colo, envolvi suas mãos com as minha e demonstrei como usar. Como sempre, ela aprendeu depressa.

— Você se lembrou de como usar o hashi.

Ela me dá um sorriso rápido e confiante enquanto pega um hamachi.

— Então, você gostou da casa?

— Como eu poderia não gostar da casa, Maxim? É linda.

— Ótimo. Vou preparar tudo para nos mudarmos para lá. Mas, se você quiser redecorar, é melhor fazermos isso antes da mudança.

— Eu gosto de como está agora. Talvez a gente possa morar lá antes de decidir se precisa de uma redecoração.

— Isso parece sensato.

Meu celular vibra. É uma mensagem de Maryanne.

Mamãe está no aeroporto.
Está voltando para Nova York.

Dou a Alessia um olhar de desculpas e respondo a minha irmã.

O quê? Por quê?

Ela não falou.
Mandou uma mensagem do portão.

Só isso. Nenhuma explicação?

Nada!

Mas que diabos?
Ela acabou de vir de Nova York e agora está voltando.
— Com licença — murmuro para Alessia.
Saio da mesa e ligo para minha mãe enquanto entro no átrio. Como eu temia, a ligação vai direto para a caixa postal.
— Mãe, por favor? O que está acontecendo? O que você sabe? É alguma coisa séria? Eu acabei de me casar. Eu... eu... *nós* queremos ter filhos. Me ligue. Por favor.
Estou tentado a ir a Heathrow e seguir minha mãe até Manhattan, mas sei que já perdi o último voo da noite. Talvez meu apelo possa invocar um sentimento maternal, se ainda restar algum nela.
Cara.
Minha mãe não é conhecida pelos sentimentos ou instintos maternais.
Caralho.
Talvez Alessia e eu possamos ir juntos ver minha mãe?
Droga. Alessia vai precisar de um visto.
Volto para a mesa e ela olha para mim.
— Tudo bem?
— Tudo. Liguei para Rowena de novo e deixei um recado. Ela voltou para Nova York, então não vou ter notícias dela esta noite. Vamos aproveitar nosso jantar.
Tomo um gole de saquê, e Alessia levanta seu pequeno copo de porcelana.
— *Gëzuar*, Maxim.
— Saúde, minha querida esposa.
— No Japão, tem o saquê, na Albânia, o *raki*. O que os ingleses têm?
— Gim, eu acho. Existem muitas destilarias novas surgindo para matar a sede do país por gim inglês.
Ela sorri.
— Eu quero provar.

Não tenho nenhuma reunião de manhã.
— Certo. Podemos providenciar isso.

É MEIA-NOITE e minha esposa bebeu demais. Eu já a tinha visto alegrinha antes, quando estávamos na Cornualha e ela levou um tombo no mar, mas ela nunca ficou assim.

E é minha culpa.

Alessia começou a beber há pouco tempo, e eu devia ter prestado mais atenção nela. Aposto que vai estar de ressaca amanhã.

— Venha, princesa. Pode se apoiar em mim.

Eu a seguro com firmeza do meu lado enquanto cambaleamos para fora do Loulou's sob uma chuva de flashes de fotógrafos e entramos no táxi. Do banco de trás, oriento o taxista a nos levar para casa e mantenho um braço em volta de minha esposa.

Alessia me oferece um sorriso torto.

— Maxshim.

— Acho que você bebeu muito saquê e gim, baby.

— Ééé. Eu gosto de gim. É divertido. Foi divertido — se corrige ela. — Muito bom conhecer seus amigos.

— Você os impressionou.

— Você tem muitos amigos. Mulheres também. Com quantas você já teve relações... sexuais?

Epa!

— O quê?

— Com quantas? — Ela me encara, os olhos escuros desfocados. Ela fecha um deles e semicerra o outro, tentando parecer séria.

— Vamos conversar sobre isso quando chegarmos em casa.

Quando começamos nossa noite, eu não sabia que acabaríamos na Hertford Street. Mas depois desses últimos dias de merda, acho que nós dois precisávamos espairecer um pouco.

Tanto assim?

Puxo Alessia mais para perto e beijo sua testa. Ela levanta o rosto e faz biquinho, com uma expressão adorável.

Como eu posso resistir?

Dou um beijinho na boca dela.

— Por que tantas amantes, Maxshim? Não entendo.

— Podemos falar sobre isso quando você estiver sóbria?

Ela avalia minha resposta.

— Podemosss. Não vou esquecer.

Ah, eu espero que esqueça.

Estou preocupado com esse interrogatório. Pensei que já tivéssemos resolvido essa questão. Ela parece obcecada com a vida sexual que eu tinha antes de conhecê-la, e não sei por quê. Não me comportei de maneira inadequada com nenhuma das mulheres que encontramos hoje. Ou me comportei? Eu fui simpático. Mas só isso. Fui simpático até mesmo com Natasha e Sophie, com quem só tive um caso de uma noite. Suspiro e afago o cabelo de Alessia, pensando em como tranquilizar minha esposa.

Maxim senta Alessia na beira da cama.

— Vamos tirar sua roupa.

Ele fica de joelhos e tira as botas dela.

Alessia estende o braço, passando os dedos pelos cabelos dele.

— Tão macio — sussurra ela.

Maxim puxa as meias dela, depois se levanta e luta para tirar a jaqueta de Alessia.

— As fotos aqui — diz Alessia, e perde o equilíbrio enquanto vira em direção às imagens de mulheres nuas. — Você conhece essas mulheres?

— Conheço. — Ele joga a jaqueta dela no sofá.

— No... hum... sentido bíblico.

Porra.

Maxim segura o queixo dela, a forçando a se concentrar nele. Ela estreita os olhos para focá-los.

— Alessia, você precisa parar com isso. Para a sua sanidade e a minha. Vou tirar essas fotos daí. Foi insensível da minha parte deixá-las. Amanhã eu faço isso.

Ele se inclina e a beija, sua língua quente e molhada, e Alessia coloca os braços em volta do pescoço dele, puxando-o para a cama. Ele cai ao lado dela, ainda nos seus braços.

À luz do abajur, ela o analisa.

Seu marido.

Seu amante.

Seu sedutor.

Os olhos dele reluzem, em um tom de esmeralda brilhante, as pupilas dilatadas. Ela passa os dedos pelo queixo de Maxim, com a barba rala, e traça o contorno de seus lábios macios, que se entreabrem quando ele inspira.

— Eu te amo — sussurra ela. — Mas não quero ser uma propriedade.

— Uma propriedade? — Os olhos dele agora estão cheios de dúvidas.

— Você quer uma parceira. O que eu trago para a nossa parceria?

Ele arfa.

— Tudo.

Aquela palavra é uma oração. Com a garganta seca de repente, Alessia pega o rosto dele.

— Ei. De onde veio isso? — Maxim observa os olhos dela, atentamente, e a visão do rosto preocupado e amado dele fica borrada devido às lágrimas dela. — Alessia, o que houve?

Ela balança a cabeça, a pergunta pairando em sua mente.

Tantas mulheres.

— Me diga — implora ele, e ela não responde. — Ah, meu amor, vamos dar um jeito nisso. Vai ficar tudo bem. Tenha fé. — Ele beija a testa dela. — Eu te amo. — Ele a puxa para um abraço e a aperta.

O nó na garganta dela se dissolve aos poucos, e sua ansiedade diminui até Alessia cair em um sono profundo.

A respiração de minha esposa se acalma, e sei que ela adormeceu. Não quero perturbá-la, então não me mexo. Em vez disso, encaro o teto, confuso. O que levou àquela crise emocional? Foi tudo ação da bebida? Achei que ela estivesse feliz. Mas será que eu estava me iludindo? Tenho estado tão focado nos meus problemas que não pensei em como Alessia estava se adaptando à nova vida em Londres. Ela tem sido presente e atenciosa, me consolando enquanto lido com minha mãe e a misteriosa questão genética de Kit. Mas ainda estou relutante em lhe contar a verdade, porque vai deixá-la mais ansiosa.

E ela pode reconsiderar nossa relação.

Cara. Não pense nisso.

Ficar confinada no apartamento pode estar afetando Alessia. O lugar está impecável, percebi isso, mas ela precisa de mais. Ela precisa de amigos. Ela está aqui sozinha, isolada, e só tem a mim.

Merda. Cara.

Amanhã vamos começar a fazer suas candidaturas para os conservatórios de música de Londres e encontrar uma escola de etiqueta. Ela vai ficar menos isolada e ter mais coisa para fazer. Se é isso que a está incomodando, então essas iniciativas vão ajudá-la.

É você, cara. Você a está incomodando.

As porras das suas trepadas.

Suspiro. Caroline ter aberto o bico não ajudou. Entendo por que Alessia tem suas ressalvas quanto a Caro. Ao revelar nosso passado, ela plantou a dúvida na mente de Alessia sobre minha fidelidade, e depois nos encontramos com Leticia, o que só piorou as coisas. Esfrego o rosto, tentando esquecer aquele momento constrangedor. Alessia vem se deparando com minhas antigas aventuras sexuais desde que me conheceu.

Suspiro e um pensamento me ocorre. Talvez ela esteja com dificuldades devido às diferenças culturais. Um aspecto que observei na vida em Kukës foi a segregação casual entre homens e mulheres.

Talvez seja isso. Ela não entende que aqui as pessoas podem transar *e* ser amigas.
Por que tantas amantes?
É uma boa pergunta, e acho que essa é a resposta. Aqui, sexo é uma atividade recreativa para muitos, inclusive para mim. Ainda é, porém fica muito mais satisfatória com minha esposa.
Por que isso?
Amor?
É. Amor.
Evitar intimidade era um estilo de vida para mim, e nunca foi uma questão até eu conhecer Alessia e me apaixonar.

Pronto. É isso. E ela não entende. Dou um sorriso. Aliviado. Acho que decifrei o que há por trás de sua ansiedade.

Com delicadeza, me desenrosco da minha garota, me levanto e me dispo.

Antes de ir até o banheiro, retiro as duas fotografias da parede e as guardo no closet.
Uma pena. Eu gosto dessas fotos.
São alguns dos meus melhores trabalhos.
E é verdade, eu conheci as duas no sentido bíblico. Ou devo dizer no sentido recreativo?

Quando saio do banheiro, me sinto muito mais calmo. Com cuidado, abro a calça jeans de Alessia e a retiro. Cubro minha esposa com o edredom, subo na cama e me aninho a seu corpo adormecido.

— No que você está pensando, baby? — Beijo a cabeça dela, e ela murmura o meu nome.
Em mim?
Esse pensamento me satisfaz muito mais do que deveria.

Talvez ela esteja se sentindo sobrecarregada aqui. Uma nova vida com um ex-pegador, um libertino.

Talvez seja essa a questão.

Ela precisa entender que tudo isso ficou no passado.
É. É isso.
Fecho os olhos e, com o cheiro de Alessia invadindo meus sentidos, adormeço para sonhar com o meu amor.

Capítulo Dezesseis

O cheiro de café fresco me acorda do meu sonho encantador.
Alessia.
Uniforme de limpeza de náilon azul.
Calça de pijama do Bob Esponja.
Calcinha rosa.
Abro os olhos e a encontro parada ao lado da cama, vestida em seda creme, linda como sempre, a não ser pelo sorriso inseguro.
— Bom dia — diz ela ao apoiar uma xícara de café na mesa de cabeceira.
— Bom dia, meu amor. Obrigado pelo café.
— Já passou das nove e meia.
— Nossa, dormi demais. — Esfrego o rosto e me sento enquanto ela se acomoda na cama do meu lado. — Como você está se sentindo?
— Bem. Estava com dor de cabeça.
— Melhorou?
Ela aquiesce.
— Me desculpe. Eu não queria ficar tão bêbada. Espero que não tenha envergonhado você.
— Querida, não precisa se desculpar. Você não me envergonhou de forma alguma. — Estou chocado que ela sinta que precisa se desculpar. — Meus amigos adoraram você. Como não adorar?
— Foi legal conhecer todo mundo.
— Espero que você tenha gostado deles. Preciso confessar que eu bem costumava ser assim na maioria das noites, sempre bêbado em algum bar. Conhecer você deve ter salvado meu fígado.
O olhar dela abranda.
— Gostei de seus amigos. Eles são divertidos. E gostei do gim. Talvez bem demais.

Ela se concentra nas próprias mãos, no colo.

— Gostou? Que bom. Talvez amigos e gim com moderação da próxima vez. — Passo os dedos embaixo de seu queixo, virando o rosto dela para o meu. — Você falou algumas coisas ontem à noite. Eu ando tão absorto nos meus problemas que não tenho perguntado se está tudo bem com você ou se tem alguma coisa que eu possa fazer para tornar essa nova vida mais fácil.

— Só voltamos da lua de mel há alguns dias.

— Eu sei. Mas mesmo assim...

Ela engole em seco e enrijece o corpo, como se estivesse reunindo forças, e não sei o que vai dizer. Do nada, fico tão apreensivo que sinto um embrulho no estômago.

— Maxim, quero tentar encontrar uma das garotas que foi traficada comigo.

Meu alívio é instantâneo.

— Ah. Tudo bem — respondo com cautela. — Mas como você vai fazer isso? Ela pode estar em qualquer lugar.

— Eu falei com a Ticia Cavanagh.

Merda. Minha apreensão volta com força total.

— E aí?

Ela sorri, e acho que está me lendo como o livro aberto que eu sou.

— Não falamos de você. Embora talvez devêssemos... hum, comparar impressões?

Ela está me provocando!

— Alessia! — Não sei se digo para deixar essa porra para lá ou fico feliz pelo bom humor dela.

— Ela me deu o número de um detetive particular — explica Alessia com pressa —, que talvez possa ajudar. Preciso encontrar Bleriana.

Volto a olhar para ela sem expressar meus sentimentos, enquanto minha ansiedade volta.

Isso parece ser uma tarefa impossível.

— Ela só tem dezessete anos — continua Alessia, a voz baixa.

— Ah, meu Deus. Isso é horrível. — Fecho os olhos, sem querer imaginar o horror que Alessia e a jovem amiga sofreram. — Ela também fugiu?

— Acho que sim. Eu corri para me salvar. Não tive tempo de checar... — As palavras saem com uma pitada de culpa.

Não!

Eu a puxo para meu colo e a abraço.

— Eu não quis dizer... Meu Deus, Alessia. Fico muito feliz que você tenha escapado. Só Deus sabe o que teria acontecido... — Cenários terríveis passam pela minha cabeça. — Olhe, não acho que seja uma boa ideia você se envolver com aquele mundo abominável de novo. Mesmo de longe. Nunca vou me perdoar se alguma coisa acontecer com você por causa dessa sua busca.

Ela fica tensa.

— Não vou perder você de novo. — Eu a seguro mais forte e enterro o nariz no seu cabelo. — Por favor.

— Mas...

— Não. Alessia. — Inspiro seu cheiro. — A resposta é não. É um risco muito grande. Vou falar com o Tom. A empresa dele também faz trabalho de investigação. Não tenho certeza se eles localizam pessoas desaparecidas, mas talvez ele possa ajudar.

Ela se afasta. Seus olhos muito escuros se iluminam, e não sei se ela vai me enfrentar nessa.

— Obrigada — diz Alessia e coloca os braços em volta de meu pescoço. — Se o Tom puder encontrar a Bleriana... — Sua respiração está quente de novo junto a minha pele, mas sua voz trava. — Eu... Eu tive sorte. E me sinto culpada. Eu consegui escapar.

Meu sangue gela nas veias.

— Ah, meu Deus. Não. Nunca se sinta assim. De jeito nenhum, Alessia.

Se aqueles bandidos a tivessem pegado... Fecho os olhos mais uma vez, imaginando o inferno. E Alessia no meio de tudo.

— Nunca se sinta assim, minha querida. Nunca. Não estou pedindo. Estou mandando. Aqueles homens eram monstros.

Aninho a cabeça dela em minhas mãos e ela se vira para mim.

— Tudo bem — sussurra, e depois de um segundo seus dedos se enrolam no meu cabelo e ela leva meus lábios aos seus.

— Meu café está frio. — Passo o nariz por Alessia, deitado do lado dela, exausto.

Ela dá uma risadinha.

— Posso fazer mais para você. E alguma coisa para comer.

— Não. Não vá. Eu faço. Para você também. — Beijo o rosto dela.

— Não! — Os dedos dela se apertam no meu cabelo, as unhas arranhando o couro cabeludo. — Não vá.

Ela pressiona seus seios fantásticos contra meu peito e enrola a perna em volta de meu quadril.

Nossa... de novo!

Estou parado embaixo do chuveiro, afastando minha ressaca com a água e me sentindo mais firme.

É o sexo.

Duas vezes em uma manhã... posso me acostumar com isso.

Alessia é voraz. *Quem diria?* Sorrio sob a água que cai em mim.

Ela parece muito mais feliz hoje, e volto a pensar em seu estado emocional ontem à noite. Acho que ela está sofrendo por ficar confinada, não ter amigos aqui e ainda sentir essa culpa por ter escapado. Talvez as lembranças da minha vida antiga também não colaborem.

Alessia e eu ainda estamos nos conhecendo. Mas, em geral, ela é muito contida e tranquila, então sua crise foi uma surpresa.

Estou feliz que tenhamos conversado. Vou ligar para o Tom hoje e botar em ação o que provavelmente será uma busca inútil, mas, pelo bem de Alessia e de sua amiga, podemos tentar.

Desligo o chuveiro, saio meio cambaleante e examino meu queixo, pronto para fazer a barba.

Não. Hoje não.

Deixo a barba assim — minha esposa gosta — e volto para o quarto com uma toalha amarrada na cintura. A cama já está feita.

Você pode até tirar a garota da Albânia... Sorrio.

Estou feliz que ela esteja longe da Albânia.

Comigo.

Não tenho certeza do que pensar de sua missão, no entanto. É inteligente? Imagino que não dê em nada. Como é possível encontrar uma imigrante sem documentos e vítima de tráfico?

Podemos tentar de uma distância segura, mas de jeito nenhum vou deixar alguém puxá-la de volta para aquele submundo abominável.

Preciso mantê-la segura.

OLIVER ESTÁ REPASSANDO os relatórios mensais de lucros e perdas de cada uma das propriedades. Estamos surpreendentemente bem, e sei que foi uma boa ideia seguir meu instinto e não mexer em nada até eu entender direito como tudo funcionava.

— Então não estamos tendo lucros enormes em nenhuma das casas, mas é suficiente — conclui Oliver.

— Estou pensando em uma maneira de reinvestir esse lucro em cada uma das propriedades.

Oliver arqueia uma sobrancelha, surpreso pela minha rara demonstração de espírito empreendedor, tanto que me deixa com vontade de rir.

— Estou pensando em gim, Oliver. Gim Trevethick.

— Veja só, essa é uma ideia interessante.

— Vou conversar com Abigail Chenoweth, em Rosperran, sobre sua plantação de batata. E Michael, na Mansão, sobre o celeiro do pasto norte.

Oliver assente.

— Lá poderia ser um bom lugar para uma destilaria.

Alessia aperta o interfone da porta simples em uma ruazinha de Covent Garden, que ostenta uma placa discreta: DPMP. Detetives Particulares Maddox Peacock.

— Alô — responde uma voz ríspida e amorfa.

— Alô. Meu nome é Alessia Dem... Trevelyan. Tenho uma reunião marcada.

— Ela não teve coragem de contar a Maxim que já tinha marcado uma reunião com o detetive particular.

Que mal isso podia fazer?

Duas firmas procurando Bleriana poderiam render melhores resultados.

Ela sabe que está escondendo algo do marido e se sente culpada, mas como Maxim uma vez lhe disse: é melhor pedir perdão que permissão.

Ela pediu permissão.

Ele disse que não.

Um não enfático.

O Zot. A porta se abre e Alessia entra em um corredor imundo e sobe o lance de escadas. Em cima, há uma sala de espera com poltronas acolchoadas e uma mesa de centro. A porta de um dos escritórios se encontra aberta, e um homem alto e robusto de cabelo louro bem cheio a cumprimenta.

— Alessia Trevelyan, sou Paul Maddox.

Seus olhos azuis brilhantes a avaliam de uma maneira fria enquanto a mão enorme encobre a dela em um aperto firme.

Alessia engole em seco, tentando não se sentir intimidada.

— Por aqui, por favor.

Ele a conduz para dentro de uma sala pequena e bagunçada que seus ombros largos parecem preencher e lhe indica uma cadeira na frente de uma mesa de madeira com papéis empilhados.

Alessia se senta e espera ele fazer o mesmo.

— O que posso fazer por você, Sra. Trevelyan? — pergunta ele ao focar na aliança de casamento de Alessia.

Ela percebe que ele a está avaliando. Está contente por estar usando uma das calças novas de alfaiataria, blusa de seda creme, jaqueta preta e mocassins Gucci.

— Estou procurando uma pessoa desaparecida e quero rastrear uma família.

— Esses dois assuntos são interligados?

— Não. Estou tentando encontrar uma garota que foi traficada da Albânia para a Inglaterra, e gostaria de rastrear a família de uma mulher inglesa. O nome dela é Virginia Strickland.

Alessia retira da bolsa uma pequena foto em preto e branco de sua avó quando era jovem. Ela usa pérolas e um suéter escuro com mangas curtas, a cabeça inclinada para o lado, e seu sorriso ilumina o retrato. Ela a entrega a Maddox.

— Entendi, Sra. Trevelyan. Dois casos. Vou fazer algumas anotações.

Depois da reunião com Oliver, ligo para Tom e lhe pergunto se é possível encontrar alguém que foi traficada para nosso país.

— Bem, é um desafio — admite Tom depois de eu explicar a situação, e quase posso ouvir as engrenagens rodando em seu cérebro. — Quantas mulheres?

— Acho que eram seis, incluindo Alessia.

— Que coisa horrível.

— É. Alessia tentou ajudar as outras quando ela fugiu.

— Onde foi isso?

— Tudo o que eu sei é que era uma parada de estrada.

— Talvez possamos rastrear as garotas. Mas é uma tarefa difícil. Preciso de mais informações. Posso fazer perguntas para a polícia. Tenho um contato lá. Você conhece. Se lembra do Spaffer, da escola?

— Como eu podia esquecer?

Charlie Spafford era um valentão de dar medo. Não é de se espantar que virou policial.

— Ele é um figurão na Polícia Metropolitana. Vou ligar para ele. Acho que está na divisão de crimes organizados, pode saber alguma coisa sobre os traficantes que você apanhou na Cornualha. Vou ver se apareceu alguma pista que possa nos ajudar a encontrar as garotas.

— Parece um bom plano, mas não quero que sua investigação envolva a Alessia. Não precisamos do sargento Nancarrow na nossa cola.

— Entendi, meu velho. Eu não tinha ideia do quão traumática tinha sido a experiência da Alessia.

— Ela precisa ficar fora dessa história toda. Ela estava aqui ilegalmente.

— Certo. Mas eu quero conversar com ela. Se ela tiver alguma lembrança de onde estava, podemos descobrir qual parada de estrada era, e algumas das garotas ainda podem estar na região.

— Vou falar com ela.

— Positivo, entendido.

Reviro os olhos. Ele não consegue se desligar do Exército.

— Obrigado, Tom.

Encerro a chamada e checo o telefone pela milionésima vez à espera de mensagens. Ainda não recebi nada de minha mãe.

Qual é o problema dela, porra?

E sei, bem no fundo, que é porque ela me despreza. Ela sempre desprezou. Para ela, a prioridade sempre foi Kit. Kit isso. Kit aquilo.

Antigamente, eu não me importava, mas agora parte meu coração, e fico pensando o que fiz quando era mais novo para merecer tanto desdém.

Foda-se. Ela que vá para o inferno.

Contudo, há mensagens de Caroline.

Você foi ao Loulou's sem mim!

Como você sabe?

Você é notícia no Daily Fail.

PQP!!!

É. Trocando as pernas.
O Conde Bêbado com a Esposa Misteriosa?

Merda.

Apenas ignore.

Ainda estão ligando para cá.
Blake está se esquivando deles.

Ótimo.

Estou com saudades de sair.
Quanto tempo eu preciso ficar em isolamento?

Você que decide.

Recebi um convite para a festa do Dimitri Egonov.
É sábado.
Você vai?

Eu sempre achei ele um pouco suspeito.
Pelo menos o pai dele é.
Você está pronta para encarar o mundo de novo?

Meu telefone toca. É Caro.
— O quê? — pergunto.
— Acho que estou pronta. Legal você se importar.
Merda. De uma maneira fraterna, Caro! Não quero que ela entenda da maneira errada.
— Não tenho certeza se consigo suportar mais uma noite em casa — continua ela. — E as festas do Dimitri são ótimas. Todo mundo vai estar lá.
— Vou pensar.
— Na verdade — diz ela, entusiasmada—, essa pode ser a ocasião perfeita para lançar Alessia.
— Ela não é um foguete!
Caroline ri.
— Escute, Maxim. Todo mundo vai estar lá. É perfeito. E ela vai precisar de um vestido novo. Alguma coisa superglamourosa. Por favor, me deixe fazer compras com ela!
— Caro, não quero jogar a Alessia no meio da alta sociedade assim.
— Ela vai ficar bem. Ou ela explode ou flutua, para combinar com sua analogia de foguete.
— Foguetes não flutuam. Eles voam.
— Ela vai voar. Ela vai até as estrelas! Ela é adorável. Tenho que admitir.
Isso ela é, realmente.
Não é uma má ideia. E Alessia precisa de amigos, é o lugar perfeito para fazer conexões.
— Vou falar com ela.
— Você não pode escondê-la para sempre. Você não tem vergonha dela, tem?
— Vá se foder, Caro. Óbvio que não.
— Vai ser divertido. E eu preciso de um pouco de diversão. E comente com ela a ideia de ir às compras!
— Bem, eu acho que ela está se sentindo sozinha. Então vou pensar. Preciso ir.

— Está tudo bem? — pergunta Alessia quando Maxim se inclina daquela maneira tão casual contra o batente da porta da cozinha.
É um hábito dele que Alessia aprecia. Ele gosta de ficar recostado lá observando-a, e assim ela pode admirá-lo: o cabelo está desgrenhado, a barba, por fazer. É

uma imagem bem-vinda. Maxim acabou de voltar do trabalho, e seu rosto está tenso, a mandíbula contraída.

— Está tudo bem. Só mais um dia no escritório — responde.

Ele sorri, e Alessia o abraça e inclina o rosto para um beijo.

Maxim atende ao pedido com vontade, a boca firme e exigente contra a dela.

— Assim está melhor — sussurra ele.

Ela dá um sorriso.

— O jantar está no forno.

— Como foi seu dia?

— Começou muito bem. Muito bem mesmo.

— Ora, Lady Trevethick, do que você está falando?

Alessia sente o rosto queimar e pisca.

— Acho que você sabe do que estou falando — responde.

— Eu sei.

Maxim a beija de novo. Por mais tempo dessa vez, e os dois ficam sem ar quando ele se afasta. Ele roça o nariz no dela.

— Sério. Como foi o seu dia? — insiste ele.

Conte a ele.

Alessia está em dúvida se deve contar a Maxim sobre Paul Maddox porque o marido está remoendo alguma coisa, e ela não tem certeza de como ele vai reagir se descobrir que ela não fez o que ele queria. Assim, ela o distrai com uma pergunta.

— Foi bom. Você teve alguma notícia de sua mãe?

A expressão dele se fecha na hora, e Alessia sabe que é isso que o está incomodando.

— Não — diz ele. E dá um suspiro. — Mas falei com Tom. Ele quer conversar com você. Sobre sua amiga.

— Bleriana?

— Isso. Ligue para ele depois do jantar.

— Posso ligar para ele agora.

— Vou mandar o número dele para você.

Pouco depois das nove da noite, Alessia e eu estamos sentados à mesa, observando o computador. Eu me sinto como se estivesse fazendo vestibular de novo, mas é uma distração bem-vinda. Inscrevemos Alessia em um curso de etiqueta social intensivo de uma semana na escola recomendada por Caroline.

— Caroline também fez esse curso?

Alessia não conseguia acreditar.

— Fez. Kit insistiu. — Dou de ombros, ainda chocado com isso.

Também preenchemos quatro candidaturas para conservatórios de música em Londres. O preferido dela é o Royal College of Music porque dá para ir a pé.

— Não sei se meu inglês vai ser suficiente — comenta Alessia.

— Você vai se sair bem. E tomara que possa começar no verão, depois da Páscoa. Você disse que sua mãe ia mandar seus diplomas.

Ela dá uma risadinha.

— É. Meu *Matura Shtetërore*. Eu devia ter trazido. Não sabia que ia precisar.

— Você teve nota máxima em inglês, isso vai ajudar. — Solto o ar, uma sensação otimista de realização crescendo no peito. — Agora que terminamos isso, o que você quer fazer?

— Está tarde.

— Não está tão tarde. Eu sei o que quero fazer.

Ele sorri, de uma maneira juvenil e descontraída, e pega a mão dela ao se levantarem da mesa. Ele vai em direção à mesa de centro na frente do sofá e pega um dos controles remotos. É a primeira vez desde a lua de mel que ele parece realmente de bom humor.

— Sente-se — diz Maxim, e Alessia se acomoda no sofá ao lado dele.

Vamos ver TV?

Alessia está surpresa. Eles nunca viram televisão juntos, nem mesmo em Kukës. A enorme tela plana ganha vida com um zumbido eletrônico de estática, mas em vez de um programa de TV, há uma estranha logo branca em um fundo preto.

— Aqui. — Maxim lhe entrega um controle de videogame.

Ela franze a testa para ele.

— *Call of Duty?* — sugere ele.

Ela dá um sorriso malicioso.

— Isso quer dizer cumprir com o dever, certo? Achei que a gente sempre cumprisse com o nosso dever.

Maxim ri.

— Dever? — brinca ele, fingindo pavor, depois se lança sobre Alessia, e ela de repente se vê deitada no sofá, o peso dele pressionando-a contra as almofadas macias. Ele sorri. — Dever, Lady Trevethick?

Ela dá risadinhas.

— Bem, dever e prazer.

Ele dá um beijo rápido nela e se senta.

— Seu inglês está melhorando bastante. Mas não é isso. Quero jogar um jogo que eu sei que consigo ganhar. É disso que o meu ego está precisando.

Alessia ri e se endireita ao lado dele.

— Como você sabe que pode ganhar de mim?
— Não vi um PS4 em Kukës. E você está segurando o controle de cabeça para baixo. Aqui, vou ensinar a você.

Jogo! Ele joga videogames! Esse é um lado de Maxim que ela ainda não tinha visto.

— Tudo bem? — pergunta ele, os olhos verdes brilhantes, mas menos seguros.
— Ótimo! — declara Alessia, animada, já que nunca jogou videogame antes.
— Certo. Vamos começar!

Maxim não está para brincadeira.

— Então, como está indo seu dever até agora? — sussurro contra a pele macia da coxa interna dela.
— Maxim. Por favor. — Ela agarra meu cabelo, tentando fazer com que eu me mexa entre suas coxas.

Agarro suas mãos e as seguro com força ao lado do corpo dela.
— Ah, não — digo.

Sopro com delicadeza seu clitóris e, em seguida, vou com a língua, provocando a pequena protuberância inchada. Ela geme, falando meu nome de modo distorcido, e o som é gratificante. Endurece meu pau. É um prazer tão inebriante excitar e provocar minha esposa fogosa... Paro porque acho que ela está quase lá e traço um caminho de beijos molhados, passando pelos lábios depilados e subindo pela barriga quente e macia.

— Por favor. Maxim. — É um gemido desesperado.

Belisco o osso de seu quadril, beijo o buraco doce de seu umbigo e depois roço os lábios ao subir por seu corpo, para as curvas dos seios, onde os mamilos estão duros e prontos, implorando por mim.

— Ah, Alessia — sussurro em êxtase enquanto tomo um de cada vez, sugando e os provocando até que eles estejam muito volumosos e ela esteja se contorcendo embaixo de mim, os quadris se mexendo de maneira afoita.

Eu me ergo acima dela, e seus olhos deslumbrados encontram os meus, cheios de desejo e amor. Solto uma das mãos de Alessia e, devagar, enfio dois dedos dentro dela.

Ah! Ela está tão molhada e pronta para mim...

— Baby — murmuro enquanto ela inclina a pélvis ávida para encontrar meus dedos.

Ela está muito perto de gozar. Libero meus dedos e logo viro o corpo dela de bruços. Segurando seus quadris, em um movimento rápido, eu a puxo para vir de encontro ao meu pau tenso.

— Ah! — Ela geme e toma impulso para trás, vindo em minha direção, desejando e tomando tudo de mim.

Ah, minha garota com tesão.
Cumprindo com seu dever.

Eu me perco várias vezes na minha esposa, e o tempo e o espaço ficam suspensos. Somos apenas nós. Agora. Neste momento de amor. Ela solta mais um gemido embaralhado e enrijece o corpo embaixo de mim quando chega ao clímax. Seu corpo pulsa em volta de mim enquanto ela aproveita seu orgasmo. Eu não paro. Quero tudo. Continuo. Entrando e saindo dela. Puxando as costas dela contra mim. Fazendo força e mais força, até não conseguir mais me conter.

Gozo. Alto. Gritando o nome dela e caindo em cima de Alessia.

Envolvendo-a com meu corpo.

Segurando-a firme à medida que nós dois voltamos ao presente.

Dever cumprido.

Estou escorregadio e grudento do nosso suor combinado. *Isso.* Também estou exausto.

Porra, isso foi bom.

Beijo seu rosto, ela ainda está ofegante embaixo de mim.

— Uau... — sussurro em seu ouvido.

Ela abre um sorriso cansado.

— Nossa. Uau.

— Dever cumprido, baby.

Deslizo para fora dela, aproveitando completamente o movimento. Suas costas. Sua bunda. Seu sexo.

Nossa.
Uau.

Alessia solta uma expiração, e seu sorriso parece sonolento.

— Você também cumpriu seu dever.

Esfrego meu nariz na orelha dela.

— Fico feliz de ouvir isso. E ainda ganhei de você no *Call of Duty*. Acho que hoje foi um dia bom.

— Amanhã eu vou treinar. Daí vamos ver.

Dou uma risada.

— Meu Deus, eu te amo.

E, à luz do pequeno dragão, ela fecha os olhos com um sorriso bem satisfeito no rosto, e aquilo me faz sentir que tenho algum valor, afinal.

Capítulo Dezessete

Os dedos de Alessia repousam nas teclas, as notas finais da fuga de Bach ecoando por toda a sala, os azuis vibrantes se dissipando à medida que o som diminui. Se, e é um grande se, ela conseguir uma entrevista para uma das escolas de música de Londres, vai precisar fazer um teste. Ela tem tocado todo o seu repertório nos dois últimos dias e tentado decidir qual a melhor opção. Maxim acha que Alessia iria *arrasar* se tocasse o terceiro movimento da "Sonata ao Luar". Ela sorri, relembrando como ele parecia sincero e entusiasmado quando deu essa sugestão.

Alessia quer arrasar.

Totalmente.

Estudar em Londres é uma ideia que ela nunca contemplou antes. Está animada, e seus pais, encantados. Ela não quer fracassar — quer ser motivo de orgulho para Maxim. Na semana que vem, Alessia vai começar as aulas de etiqueta que Caroline recomendou. Ela achava estranho o fato de Caroline, uma mulher tão refinada e segura de si, ter precisado frequentar esse tipo de curso. Sempre imaginou que a elegância de Caroline fosse natural. Alessia quer aprender a se comportar da mesma maneira para poder transitar à vontade pelos círculos frequentados por Maxim.

Seu sorriso se desfaz.

Ela gostaria de saber como ajudar o marido. Maxim ainda está distraído e frustrado porque a mãe não tem retornado suas ligações. Ele lhe garantiu que não há motivos para se preocupar, mas ela não consegue evitar. Alessia o ama e quer ajudá-lo. Para ela, a relação dele com a mãe é incompreensível. Ela tem certeza de que Maxim ama a mãe, mas será que gosta dela? Alessia acha que não. E seu instinto diz que a mãe sente a mesma antipatia por Maxim.

Por quê?

Talvez Rowena fale com Maxim hoje e acabe com sua infelicidade.

Alessia verifica o telefone para ver se o marido enviou alguma mensagem. Não há nada dele, mas um e-mail de Paul Maddox acabou de chegar em sua caixa de entrada. Seu couro cabeludo se arrepia, e ela sente um embrulho no estômago.

Maddox tem informações sobre a família da avó.

Já?

Ela liga para o detetive, seus dedos trêmulos.

— Maxim. Max!

— Desculpe. O quê? — Ergo o olhar da mesa e vejo Oliver de pé à porta.

— Posso entrar?

— Óbvio.

Merda. Cara. Presta atenção.

— Eu trouxe alguns folhetos de equipamento de destilaria, conforme você pediu. Tenho meu favorito, veja o que acha. Existem muitas regras e regulamentos a cumprir, mas nada incontornável. A segunda pergunta que quero fazer é sobre a propriedade de Cheyne Walk. Você quer redecorar a casa antes de se mudar?

— Parece que foi recém-decorada.

— E foi mesmo. Está pronta para os próximos inquilinos.

— Alessia gostou da casa, mas acho que com o tempo ela vai preferir algo menos... bege.

Oliver ri.

— Verdade. Você já sabe quando vai se mudar?

— Ainda não. Em breve, imagino.

— Quando você quiser, Maxim.

— Vou falar com Alessia. Eu devia trazê-la aqui para conhecer todos vocês.

— Devia mesmo. — Ele assente. — Vamos ter um imenso prazer de conhecer a nova Lady Trevethick. Aliás, a imprensa continua telefonando.

— Eles vão se cansar.

— Eles estão firmes e fortes todo santo dia.

Dou de ombros.

— Quero manter Alessia fora dos holofotes. Tenho certeza de que ela não vai se sentir confortável se a imprensa ficar fuçando muito.

— Humm, talvez. Ou você podia mostrar logo sua esposa para o mundo, e aí a imprensa talvez deixe vocês em paz.

— Talvez — murmuro, sabendo que Caro tem a mesma opinião.

— Maxim, você está bem? — pergunta ele, ao deixar os folhetos na minha mesa.

— Estou, sim. Obrigado, Oliver.

Ele aquiesce, mas franze a testa em sinal de preocupação quando sai.

Dou uma espiada no celular. Nada ainda da minha mãe. Como ela pode ser tão insensível?

Mando mais uma mensagem, mudando para o modo superbajulador.

> Mamãe, por favor.
> Me ligue.
> Estou suplicando.

Minha consulta com o responsável pelo aconselhamento genético de Kit é só daqui a uma semana, e preciso saber: *Sou uma bomba-relógio ambulante ou não?*

Foi fácil localizar o único parente vivo de Virginia Strickland. Ela tem um irmão. Vou enviar um e-mail para a senhora com tudo o que descobrimos — diz Paul Maddox.

— Obrigada — responde Alessia, sentindo-se zonza. Ela não esperava ter novidades tão rápido. — O senhor tem alguma informação sobre Bleriana?

— Não, Sra. Trevelyan. Ainda não. Encontrar sua amiga é bem mais complicado. Mas, como os homens que a traficaram estão presos e existe uma investigação criminal em curso, temos esperança de talvez conseguir uma pista com nossos contatos na polícia.

Alessia lembra que Tom também mencionou ter um contato na polícia. Ela estremece.

Dante e Ylli.

Ainda presos.

Graças a Deus.

Ela suspira.

— Está certo.

— Vou dar como encerrado o caso de Virginia Strickland. Quanto à sua amiga, vamos continuar procurando. Vou lhe mandar uma fatura detalhada, mas, com o adiantamento que a senhora nos deu, temos fundos suficientes para mais uma semana ou duas, dependendo de como avancem as investigações.

— Obrigada.

— Eu entro em contato assim que tiver novidades.

Ele desliga e Alessia checa o e-mail. Dito e feito: lá está uma mensagem de Maddox com um PDF anexado. Ela clica para abrir o documento e o lê. Há informações sobre os pais de Nana e, mais importante, sobre o irmão mais velho de sua avó.

TOBIAS ANDREW STRICKLAND

Data de Nascimento: 4 de setembro de 1952
Idade: 66 anos
Endereço: Residência Furze, Parque de Kew, Kew, Surrey, TW9 3ZJ
Estado Civil: Solteiro
Trabalho: Professor de Música Emérito. Worcester College. Oxford.

Alessia tem um tio-avô que foi professor de música! O talento musical deve ser um traço de família. Virginia ensinou piano a Shpresa, e ambas ensinaram a ela. Alessia logo checa o Google Maps e descobre que Kew fica a apenas alguns quilômetros de Chelsea. Enquanto analisa o mapa, um frisson percorre suas costas.

Kew fica logo depois do rio em relação a Brentford.

Onde ela morou por alguns meses.

Ele estava tão próximo!

Alessia fica perplexa.

Ela passou muito tempo preocupada pensando onde iria morar, enquanto ele estava logo ali, do outro lado do rio.

Ela devia ir visitá-lo e se apresentar. Contar sobre a sobrinha na Albânia. A mãe de Alessia vai ficar radiante, sem dúvida. Ela pega o celular.

Será que devo contar a Maxim?

Talvez seja melhor ela conhecer Tobias primeiro.

Alessia pula para o piano, senta-se no banco e inicia seu prelúdio favorito para celebrar.

Caroline me manda uma mensagem quando estou no táxi a caminho de casa.

Vou levar a Alessia para fazer compras amanhã.
Nada de desculpas.
Avise a ela.

Ela pode não querer fazer compras!

Maxim, ela é mulher.
Ela vai querer.

E não estou dando opção.
Vocês vão à festa do Dimitri.

Merda. Caro não vai desistir disso. Porém, por outro lado, Alessia precisa sair mais e conhecer mais gente. E, para ser sincero, depois da semana passada, eu também preciso. Seria uma boa distração encontrar todo mundo. Tom e Joe vão estar lá, com certeza. Oliver sugeriu que eu apresentasse Alessia para o mundo. Seria uma ótima oportunidade de fazer isso.

Tudo bem!
Nós vamos.

Maravilha!
Passo aí de manhã.
Fale com a Alessia.

Caro é mandona demais, e não sei se Alessia vai estar a fim. Depois do comportamento de Caroline antes do casamento em Kukës, eu diria que tem cinquenta por cento de chances de Alessia não querer ir. Mas Caro pode ser implacável, então talvez ela consiga convencê-la. Preciso avisar a minha esposa.

Meu celular vibra de novo, com um número que não reconheço.

— Trevethick — atendo.

— Lorde Trevethick. Meu nome é Donovan Green. Trabalho no *Weekend News*.

— Como você conseguiu o meu número?

— Lorde Trevethick, é verdade que o senhor se casou com sua faxineira, Alessia Demachi?

Sua pergunta me deixa sem ar, sinto como se ele tivesse me dado um soco no estômago. Desligo sem fazer qualquer comentário. Como esse jornalista desgraçado e repugnante conseguiu meu número, porra? E como ele descobriu o nome de Alessia?

O telefone toca de novo, mas bloqueio o número.

Puta que pariu.

O que devo fazer agora? É melhor eu avisar aos pais de Alessia que algum jornalista pode aparecer na porta deles em busca de uma história. Sei que Shpresa vai ficar calada, mas meu sogro, que, tenho que admitir, gosta de um pouco de drama e atenção, pode não ficar tão reticente.

Talvez eu deva oferecer alguma coisa para esses abutres.

Amanhã à noite, Alessia e eu vamos à festa anual de primavera de Dimitri Egonov. Todo mundo que é importante e poderoso — ou nem tanto — estará lá.

Logo, não haverá mais dúvidas. O mundo vai saber que estamos casados, e o jornalista desgraçado e repugnante do *Weekend News* pode ir se foder.

O táxi para em frente ao meu prédio, e é um alívio que não haja jornalistas nem paparazzi a postos. Pago ao motorista e corro para dentro, ansioso para ver minha esposa.

Alessia se desenrosca de mim quando ambos retornamos à terra. Roço o nariz embaixo de sua orelha, naquele ponto onde sinto sua pulsação, e me viro de lado, trazendo-a entre meus braços.

— Você é meu mundo — murmuro, mantendo-a bem perto de mim.

É sábado de manhã, e gostaria de passar o dia inteiro me perdendo em minha esposa.

Ouvimos o interfone tocando.

— Que porra é essa? — resmungo.

Será que é a imprensa?

— Podemos ignorar? — sussurra Alessia junto a meu pescoço, sua respiração fazendo cócegas em meus pelos finos.

O interfone toca de novo, e dessa vez uma voz confusa ecoa pelo corredor.

— Caralho. — Eu me sento.

Que diabos é isso?

— Acha que é aquele jornalista? — Alessia arregala os olhos, alarmada.

— Acho que não.

O barulho soa de novo, o que me faz pular da cama e vagar nu até o hall para atender ao interfone.

— Alô — resmungo no microfone.

— Oi. Sou eu.

— Caro. O que aconteceu?

Merda! Na noite passada me esqueci de contar a Alessia que Caroline queria levá-la para fazer compras. Acabei me distraindo por causa do jornalista.

— Estou aqui para buscar a Alessia. Eu falei para você. Me deixe entrar.

Merda. Aperto o botão de abrir e ando em silêncio até o quarto, onde Alessia está de pé, enrolada na colcha.

— Caroline está subindo — murmuro, enquanto procuro minha calça jeans. — Ela quer levar você para fazer compras. Quer ir?

— Comprar o quê?

— Roupas.

— Eu tenho roupas.

— Para a festa de hoje.

— Que festa?
Cacete. Esqueci disso também!
— Nós vamos a uma festa. De um conhecido. Quer dizer, se você quiser.
— Tudo bem — diz ela, mas os olhos estão arregalados, demonstrando dúvida.
— Deve ser divertido. Vá tomar um banho. Eu faço sala para Caroline. — Fecho a braguilha da calça.

A campainha toca, e Alessia me lança um olhar hesitante e inescrutável antes de entrar apressada no banheiro. Carregando uma camiseta, caminho devagar para abrir a porta.

— Bom dia, Maxim — diz Caro, animada, oferecendo a bochecha para um beijo rápido.

Eu a cumprimento, depois visto a camiseta para que ela não fique olhando meu tórax.

— Você ainda está se vestindo? Será que interrompi uma trepada?
— Vá à merda, Caro.
— Sim. Eu adoraria tomar um café. Vou fazer. — Ela segue descontraída até a cozinha, me deixando descalço no corredor.

Eu a sigo.
— Onde está Alessia? — pergunta.
— No banho. Café puro. Sem açúcar, por favor.
— Eu sei como você gosta do seu café — replica ela.

Alessia toma banho em tempo recorde. Ela não confia em Caroline e não quer deixar a concunhada sozinha com Maxim, que, afinal, é ex-amante dela. Aquela mulher ainda o ama, ou pelo menos é o que Alessia acha.

Enrolada em uma toalha, Alessia dispara para o quarto de hóspedes — onde guarda suas roupas — para se enxugar e se vestir.

Maxim e Caroline estão na cozinha. Alessia o escuta rir de algo que a outra diz. E isso a instiga a ser ainda mais rápida. Três minutos depois, ela está pronta, vestindo uma calça preta e uma camiseta branca de manga comprida, com mocassins Gucci.

— Bom dia, Alessia — diz Caroline, animada, quando Alessia entra na cozinha. — Você está bonita.

— Obrigada — responde Alessia, surpresa com o elogio. — Você também.

Caroline usa calça jeans escura, botas de cano longo e um casaco de tweed acinturado. Ela abraça Alessia por um instante e lhe dá um beijinho na bochecha.

— Desculpe interromper a trepada da manhã — comenta Caroline, piscando um olho.

Alessia cora e volta sua atenção para Maxim. Ele lhe entrega um café.

— Aqui. Ignore a Caroline.

Alessia sorri e aceita o café.

Por que essa mulher é tão atrevida? Será que todas as inglesas são assim?

Ou isso é esquisito porque Caroline conhece Maxim intimamente, e os dois já tiveram suas "trepadas"?

— Quer ir fazer compras? — pergunta Caroline, nada abalada pelo que acabou de dizer. — Podemos achar alguma coisa maravilhosa para você usar na festa. E para mim também!

— Claro — responde Alessia.

— Ótimo. — Caroline abre um sorriso.

Caroline intimida Alessia. Em todos os sentidos. Mas esta Caroline alegre e amigável é algo novo.

Alessia bebe o café num gole só.

— Vou pegar minhas coisas.

Ela se dirige ao quarto de hóspedes para pegar o casaco e a bolsa.

— Quarto de hóspedes? Não me diga que vocês já estão dormindo em camas separadas! — zomba Caroline. — Porque com certeza não é o que parece, já que você me recebeu seminu.

Solto um suspiro exagerado, irritado com a provocação.

— Não. Só temos guarda-roupas separados.

— Ah. Olhe, eu entendo. Ela é um pedaço de mau caminho, não é? — Ela soa melancólica, e inclino a cabeça em sinal de aviso. — Ah, relaxe, Maxim. Vocês são recém-casados. Devem estar transando sem parar.

Passo a mão pelo cabelo.

— Isso não é da sua conta, porra. Aonde você vai levar a Alessia?

— Knightsbridge ou Bond Street. Ainda não sei ao certo. Mas fiquei pensando no que você falou.

— Ah, é?

— Sobre ela estar solitária. — Caroline olha para baixo, evitando contato visual. — Sei como é. Tenho amigos, mas eram amigos do Kit também, e é impressionante como o luto fez com que eles sumissem.

Seu rosto fica sério, e por um minuto ela parece devastada.

— Ah, Caro, sinto muito. — Sem pensar, me aproximo e a abraço.

Ela me dá um sorriso fraco e agradecido.

— Talvez eu possa virar amiga da sua esposa.

— Eu acharia ótimo. Espero que sim.

Alessia escuta a conversa dos dois do corredor. Ele de fato ama a esposa do irmão. Suas palavras são doces e afetuosas.

Mas não da maneira como ama Alessia.

Você é meu mundo.

E ele quer que as duas sejam amigas.

Ela suspira. Vai tentar, por Maxim.

Alessia pendura a bolsa no ombro e entra na cozinha. Caroline e Maxim se afastam. Não com um ar de culpa — não há nenhum motivo para se sentirem culpados, Alessia consegue perceber isso, mas ainda assim... Ela gostaria que Caroline mantivesse as mãos longe de seu marido.

— Vamos? — pergunta.

— Lógico — exclama Caroline com um entusiasmo exagerado.

— Não cometam nenhuma loucura — avisa Maxim, e se inclina para dar um beijo rápido e intenso em Alessia.

— É óbvio que vamos cometer alguma loucura. É uma festa do Dimitri. — Caroline pisca um olho para Alessia de novo, pega sua mão, e juntas saem porta afora.

Alessia com Caroline. Não tenho certeza de como me sinto a respeito disso. Não quero que Caro incomode minha esposa de novo. Embora ela parecesse arrependida de verdade depois da última vez, Caro é como um elefante em uma loja de cristais, no que se refere aos sentimentos das outras pessoas. Eu não tinha notado antes... antes de Alessia.

Merda.

Alessia sabe se cuidar.

Não sabe?

O sentimento de apreensão que se tornou familiar desde quando perdi Alessia reverbera em meu peito, e de repente fico um pouco abalado, sozinho no silêncio que ecoa no corredor. Esta é a primeira vez que estou sozinho no apartamento desde o desaparecimento dela.

Merda. Cara.

Controle-se.

Pego o telefone e mando uma mensagem para Joe.

Luta?

Mano! A madame deixou você sair?

Cara!!!

Minha madame está fazendo compras com a Caro.

Prepare o bolso!
Vou pegar minha espada.
A gente se vê no clube.

Alessia fecha os olhos enquanto Jimmy, um dos jovens funcionários do salão, passa condicionador em seu cabelo. Ela está chocada pela maior parte da equipe do salão ser composta de homens, e é a primeira vez que teve o cabelo lavado por um homem. Sorri com malícia. Na verdade, Maxim foi o primeiro homem a lavar o seu cabelo. Mas ambos estavam nus no chuveiro. Essa experiência é muito diferente, e o jovem de dedos vigorosos faz uma boa massagem. A sensação é maravilhosa e, depois de uma manhã agitada, é uma pausa bem-vinda das compras com a concunhada animada.

Caroline foi mais do que amigável, tagarelando sem parar e oferecendo sua opinião em relação a *tudo*. Ela incentivou Alessia a comprar duas roupas, quer dizer, dois vestidos de festa, que eram absurdamente caros.

Querida, você vai ter que se acostumar a gastar dinheiro. É uma questão de qualidade, não quantidade. Essas peças são clássicas e vão durar anos, e você ficou incrível nas duas.

Alessia adorou os vestidos e espera que Maxim também goste.

Querida, ele vai amar!

Alessia também comprou sapatos de salto alto para combinar e uma pequena bolsa preta de festa Chanel.

São os acessórios perfeitos para as roupas.

Depois das compras, almoçaram em um bar e beberam champanhe enquanto Caroline enchia Alessia de perguntas sobre a vida na Albânia.

Caroline ficou fascinada e continuou o interrogatório amigável no salão, enquanto pintavam as unhas das mãos e dos pés com um esmalte vermelho-vivo.

A verdade, no entanto, é que Alessia se sente indiferente... essa não é a vida pela qual sempre ansiou: gastar quantias enormes de dinheiro com roupas e estética. Mas seu apartamento está impecável, suas roupas e as de Maxim estão limpas e passadas... e de vez em quando uma mulher precisa se mimar um pouco, ou pelo menos é o que diz Caroline.

— Humm. — Ela sorri, quase cochilando enquanto Jimmy continua com a massagem, e agradecida por ter alguns minutos de paz.

— Cara, está fácil demais te derrotar. Você parece enferrujado. Está tudo bem? — pergunta Joe ao tirar a máscara de esgrima, depois de obter o ponto da vitória.

Olho perplexo para ele através da rede da minha máscara. Minha mãe sumiu. Meu irmão pode ter se matado por causa de um problema genético que talvez eu tenha, e um picareta nojento está fuçando meu casamento.

— Só várias merdas acontecendo ao mesmo tempo — murmuro, ofegante, ao tirar a máscara. — Além do mais, você hoje está lutando bem demais para o meu gosto.

— Prática. Só isso. Com você casado, e o Tom todo apaixonado pela Henry, fiquei sozinho.

— Estou arrasado por você, mano.

Ele ri e dá um tapinha nas minhas costas.

— Você vai à festa do Dimitri hoje?

— Vou.

— Vamos beber alguma coisa rápido, e aí eu libero você.

— Tudo bem. Mas tem que ser rápido mesmo. Preciso pegar umas joias no cofre.

— Para sua condessa?

— Óbvio.

Joe sorri.

— Precisa de ajuda para escolher?

— Cara!

— Só estou perguntando.

Alessia e Caroline estão no banco de trás do táxi, voltando para Chelsea depois das compras em Knightsbridge. O telefone de Alessia vibra. É uma mensagem de Maxim.

Qual é a cor do seu vestido?
Bj
M

Um é preto.
O outro é vermelho.
Por quê?

Espere e verá!
Bj
M

— Era o Maxim?

Alessia confirma.

Caroline sorri e comenta:

— Acho que ele vai ficar satisfeito com o resultado de nossa saída hoje.

— Espero que sim.

— Foi divertido.

— Foi mesmo — concorda Alessia, surpresa.

— Pena que este é meu último grande evento por um tempo — diz Caroline.

— Último grande evento?

— É. Começo a trabalhar em um projeto para o Maxim na semana que vem.

— Ah, é? — Alessia dá uma espiada em Caroline, que parece alheia à expressão de alarme visível no rosto de Alessia.

— Antigamente eu era designer de interiores, e uma das propriedades Trevethick, em Mayfair, está sendo reformada. Maxim quer que eu acrescente meu toque especial.

Toque especial. O que isso significa?
Caroline trabalhando para Maxim. Isso é uma novidade.
Será que eles trabalham muito próximos?

Alessia se lembra dos dois se abraçando hoje de manhã, e um calafrio aperta seu coração.

— E você gosta de trabalhar? — pergunta ela, tentando manter o tom de voz neutro.

— Sim e não. Depende do cliente. Com Maxim vai ser tranquilo, mas alguns clientes podem ser verdadeiros pesadelos. — Caroline faz uma careta, e Alessia não consegue evitar uma risada, porque é uma reação bem inesperada. — Pois é. Já tive uns clientes horrorosos, exigentes, completamente loucos. Mas sinto falta de comprar essa briga. E, bom, preciso mesmo voltar à luta, agora que, agora que Kit...

Caroline consegue transparecer uma autoconfiança que Alessia inveja, mas basta uma menção ao falecido marido e essa faceta desmorona: ela se encurva e seu rosto ganha um ar triste. Alessia estende o braço e aperta a mão de Caroline, que a observa com seus olhos muito azuis, brilhando de lágrimas não derramadas, e retribui o aperto de mão.

— Obrigada — sussurra ela.

A compaixão de Alessia reluz em seu sorriso afetuoso, e elas seguem viagem caladas por alguns minutos.

Alessia olha pela janela do táxi, imaginando como seria ter um trabalho de verdade.

— Eu gostaria de trabalhar, mas não posso porque não tenho visto — admite, quase para si mesma.

— Ah, é? — Caroline está surpresa.
— É frustrante. Eu gostaria de... humm... contribuir.
— Entendo. — Caroline parece pensativa. — Tenho certeza de que você contribui de outras maneiras.

Ela oferece um breve sorriso para Alessia, que fica imaginando se a outra está falando de sexo, mas não parece haver nenhuma malícia em sua expressão.

— É, talvez eu enlouqueça um pouco por ficar tanto tempo dentro do apartamento.

— Ah, você vai ter muito o que fazer depois que as coisas acalmarem. Existem duas propriedades para supervisionar. Aliás, o Maxim me perguntou sobre a escola de etiqueta. Recomendei a mesma que frequentei. Era exatamente o que eu estava precisando na época. É uma boa ideia frequentar as aulas.

— Fiquei espantada por você ter precisado ir.

Caroline bufa.

— Kit queria que eu fosse. Não sou da aristocracia, querida. Ele era muito exigente sobre como as coisas têm que ser feitas.

— Ah. — Alessia está surpresa.

— Ele era um pouco esnobe, para falar a verdade. Tudo tinha que ser de determinado jeito. Maxim não é assim.

— Não. — E Alessia espera que ela complete com *ele se casou com você*, como um exemplo de como ele não é esnobe.

Mas Caroline não acrescenta isso.

— Depois que as aulas acabarem, você vai ter confiança para assumir sua posição, e aí devia ir conhecer as duas propriedades como a condessa de Maxim.

— É por isso que quero frequentar as aulas, para ganhar confiança.

— Você vai se sair bem.

Surpresa com a sinceridade e a ternura de Caroline, Alessia sorri, e a concunhada retribui.

Caroline inclina o rosto para o lado enquanto avalia Alessia.

— Seu cabelo está tão bonito com a escova, com essas ondas suaves, Alessia. — Ela suspira. — Eu invejo seu cabelo grosso. Parece tão saudável. Você devia ir duas vezes por semana e pedir para o Luis mudar o estilo do penteado toda vez. Eles vão abordar cuidados com a aparência nas aulas de etiqueta. É divertido. Unhas. Cabelo. Tudo. Você vai arrasar hoje à noite, querida. Vai ser apresentada para a alta sociedade, todos estão morrendo de vontade de conhecer você. Depois do evento, a imprensa deve parar de te aborrecer.

Alessia fica desconcertada com a franqueza de Caroline e pela concunhada ter admitido que a inveja. A verdade é que Alessia gostaria de ter a elegância, a postura e a autoconfiança da outra. Ela é o único exemplo que Alessia tem para seguir em relação a como se vestir ou se comportar. O fato de que vai frequentar a mesma escola de etiqueta de Caroline dá a Alessia esperanças de que aprenderá o que precisa.

— Eu sei muito pouco sobre a festa de hoje.

— Maxim não falou do Dimitri?

Alessia balança a cabeça.

— Quem é Dimitri?

— Ele é filho de um oligarca russo. Bem mulherengo. Gosta de dar festas suntuosas. Gasta rios de dinheiro. Você vai ver. Kit o conhecia bem, Maxim nem tanto. Dimitri gosta de se cercar de gente influente, glamourosa e bonita.

Uau. É óbvio que Maxim seria convidado para uma festa como essa.

E Caroline também.

Alessia só espera não decepcionar o marido.

— Dimitri faz de tudo para entrar na alta sociedade. Todo mundo percebe isso, e dizem que o pai dele era da KGB. Fofoca das boas. E ele sabe como dar uma festa. Vai ser divertido. — Ela sorri, sem perceber que os nervos de Alessia agora estão à flor da pele.

Para ela, a festa parece cem por cento intimidante.

— Você é mesmo muito bonita. — Caroline muda de assunto e faz uma pausa por um minuto enquanto Alessia se atrapalha sobre o que dizer diante de tal afirmação. — Ele fica diferente com você. Protetor. Você sabe do que estou falando. — O tom de voz de Caroline se suaviza, deixando evidente seu carinho por Maxim. — Ele está completamente apaixonado. Deve ser bom.

É uma mudança radical de assunto.

— É, sim — concorda Alessia, de modo rápido e firme. Ela sabe que está marcando seu território.

— É admirável o que você fez. A vida toda, ele evitou intimidade. Você conseguiu o impossível.

Alessia se mexe no banco, desconfortável com o rumo da conversa.

— Obrigada — murmura ela, porque não sabe o que dizer.

Por dentro, porém, tem vontade de gritar aos quatro ventos. *Ele é meu. Não encosta.*

— Quer fazer alguma outra coisa agora? — oferece Caroline.

— Preciso ir para casa. Mas gostei do nosso dia, obrigada. — Alessia se surpreende com a sinceridade daquilo, apesar de todos os comentários íntimos e todas as perguntas pessoais de Caroline.

Foi divertido sair de casa e passar algum tempo com a concunhada.

Talvez ela não seja uma rival.

Talvez.

— Tenho que preparar o jantar — acrescenta Alessia.

— O quê? Você cozinha? Para ele?
— Cozinho.
— Uau. — Caroline está perplexa. — Acho que não é surpresa. Eu vi você cozinhando um banquete com sua mãe na Albânia. Foi legal. Íntimo. Você se dá bem com ela.
— É verdade. Você se dá bem com sua mãe?
Caroline solta um riso de escárnio.
— Ela mora no sul da França. Não a vejo com muita frequência. — Ela coloca o cabelo atrás da orelha, como se estivesse se distraindo de um pensamento desagradável, e continua: — E a comida no seu casamento estava deliciosa. Eu não sei cozinhar, por isso conto com a ajuda da Sra. Blake. — Ela abaixa a voz, como se a tristeza tivesse retornado, e Alessia se lembra de escutar sem querer a conversa dela com Maxim.
Caroline também se sente só.
— Você pode jantar com a gente, se quiser. Vou preparar alguma coisa leve.
Caroline ri.
— Eu adoraria, mas tenho que me aprontar para a noite. E você também. E eu queria perguntar uma coisa: será que posso ir com você e o Maxim para a festa? Não gostaria de chegar sozinha.
— Lógico — garante Alessia de forma automática, sabendo que Maxim não vai se importar.
— Obrigada — diz Caroline, com entusiasmo. — Estou ansiosa por essa festa. Não saio desde o seu casamento. E preciso de algo animado. Na verdade, por que vocês dois não vêm tomar um drinque comigo antes da festa?
— Claro. — Alessia sorri, mas está nervosa de novo.
Ela está empolgada com a festa, apesar do pavor. Vai que comete algum deslize... ou diz alguma coisa errada... ou... ou... Ela engole o pânico crescente e entrelaça os dedos.
Alessia, se acalme. Vai ser divertido.
O que pode dar errado?

Capítulo Dezoito

Sinto a boca ficar seca. A luz do lustre do corredor refletida no cabelo escuro de Alessia a faz parecer uma estrela de cinema. Ela está usando um vestido de seda macia, na altura do tornozelo, justo na cintura e amarrado no pescoço, expondo os ombros bem torneados. A saia esculpe seus quadris, afunila nos joelhos e depois cai em faixas de vermelho-rubi até os pés. Seus olhos escuros estão delineados, os lábios tão vermelhos quanto o vestido, e o cabelo a envolve, caindo em ondas macias e suaves. Ela é uma deusa. Afrodite. E ela é minha.

Pigarreio.

— Você está deslumbrante. — Minha voz sai rouca.

Ela sorri, tímida e doce, tudo ao mesmo tempo, e meu pau reage.

Cacete.

— Você está delicioso — diz ela.

Dou uma risada.

— Só uns trapinhos... esse é meu terno da sorte.

— Você pode se dar bem hoje à noite — provoca Alessia.

Pego uma mecha de seu cabelo entre os dedos.

— Espero que sim, mas só com você. Seu cabelo está lindo.

— Fomos a um salão. Um homem lavou o meu cabelo e outro homem fez uma escova.

Uma pontada momentânea do que só posso presumir que seja ciúme me invade.

— É mesmo? — Eu a puxo para meus braços. — Não sei como me sinto a respeito disso.

Alessia dá uma risadinha.

— Também não sei como me senti com isso.

Com ternura, seguro seu rosto com as mãos e pressiono a boca de leve na sua.

— Eu não aprovo.

— O meu cabelo?

— Não. Os homens. Mas, seja quem for, a pessoa fez um ótimo trabalho. Venha, quero mostrar uma coisa para você.

Eu havia deixado três caixas de veludo em cima da mesa de jantar. Abro as tampas, revelando seus segredos cintilantes. Alessia inspira, admirada.

— Tudo isso é parte de uma coleção considerável do espólio Trevethick.

Alessia fica impressionada. Na mesa, acomodadas sobre o veludo, estão algumas das joias mais extraordinárias que já viu.

Diamantes.

Diamantes brilhando na luz suave do lustre.

— Talvez esses — sussurra Maxim, e pega um par de brincos chuveiro. — Vamos ver como ficam.

Ele delicadamente leva o cabelo de Alessia para trás das orelhas e coloca um brinco, depois o outro.

— Você está linda. Não precisa de nada, mas esses brincos são dignos de uma deusa. E, nesse vestido, você é exatamente isso. Gostou?

Diante do espelho de moldura dourada na parede, Alessia fita a mulher irreconhecível que a encara de volta. Ela parece e se sente... diferente. Confiante. Poderosa.

— Amei — sussurra ela, os olhos procurando os de Maxim pelo reflexo do espelho e assimilando a beleza do marido.

Os olhos cor de esmeralda brilham e os lábios se abrem quando ele inspira. Está usando um terno preto e camisa branca.

Parece viril. Elegante. Lindo.

E sorri de modo encantador.

— Ótimo. Deixe que eu ponha esses outros no cofre.

— Você tem um cofre?

— *Nós* temos um cofre. Está no meu armário.

DE MÃOS DADAS, Alessia e Maxim sobem a Cheyne Walk em direção à Residência Trevelyan. Alessia tenta conter o nervosismo, lembrando-se da recepção nada entusiasmada da Sra. Blake no último fim de semana.

Como será que ela vai me tratar hoje?

— Esta casa pertence à minha família há gerações. Na verdade, desde que foi construída — diz Maxim, abrindo o portão de ferro que dá em um curto caminho de pedra no meio de um jardim bem-cuidado.

Eles param na frente de uma impressionante construção antiga com uma reluzente porta preta que se parece com a porta da casa de Cheyne Walk.

— Eu cresci aqui.

Alessia sorri.

— Tem fotos suas de criança aqui?

Maxim dá uma risada.

— Tem. Muitas. — Ele toca a campainha, que soa estridente dentro da casa. — Você já conheceu a Sra. Blake. — Maxim contrai os lábios em uma linha desanimada. — Ela está com a família há anos, desde que meu pai era o conde. O marido dela, o Sr. Blake, é o mordomo.

— Tudo bem — responde Alessia, já se preparando psicologicamente.

Um homem careca e corpulento, vestindo um imaculado terno preto, abre a porta. Ele dirige os sagazes olhos castanhos para Alessia e depois Maxim.

— Lorde Trevethick — cumprimenta e, com uma breve reverência, segura a porta para eles entrarem.

— Blake. — Maxim tem uma expressão séria quando pega a mão de Alessia e a conduz para o hall. — Esta é minha esposa, Lady Trevethick.

— Parabéns para o casal — diz ele, gentilmente. — Lady Trevethick, bem-vinda à Residência Trevelyan. Posso pegar seus casacos?

— Caroline está nos esperando — responde Maxim, ao entregar o casaco ao homem.

Imitando o marido, Alessia também retira o dela.

— Lady Trevethick — murmura ele ao pegar o casaco, os olhos brilhando de admiração.

Alessia retribui o sorriso.

— Lady Trevethick está na sala de visitas, milorde. Preparem-se. Acho que cosmopolitans estão no cardápio.

Maxim ri.

— Obrigado.

Blake faz um gesto afirmativo com a cabeça, dá meia-volta em seus sapatos envernizados e, devagar, atravessa o comprido corredor com piso em preto e branco. Alessia o segue com o olhar. As paredes são adornadas com quadros e fotografias. Dois grandes lustres pendem do teto, muito semelhantes aos do apartamento de Maxim, só que maiores. Há um espelho de moldura dourada enfeitada acima de um antigo aparador de madeira, onde dois elaborados abajures com cúpulas douradas irradiam uma luz da mesma cor.

— A sala de visitas fica lá em cima — diz Maxim, sorrindo.

Suas passadas fazem barulho na ampla escada de uma bela madeira castanho-avermelhada. Acima deles, nas paredes, há mais pinturas e fotografias. Alessia nota uma de Maxim. Ele está mais jovem e posa ao lado de um homem louro de cabelo cacheado, que parece um pouco mais velho do que ele. Ambos vestem uniformes: culotes brancos, botas de couro de cano alto e camisetas mais escuras com estampado na frente. Maxim tem um taco longo apoiado num dos ombros, enquanto o outro homem, que tem um ar arrogante e pomposo, descansa a mão em um taco semelhante.

— Kit e eu em nossos uniformes de polo, uns cinco anos atrás.
— Vocês dois estão muito bonitos.

Maxim abre um sorriso, parecendo jovial e satisfeito.
— Obrigado.

Ele a conduz até uma porta no patamar da escada que dá para uma ampla sala de visitas, onde Caroline os aguarda. Ela está impecável, em um vestido longo preto de gala com um decote profundo, brincos de pérola e um colar de pérolas comprido com um nó, recaindo entre os seios. Ela dá um passo à frente e pega as mãos de Maxim e Alessia.

— Bem-vinda, Alessia, você está deslumbrante. Maxim. — Ela beija a bochecha de Alessia e oferece a própria para Maxim.
— Caro. Você está linda. — Maxim lhe dá um beijinho.
— Espero de verdade que vocês estejam precisando de um cosmopolitan. — Ela aperta as mãos deles, depois se vira e pressiona um botão na parede. — Sentem-se.

Alessia olha ao redor, absorvendo o luxo e o ar de antiguidade do espaço. É confortável, ainda que imponente. Uma lareira de mármore com colunas impressionantes domina a sala, e há diversos sofás estofados com estampas em vermelho. Há pinturas de paisagens e naturezas-mortas, mas também fotos de Caroline e o marido, diversas de um homem mais velho — que Alessia reconhece, de um retrato na Cornualha, como o pai de Maxim — e outras de Maxim, Kit e Maryanne quando crianças.

— Posso dar uma olhada nas fotografias?
— Óbvio, Alessia — responde Caroline. — Por favor, fique à vontade.

Eles ouvem uma batida na porta, e Blake entra, se encaminhando para um carrinho de bar prateado repleto de garrafas de bebidas alcoólicas, cintilantes taças de cristal e uma coqueteleira.

— Esse vestido ficou bem em você — elogia Caroline. — Gostou, Maxim?
— Gostei. Muito. — A expressão de Maxim se torna mais ardente quando ele fita Alessia.

Alessia sorri.

— Obrigada — sussurra, acalentada pelo olhar do marido. Depois se vira para examinar uma das fotos da família, corando um pouco.

Na imagem, Maxim devia ter nove ou dez anos. Ele era uma criança linda. A mão do pai pousa no ombro do filho caçula, e Maryanne está de pé entre Maxim e o irmão, que é mais alto e tem cachos louros volumosos. Rowena se encontra de pé atrás de Kit, o braço em torno do filho mais velho. Ela exibe um olhar cortante, como se estivesse desafiando o fotógrafo a revelar a verdade.

Que verdade?

— Estou com aquelas coisas do Kit — menciona Caroline a Maxim e aponta para uma elegante caixa de madeira na mesa de centro.

— Ah. — Maxim dá uma espiada dentro da caixa, os olhos de repente arregalados de dúvida. — Humm...

— Agora pode não ser uma boa hora — acrescenta ela em voz baixa.

O clima na sala esfria, e se anima de novo com o chacoalhar barulhento da coqueteleira. Todos se viram para Blake, que segura a coqueteleira de prata no alto, com um floreio. Ele dá um largo sorriso — parece estar se divertindo —, e Maxim também sorri, enquanto Caroline ri e se aproxima de Blake junto à bandeja de bebidas.

— Deixe-me ajudar.

Com habilidade, Blake despeja a bebida em três copos de coquetel, e Caroline adiciona um pedacinho de casca de laranja em cada um.

— Aqui — diz ela, entregando um copo para Alessia e outro para Maxim. — Isso é um cosmopolitan. Ou, como dizemos, um cosmo.

— Cosmo — repete Alessia.

— Saúde — diz Caroline, sorrindo para Maxim.

— *Gëzuar* — dizem Alessia e Maxim em uníssono, e a reação de Caroline é dar uma risada.

Alessia toma um gole. O sabor forte e cítrico é delicioso.

— Humm... o que tem nele? — indaga ela.

— Vodca, um pouco de Cointreau, suco de limão e suco de cranberry — responde Maxim, a voz rouca quando os olhos encontram os da esposa.

— Ah, pelo amor de Deus, arranjem um quarto, vocês dois — exclama Caroline.

Maxim dá uma piscadela para Alessia, e Caroline continua:

— Achei que um coquetel com vodca poderia nos ajudar a entrar no clima da festa do Dimitri.

Maxim assente.

— É. Vai ter muita vodca hoje. Vamos beber logo isso e sair.

Dimitri mora em uma mansão recém-reformada em Mayfair. A casa de tijolos vermelha é baixa e mobiliada pelo designer de interiores mais badalado da temporada. Já estive lá umas duas vezes. A decoração, a mobília e as obras de arte são modernas, mas totalmente desinteressantes. Nunca me senti muito à vontade perto dele, não que eu o encontrasse com frequência, mas uma festa na casa de Dimitri é *o lugar* para ser visto, e se vou apresentar Alessia como minha esposa, não há ocasião melhor para isso. Sairemos em todos os tabloides amanhã de manhã.

— Está pronta? — pergunto a Alessia quando nosso táxi para perto da casa.

Ela aquiesce, os olhos escuros cintilando com a luz da rua.

— Caro?

— Estou. É hora de voltar à ativa — diz Caroline.

— Tudo bem. Vamos lá. Não respondam a pergunta nenhuma.

Quando saímos do táxi, vejo que todos da alta sociedade já estão entrando na propriedade. Os paparazzi avançam com gritos e as câmeras a postos.

Lorde Trevethick!

Maxim!

Olhe para cá!

Envolvo Alessia com o braço e dou a outra mão para Caroline, e caminhamos no meio de um mar de flashes de câmeras e perguntas gritadas em nossa direção. Parece interminável, mas apenas alguns segundos devem ter se passado quando cruzamos a porta preta brilhante e entramos na relativa segurança do pátio.

Embora ainda seja cedo, o lugar já está fervilhando.

Uma jovem atraente com cabelo penteado para trás e vestida de preto da cabeça aos pés fica com nossos casacos, e nos encaminhamos para a área da festa. No caminho, recebemos um shot de vodca de uma garçonete que é uma cópia da atendente que guardou os casacos.

— Obrigada. — Alessia olha desconfiada para a bebida.

— Bem-vinda à casa do Dimitri — murmuro com uma voz tranquilizadora enquanto dou conta de meu shot.

Uma coisa tenho que admitir: Dimitri serve vodca da boa.

Alessia engole o dela, assim como Caroline.

— Uau! Ai! É forte! — solta Alessia.

— É... talvez seja melhor não beber muito, né? Vamos encontrar o Joe e o Tom. Eles devem estar aqui.

— Trevethick! — A voz estrondosa de Dimitri Egonov nos interrompe. — Estou tão feliz que você veio. E quem é essa jovem linda?

O sotaque dele é tênue, mas presente. Acho que seria impossível ele soar mais bajulador. E ainda por cima está usando um smoking branco, como se fosse Gatsby ou Bogart.

— Esta é minha esposa, Alessia Trevethick. Alessia, nosso anfitrião, Dimitri Egonov.

Ele pega a mão de Alessia e a leva até os lábios, os olhos escuros ardentes nos dela.

— Os boatos são verdadeiros — murmura ele. — Minha querida Lady Trevethick, você é maravilhosa.

— Sr. Egonov. — Alessia sorri, mas percebo que seu olhar não parece muito animado.

— Você vai precisar ser cuidadoso com esta aqui... — me alerta Egonov. — Ela é uma joia rara.

— Ela é, sim — concordo, desejando que ele largue a mão de Alessia.

Tire as mãos da minha esposa.

Nunca me senti tão possessivo como agora.

— Por favor, aproveitem minha festa. Temos todo tipo de entretenimento para o deleite de vocês aqui. Talvez da próxima vez você seja meu DJ.

Jamais.

— Acho que meus dias como DJ são coisa do passado, Dimitri. — Meu sorriso é educado, mas quero que ele solte minha esposa.

Ele enfim faz isso e se vira para Caroline.

— Lady Trevethick, como está linda hoje.

— Dimitri, querido. — Ela dá um beijo no ar em cada bochecha do anfitrião, que a puxa para um abraço apertado.

— Sinto muito por sua perda — diz ele, mantendo-a grudada.

Caro me lança um olhar de pânico, mas é Alessia que pega a mão dela.

— Caro, por favor, me mostre o lugar — pede Alessia com doçura.

— Obrigada, Dimitri — sussurra Caro, e, com um sorriso encantador e sagaz, ele a solta e segue adiante.

Merda.

— Você está bem? — pergunto a Caro, cuja mão ainda está presa na de Alessia.

— Estou. Ele é... meio exagerado.

— É, sim. Vamos pegar uma bebida.

Alessia está deslumbrada com a grandiosidade do evento. O pátio se encontra coberto por um toldo de seda preta enfeitado com fios de luzinhas decorativas. No centro, em um pedestal preto, há uma escultura de gelo em forma de chamas altas que se espalham em todas as direções. Iluminada por holofotes tremeluzentes em tons de vermelho e laranja, a impressão é de que as chamas são reais. Três barmen estão postados diante dela, servindo shots da vodca que desce pela escultura.

Como isso funciona?

— A vodca passa por um caminho escavado na escultura de gelo — murmura Maxim. — Vamos ignorar isso e procurar champanhe.

— Vou tomar mais um shot — anuncia Caro, afastando-se e indo em direção ao bar, onde cumprimenta uma jovem alta.

De forma brusca, Maxim dá meia-volta, como se estivesse evitando a outra mulher, pega duas taças de champanhe de um garçom que está passando e entrega uma delas a Alessia.

— Vamos para aquele lado ali, onde podemos ver e ser vistos — indica ele.

O local está lotado de homens e mulheres extremamente elegantes. Alessia reconhece alguns artistas de cinema, celebridades e políticos britânicos que se lembra de ter visto no jornal que lia no trem de Brentford. Às margens da multidão, vários homens fortes vestindo ternos pretos e usando fones de ouvido observam todo mundo.

Seguranças? Para quê? Alessia não sabe.

Diversas pessoas se aproximam de Maxim para dar os pêsames pela morte do irmão e para conhecer Alessia. Ela aperta uma mão após a outra, ciente de que algumas mulheres lindas que lhe são apresentadas a miram com uma inveja maldisfarçada. Ela se pergunta se Maxim já teve relações com essas mulheres.

Alessia, não pense nisso.

Ela aperta o braço do marido com mais força.

Um fotógrafo pede para tirar uma foto, e Maxim a puxa para bem perto de si.

— Sorria — sussurra ele. — Essa foto vai aparecer em todos os tabloides amanhã, quero que o mundo veja que você é minha.

Alessia abre um sorriso enorme para ele, e, de repente, não tem mais dúvidas. O fotógrafo dá alguns cliques, agradece e segue adiante.

— Trevelyan! — Eles ouvem um grito, e Tom se aproxima a passos largos pelo meio da multidão, de smoking, arrastando Henrietta consigo. — Querida Alessia, você está deslumbrante. Maxim, minha nossa, que retorno triunfal. Todo mundo aqui quer conhecer sua nova esposa!

Henrietta se alegra quando vê Alessia.

— Você está linda — elogia ela.

Alessia retribui o sorriso.

— Obrigada, você também!

Maxim e Tom entram em uma conversa intensa. Alessia consegue ouvir as palavras *jornalistas intrometidos, segurança* e *kompromat*, seja lá o que isso signifique.

— Nunca vim aqui. Vamos explorar a casa? — Os olhos escuros de Henry brilham, com uma mistura de curiosidade, alegria e um pouco de travessura.

— Claro — responde Alessia, inspirada pelo entusiasmo contagiante de Henrietta e, óbvio, pela própria curiosidade. Ela nunca esteve em uma mansão de um oligarca russo.

— Aonde vocês vão? — pergunta Maxim assim que elas se afastam.

— Explorar. — Henry sorri, e Maxim fita as duas, os olhos atentos e arregalados, refletindo sua preocupação com Alessia.

— Tomem cuidado — murmura ele.

Alessia sabe que o marido desaprova, mas não vai impedi-la.

— Vamos ter cuidado — garante ela com um sorriso meigo.

Ele faz um gesto afirmativo com a cabeça. Henrietta pega duas taças de champanhe de um garçom, depois elas atravessam a multidão e entram na casa.

A residência é impressionante, decorada em tons de bege, marrom e creme, com toques de dourado por todos os lados. Os estofados são em cetim e seda, tudo muito luxuoso. As paredes ostentam obras de arte figurativas ou abstratas. É um cenário elegante, mas um pouco sem vida para o gosto de Alessia. Nos diversos cômodos, os convidados socializam, conversam, riem e bebem. Na sala de estar, quem circula ali é entretido por uma dupla de mágicos. Um deles tira uma moeda de ouro de trás da orelha de Henry. E o mais incrível é que, para puro deleite dela, o mágico a deixa ficar com a moeda.

As duas continuam pela sala de jantar, onde está sendo servido um abundante banquete. Alessia reconhece caviar e ovas de salmão, mas há também bolinhos salgados e pãezinhos recheados. *Pirozhki*, lhe informa Henry. A mesa, que deve acomodar vinte pessoas, está abarrotada de comida. Garçons altos e atraentes estão a postos, o cabelo penteado com gel para trás e uniformes pretos, prontos para servir. Henry e Alessia escolhem caviar com blinis, bolinhos e pãezinhos recheados.

— Isso vai nos dar energia — declara Henry.

Carregando seus pratos, elas avançam para a sala seguinte, mais um ambiente sem vida lotado de pessoas bonitas. Henrietta apresenta Alessia a todos os que se aproximam. Uma mulher magra vestida de preto as aborda, seu vestido solto parecendo um pouco grande demais.

— Então, você é a mulher que fisgou Maxim Trevelyan — diz ela com a voz arrastada, enquanto seus olhos castanhos analisam Alessia de cima a baixo.

— Maxim é meu marido — responde Alessia, seca, ciente de que tem sido objeto de especulação, além de um ou outro olhar de insatisfação, enquanto Henry e ela perambulam pela festa.

Mas ninguém foi tão debochado quanto essa mulher.

— Bonitinha você, hein? — comenta ela, e Alessia desconfia de que a outra já bebeu demais.

— E você é?

— Arabella Watts. Maxim e eu namoramos há muito tempo. Tenho que lhe dar os parabéns por fisgar um dos melhores partidos da Inglaterra...

— Obrigada, Arabella — interrompe-a Henry. — Temos que encontrar o Maxim. — Ela pega a mão de Alessia, e as duas passam para outro cômodo. Ela sussurra: — Ex do Maxim. Ela é dependente química e uma pessoa totalmente desagradável. Se bem que não tenho certeza se as duas coisas estão relacionadas.

— Ah. Ex-namorada?

— É. Ele não contou para você?

— Mais ou menos. Ela não contou... humm... detalhes.

— Talvez tenha sido melhor — observa Henry. — Quer dizer, nós não queremos ouvir sobre as ex-namoradas dos nossos parceiros, não é?

Alessia balança a cabeça. Ela não tem a menor vontade de ficar pensando nas ex-amantes de Maxim.

E foram muitas.

Henry para perto de uma janela para que possam terminar de comer. Nos momentos em que não é interrompida para apresentar Alessia a alguém, Henry comenta sobre seu dia. Ela é enfermeira e conheceu Tom enquanto trabalhava no hospital de veteranos em Londres. Alessia escuta com atenção, se sentindo mais relaxada e superconfortável na presença de Henrietta. Se pergunta brevemente onde Maxim deve estar.

Depois de comerem, e munidas de mais champanhe, as duas vagueiam pelo corredor. A atmosfera entre os convidados está mais animada e a conversa, mais alta e mais livre. Elas passam por uma magnífica escadaria de madeira, que leva ao andar superior e ao porão, de onde as luzes coloridas tremeluzem pelas paredes e pode-se ouvir música bate-estaca.

Henry faz uma careta.

— É melhor não irmos lá embaixo — adverte ela, e as duas avançam para a sala de estar principal.

É mais um cômodo luxuoso, mobiliado como os outros, mas nesse há uma moderna lareira a gás, onde as chamas tremulam, o que oferece um pouco de cor e vida para o espaço. Há um zumbido de animação da turma de ricaços espalhada pela sala espaçosa, acompanhado de um tilintar de copos de shot e de champanhe.

Acima delas, há um mezanino.

— Olhe — diz Henry ao avistar o piano de cauda lá em cima. Ela sorri. — Vamos subir.

Henry termina seu champanhe, pega mais duas taças de um garçom e se dirige à escada em espiral.

Alessia percebe que os convidados socializando na sala estão seguindo-as com o olhar. Ela bebe seu champanhe de uma vez só e vai atrás de Henry escada acima até o mezanino. Lá, se deparam com uma biblioteca impressionante, repleta de livros organizados por cor e tamanho, e o lustroso piano preto. Alessia respira fundo. É um Bechstein.

— Olá. Você toca? — Um jovem de cabelo preto um pouco despenteado, como o de Maxim, surge de trás de uma das estantes da biblioteca. Seu sotaque lembra o de Dimitri.

— Eu, não — responde Henry. — Mas a Alessia aqui toca.

Ele dá um passo à frente. Seus olhos azuis cristalinos estudam o rosto de Alessia e depois descem por seu corpo, então ela ergue o queixo para confrontá-lo.

Ele sorri com malícia diante da tentativa de Alessia de intimidá-lo e lhe oferece a mão.

— Grisha Egonov, e você é?

Alessia aperta sua mão, e na mesma hora um alarme toca em sua cabeça. O aperto é forte demais, o sorriso caloroso demais. Ela retrai a mão e resiste à vontade de limpá-la no vestido.

— Egonov. E Dimitri é seu...? — pergunta Alessia.

— Irmão. Bem, meio-irmão. Temos o mesmo pai.

— Alessia Trevethick.

— Ah! A nova condessa. — Ele faz uma reverência formal, pega a mão dela de novo e beija os nós dos dedos. — Lady Trevethick.

Alessia sente um calafrio subir pelas costas.

— Esta é minha amiga Henrietta Gordon. — Alessia solta a mão dele e apresenta Henry, que está observando Grisha com a mesma prudência que Alessia.

Ele faz um gesto com a cabeça para Henrietta e volta a atenção para Alessia.

— Seu sotaque. Você também não é daqui.

— Sou albanesa.

— Ah. Interessante. Por favor. — Ele faz um gesto em direção ao piano. — Fique à vontade.

— Eu não quero... ahn... atrapalhar a festa.

Os olhos de Grisha brilham com uma intensidade que a deixa desconfortável.

— Talvez seja disso mesmo que esta festa precisa. Ou talvez sua amiga tenha exagerado quando disse que você sabe tocar?

Henry ri, dele, não com ele, e Alessia fita a amiga.

— Mostre para ele — Henry faz com a boca.

A atenção de Grisha vai de uma para a outra, a expressão arrogante e de quem acha graça.

— Por favor. — Ele faz um gesto apontando o piano mais uma vez, e, por não saber se algum dia terá a oportunidade de tocar em um Bechstein de novo, Alessia concorda graciosamente com a cabeça.

Ela se senta no banco, pousa os dedos no colo e encara a beleza à sua frente. O piano brilha sob as luzes embutidas, e as palavras douradas brilham de forma irresistível na tampa do teclado, seduzindo-a a tocar. Alessia pressiona o dó central, e a nota reverbera, profunda, bonita e mais dourada do que o ambiente.
Perfeito.
Alessia ergue o olhar para Grisha, que segura o telefone e a observa, curioso.
Ela vai mostrar a ele, babaca arrogante.
Alessia sorri e dá uma piscadela para Henry. Voltando-se para o teclado, coloca as mãos nas teclas e inicia o "Prelúdio Nº 2 em Dó Menor" de Bach, sua música de raiva.
A música ecoa pelo ambiente em tons de laranja e vermelho, mais quente e ardente do que a escultura de gelo com as chamas lá fora, e Alessia adora. Como bebeu um pouco, sente-se livre e ligeira, então deixa a música dominá-la e apagar a existência do idiota arrogante a seu lado.

Deixei Tom e Joe discutindo sobre por que rúgbi é melhor que futebol e fui procurar Alessia. Ignorando o pânico que se forma em meu peito, atravesso cada sala, enquanto os convidados de Dimitri me dão os pêsames ou os parabéns pelo casamento com minha linda esposa que acabaram de conhecer.
Onde diabos ela está?
É então que escuto. A música de Bach flutuando em meio ao zumbido das conversas.
Alessia.
Ela se encontra na sala de estar principal. Sigo o som e, como a multidão aglomerada na sala, olho para cima e a acho no mezanino com Henry e Grisha, o babaca do irmão mais novo de Dimitri.
Agora que a encontrei, relaxo e escuto. Sei que é sua música de raiva e fico imaginando o que Grisha disse para irritá-la.
— Maxim! — Eu me viro e vejo Charlotte cambaleando em minha direção.
Minha ex-namorada.
Merda.
As duas estão aqui, embora eu tenha conseguido evitar Arabella. Caroline estava conversando com Charlotte mais cedo. Eu fico me perguntando qual era o assunto da conversa.
— Olá, Charlotte. — Levo o dedo indicador a meus lábios para silenciá-la, porque quero apreciar minha esposa enquanto ela toca.
Charlotte vislumbra Alessia tocando a todo vapor.

— Saudades de você. — Ela pega minha mão. — Vamos descer? — pergunta, mas seus olhos estão embaçados e ela cambaleia nos saltos altos.

Ela está bêbada ou chapada, ou ambos, e fico um pouco chocado.

Será que ela não sabe que eu me casei?

Alessia termina o prelúdio e, quando as notas finais desaparecem no ar, a multidão reunida explode em aplausos. Me solto de Charlotte e bato palmas também, mas ela, me surpreendendo, agarra minhas lapelas e planta os lábios com firmeza nos meus, pressionando a língua molhada para dentro da minha boca. Percebo um flash ao longe.

Que. Porra. É. Essa?

Viro a cabeça e agarro suas mãos, empurrando-a com delicadeza e me desvencilhando dela.

— Charlotte! O que você está fazendo, porra?

Alessia ouve os aplausos vindos de um lugar que parece a extremidade da sala.

— Brava, Lady Trevethick — elogia Grisha. — Eu tinha minhas dúvidas, mas foi impressionante.

— Obrigada — diz Alessia, que abre um sorriso para Henry, também sorridente, antes de olhar para a plateia na sala de estar e reparar na presença do marido.

Ele está beijando outra mulher.

E, de repente, o mundo de Alessia desaba.

O quê?

Capítulo Dezenove

Alessia desvia o olhar — a visão é dolorosa demais para suportar. Sua cabeça roda e a bile sobe até a garganta. Ela engole o gosto amargo, sentindo-se tonta. De repente, a sala fica quente e pequena demais. Alessia começa a se perguntar se está se intrometendo na vida do marido.

Talvez ele sempre se comporte assim.

Mas ela não tem como saber, já que eles nunca foram em um grande evento social como este antes.

Ele é assim. É isso que ele faz. Caroline bem que avisou.

Alessia se levanta, titubeando de leve com o choque do que acabou de testemunhar, e se recusando a olhar na direção *dele* de novo. Ela se vira para Grisha.

— Preciso sair daqui.

— Você está bem? — pergunta Henry.

Alessia balança a cabeça.

Grisha franze a testa, em uma expressão de preocupação quase tangível.

— Você está tonta?

Alessia assente. Ela só quer sair dali. *Agora.*

— Preciso de ar.

Franzindo a testa também, Henry se vira para olhar as pessoas lá embaixo, agora interessadas em outras coisas.

— Vou procurar ajuda — oferece ela, se aproximando do parapeito para esquadrinhar a multidão.

— Aqui. — Grisha pega a mão de Alessia e a leva até as estantes repletas de livros, onde pressiona um botão oculto, e uma das partes gira e se abre, revelando uma passagem escondida. — Me siga.

Alessia o acompanha, andando com dificuldade, e escuta o clique da estante se fechando às suas costas.

— Sente-se, Charlotte. Você está bêbada. E, se você não ouviu, agora sou um homem casado.

Em choque com seu comportamento, eu a levo até uma poltrona vazia, para ela se sentar e não cair de cara no chão.

Ela me examina com uma expressão de desdém.

— Ouvi falar que você se casou com a sua diarista.

— Eu me casei com a mulher que eu amo.

Ela zomba.

— Ela está grávida? Bem século XVIII da sua parte, Maxim.

— Vá à merda, Charlotte — murmuro e dou meia-volta.

Ela agarra minha mão.

— Não acredito que você se casou.

— Pode acreditar. — Levanto a mão esquerda, os dedos abertos para ela ver minha aliança.

Ela nunca se comportou assim. Eu me pergunto se está aqui sozinha ou com o namorado. Olho ao redor, mas não encontro ninguém prestando atenção nela.

— Você veio sozinha?

— Com um amigo.

— Cadê ele?

Ela faz um gesto para a multidão no pátio.

— A Caroline disse...

— O quê? — Meu couro cabeludo se arrepia. — O que foi que a Caroline disse?

Charlotte balança a cabeça.

— Que você é capaz de trepar com qualquer uma.

Puta que pariu, Caro.

— Até eu. Ele me largou. — Ela se lamenta.

— Charlotte, mostre um pouco de dignidade, porra. A fila anda e toda essa besteira. Agora, se me dá licença, vou procurar minha esposa.

Eu a deixo, me sentindo um pouco enojado depois de nosso encontro. Olhando para o mezanino, consigo ver Henry espiando uma das estantes. Uma sensação de alerta desce por minhas costas.

Onde está Alessia?

E onde está Grisha?

Avanço no meio das pessoas, ignorando as expressões curiosas e uma ou outra condolência e felicitação, e subo acelerado a escada em espiral.

— Henry! Onde está a Alessia? — indago, de forma brusca.

— Maxim. Oi. Ela sumiu com o Grisha através dessa estante.

O quê? Por quê?

Começo a tatear as prateleiras e encontro o botão oculto. Aperto, e aquela seção da estante gira e se abre.

— Era isso que eu estava procurando — exclama Henry.

— Venha. Vamos encontrar Alessia.

A passagem é iluminada por algumas luzes de LED embutidas, e termina em uma porta que dá para um espaçoso terraço ao ar livre acima da sala de estar. Em um canto escuro, entre vasos de plantas exuberantes, um casal está fazendo sexo junto à parede. Capto um vislumbre de cabelo louro, e fico aliviado de não ser minha esposa. Mas noto uma mudança na luz. Uma cortina se fecha em uma sala do outro lado do terraço.

Será que Grisha levou minha esposa para lá?

Com uma raiva repentina, disparo pela porta do terraço, viro à direita e irrompo para dentro do quarto. Três homens em variados estágios de nudez e excitação se viram para me encarar em toda a sua glória. Um quarto homem está aspirando uma carreira de cocaína.

Merda.

— Me desculpe. — Ando para trás na mesma hora, quase trombando em Henry, que está na minha cola. — Não entre ali. É uma área de Ganimedes.

Um grito abafado vem do quarto:

— Achei que você tinha trancado a porra da porta!

— As festas do Dimitri nunca decepcionam — comenta Henry sem fôlego.

— Acho que um deles era um ministro da Coroa. Venha. Alessia deve ter descido.

Grisha conduz Alessia até a cozinha, onde ele vocifera com uma das funcionárias em uma língua que Alessia supõe ser russo. A jovem se apressa para pegar um copo d'água e volta para perto dele alguns instantes depois.

— Aqui. — Ele entrega a Alessia o copo de cristal lapidado, e ela toma um longo gole, agradecida.

Talvez Grisha não seja tão ruim assim.

— Você quer descer para o porão e descontrair um pouco? — oferece ele, com um brilho no olhar.

— Não. No momento, eu gostaria de ir para casa — responde Alessia, ainda cautelosa.

— Vou chamar meu motorista. — Ele pega o celular e faz uma ligação. — Para onde?

Alessia dá o endereço no Chelsea Embankment e ele repassa as ordens pelo telefone na mesma língua estrangeira e depois desliga.

— Meu motorista vai estar lá fora logo. Você pode sair pelos fundos, como fazemos, e evitar as câmeras na frente de casa. — Ele tira um cartão do bolso. — Me ligue. Quando chegar em casa.

— Por que você está sendo tão gentil? — pergunta Alessia.

Grisha dá um leve sorriso.

— Seria muito descortês de minha parte não ajudar uma mulher tão bonita e talentosa.

— Obrigada — murmura ela, mas não consegue acreditar na própria sorte, e um frisson de medo a faz estremecer.

Talvez ela tenha sido precipitada.

Maxim vai ficar furioso.

Ela ergue o queixo.

Bem, *ela* está furiosa. Como ele se atreve a trazê-la para esse evento de gala para "anunciar" o casamento deles e depois beijar outra pessoa?

— O carro está aqui. Eu levo você lá fora — diz Grisha e lhe oferece o braço.

Não consigo encontrar minha esposa. Fui ao porão, onde a diversão vai esquentando. Várias pessoas estão nuas na piscina, e corpos se contorcendo recobrem o piso do espaço pouco iluminando. Uma mulher se joga sobre mim, lançando os braços em torno do meu pescoço, com cocaína no lábio superior. Eu a afasto com delicadeza.

— Estou procurando minha esposa — rosno.

Depois de uma rápida inspeção no cômodo, confirmo que Alessia não está ali.

Não que eu esperasse que estivesse, não minha esposa doce e inocente.

Mas essas pessoas... *É como se elas tivessem voltado a ser adolescentes.*

E devem estar sendo filmadas.

Cacete. Onde ela está?

Volto para o andar de cima, pego meu celular e ligo para Alessia mais uma vez.

— Cadê você? — vocifero quando acabo em sua caixa postal de novo, e tento pensar no que pode tê-la feito desaparecer.

Alguém de seu passado recente?

Quem sabe os traficantes.

Talvez eles a tenham capturado. De novo.

Esse é meu pior medo.

Merda. Encontro Tom e Joe.

— Joe, por favor, encontre a Caroline e garanta que ela chegue em casa inteira. Tom, não consigo encontrar a Alessia.

— Henry me contou. Ela saiu atrás dela nas outras salas. Vamos procurá-la.
— Ele segura meu antebraço e aperta de leve. — Vamos encontrar a Alessia. Não fique aflito, Trevethick.

Aflito! Eu estou surtando.

Faço um gesto com a cabeça, agradecendo, incapaz de falar, porque há um leve risco de que eu perca o controle. Da última vez que Alessia desapareceu, ela tinha sido sequestrada, caralho.

Meu celular toca, e sinto o peito tomado por esperança.

Merda, é o Oliver. Ignoro a chamada.

Alessia afunda no suntuoso assento de couro do Bentley SUV. A porta de trás é muitíssimo pesada, e ela suspeita que o carro seja à prova de balas. O motorista lhe dá uma olhada superficial pelo espelho retrovisor e, sem dizer uma palavra, parte noite adentro.

Apenas agora, na privacidade do veículo, Alessia se permite repassar o que viu.

Maxim beijando outra mulher.

Beijando. Outra. Mulher.

Ela fica com os olhos marejados.

Caroline tinha avisado.

Querida, ele dormiu com quase Londres inteira.

Maryanne havia tentado tranquilizá-la.

Libertinos reabilitados dão os melhores maridos.

Contudo, será que isso é verdade? Talvez eles nunca deixem de ser libertinos. Mas isso significa que ele a ame menos?

Quero que o mundo veja que você é minha.

Será que isso é uma via de mão única?

Os cônjuges têm os mesmos direitos e deveres um com o outro. Eles devem amar e respeitar um ao outro, manter fidelidade matrimonial.

Os votos deles a atormentam. Não significaram nada para ele?

O Zot. Era inevitável? Seu marido é apenas promíscuo demais. Bonito demais. Charmoso demais.

Um nó se forma em sua garganta.

Seu Mister. Seu homem.

Bem no fundo, ela sabia que isso aconteceria.

Ela nunca foi suficiente.

Alessia, você tem se iludido.

O que ela vai fazer? Aceitar? Ir embora? Com o olhar desfocado, Alessia encara pela janela do carro a escuridão no meio das luzes de Londres.

Será que isso ia acontecer de uma forma ou de outra? Será que agora ela precisa decidir entre ficar e partir? Por um minuto, Alessia pensa na mãe e em como ela decidiu ficar com seu pai, que é muito pior do que Maxim. Talvez essa seja a sina das mulheres, como tem sido desde o início dos tempos. Uma frase do *Kanun* de Lekë Dukagjini vem à sua mente: *Gruaja është një thes, e bërë për të duruar.*

Uma mulher é um saco feito para resistir.

A visto Grisha saindo da sala de estar e vou até ele.
— Minha esposa? Cadê ela?
— Ela foi para casa, Trevethick. Você devia cuidar melhor dela.
Que merda é essa? Quero perguntar por que ela foi embora, mas não é da conta dele, porra, embora ele pareça pensar que é.
— Como assim, para casa?
— Ela queria ir para casa. Pedi para meu motorista levá-la. — Seu sorrisinho presunçoso me faz ter vontade de socar sua cara estúpida e arrogante. — Ela não estava se sentindo bem. Você precisa mesmo...
Eu me afasto antes que perca o controle e dê um soco nele. Vou atrás de Tom.
— Ela foi para casa. Diga ao Joe para ficar de olho em Caro. Na última vez que vi, ela estava mais pra lá do que pra cá.
— Pode deixar, cara. Que bom que você já descobriu onde Alessia está. Vou checar aquele jornalista de que você falou.
— Obrigado.
No guarda-volumes, entrego o recibo e pego não apenas meu casaco, mas o de Alessia também. Ela saiu sem o casaco, porra. E nem se preocupou em me avisar.
Puta que pariu.
O que foi que eu fiz?
Talvez ela esteja com dúvidas. Eu a trouxe para esse antro de imoralidade e depravação, e ela ficou enojada. Convenhamos, Alessia nunca tinha visto como os super-ricos podem se comportar.
Caralho. Não pensei nisso.
Saio de casa ensandecido, passo por um ataque de flashes dos paparazzi e desço a rua para pegar um táxi.

P ara o alívio de Alessia, o Bentley para na frente do prédio de Maxim. O motorista sai e abre a porta, estendendo a mão para ela.
— Obrigada — diz Alessia, aceitando-a.

O homem aquiesce e a acompanha até o prédio. Ela tira as chaves da bolsa e abre a porta. Quando já está lá dentro, o motorista dá meia-volta e entra de novo no veículo.

Só quando chama o elevador é que ela se dá conta de que não há paparazzi lá fora. Todos devem estar na casa de Dimitri e Grisha.

Graças a Deus.

No elevador, ela pega o telefone e manda uma mensagem para Grisha, agradecendo e dizendo que chegou bem. Há algumas chamadas perdidas de Maxim. Ela ouve seu recado enquanto o elevador sobe para o sexto andar.

Cadê você? Ele soa zangado. Magoado. Confuso.

Seu marido nem sabe que se comportou mal!

Talvez nem ache isso!

Alessia dispara para fora do elevador e, usando a chave, entra no apartamento e fecha a porta com força.

O alarme está desligado.

Eles não ligaram quando saíram?

O aroma enjoativo e familiar de um perfume caro paira no ar, e os pelos da nuca de Alessia ficam em pé. O barulho de saltos altos a alerta para uma presença no final do corredor. Na entrada da sala de estar, está a mãe de Maxim.

Rowena.

No assento traseiro do táxi, minha raiva aumenta. Que merda ela estava pensando? Me abandonar no meio da festa? Mas por quê? Não entendo o que aconteceu. Será que Grisha disse alguma coisa? Ou Caroline?

Checo o celular. Há uma chamada perdida de Oliver, mas nada de Alessia.

Será que ela conheceu Arabella ou Charlotte?

Meu couro cabeludo começa a pinicar.

Charlotte. Puta que pariu. Aquele beijo.

Alessia deve ter visto. É o único motivo que consigo imaginar que explique por que ela saiu sem nem se despedir.

Meu alívio é monumental.

Foi isso. Recosto no banco, sentindo que finalmente descobri o que aconteceu.

Mas espere. Foi a Charlotte que *me* beijou. Não o contrário. Não estou de olho na minha ex. Não estou de olho em nenhuma outra mulher. Alessia devia saber disso, ter certeza disso... Por que iria duvidar de mim? E a ideia de que ela duvide de verdade me aborrece. Ela está me punindo por algo que não é culpa minha, e me punindo com o pior dos meus medos.

É desesperador.

De verdade. Estou furioso, porra.

Por que diabos ela iria pensar que estou interessado em qualquer outra?

E, do nada, o pensamento ressoa como uma buzina em minha cabeça.

Por causa do seu passado.

Sua reputação.

Caralho.

Meu humor piora ainda mais. Vou ter que convencer minha mulher, *de novo*, de que meu passado ficou para trás.

Em choque, Alessia continua parada no corredor enquanto Rowena a encara.

Por que ela está aqui? Como ela entrou?

A sogra fecha a cara.

— Sozinha, com os brilhantes Trevethick, pelo visto. Não perdeu tempo em botar as mãozinhas em nossas joias. Nos velhos tempos, esses brincos eram um dos meus prediletos. Eles são um pouco demais agora, não acha?

Alessia se recompõe.

— Olá, Rowena. Posso ajudar? Se estiver procurando o Maxim, ele não está.

A mãe de Maxim cruza os braços, permanecendo no umbral, imóvel, inabalável.

Hostil.

O Zot.

— Você está muito... bonita, querida. Mas nunca vai ser uma condessa. Aqui, nós falamos que classe vem de berço. Quanto você quer receber para sair da vida do meu filho?

Alessia sente como se tivesse levado um soco na barriga.

— O quê?

— Você me ouviu. — Rowena avança devagar na direção de Alessia. — Meu amigo Heath tem feito uma pequena investigação. E você não seguiu os procedimentos corretos nessa farsa de casamento com o meu filho. Ele pode ser anulado com facilidade.

Pela segunda vez nesta noite, Alessia se sente um pouco tonta.

Heath? O amante da sogra?

Rowena sorri. Uma expressão tão gélida que provoca um calafrio em Alessia.

— Eu preencho um cheque, e você pode ir embora e levar a vida para a qual foi feita. Não esta, que não é para você. E nem para Maxim. Ele precisa de uma pessoa com um nível de requinte e de refinamento que você não é capaz de alcançar. Alguém com berço, que não vai comprometer o legado dos Trevethick. E essa pessoa não é você, querida. Afinal, o que pode dar a ele? Ele só se casou com você para me magoar. Maxim é um homem que gosta de se divertir, tenho certeza de que você entende o que quero dizer. Não vai demorar muito para ele ter um caso. Ele não quer as obrigações que tem como conde e se autossabotou ao se casar com você. Isso vai levá-lo ao fracasso. Você percebe isso, não é? Então, quanto?

— Eu não quero nada de você — murmura Alessia, o coração batendo de forma frenética. — E talvez, se você tivesse sido uma mãe melhor, seu filho poderia ter mais respeito pelas mulheres e escolhido alguém com todas as qualidades que você deseja em uma nora. Mas talvez, porque *você* é mãe dele, a escolha tenha sido diferente. Ele escolheu a mim. E fico feliz em dizer que não me pareço nada com você.

Rowena engole em seco, chocada.

Alessia caminha até a porta do apartamento.

— Acho que está na hora de você ir embora.

A chave faz um barulho na fechadura, e Maxim aparece.

Quando abro a porta, dou de cara com minha mãe e minha esposa se enfrentando no hall, em um clima tão gélido que dá para congelar meus colhões. Sinto um alívio de ver Alessia segura em casa, mas logo sou tomado pela ansiedade.

Caralho, o que está acontecendo aqui?

Capítulo Vinte

Rowena e Alessia me encaram — minha mãe fria e irritadiça em um Chanel preto, minha esposa, magnífica em um Alaïa vermelho —, e já sei que as duas tiveram uma discussão acalorada. Os olhos de Alessia brilham com lágrimas não derramadas, e desconfio que minha mãe se comportou como uma verdadeira filha da puta.

Porém, magnífica ou não, agora também estou puto da vida com a Alessia. Mais zangado do que nunca.

— Conversamos mais tarde — murmuro para ela, levantando um dedo em forma de aviso. — Ainda assim, estou feliz que você esteja em casa. Segura.

Tudo o que quero é agarrá-la, beijá-la e trepar com ela até que Alessia esqueça tudo, menos eu, mas agora não é a hora. Viro-me para Rowena.

— Mãe, a que devemos o prazer de sua visita?

Ela franze os lábios vermelhos e me encara com os olhos semicerrados, irradiando tensão e irritação. A campainha toca, nos dando um susto, e, como estou bem do lado, abro a porta, imaginando quem será a esta hora. Maryanne está na soleira, cabisbaixa e exaurida em seu jaleco. Ela me lança uma expressão cansada, desconfiada, do tipo talvez-eu-saiba-o-que-está-acontecendo-mas-não-tenho-certeza, e entra arrastando os pés quando dou um passo para lhe dar espaço.

— Uma reunião de família a esta hora da noite. Que alegria. — Meu sarcasmo esconde o fato de que fui pego de surpresa pela presença das duas.

Porra, já passa da meia-noite, e estou prestes a ter uma briga gigante com minha esposa, e achei que minha mãe estava em Nova York, me ignorando.

Maryanne segue no rastro do perfume caro de nossa mãe, e elas vão até a sala.

— Por favor, entrem. Sintam-se em casa — digo para as costas delas, perplexo com a presença das duas em minha casa.

A Nave Mãe veio de Manhattan até aqui. Eu só queria que ela retornasse minha ligação, não que aparecesse na minha casa, porra.

Penduro os casacos, me viro e noto Alessia me observando, desconfiada. Ela não disse nada. Tento pegar sua mão, mas ela se afasta.

Tudo bem. Ela está puta.

— Vamos conversar sobre o que está chateando você, seja o que for, e por que você saiu sem falar comigo, depois que eu conversar com a Nave Mãe.

Alessia ergue a cabeça, os olhos flamejantes.

Tudo bem, ela está puta de verdade.

— Ela estava aqui quando cheguei — diz Alessia.

— No apartamento?

— É.

Como ela entrou, caralho?

— Vamos ver o que ela quer. — Com uma formalidade gélida, faço um gesto para minha esposa seguir até a sala. — Pode ir na frente.

Fico aliviado quando ela faz o que pedi. Estou ansioso para ouvir o que minha mãe tem a dizer, já que ela sentiu a necessidade de vir pessoalmente.

Ela não faria isso em circunstâncias normais.

Rowena está de pé no meio da sala, e, pelo desprezo estampado no rosto, suspeito que ela estava avaliando o cômodo e não o considerou à altura. Ela me analisa da cabeça aos pés e chega à mesma conclusão.

— Olá, Maxim. — Seu tom de voz é direto e, se não estou enganado, exausto.

Nada de delicadezas.

Nada de me oferecer a bochecha para eu lhe dar um beijo.

Nem mesmo o sarcasmo maldoso de sempre.

— Teve uma noite agradável, com ou sem a sua... esposa? — A palavra *esposa* é um deboche.

Ah. Lá está ela. A Rowena que eu conheço. Caralho, o que foi que ela falou para Alessia?

Olho para minha esposa de soslaio, imóvel a meu lado, os olhos escuros como duas obsidianas. Ela fita minha mãe com uma hostilidade mal disfarçada.

— O que eu ando fazendo com a minha esposa não é da sua conta. E como você entrou no meu apartamento?

— Eu forcei o Oliver a me dar uma chave e o código do alarme. Ele disse que ia mandar um e-mail para você avisando.

Ah. Eu me lembro da chamada perdida de Oliver. Vou ter uma conversa séria com ele na segunda-feira, mas posso imaginar como deve ter sido a discussão entre eles dois para ter chegado ao ponto de ele lhe entregar as chaves. Maryanne, que não disse nada, dá de ombros, parecendo cansada e surpresa, e desaba no sofá.

— Você e seu casamento duvidoso estão por toda a imprensa. — Rowena franze a boca com desprezo.

— Mãe, você é a imprensa, porra! — retruco.
É por isso que ela está aqui? Meu casamento? Ou é pelo Kit?
Ela olha de cima, daquele seu jeito arrogante e irritante.
— Sou editora e proprietária de uma das principais revistas femininas do Reino Unido. Não sou da imprensa sensacionalista.
Alessia se mexe, recuperando um pouco da compostura.
— Posso guardar seus casacos? E gostariam de um café? — Ela logo se intromete.
— Por favor. — No sofá, Maryanne meio que suspira, meio que arqueja. É óbvio que está exausta. — Aí podemos terminar com esse espetáculo todo, e eu posso ir dormir um pouco.
— Francamente, Maryanne — repreende Rowena, os lábios contraídos. — Vou ficar com meu casaco. E, sim. Eu gostaria de um café. Café de verdade. — Seu tom de voz é o de uma mulher no comando, mas só agora reparo que ela está agarrando um pequeno lenço, como se sua vida dependesse dele.
Alessia ajeita a postura e levanta o queixo.
— É só o que nós temos. — Ela abre um sorriso breve e forçado para a sogra, dá meia-volta e sai da sala de forma pomposa, em seu vestido sensacional e batendo os saltos Jimmy Choo.
— Então, a que devemos essa honra, Rowena?
Ela vira os brilhantes olhos azuis para mim, e vejo neles... incerteza e uma dor real. Fico totalmente confuso. Toda a animosidade que em geral sinto em sua presença se evapora, me deixando vulnerável.
Uma bandeira branca toda acabada no meio de uma tempestade.
Cacete. Cara.
— Por favor. Se sente — sussurro, fazendo um gesto débil em direção ao sofá.
Ela respira fundo.
— Não. Sente-se você. Vai precisar.
Faço o que ela manda sem questionar e me acomodo no sofá, esperando a notícia devastadora que ela trouxe para mim e Maryanne.
Porque alguma coisa está errada.
Muitíssimo errada.
Ela se recompõe, daquela sua maneira peculiar — de um jeito que só alguém que é editora, ex-condessa, ex-*it girl* conseguiria fazer —, e levanta o queixo. Exatamente como minha esposa fez.
— Senti que sua mensagem sobre Kit e a situação dele merecia uma resposta cara a cara. — Ela começa a andar de um lado para outro, agarrada ao lenço bordado.
Maryanne e eu a observamos, os olhos bem abertos, sem arriscarmos desviar a atenção um para o outro, enquanto nossa mãe continua a agir completamente fora do normal.

— Você não tem nada com o que se preocupar, Maxim. Nenhum dos dois tem nada com o que se preocupar. Nada.

Maryanne assente como se estivesse confirmando um diagnóstico.

Que porra ela sabe que eu não sei?

— Mama, por favor. Eu acabei de me casar. Nós queremos ter filhos.

Rowena contrai os lábios.

— Você pode tirar suas próprias conclusões. Repito. Não tem nada a ver com você nem com Maryanne.

Franzo a testa, sem entender nada do que ela está dizendo, o que podia estar errado com o Kit e por que isso não tem nada a ver comigo ou com minha irmã.

— Ah, puta merda, você é tão devagar, Maxie! — explode Maryanne.

O quê?

— O papai não era o pai do Kit! — completa Maryanne, cada palavra saindo de sua boca como uma exclamação.

Há momentos em que o mundo sai do eixo e começa a fazer uma trajetória diferente e inusitada. Quando o mundo que você conhecia para de existir e começa a assumir uma nova forma.

Como quando minha mãe deixou meu pai.

Como quando meu pai morreu.

Como quando Kit morreu.

E quando conheci Alessia... para o bem.

E agora, tudo o que eu sabia e acreditava desde minha infância sumiu em poucas palavras devastadoras.

— Então, é isso. Você não tem nada com o que se preocupar — repete Rowena, o tom de voz baixo carregado da tristeza de uma mãe que perdeu o filho preferido.

Não filho dos meus pais.

O filho dela.

Seu menino dos olhos. Seu e só seu.

Alessia aparece na porta, trazendo uma bandeja com delicadas xícaras de espresso e uma elegante prensa francesa que eu nem sabia que tínhamos. Ela apoia a bandeja na mesa em frente ao sofá e me fita cautelosamente antes de se sentar a meu lado.

Ninguém se mexe.

— O papai sabia? — A pergunta de Maryanne ecoa com uma indignação válida no meio da atmosfera opressiva da sala.

— Sabia. — Minha mãe cerra os punhos.

— E ele levou sua vergonha para o túmulo — continua Maryanne no mesmo tom.

— Levou — concorda Rowena, e fecha os olhos.

Ela se vira para mim, uma lágrima deslizando pela bochecha.

Merda. Nunca vi minha mãe chorar. Sinto minhas emoções entaladas na garganta, aumentando e me asfixiando.

— Diga alguma coisa — murmura Rowena.

Mas não consigo. Fico sem palavras diante de sua infidelidade e deslealdade, um mero observador casual da tragédia de uma família.

Meu pobre pai.

Meu exemplo.

Tudo faz sentido agora.

— Então, para não restar nenhuma dúvida — diz Maryanne, levantando-se —, era o pai biológico de Kit que tinha um problema.

— Era. Ele morreu no ano passado por causa desse problema.

Puta merda.

O que eu devia sentir é... alívio. Mas não sinto nada.

Talvez apenas uma raiva profunda em nome de meu pai.

Em nome de Kit.

— Kit sabia? — As palavras saíram da minha boca.

Rowena faz um barulho abafado.

— Ele descobriu no Ano-Novo? — A voz de Maryanne está baixa, recriminatória, enquanto as lágrimas enchem seus olhos.

Minha mãe infiel fecha os olhos mais uma vez, aperta o lenço e solta um grito sobrenatural, apavorante, como se estivessem arrancando suas entranhas.

Cacete. Ele sabia.

Foi por isso que ele saiu na moto, acelerando pelas pistas geladas da propriedade.

Maryanne solta um som alto e parecido, os olhos verdes ardendo com a monstruosidade dessa trágica notícia. Ela se põe de pé e sai da sala feito um raio, desce o corredor e vai embora, batendo a porta.

— A Caroline sabe? — pergunto.

Minha mãe balança a cabeça.

— Ótimo. É melhor deixarmos assim. Agradeço por explicar tudo. Acho que você deve ir embora agora. — Volto à personalidade neutra e desinteressada que cultivei ao longo dos anos para lidar com a minha mãe.

Ela aquiesce, incapaz de falar.

— Posso trazer alguma coisa? — oferece Alessia.

Rowena parece se recuperar e encara com desdém minha esposa linda e solidária.

— Não. Não quero nada de gente como você.

Minha neutralidade dá lugar a um caldeirão fervente de raiva.

— Rowena, não se atreva a falar com minha esposa assim — aviso, com o maxilar tensionado.

— Maxim. Agora você sabe. Você é filho do seu pai. Um cavaleiro com armadura reluzente, um otário que não aguenta ver uma donzela em perigo. Bem, esta donzela — ela aponta uma elegante unha vermelha para si mesma — estava à altura da missão de manter o legado Trevethick. Duvido que sua... *diarista* esteja. Você precisa de alguém da sua classe, uma inglesa que compreenda as pressões do título e sua posição na sociedade. Uma esposa que te ajude a desempenhar o papel para o qual você nasceu e a proteger o seu legado. Além do mais, não é como se seu casamento fosse legal. Heath andou investigando.

Alessia se encolhe como se tivesse sido atacada fisicamente.

Que merda é essa? Heath? Heath!

— Saia daqui. Saia daqui agora.

Maxim fica de pé, e Alessia também se levanta.

É uma demonstração de força. Dos dois juntos.

Rowena lança um olhar de superioridade e desdém para ambos, mas Alessia percebe, através do véu de imparcialidade da sogra, o momento em que o queixo de Rowena fica tenso e ela engole em seco. Está ferida e magoada. Foi rejeitada pelos dois filhos e está descontando em Alessia por ser um alvo fácil. Ela já foi vítima da língua maldosa de Rowena nessa noite.

— E isso quando você enfim me chamou de "mamãe" — sussurra Rowena para o filho. — Seria pedir demais que você mostrasse um pouco de compaixão por mim, não é?

Ela dá meia-volta e começa a se afastar, confiante, os saltos fazendo barulho no piso de madeira, ecoando pelo corredor até Rowena sair do apartamento sem falar mais nada.

Compaixão? Por ela?

E ela sabe sobre nosso casamento, por causa de Heath! O peguete dela! *Merda!*

Alessia vira o rosto delicado para mim, os olhos bem arregalados, e solto o ar com força, sem me dar conta de que estava prendendo a respiração.

— Você está bem? — pergunto, o coração disparado, bombeando adrenalina para meu corpo, me preparando para uma discussão.

Estou pronto para brigar. Mas Rowena foi embora. Será que Alessia quer brigar? Ela aquiesce.

— E você?

— Não sei como devo me sentir depois dessa... notícia bombástica. Sinto muito por você ter tido que testemunhar isso e sofrido as consequências da fúria de Rowena.

Gesticulo para o ar, tentando assimilar o que acabou de acontecer.

Kit era meu meio-irmão.

Merda.

— Ouvi o que ela disse. Você sabia?

— Não. Estou perplexo. Minha mãe, um pilar da moral.

Pego a mão de Alessia e a puxo para meus braços.

Ficamos tontos e confusos nos braços um do outro por alguns segundos — minutos, eu não sei — enquanto tento assimilar tudo o que descobri. Tenho muitas perguntas. Estava tão atordoado que não consegui questioná-la antes que ela saísse.

Meu pai sabia disso quando eles se casaram?

Quem era o pai de Kit?

Merda.

Alessia se afasta, e lembro que ainda temos que conversar.

— Era por isso que você andava distraído? — pergunta Alessia, tentando se recompor.

— Era. Caroline foi ao escritório com as cartas do médico de Kit e de um serviço de aconselhamento genético.

Alessia fica arrepiada e seu corpo enrijece. Por mais que queira, não confia em Caroline. Mesmo depois das horas agradáveis que passaram juntas hoje. Ela sabe que Caro está apaixonada por Maxim. Talvez sempre tenha sido apaixonada por ele, mas se casou com o irmão por causa do título, da riqueza e da posição social.

Maxim a observa, apreensivo.

— Ela precisava me mostrar as cartas. Eu contei para você.

— Ela disse que está trabalhando com você. Isso você não me contou.

Maxim franze a testa.

— Não, não comigo. Para mim. Bem, para a família. Sinceramente, Alessia... — Ele bufa, frustrado. — Caroline não é importante. Ela é o último dos nossos problemas agora. O que é importante é que eu achei que tinha um problema de saúde. Mandei uma mensagem para minha mãe para descobrir se ela sabia alguma coisa sobre o Kit. Ela não quis falar comigo. Até agora.

— E você também não me contou.

Maxim fecha os olhos e esfrega a testa.

— Não. Achei que você iria me deixar.

É a terceira vez nesta noite que Alessia sente falta de ar.

Uau. Como ele pôde pensar uma coisa dessas?

— Eu nunca deixaria você...

— Mas você me deixou, porra! — quase grito. — Na festa, hoje. Foi embora sem nem se despedir. Por quê?

Os olhos de Alessia ficam desfocados e seu rosto se entristece, a angústia nítida em sua mandíbula tensionada.

— Mas você... você... — murmura ela, incapaz de falar em voz alta, ou sem desejar fazer isso.

Sinto um aperto no peito.

— O beijo? — No fundo, sei que é o que ela está tentando dizer.

Alessia encontra meu olhar e me encara com a mesma expressão arrogante de minha mãe. Ela está se escondendo atrás disso, se protegendo. Percebo isso agora, e me deixa arrasado.

— Charlotte estava bêbada. Ela foi minha namorada, e por algum motivo bizarro se jogou em cima de mim. Me pegou de surpresa. Foi *ela* que *me* beijou, e não o contrário. Eu a afastei, fiz ela se sentar, e saí para procurar você. Daí você tinha sumido com o merda do Grisha! Grisha!

A raiva que flui pelas minhas veias me deixa mais exaltado. Eu me afasto de Alessia e passo a mão pelo cabelo, tentando me controlar.

Merda do Grisha Egonov. Ele tem fama de babaca. Talvez tenha até alguma ligação com o submundo do crime.

— Eu vi o beijo — diz Alessia em voz baixa. — Precisei sair. Grisha me ajudou e chamou o motorista para me levar para casa. Ele foi gentil.

— Ele não é gentil! Você não pode confiar nele — replico, ríspido. Em seguida, a seguro e a puxo para os meus braços. Quero sacudi-la, mas não faço isso. — Você se colocou no que poderia ter sido uma situação perigosa. Por que você faz isso? Por que você foge? Precisa aprender a me enfrentar. Eu não fiz nada de errado. E nós podíamos ter resolvido isso ali naquela hora.

— Eu achei... achei que talvez você se comportasse assim sempre — retruca ela, apressada.

O quê? Não.

— Existem tantas — sussurra Alessia, e, nessas duas palavras, há um mundo de mágoa que na verdade não consigo entender, e não posso fazer nada a respeito.

— Alessia, estamos casados. Eu tenho um passado. Você sabe disso. Mas só quero você. Mais ninguém. Não me importa o que minha mãe diz. Não me importa o que o mundo diz. A imprensa... eles que se fodam. Eu só quero você. E você me deixou, porra, mesmo sabendo como eu fico preocupado com a sua segurança.

Apoio minha testa na dela e fecho os olhos.

Porra. Esta noite.

— Olhe, já está bem tarde. Tivemos nossa cota de drama por uma noite. Vamos para a cama.

Dou um beijo em sua testa.

Alessia se sente como uma criança que foi repreendida. Ela gostaria de não ter se afastado quando estava no mezanino, só para ter certeza de que a história de Maxim é verdade. Soa tão plausível que deve ser. Ela quer acreditar que essa é a verdade. Mas o marido estava escondendo todas aquelas questões dela.

Será que ele acha que ela não consegue lidar com uma notícia dessas?

Será que ele a considera infantil?

Alessia é jovem e inexperiente. Mas não é uma criança.

— O que foi? — pergunta ele, os olhos verdes brilhantes ardendo ao se concentrarem nos dela.

— Você devia ter me contado sobre seu irmão — diz ela, zangada.

— Eu não queria preocupar você até ter certeza do que se tratava. Por favor. Estou cansado. As últimas horas foram uma merda. Vamos para a cama.

Ele a solta, dá um passo para trás e eles se encaram.

Estão sensíveis. E tristes. E em lados opostos de um buraco enorme que Alessia na realidade não entende.

Será que o buraco sempre esteve aqui, ou apareceu de repente?

Maxim fecha os olhos e, quando os abre de novo, estão turvos, com uma expressão de derrota.

— Você está linda. Uma condessa nos mínimos detalhes, não importa o que minha mãe disse. Sei que ela falou mais alguma coisa, e peço desculpas por isso. Eu estou aqui. Eu te amo, mas, se isso não for suficiente, não sei o que mais posso fazer. Estou cansado e vou para a cama.

Ele se vira e sai da sala, os passos ecoando pelo corredor em direção ao quarto, deixando Alessia hesitante e completamente só.

Capítulo Vinte e Um

No quarto, tiro o paletó e o jogo no sofá. Lá se vai meu terno da sorte. Acho que vou queimá-lo. Me viro para a porta fechada, que nem um idiota, e torço para que Alessia se junte a mim. Se ela não vier, não sei como vamos ficar. Mas se vier, ela pode tirar minhas abotoaduras e me despir. Iremos para a cama, vamos foder, ficar de conchinha e nos abraçar. O dragãozinho chama minha atenção, apagado e sem vida. Assim como eu, ele está sem energia, desanimado. Mas, onde quer que Alessia durma, ela vai precisar dele, então talvez venha pegá-lo.

Tomara.

Não sei quanto tempo fico lá parado, atordoado e confuso, encarando o pequeno pedaço de plástico moldado, mas não há sinal de minha esposa. Ela abandonou tanto seu amigo dragão quanto a mim.

Retiro as abotoaduras e sigo para os botões, o cansaço me envolvendo como um manto. Afundando na cama, eu me sento com a cabeça apoiada nas mãos e tento processar as últimas horas.

Essa noite foi... *intensa.*

Lidei com uma ex-namorada bêbada, minha esposa sumida, minha mãe infiel e suas revelações e seu brinquedinho sexual intrometido. Cogito se teria sido Heath quem deu informações à imprensa. Ele conhece as pessoas certas para fazer isso.

Filho da puta.

E a história do Kit. *Meu meio-irmão.*

Será que ele sabia? Rowena não respondeu a minha pergunta. Tento relembrar a noite de Ano-Novo, quando estávamos na Mansão. *Agora não, Maxim!*, ele tinha falado com rispidez enquanto saía enfurecido pela porta de trás da cozinha, para a noite escura e gelada. E eu tinha me virado e visto minha mãe seguir pelo corredor com pressa depois de sair toda tensa do escritório de Kit, os saltos batendo em um ritmo impactante e acelerado.

Será que eles estavam conversando? Brigando? Não me lembro de ouvir ninguém aos berros. Porém, talvez eu só estivesse distraído, como sempre.

Se ela contou ao Kit, então ele sabia que poderia perder tudo. Talvez tenha ficado chocado, atordoado e furioso, e quem sabe tenha sido isso que o impulsionara a pegar sua Ducati.

Sinto raiva. De Rowena.

E agora ela tem que carregar essa culpa.

A morte de Kit é culpa dela.

Ele tinha perdido tudo. Mas não exatamente. Apenas ele e Rowena sabiam a verdade.

Puta que pariu.

É isso. Ela se sente responsável pela morte de Kit. Seu filho preferido. A reação assustadora dela essa noite — o meio-grito, meio-choro — foi prova disso. Eu não a tinha visto derramar uma lágrima por ele até hoje à noite, quando a verdade foi enfim revelada.

Talvez, antes disso, ela tenha sofrido em silêncio.

Jamais saberei.

A não ser que ela e eu conversemos.

E isso não vai acontecer tão cedo.

Como seguir adiante depois disso?

A lessia cai no sofá, lágrimas brotando.

O que ela fez?

De alguma forma, durante a briga deles, ela se sentiu a vilã.

Mas por quê? Ela viu o marido beijando outra mulher, e foi embora porque não queria assistir à traição dele. Fazia sentido, não? Depois ela voltou para o apartamento dele e ainda foi criticada e menosprezada pela sogra.

E insultada também!

Como se Alessia estivesse atrás de dinheiro!

Foi preciso recorrer a toda a sua força de vontade para não arrancar os brincos das orelhas e jogá-los em Rowena.

Tudo o que Alessia quer é o amor de Maxim.

Isso você tem! A voz baixa e calma da sua consciência lhe relembra. Ele diz isso o tempo todo. E falou mais uma vez agora mesmo.

O que ele fez para fazê-la pensar que não a ama?

Maxim explicou sobre o beijo. Ele não tem controle sobre a maneira como as mulheres reagem a ele. Maxim provavelmente lida com esse tipo de atenção desde a adolescência. E que homem fogoso não aproveitaria?

Ele só mudou quando conheceu Alessia.

Ela viu a prova — ou a falta dela, no cesto de lixo do quarto dele.

Ninguém desde que vi você agarrada com uma vassoura no meu corredor.

Só senti isso depois que conheci você.

A ira dela se dissipa, deixando um buraco no peito.

Ele não precisava se casar com ela. Podia ter ido embora. Mas preferiu enfrentar a própria mãe por causa dela, e homens albaneses não costumam fazer isso.

Maxim lhe deu o mundo.

Isso não é suficiente?

Por que ela é tão insegura?

As outras mulheres.

Todas elas. Incluindo as que Alessia conheceu. Caroline. Ticia. Arabella.

Alessia. Alessia. Alessia.

Chega!

Ela precisa parar de se comparar com todas as mulheres com quem ele dormiu.

Precisa aprender a confiar no marido. E depois que ele explicou sobre aquele beijo, Maxim não lhe deu razão alguma para não confiar nele. E se ela ainda duvidar dele, pode questioná-lo. Ele mesmo pediu. *Discuta comigo. Fale comigo.*

Não é a primeira vez que ele diz aquilo. *Você precisa me dizer o que quer fazer, isso é uma parceria.*

O buraco no peito dela fica mais fundo e sombrio. Ele recebeu notícias perturbadoras e decidiu não compartilhar com ela porque pensou que a esposa poderia ir embora.

Será que ele acha que ela é tão descomprometida e sem compaixão?

Onde está o senso de parceria na reação dela?

A culpa rasga seu coração como uma foice. Ela tem estado tão focada nos próprios temores que não prestou atenção em como Maxim estava se sentindo.

Maxim está em uma posição nova e difícil que ele não esperava; ele se apaixonou, a resgatou de sequestradores, acabou de se casar e guardou para si a notícia de que talvez tivesse uma doença que poderia mudar sua vida.

Ele a protegeu disso.

E Alessia só está preocupada com o número de mulheres com quem ele dormiu e suas ex-namoradas. Após a foice no seu coração, vem o remorso, preenchendo o buraco e quase a sufocando.

O Zot. Idiota! Vá até ele!

E eu tenho que lidar com as inseguranças da minha esposa. Minha linda, resignada e talentosa esposa que acha que não está à altura das mulheres que vieram antes na minha vida. Rowena pode ser uma completa filha da puta às vezes. Será que ela falou alguma coisa que está fazendo Alessia repensar nossa relação?

Espero que não.

Contudo, não vou desistir. Só preciso de um tempo para botar minha cabeça em ordem.

Minha doce e triste esposa.

Sinto um nó na garganta. Talvez Alessia nunca vá superar meu passado. Isso a preocupa de uma maneira que não entendo. *Talvez* seja nosso abismo cultural, mas, em minha defesa, posso afirmar categoricamente que nunca olhei para outra mulher depois que a conheci e estou tão obcecado por ela agora quanto antes.

Porém, eu não esperava me sentir tão... vulnerável.

Ou tão... triste.

E se ela for embora?

Porra! Isso é impensável.

Vou ficar devastado.

Eu me lembro de quando o Babaca sumiu com ela, de como foi horrível. Esfrego o rosto, tentando afastar essa sensação, até que sinto o cheiro de Alessia e ouço um roçar de seda. Uma brasa de esperança ilumina a caverna na qual se encontra meu coração e abro os olhos. No chão, vejo seus pés descalços, as unhas pintadas de vermelho. Quando olho para cima, ela está parada em minha frente, e a imagem de seu rosto molhado de lágrimas rasga minha alma.

— Ah, amor — murmuro e me levanto em um movimento rápido.

— Me desculpe. — A voz dela é quase inaudível.

— Ah, baby, me desculpe também. — Eu a puxo para um abraço, inspirando seu cheiro e apertando com força o corpo dela contra o meu.

Conforme ela se aninha em mim, suas lágrimas encharcam meu pescoço.

— Ei, amor, por favor, não chore — continuo.

Ela me abraça mais apertado e começa a chorar mais forte.

Cacete. É culpa minha. Eu fiz isso, e me lembro do choro dela no quarto ao lado do meu no Esconderijo. Ela estava aflita daquela vez, assim como agora.

Para falar a verdade, também estou. Aperto-a mais e a deixo chorar. Talvez seja o que ela precisa. Sentando de novo na cama, embalo Alessia no meu colo, balançando-a com delicadeza, e aquilo nos acalma. Talvez seja disso que nós dois precisemos: colocar para fora as frustrações das últimas horas.

É catártico.

Abraçar Alessia com força me deixa mais tranquilo. Minha linda e resignada esposa precisa de mim. *De mim.*

Minha mãe estava certa.

Sou um otário que não aguenta ver uma donzela em perigo. Ou talvez eu seja assim só com Alessia.

Por fim, ela se acalma, e estendo o braço para pegar um lenço de papel na mesa de cabeceira.

— Aqui. Está melhor? — pergunto.

Ela aquiesce e limpa o nariz e os olhos borrados de rímel. Mas mesmo assim... ela está linda.

Ainda mais linda.

— Ótimo. Eu também. — Beijo sua testa. — Deixe-me tirar você desse vestido e podemos ir para a cama.

Eu a coloco no chão e me posiciono atrás dela. Empurro seu cabelo para a frente do ombro e abro o vestido na altura do pescoço. Eu me inclino e pressiono a boca em sua nuca, inspirando seu cheiro, e então viro para me despir também.

Ela anda até o banheiro conforme tiro minha roupa e subo na cama. Quando ela ressurge alguns minutos depois, está com o rosto lavado e usando uma das minhas camisetas. Ela liga a luz do dragãozinho enquanto puxo a colcha, aí sobe na cama, a meu lado, e se aconchega, a cabeça em meu peito, o braço sobre meu corpo.

— Eu te amo — sussurra ela, e suas palavras se expandem dentro de meu coração, preenchendo o vazio deixado pela infidelidade de minha mãe.

— Eu sei. Eu também te amo.

Beijo o topo de sua cabeça, fecho os olhos e caio em um sono exausto.

Meus passos ecoam de forma insistente no piso iluminado, e meus olhos começam a piscar diante da claridade implacável das lâmpadas fluorescentes.

Eu já estive aqui antes.

— *Por aqui* — *indica a médica do pronto-socorro.*

Ela para e me conduz até uma sala fria e mal iluminada — *o necrotério do hospital.*

Não quero entrar. Não quero ver.

A médica da emergência me encara, os lábios vermelhos franzidos.

Rowena?

— *Para dentro* — *diz ela em um tom ríspido, impossível de contrariar.*

Lá dentro, em uma maca, embaixo de um lençol, está meu irmão.

Kit.

Não! *Aquele não é ele.*

Sou eu deitado na maca... ferido e machucado... frio... morto.

O quê?

De repente, observo Kit se inclinar e dar um beijo em minha testa.

— Adeus, seu filho da puta — diz ele com a voz áspera, o esforço por segurar as lágrimas pesando em sua garganta. — Você consegue dar conta. Foi para isso que você nasceu.

Ele abre um sorriso torto e sincero, que reserva para os raros momentos em que está fodido.

Kit! Não! Você entendeu errado.

Espere!

— Você consegue, Reserva — continua Kit, depois desaparece.

Estou mais uma vez encarando-o, me inclinando sobre meu irmão enquanto ele dorme. Mas, dessa vez, seu corpo machucado indica que... ele não está dormindo. Ele está morto.

Não! Kit! Não! *As palavras não saem. Não consigo falar. Está tudo errado.*

E estou do lado de fora da sala, vendo minha mãe ir embora apressada, os saltos provocando um barulho seco no piso revestido à medida que ela se afasta cada vez mais.

Rowena! Mãe! Mamãe!

Acordo encharcado de suor, o coração batendo num ritmo furioso, o sangue bombeando de forma frenética pelas veias, e tenho certeza de que a cama está tremendo. Inspiro fundo para me acalmar e, aos poucos, meu coração desacelera.

O quarto está silencioso e escuro. Não há nem mesmo os brilhos no teto.

Alessia murmura alguma coisa ininteligível, mas volta a dormir.

Graças a Deus que ela está aqui.

Eu me viro para observá-la, apoio a cabeça no braço e reparo em suas feições delicadas e adoráveis iluminadas pelo suave brilho do dragãozinho.

É só um sonho.

Não. Um pesadelo. Um pesadelo profético.

Esfrego o rosto e me deito de costas, tentando afastar as imagens de Kit e eu na maca fria.

Será que a revelação de minha mãe foi um choque para mim? Será que eu sabia? Maryanne e eu somos uma mistura nítida dos nossos pais. Kit não. Ele era louro de olhos azuis, determinado e imperioso. Um pouco mais rígido, mais arrogante e cruel do que eu e Maryanne. Ele ter obrigado Caro a fazer aulas de etiqueta foi uma surpresa para mim. Kit sempre foi um pouco esnobe, e me pergunto se, bem no fundo, ele sabia da verdade.

Cacete. Isso não muda nada. Ninguém precisa saber.

Eu devia ligar para Maryanne e perguntar como ela está.

Podemos manter isso entre nós — se minha mãe já não tiver revelado tudo para *Heath*.

Quando viro para Alessia de novo, ela está me observando, os olhos escuros brilhando na luz suave do dragãozinho.

— Acordei você?

— Não — sussurra ela, levando a palma à minha bochecha e me acalmando no meio da tempestade.

Fecho os olhos, apreciando seu toque, e fico grato por Alessia me distrair de meus pensamentos em ebulição.

— Você está bem? — pergunta ela. — Posso fazer alguma coisa?

Com meus olhos fixos nos dela, tento articular como estou me sentindo, mas estou perdido em meu próprio turbilhão.

Alessia aquiesce como se entendesse e encosta a boca na minha.

— Você vai resolver isso. Até lá, estou com você. Me desculpe por não estar aqui cedo... hum... antes. — Ela se aconchega mais perto, apoiando a cabeça em meu peito, e coloco um braço em volta dela, em um abraço apertado.

— Está tudo bem, baby — murmuro. — Eu devia ter te contado.

Quando não está brava comigo, Alessia é minha estrela-guia, e ao senti-la tão perto, seu cheiro me inebria e me acalma.

Quando Alessia adormece novamente, fecho os olhos e me junto a ela.

Capítulo Vinte e Dois

Acordo sobressaltado. É uma manhã clara de primavera e, quando olho para o lado, vejo que estou sozinho.
Cacete. Será que ela está aqui?
Pulo da cama, visto minha calça jeans e saio do quarto. Alessia está concentrada, inclinada sobre a bancada da cozinha. Ela sova massa de pão com força, como se estivesse com raiva, ou como se sua vida dependesse daquilo. Não tenho certeza de qual das duas opções. Está descalça, e noto quando um fio de cabelo se solta de seu rabo de cavalo e cola em sua bochecha e embaixo do queixo. Ela balança a cabeça para o fio cair, olha para cima e congela quando me vê.
— Bom dia. — Minha voz é um sussurro.
— Oi — diz ela e se endireita.
Ela usa uma calça jeans justa e uma camiseta mais justa ainda, e não para de se mexer, mas os olhos escuros estão cautelosos.
Será que é ressaca pelo desastre de ontem?
— Você está bem?
Alessia contrai os lábios, lava a mão rápido e pega o celular na bancada.
— Minha mãe. Ela me mandou isso. Ela tem um alerta do Google.
Sinto um aperto no coração quando minha esposa me entrega o telefone e, óbvio, vejo uma matéria com o título "O Conde, a Ex e a Esposa". Uma série de fotografias da noite passada acompanham o texto: Alessia, Caroline e eu chegando na festa, nós três juntos e uma foto de Charlotte me beijando. Nela, fica evidente que estou tentando afastá-la, mas tenho certeza de que comprovar isso não era a intenção quando escolheram publicar essa foto. Volto a atenção para Alessia.
— Adorei a que estamos nós dois. — Eu lhe devolvo o celular. — Sua mãe que mandou, é?
Alessia assente e apoia o telefone na bancada.

— Ela está preocupada.
— Você a tranquilizou?
— Sim.
— Ótimo. Você está tranquila?

Ela morde o lábio, os olhos cheios de lágrimas, e tenho minha resposta. Estendendo o braço, passo o polegar por seu trêmulo lábio superior.

— Você não queria ter que passar por isso, né?

Ela inspira com força, e fico com medo do que vai dizer. Mas ela passa a língua no meu polegar, depois faz um bico com os lábios e beija a ponta do meu dedo. Sinto um arrepio viajar como um trovão para minha virilha, aquecendo tudo no caminho, e abafo um gemido, pego completamente de surpresa.

Fixos em mim, os olhos de Alessia se abrem mais um pouco.

Não de medo ou raiva.

Do mesmo arrepio de desejo.

Ela suspira com força, secando meu polegar molhado por seu beijo, o que faz meu sangue disparar.

Lá para baixo.

Os olhos dela seguem o mesmo caminho, e meu pau se anima quando ela solta minha mão.

— Alessia — sussurro, e não sei se é um pedido ou aviso.

Seus olhos escuros encontram os meus. As lágrimas já não estão mais ali; há apenas uma expressão ardente, cheia de promessa carnal. Eu me aproximo e me sinto inundado pelo cheiro e o calor de seu corpo. A única coisa que quero é agarrá-la, tirar sua calça e foder com ela na bancada da cozinha. Mas quero que ela tome a iniciativa.

— O que você quer, meu amor?

Hesitante, ela levanta a mão e percorre meu lábio inferior com o polegar.

— Não, eu não queria ter que passar por isso. Mas eu quero você.

Suas palavras são proferidas com suavidade.

E nelas. Há esperança. Para nós.

Meus sentidos ficam mais aguçados, sinto o ar pesar entre nós, carregado de desejo e promessas.

E fogo.

E expectativa.

É inebriante e viciante.

Eu nunca me senti assim com ninguém. Minha doce e sedutora esposa. Ela lançou um feitiço sobre mim e não tem ideia de como sua mágica me afeta.

Ou talvez tenha.

— O que você quer, Alessia?

— Você — sussurra ela, e passa a ponta dos dedos pelo meu peito, disparando uma corrente elétrica pelo meu corpo.

Meus mamilos se contraem com o toque, e sinto um arrepio descer pela barriga e os pelos que vão do umbigo até lá embaixo. Alessia vai até o botão da calça. Mantendo os olhos em mim, ela o abre com um movimento ágil. E seus dedos descem mais, envolvendo minha ereção pesada através da calça jeans.

— Eu sou seu.

Inclino a pélvis, provocando uma fricção contra a palma de sua mão, e fecho os olhos, cerrando as mãos para me impedir de envolvê-la em meus braços.

Por entre as pálpebras pesadas de desejo, Alessia observa o marido.

Você vai ter que lutar por ele. As palavras de sua mãe na ligação daquela manhã soam em sua cabeça. E ela vai. Usando todas as armas de que dispõe.

Ela o ama.

Ela sabe disso.

Ela o quer.

E ela quer que ele a queira. Alessia passa os dedos sobre a ereção dele mais uma vez. O pau rígido do marido significa que ela conseguiu.

Seduzir o marido é uma sensação inebriante.

Ou talvez ele é quem a esteja seduzindo...

Ela não se importa.

O que ela não queria era ter que lidar com as outras mulheres.

Entretanto, elas não significam mais nada para ele. Maxim disse isso, e ela escolheu acreditar. Embora haja evidências questionáveis espalhadas por todos os jornais. Na fotografia, Alessia consegue ver que ele estava tentando afastar a mulher.

E agora ela o quer. Mas ele não tocou nela desde que o polegar dele roçou seu lábio.

É frustrante.

Discuta comigo. Fale comigo.

Essas foram as palavras dele.

— Me fode — diz ela, porque é o que ela quer.

Aqui. Agora.

Maxim geme e dá um passo à frente. O corpo dele arde perto de Alessia. Ele segura o rosto dela e a beija com paixão. Sua língua ávida encontra e provoca a da esposa, e Alessia agarra o cabelo de Maxim e desfruta daquele beijo. Querendo mais, dando mais. Quando ambos perdem o fôlego, ele se afasta de forma brusca e fica de joelhos. Com habilidade, desabotoa a calça jeans de Alessia e a puxa para baixo, com a calcinha. Agarra as coxas nuas da mulher e aproxima Alessia de seu nariz e sua boca.

— Ah. — Ela geme e agarra a bancada para se equilibrar.

A língua de Maxim está nela.

Para valer.

Provocando.

Fazendo círculos.

Levando-a ao êxtase.

Deixando-a cada vez mais molhada.

Alessia inclina a cabeça para trás, agarrando o cabelo dele com uma das mãos, a outra segurando a bancada, e ela geme, se rendendo às habilidades magistrais de Maxim.

Acho que vou explodir. De pé, pronto para penetrar minha esposa, agarro sua bunda magnífica e a apoio na bancada.

— Nunca transei aqui — murmuro enquanto abro a calça, liberando meu pau duro.

Alessia aprova a ideia e enrosca as pernas em mim, me puxando para mais perto, cravando os calcanhares na minha bunda. Ela apoia os braços nos meus ombros, e nós dois paramos, nos encarando, nossa respiração se misturando. Ela me beija. E se afasta.

— Estou sentindo meu gosto — sussurra ela.

— Melhor sabor do mundo.

Ela sorri — o rosto inteiro se iluminando como um dia alegre de primavera — e pega meu rosto, levando minha boca à dela, e nos beijamos, os lábios cobertos de uma combinação inebriante da excitação de Alessia e a minha saliva.

Estão escorregadios e molhados.

E maravilhosos.

E, bem devagar, penetro minha esposa.

— Ah. — Ela geme, se inclinando para trás e batendo a cabeça no armário. — Ai!

Ela ri, e seguro sua cabeça, sabendo que ela não se machucou, então enfio mais forte e mais fundo dentro dela. Ela se agarra a mim enquanto estabeleço um ritmo intenso, do tipo esqueça-todo-o-resto. Ela morde minha orelha, sua respiração quente e forte em meu ouvido enquanto me perco nela.

E sinto Alessia. Se deixando levar. Cada vez mais.

Continuo, banindo todos os pensamentos sobre a noite passada, só eu e ela existimos nesse momento.

Alessia.

Ela está em êxtase, e me leva junto.

— Maxim — grita ela quando goza, e o poder de seu orgasmo me leva ao limite. Chego ao clímax de forma intensa e rápida, dentro de minha linda esposa.

— Estou com farinha no bumbum — murmura Alessia.

Maxim ergue o rosto dela e ri.

— Está aí uma frase que eu nunca pensei que fosse ouvir. — Ele desce o nariz pelo dela e a beija com doçura.

Ele ainda está dentro dela, e nenhum dos dois parece querer se mexer.

— Eu te amo, Lady Trevethick.

— Eu te amo, Lorde Trevethick.

— Ótimo.

Ela o abraça com força, mantendo-o ancorado dentro dela.

— Se você beijar mais alguém, vou remover esse órgão — diz ela, enterrando os calcanhares na bunda nua dele.

Maxim ri e se separa dela.

— Entendido, minha dama.

Alessia sorri.

— Vou lutar por você — diz ela enquanto ele veste a calça jeans.

Com os olhos verdes brilhando, ele acaricia o rosto de Alessia, traçando o contorno de seus lábios com os polegares.

— Ah, meu amor, você não precisa lutar por mim. Eu sou seu. Sempre serei. Vou ser seu por quanto tempo você me quiser.

Alessia fica sem fôlego com as palavras apaixonadas dele.

Ele a avalia, parado entre as pernas dela.

— O que eu posso fazer para convencer você?

Ela franze a testa. Aonde ele quer chegar?

— Já sei — continua Maxim, o rosto se iluminando com uma súbita inspiração. — Vamos ter um bebê.

Capítulo Vinte e Três

Alessia arfa e encara aqueles olhos verdes brilhantes, pega de surpresa.
— Um bebê? — repete com a voz esganiçada.
Ele dá um beijo suave no canto da boca da esposa.
— Isso. Um menino. — Ele a beija de novo. — Depois uma menina. — Outro beijo. — Depois um menino de novo. — Mais um beijo. — E outra menina. — Ele beija sua boca.
Alessia dá uma risadinha.
— Quatro filhos! Não tenho certeza de que funciona assim.
— Eu sei como funciona — resmunga ele, achando graça.
— É o seu dever?
Maxim ri.
— Ah, meu amor. Engraçada e talentosa. Nunca mude. — Ele roça o nariz dela no seu.
— Meu bumbum está coberto de farinha e você quer bebês.
Ele assente.
— Posso tomar banho primeiro?
Ele sorri e olha para a bancada do lado dela, onde a massa foi deixada de lado, mas continua crescendo.
— Eu preferia café da manhã. — Ele a beija de novo, e ela se desvencilha.
— Me ajude a descer daqui e eu faço o café da manhã para você.
— Só se você me prometer não colocar de volta a calça nem a calcinha. — Ele a levanta da bancada com delicadeza e a desliza para baixo junto ao próprio corpo até os pés de Alessia tocarem no chão. Ele segura a cabeça dela. — Eu quero filhos. Muitos. Pensei... — Ele engole em seco. — Pensei que com a condição de Kit, talvez...
— Ah, Maxim — sussurra Alessia, percebendo que esse era mais um motivo de angústia para ele nos últimos tempos.

Ela se inclina, levando os lábios aos dele, e o beija, um gesto doce e arrependido. Toda aquela preocupação e ela não fazia ideia.

— Vamos tomar café da manhã e conversar sobre isso.

— Podemos sair — oferece Maxim.

— Eu gosto de fazer café da manhã para você, Maxim. Eu quero cuidar de você, assim como você quer cuidar de mim. Isso é uma parceria.

Os dedos de Alessia afagam meu cabelo, nós dois deitados na cama. Exaustos. Saciados. Juntos. Com minha cabeça apoiada em sua barriga, eu me viro e beijo sua pele macia, imaginando que nosso filho já está ali dentro.

Alessia não tem a mesma urgência que eu. Ela não percebe que estou tentando prendê-la a mim de qualquer maneira, mas conversamos, e ela está certa. Ela é jovem e quer ver um pouco do mundo antes de termos filhos.

Cara. No que você estava pensando?

Fico imaginando o tipo de avó que minha mãe seria.

Suspiro. Não faço ideia de como consertar nossa relação.

Mas será que eu quero?

— O que foi? — pergunta Alessia.

— Estava pensando na minha mãe.

Alessia enrijece.

Merda.

— Ela ofendeu você?

Alessia fica muda, e seus dedos param de mexer no meu cabelo, então viro a cabeça para cima, na direção dela.

Ela engole em seco, os olhos brilhando.

— Ela perguntou quanto dinheiro eu queria para deixar você.

Puta. Que. Pariu!

Eu sento, me recosto nos travesseiros e puxo minha esposa para meus braços.

— Sinto muito.

— Fiquei magoada e com raiva, mas ela só estava fazendo isso porque achava que era... para o seu... hum...

— Para o meu bem?

— É. Isso.

— Não é para o meu bem de jeito nenhum. Aquela mulher não saberia o que é bom para mim nem se estivesse na cara dela. Você não merece ouvir esse tipo de coisa. Pelo contrário ... — Eu paro, porque o que estou prestes a dizer sobre minha própria mãe é... *inadequado pra cacete.* — Quem ela pensa que é? — Balanço a cabeça sem acreditar e beijo a cabeça de Alessia.

— Bom, ela veio aqui e teve coragem de contar pra você e sua irmã cara para cara sobre o irmão de vocês.

— Bem, você está sendo generosa. Mas acho que está certa. — Ofereço um sorriso. — E é "cara a cara".

Alessia sorri.

— Aí está ele. Meu professor de inglês.

— Estou disponível sempre que você quiser.

— Eu quero você para sempre. — A sinceridade e o amor de Alessia estão em cada sílaba. Ela diz as palavras com tanta tranquilidade que aquilo preenche minha alma.

Enrosco meus dedos nos dela e os levo a meus lábios. E pensar que brigamos ontem à noite... Imagino o que teria acontecido se minha mãe não tivesse feito aquela aparição inconveniente.

— Fico pensando por que ela veio lá de Manhattan para nos contar tudo de uma maneira tão hostil.

— Talvez ela estivesse se punindo? — sugere Alessia.

Uau.

— É um bom chute. Você acha?

Ela balança a cabeça. É apenas uma hipótese, mas é possível. Talvez minha mãe esteja com vergonha.

Quem sabe? Ela é capaz de sentir vergonha?

— Vamos sair para almoçar? — convido, e Alessia sorri. — Talvez tenhamos que driblar a imprensa depois daquela matéria sórdida — acrescento.

Alessia dá de ombros.

— Não precisamos dar nenhuma declaração.

Abro um sorriso.

— Isso mesmo.

Na segunda-feira de manhã, Alessia e Maxim deixam o apartamento pela saída de incêndio para evitar o aglomerado de repórteres do lado de fora do prédio. Maxim chama um táxi e eles se acomodam no banco traseiro rumo à Academia de Etiqueta e Boas Maneiras de Londres, felizes por terem escapado.

— Que lugar é esse? — pergunta Alessia, indicando com o queixo um prédio enorme meio gótico.

— É o Museu de História Natural. Devíamos ir. Do lado fica o Museu de Ciências. Passei muitas tardes de sábado lá. Nossa babá na época era apaixonada por ciências. Mas tem um espaço incrível para as crianças brincarem e explorarem.

Alessia sorri.

— Um dia vamos levar nossos filhos.

Maxim olha para ela.

— Ou a babá vai. — Ele encosta no joelho dela e o acaricia.

— Babá? — Alessia não pensou que talvez eles tivessem alguém para ajudar a cuidar dos filhos.

— É só uma ideia. Eu tive uma babá. Bem, na verdade, várias. E olhe como deu certo para mim.

Alessia ri. E Maxim faz uma careta, fingindo estar ofendido.

— O que você está insinuando? Eu não sou a epítome do homem bem-educado?

— Óbvio que é. — Ela dá uma risadinha. — Você tem excelentes maneiras. E, depois dessa semana, eu também vou ter. — Ela bate no joelho dele, abafando uma risada.

O táxi para do lado de fora de um impressionante prédio branco em Queen's Gate, South Kensington.

— Chegamos.

Maxim abre a porta e sai. Alessia vai atrás dele, olhando para cima, para a arquitetura ainda mais imponente.

— Quer que eu entre com você? — oferece Maxim.

Alessia tenta conter um sorriso. Ele está inquieto a manhã inteira, como uma galinha com seus pintinhos. É um lado dele que ela ainda não conhecia.

— Vou ficar bem.

— Me mande uma mensagem se precisar de alguma coisa.

Ele dá um beijo rápido nela e volta para o táxi, e Alessia sobe os degraus de pedra para a porta preta brilhante.

Tantas portas pretas brilhantes em Londres...

Ela tenta ignorar o nervosismo e toca a campainha de bronze. A porta abre com um zumbido, e Alessia entra em um corredor amplo pintado de um tom resplandecente de branco. De trás da mesa da recepção, uma jovem com um terninho cinza levanta a cabeça, uma expressão simpática no rosto.

— A Academia de Etiqueta... — pergunta Alessia.

— Primeiro andar. A recepção é na porta à esquerda.

— Obrigada — diz Alessia, surpresa por ser interrompida.

Ela sobe a ampla escada, que range a cada passo. Quando chega no primeiro andar, vira à esquerda em direção à porta com uma placa discreta onde se lê: AEBML. Dentro da sala branca com pé-direito alto, ela é recebida por uma mulher mais velha vestida de forma requintada, com pérolas nas orelhas e no pescoço e carregando uma prancheta.

— Bom dia — cumprimenta a mulher, o sorriso simpático indo até os brilhantes olhos castanhos.

— Olá — responde Alessia.

— Meu nome é Belinda Donaldson, sou a diretora, e vou fazer sua matrícula. Usamos o primeiro nome das nossas alunas aqui na Academia para proteger a identidade de todas.

— Meu nome é Alessia.

— Excelente. Bem-vinda, Alessia. Você foi a primeira a chegar. Pontualidade é a educação dos reis... e rainhas. Por favor, sirva-se de chá ou café e sente-se.

Alessia enche uma das delicadas xícaras de café e se senta. Ela observa enquanto as demais mulheres chegam e são recebidas de uma maneira parecida por Belinda. São todas elegantes, algumas de vestido, outras de calça como ela, e a maioria é jovem, porém há uma mulher mais velha, que deve ter uns cinquenta e poucos anos. Alessia fica feliz por estar usando sua nova calça preta, camisa branca e blazer; saber que está bem-vestida aumentou sua confiança. Pela primeira vez, sente que seu lugar é com essas mulheres.

Uma jovem de cabelo ruivo esvoaçante entra na sala esbaforida e aos tropeços.

— Oi — diz ela, tentando recuperar o fôlego. — Achei que eu fosse me atrasar.

Belinda a avalia com frieza.

— Bom dia. Não precisa ter pressa, você ainda tem tempo.

— Ótimo. Obrigada. Meu nome é Tabitha, Lady...

— Tenho que interrompê-la, Tabitha. Aqui usamos somente o primeiro nome. Por favor. Sente-se e se sirva de chá ou café. Vamos começar em breve.

Depois de um delicioso almoço em um pub no dia anterior, Alessia e Maxim foram a uma exposição de arte pré-rafaelita na Tate Britain, uma galeria perto da casa deles. O cabelo ruivo comprido e o vestido de chiffon esvoaçante de Tabitha fizeram Alessia se lembrar de uma das representações dos quadros.

As mulheres voltam a conversar em voz baixa, e Tabitha se senta ao lado de Alessia.

— Oi, meu nome é Tabitha. Achei que estava atrasada! — Ela faz uma careta e Alessia sorri, se sentindo um pouco mais relaxada ao se apresentar.

Ela fica encantada com o sorriso alegre de Tabitha.

— Eu cheguei cedo demais — confessa Alessia. — Estou nervosa.

Tabitha abre um sorriso enorme, como se tivesse encontrado uma amiga que não via há muito tempo.

— Você vai ficar bem — diz, e Alessia se sente mais leve e confiante.

No domingo, recebi milhares de mensagens sobre a festa de Dimitri e as fotos de Alessia e da maldita Charlotte. Eu as ignorei, escolhendo aproveitar a companhia de minha esposa. E tivemos um dia realmente maravilhoso...

parece que viramos uma página. Sobrevivemos à nossa primeira grande discussão, à visita e às revelações da minha mãe e à atenção extremamente indesejada da imprensa.

E *até que enfim* Alessia parece estar se impondo.

Se você beijar mais alguém, vou remover esse órgão.

Balanço a cabeça, sorrindo ao pensar em minha esposa possessiva e ciumenta.

No entanto, quando me sento à mesa e tento ler as regras para destilar álcool no Reino Unido, não consigo me concentrar. Meu cérebro continua pensando nas revelações de minha mãe, analisando todos os mínimos detalhes. Liguei e deixei mensagens para Maryanne, mas ela ainda não retornou.

Será que ela está com raiva de mim?

Acho que provoquei a situação, já que não contei a Maryanne sobre o aconselhamento genético de Kit.

Cacete.

E não sei direito como devo me sentir depois das notícias chocantes de Rowena.

Estarrecido?

Perturbado?

Furioso?

É, tudo isso junto.

Cara, se controle.

MINHA SEGUNDA REUNIÃO do dia é na reforma do prédio em Mayfair, com Oliver e Caroline. Vamos analisar o projeto e os planos de decoração para os halls de entrada, as áreas comuns e o apartamento modelo. Caroline e Oliver já estão à porta, conversando amenidades de uma forma desconfortável, pelo visto. Oliver, por alguma razão, parece um pouco nervoso, enquanto Caroline o observa com frieza, mantendo distância.

— Maxim! — Caro se alegra, e me recebe com um beijinho na bochecha.

— Então, o que você acha? — pergunto.

— Esse espaço é bem iluminado e arejado, podemos fazer muita coisa aqui, só depende de você. O que você quer que esse espaço transmita? Qual o seu objetivo?

Não tenho certeza se ela está me zoando ou não. É a primeira vez que trabalhamos juntos.

— Quero uma decoração clássica, atemporal, algo que eu não precise mudar todos os anos.

Oliver sorri, aprovando.

— Isso. Pragmático — reforça ele.

— Você está parecendo o Kit — repreende Caroline, e um emaranhado de emoções conflituosas invade minha garganta.

Kit. Meu meio-irmão.

E Caro não sabe.

— Obrigado — murmuro. — Vou tomar isso como um elogio.

Ela sorri.

— Foi minha intenção.

— Vamos ver as áreas comuns para você ter uma ideia de todo o trabalho necessário — intervém Oliver, o olhar fixo em Caroline.

Ela lhe oferece um sorriso frio e educado.

— Posso esboçar algumas ideias e tirar algumas fotos enquanto andamos.

Alessia está prestando atenção em Jennifer Knight, a professora de etiqueta social e dona da escola.

— Nossa missão é permitir que todas vocês estejam aptas a apresentarem as melhores versões de si mesmas. Vocês terão confiança para entrar em qualquer lugar e saber exatamente como se comportar. Da sala de reuniões ao salão de festas, vocês estarão preparadas para lidar com qualquer trabalho ou situação social. Vamos começar com o básico: apresentações, tanto formais quanto informais, quais títulos vocês devem usar e, apesar de mantermos o foco na etiqueta britânica, diferenças culturais das quais devem estar cientes. Assim, vão ser capazes de fazer qualquer pessoa que conheçam ou cumprimentem se sentir confortável e respeitada. — Jennifer abre um amplo sorriso para a turma. — Peço que abram na primeira página da apostila para começarmos.

Alessia segue à risca as orientações, enquanto Tabitha tenta não parecer entediada, sem muito sucesso.

Acho que tenho tudo de que preciso — conclui Caroline.

— Excelente. — Oliver dá um sorriso raro e aliviado.

— Vocês têm um orçamento em mente? — Caro se dirige a mim.

— Faça os projetos e nos dê opções — declaro, e Oliver assente em aprovação mais uma vez, acho, o que é encorajador.

— Certo. Isso não vai ser muito difícil. Se já tivermos terminado, podemos tomar um café, Maxim?

— Lógico. Tem um café do outro lado da rua. Oliver, nos vemos no escritório.

— Tudo bem. Aguardo seu retorno, Caroline — diz ele com rigidez.

Qual o problema com esses dois?

— Tem alguma coisa incomodando você? — pergunto, observando Caroline se sentar na banqueta.

— Sim. Você conseguiu conversar com Rowena?

Eu me sento na cadeira em frente a Caro e tenho dificuldade para falar.

— Sobre o quê?

— Sobre o problema genético de Kit.

Pigarreio.

— Sim. Claro. Eu conversei com Rowena. Ela disse que não há nada com que me preocupar.

Caro semicerra os olhos, me prendendo com seu olhar curioso. Por dentro, estou me debatendo. Essa não é uma conversa que eu esperava ter agora. Ainda estou absorvendo a bomba lançada por minha mãe.

— O que você não está me contando? — O tom de voz de Caro é rude. Ela está irritada.

— Nada.

— Maxim, você está mentindo. Eu conheço você. Seu rosto inteiro fica imóvel enquanto seu cérebro não para de pensar no que dizer.

— Não é verdade! E eu já falei. Ela garantiu que não há nada com que se preocupar.

— Era tudo alarme falso?

Só digo "aham" e espero que ela acredite. Não quero mentir para Caro.

— Estou tentando organizar a homenagem fúnebre para o Kit, e você não confirma a data e Rowena não atende as minhas ligações.

— Ah. — *Droga.*

Eu tinha me esquecido da homenagem fúnebre.

— Ela não costuma me ignorar assim — continua Caro. — Não sei se eu a ofendi. Mas deve ter algum motivo. Você pode falar com ela?

— Ela também não está falando comigo.

— Sério? Por quê? Você acha que ela está bem?

— Não sei.

— Quando você falou com ela?

— No fim de semana.

Caroline bufa.

— Maryanne também desapareceu. Talvez elas tenham viajado juntas.

— Talvez. Você tem uma lista de convidados para a homenagem?

— Tenho. Vou te mandar e você pode acrescentar pessoas. Estou esperando os convidados da sua mãe.

— Falei para Rowena que eu escreveria o discurso fúnebre.

— Podemos discutir as leituras?

— Quando você quiser. Alessia está no curso de etiqueta esta semana.
— Ótimo. Ela vai se sentir muito mais confiante depois. E vai fazer novas amigas.
— Isso.
— Você está preocupado? — zomba Caroline. — Pelo amor de Deus, Maxim. Ela é adulta.
— Eu sei. Eu sei. Mas o sequestro. Eu... eu... — Dou de ombros.
O que eu posso dizer? A segurança de Alessia é minha prioridade.
— Sim, mas ela está aqui agora, com você. Ela vai ficar bem.
— A propósito, o que você disse para Charlotte Hampshire na festa do Dimitri?
— Nada! — responde ela, rápido demais, mas não tenho certeza se acredito.
— Caro? — Arqueio uma sobrancelha como advertência.
O que você disse?
— É por causa daquela foto? Está em todo lugar. Você e Alessia brigaram?
— Foi essa a sua intenção? Causar uma crise no meu casamento? — Eu lhe dirijo uma expressão séria, e o clima entre nós fica tenso.
Caroline arregala os olhos.
— Não? Por que eu faria isso? — pergunta ela, num tom de falsa indignação.
— É isso que você acha?
— Caro, eu não sei o que pensar. Mas Alessia e eu estamos bem. Pare de interferir, porra, ou vai haver consequências.
Ela fica irritada, mas permanece em silêncio. É óbvio que ela falou alguma coisa para Charlotte.
— E o que houve entre você e Oliver? — pergunto, tentando mudar de assunto.
— Do que você está falando? — diz ela de maneira ríspida.
— Não sei, mas havia uma energia estranha entre vocês.
— Ah, pelo amor de Deus. Você está delirando. Acho melhor ir embora e me concentrar nesse trabalho. — Ela se levanta. — Me avise se tiver notícias de Rowena.

— E isso é tudo por hoje, senhoras — diz Jennifer. — Amanhã, vamos abordar a questão da comunicação. Desde mandar mensagens de texto a escrever cartas. Obrigada por seu tempo e sua atenção hoje.
Ela sorri, e Alessia quase relaxa o corpo de alívio, mas se contém, já que suportou uma tarde inteira de aulas de comportamento e aprendeu sobre posturas corretas.
— Estou desesperada para beber alguma coisa — sussurra Tabitha do lado dela. — Por favor, diga que você vai comigo.
— Hum... — Alessia hesita.

É a primeira vez que isso acontece, que uma estranha a convida para uma bebida. Mas ela gostou de Tabitha. Elas têm a mesma idade. Maxim não vai se importar.

Vai?

— Não me diga que você precisa voltar para o seu marido, Alessia.

— Como você...?

— Sua aliança. Imaginei que você era casada. Mas você parece incrivelmente nova para ser casada.

Alessia sorri.

— No meu país, é normal se casar jovem.

— Me conte tudo enquanto bebemos alguma coisa! Por favor.

Meu celular vibra. É uma mensagem de Maryanne. *Até que enfim.*

Estou em Seattle.
Mando mensagem quando estiver em casa.

                                                  Você está bem?

Não. Ainda abalada com as revelações de nossa querida mamãe.
Vim pra cá para me recuperar.

                              Como você conseguiu uma folga?

Com jeitinho!

O quê?! A resposta dela me faz rir. É a mensagem mais não Maryanne possível. Mas estou feliz que ela ainda esteja falando comigo e que esteja descansando. Será que ela foi ver o cara que conheceu quando foi esquiar? Não ouso perguntar.

                                                        Aproveite.

Pode deixar.
Você está bem?

                                                             Aham.

Maxie, era seu desde o início.
Não de Kit.

                                                    O quê?

O título de conde.
Era seu.

Meu couro cabeludo se eriça.
Era meu desde o início.
Eu era o visconde. Depois o conde.
Não Kit.

                                 Isso é difícil de engolir.

Eu sei. ♥
Mas era você, Maxie.
Sempre foi você.
Lembre-se disso.
Coitado do Kit. Descobrir daquela maneira.
Ele deve ter ficado furioso.

                      É. Não consigo parar de pensar nisso.

Queria saber o que ele tinha.

                                     O que ele tinha?

A condição genética dele.

                          Alguma coisa horrível, imagino.
                                Não quero saber.
                                    Coitado dele.

É. Talvez você esteja certo.
Nós amávamos ele.

                                       Amávamos, sim.

Vou voltar no fim dessa semana.
Aí podemos conversar.
Preciso levantar.
Vamos andar em um catamarã gigante.

> Se cuide.
> Bj
> M

Suspiro. Maryanne ainda está falando comigo, diferente de minha mãe. E ela está focada em uma coisa na qual eu não tinha pensado. Minha família é obcecada com linhagens sanguíneas desde que o título de conde foi criado nos anos 1600. Minha mãe também era movida pelo legado. Aquilo foi incutido em todos nós.

Em Kit, em especial.

Que ironia.

E, com a morte dele, o segredo de minha mãe morreu. E ninguém nunca vai precisar saber.

Ela não precisava nos contar.

Ela podia ter dito que as questões genéticas de Kit eram um alarme falso. Talvez Alessia tenha razão. Ela está se redimindo de seus pecados.

Suas mentiras.

Droga. Preciso falar com ela. Mas, depois do que ela disse para minha esposa, não tenho certeza se a quero em nossa vida.

Meu celular vibra de novo, e acho que pode ser Maryanne, com mais pérolas de sabedoria. Mas é Alessia.

Vou a um bar com uma mulher que conheci no curso.
Vou tentar não chegar tarde.

Sinto uma inquietação apertar o peito. Não tenho certeza de como me sinto com Alessia solta em Londres com uma estranha. Relembro o que Caroline disse mais cedo.

Pelo amor de Deus, Maxim. Ela é adulta.

É verdade. Mas antes ela era superprotegida, de uma forma quase claustrofóbica. Eu vi. Vivi aquilo por uma semana.

> Parece ótimo. Já terminei aqui.
> Posso encontrar vocês?

Sim!! 😊
Estamos no Gore.
Bjs

Alessia está fascinada por Tabitha. As duas bebem gim-tônica, e Tabitha conta que mora em um castelo na Escócia, embora Alessia não consiga distinguir um sotaque escocês. Tabitha terminou o curso de história da arte no ano passado na Universidade de Bristol e está em um ano sabático fazendo trilhas entre o Quênia e a Tanzânia com uma amiga. Parece empolgante e mais audacioso que qualquer coisa que Alessia já fez. Exceto pela viagem horrível para a Inglaterra, mas Alessia decide manter essa história em segredo.

— Ah, olhe, Maxim Trevelyan acabou de chegar, ou devo dizer Maxim Trevethick agora.

— Ah. — Alessia se vira e vê Maxim atravessando o salão.

— Eu não o conheço. Mas minhas irmãs o *conhecem*. Sabe? No sentido bíblico.

O humor de Alessia muda.

— Elas são gêmeas.

Gêmeas!

— Ouvi falar que ele se casou, mas não sei quem é a sortuda que fisgou ele.

Maxim vê Alessia, e o rosto dele se ilumina com o que ela suspeita que seja alívio.

— Ah, meu Deus, ele está vindo para cá!

Alessia se vira para Tabitha.

— Maxim Trevethick é meu marido.

Tabitha cospe o gim.

— Ah, meu Deus.

— Eu sou a sortuda que... hum... fisgou ele.

— Ah, não. Me desculpe pelo que eu disse.

Alessia a tranquiliza com um sorriso.

— A reputação dele é... exagerada.

— É. É mesmo! — diz Tabitha apressada, o rosto corado.

Alessia se levanta quando Maxim se aproxima delas. Ele a beija com doçura, um gesto adequado para um lugar público.

— Oi, amor. Tudo bem? Como foi o primeiro dia? — O tom rouco de Maxim sugere que ele está lhe fazendo uma pergunta indecente.

— Bom. Obrigada. — Alessia está um pouco ofegante. — Deixe eu te apresentar a Lady Tabitha.

— Tudo bem? — diz Maxim.

— Lorde Trevethick. — Tabitha oferece a mão, e Maxim aceita. — Sinto muito pelo seu irmão.

— Ele faz muita falta. Posso me sentar com vocês?

— Lógico. — Tabitha chama o garçom, e Maxim pede um old fashioned.

— Então, o que vocês aprenderam hoje? — Maxim vira para Alessia, os olhos brilhando de curiosidade.

— Como se sentar. Andar. E como dizer oi. — Alessia ri.

— Ah. O básico. — Ele ri de volta. Maxim está deslumbrante, com um ar devasso.

— Eu preciso mesmo ir embora — diz Tabitha.

— Por favor, não vá por minha causa — insiste Maxim.

— Eu preciso voltar para casa.

Tabitha levanta, e Maxim faz o mesmo. Alessia sabe que ele não precisa de aula nenhuma, é naturalmente elegante.

— Eu pago a conta — oferece ele.

— Obrigada. Alessia, vejo você amanhã. — Tabitha acena de forma envergonhada.

— Já mal posso esperar — despede-se Alessia.

Ele volta a se sentar.

— Gêmeas? — pergunta Alessia.

Ele franze a testa, depois olha para Tabitha indo embora.

— Ah. Aquela Tabitha. — Ele se vira para Alessia. — Você quer mesmo saber?

Alessia sente as bochechas quentes, mas revira os olhos.

— Não.

Ele ri.

— Essa, sim, é uma reação adequada. Um bom revirar de olhos.

Alessia sorri, apesar da apreensão. Ela se aproxima dele e o beija mais uma vez. *Ela está aprendendo, está mais madura. Passado é passado.*

— Vamos comer fora? — sugere ele. — Pode ser aqui, se você quiser.

N o banco de trás do táxi, Alessia me analisa.

— Como você está?

Suspiro.

— Estou me sentindo melhor. O jantar foi uma boa distração. E Maryanne enfim respondeu minhas mensagens. Ela está em Seattle, mas disse para conversarmos quando ela voltar.

— Teve notícias de sua mãe?

Bufo.

— Acho que ela não vai aparecer por um tempo.

Alessia pega minha mão.
— Ela é sua mãe...
— Eu sei. — Engulo em seco. — Vai levar um tempo.
Ela aquiesce em solidariedade.
— Você quer falar sobre isso?
— O que ainda há para dizer? Minha mãe se provou ser tão hipócrita quanto eu achei que fosse. E cruel. E uma terrível esnobe.
— Ela é... humana.
Dou risada, mas é um som vazio.
— Essa deve ser a primeira vez que alguém diz que Rowena é humana.
Alessia sorri e pergunta:
— O que você quer fazer?
— Bem, eu preciso ler sobre como destilar.
— Destilar algum sentimento contra sua mãe?
Dou uma risadinha.
— Não. Destilar gim.
A expressão de Alessia se ilumina.
— Quero fazer meu próprio gim. Minha esposa gosta.
O táxi para em frente ao prédio e é cercado por fotógrafos.
— Caralho — xingo baixo. — Pronta?
Alessia assente.
— Não diga nada. Deixe que eu saio primeiro e abro sua porta.
— Tudo bem.
Faço isso e envolvo Alessia com meu braço enquanto nos encaminhamos para dentro do prédio.
Trevethick! Trevethick!
E sua relação com a Srta. Charlotte Hampshire?
O que sua esposa tem a dizer?
Nós os ignoramos, mas Alessia para na entrada do prédio.
— O que foi? — pergunto.
Ela agarra minha lapela, em seguida passa as mãos em volta de minha nuca e puxa minha boca para a dela. Diante de uma explosão de flashes de fotógrafos, ela pressiona o corpo contra o meu e me beija com paixão, sua língua insistente e possessiva.
É... *sensual.*
Ela me pega de surpresa.
Quando nos afastamos, nós dois estamos sem ar. Alessia abre a porta e, sem olhar nem uma vez para a multidão alvoroçada, me conduz para dentro do edifício.
Uau.

No elevador, eu a agarro, sedento por ela, e nos beijamos até o sexto andar.

— Sabe, podíamos cumprir com o nosso dever de novo — murmuro junto a sua boca.

Ela inclina a cabeça para trás e ri.

Alessia brinca com o cabelo de Maxim, os dois deitados na cama, logo após fazerem amor. Os braços e as pernas dela estão fracos e seu coração desacelera. Maxim descansa a cabeça na barriga da esposa, sua posição preferida depois de fazer amor, e desenha lentamente um círculo em volta do umbigo dela. Alessia sabe que ele está preocupado.

— Meu pai sempre me defendeu. — Maxim quebra o silêncio. — E agora faz sentido.

Alessia para as carícias, e ele vira seus olhos verdes brilhantes para ela.

— Estou pensando se minha mãe protegia tanto Kit por causa da... indiferença de meu pai por ele. Não, indiferença é uma palavra forte. Eu não percebi na época. Estava muito envolvido nas minhas coisas, mas, pensando nisso agora, talvez eu fosse o preferido de meu pai.

— Ninguém suspeitava?

— Não. Acho que não... — Ele se interrompe. — Não. Espere. Minha mãe e meu pai tiveram uma briga imensa com meu tio Cameron. Talvez ele soubesse.

— Ele nunca disse nada?

— Não. Nunca. — Maxim apoia a cabeça na barriga dela mais uma vez. — Ele fugiu para Los Angeles no fim dos anos 1980. Mas Kit também nunca se sentiu confortável com Cameron. Nós não fomos visitá-lo quando estávamos no Caribe no Natal passado. Agora eu sei por quê.

Eles ficam calados enquanto digerem essa informação. Alessia percebe que a única pessoa que pode ajudar com essas questões é Rowena.

— Você vai falar com sua mãe? — pergunta ela.

Maxim bufa.

— Já tínhamos uma relação complicada antes. Não nos vejo nos recuperando disso.

Alessia não diz nada, mas acaricia o cabelo dele mais uma vez. Ela quer dizer que, apesar do que ele e Alessia sentem em relação a Rowena, talvez o marido devesse escutar a versão da mãe. Eles não sabem todos os detalhes, mas Alessia não acha que Maxim já esteja pronto para ouvir aquilo.

Algum dia.

Em breve.

Afinal, Rowena ainda é mãe dele.

Capítulo Vinte e Quatro

Tabitha vai direto para Alessia assim que entra na sala de aula.
— Bom dia, Alessia. Me desculpe por ontem.
Alessia balança a cabeça.
— Não se preocupe.
— Sabia que você viralizou? — pergunta Tabitha.
— Não. O quê? Onde?
— Aqui. Eu pesquisei seu nome no Google ontem depois da minha gafe horrível. E olhe. Foi isso que eu encontrei.
Ela mostra um vídeo que Grisha Egonov postou no Instagram de Alessia tocando piano na festa de Dimitri.
— Você é muito boa — elogia Tabitha.
— Obrigada — diz Alessia, de forma automática.
Ela está atônita. Não se lembra de Grisha a filmando. Estava absorta demais na música. O post tem mais de oitenta mil curtidas e milhares de comentários. A legenda diz: *Lady Alessia, Condessa de Trevethick. Linda e talentosa.*
Ela olha boquiaberta para Tabitha, que sorri.
— Grisha não está errado.
— Bom dia a todas. — Jennifer Knight chama a atenção das presentes, interrompendo a conversa delas. — Hoje vamos discutir comunicação escrita e a forma correta de escrever a alguém, seja por carta ou e-mail.

Abigail Chenoweth, da fazenda Rosperran, e Michael Harris, o administrador da Mansão Tresyllian, estão bastante animados com a ideia de produzir gim. Encerro a chamada com eles satisfeito. Se conseguirmos acertar nesse projeto, teremos essa nova fonte de receita e poderemos oferecer empregos aos moradores das cidadezinhas em volta. Precisamos cumprir uma infinidade de burocracias para obter as licenças necessárias, fazer o planejamento e tudo o mais, porém tenho que admitir que estou animado.

Meu primeiro projeto para nossas propriedades. E tudo inspirado em minha esposa.

Meu celular vibra. É Caroline.

— Caro.

— Oi. Você viu o vídeo da Alessia?

O que foi agora?

— Vídeo? Não.

— Ela está no Instagram do Grisha.

— O que ela está fazendo no vídeo?

— O que você acha que ela está fazendo? Está tocando o piano dele. E não se preocupe, querido, isso não é uma metáfora. — Caro ri da própria piada de mau gosto.

— E daí? — Eu sei que ela estava tocando piano. Eu estava lá!

— A vacadrasta viu. Ela quer saber se Alessia se candidatou ao Royal College of Music.

Uau!

— Sim. Ela se candidatou.

— E que nome ela usou?

— Alessia Trevelyan.

— Ótimo. Vou avisar.

— Vocês duas estão se falando?

— Ela me ligou. Achei que meu pai podia estar doente ou coisa pior, então atendi à ligação. Mas não, ela queria saber de Alessia e perguntou se você ainda é DJ.

— Por quê?

— A Pirralha Demônia vai fazer dezoito anos e quer uma rave nos jardins de Horston.

— Sua irmãzinha já vai fazer dezoito anos? Como diabos isso aconteceu?

— Meia-irmã! — corrige ela, com rispidez. — E, sim. Cordelia já está na idade de espalhar sua demonice. Vai ser um terror.

— Caro, eu não vou ser DJ de ninguém, a não ser que sua madrasta coloque Alessia naquela faculdade. Nesse caso, posso reconsiderar. É a única maneira de ela conseguir um visto sem precisar voltar para a Albânia.

— Ah. Entendi. Então seus dias de DJ já eram? — Caro soa surpresa.

— Não tenho tempo. Além disso, os babacas que traficaram Alessia roubaram meu equipamento e não tive tempo de comprar outro.

— Ah. — Caro fica em silêncio por um momento, mas, antes de eu conseguir dizer alguma coisa, ela continua: — Vou falar para ela. Mas a Pirralha Demônia vai ficar muito decepcionada. Você sabe que ela tem um crush gigante em você.

— É mesmo? — *Porra, como eu devo reagir a isso?*
Caroline suspira, e não sei direito por quê.
— Enfim — diz ela. — Eu devo ter alguns esboços para você no meio da semana que vem.
— Maravilha. Obrigado, Caro. — Desligo, aliviado por ela ter mudado de assunto, e abro o meu Instagram.
Alessia viralizou!
Será que ela sabe?
Procuro Grisha e encontro o perfil dele. É óbvio que há diversas fotos dele na festa ao lado de atores famosos, personalidades da TV e modelos. Mas também há um vídeo de minha esposa tocando Bach como se tivesse nascido para fazer aquilo.
Uau. O vídeo já tem cem mil curtidas.
Eu não queria admitir isso, mas Grisha tem razão: Alessia é linda e talentosa.
E minha.
Faço uma pausa no trabalho e assisto ao vídeo de novo. Depois mais uma vez. Na quarta, um movimento ao fundo chama minha atenção.
Dou um sorriso. Preciso mostrar a minha esposa.

A aula termina cedo, e Tabitha convida Alessia para tomar um chá. Mas Alessia recusa com delicadeza e pede para deixar para a próxima, já que tem planos. Ela olha o relógio: três e meia. Ainda tem tempo, já repassou o caminho algumas vezes na internet. Na rua, despede-se de Tabitha e, imitando o gesto de Maxim, chama um táxi e entra nele.
— Para onde, moça? — pergunta o taxista.
— Parque de Kew, por favor.
Alessia se recosta no banco e pega o celular para mandar uma mensagem para Maxim.

> Olá, milorde
> Terminamos cedo hoje.
> Vou sair.
> Bjs
> A

Alessia quer ver onde seu tio-avô mora. Talvez até mesmo conhecê-lo. Nas aulas de hoje, ela lhe escreveu uma carta, e espera passá-la por baixo da porta dele. Depois que conseguir encontrá-lo, vai contar ao marido que foi atrás do parente. Afinal, Maxim não queria que ela contratasse um detetive particular.

E foi o que ela fez.

Seu celular apita.

É uma mensagem do marido.

Boa tarde, milady.
Eu adoro quando você me manda mensagem.
Sair para onde? Mentes curiosas precisam saber.
Posso te encontrar, se quiser.
Bj
M

Ah, não.

> Vou a Kew.
> Não vou demorar.
> Vejo você mais tarde.
> Bjs

O que diabos Alessia está fazendo em Kew? Da última vez em que estive perto daquela parte da cidade foi quando dirigi até Brentford depois que aqueles babacas aparecerem em meu apartamento e Alessia desapareceu. *Você é filho do seu pai. Um cavaleiro com armadura reluzente, um otário que não aguenta ver uma donzela em perigo.*

A lembrança das palavras de minha mãe azeda meu humor, e minha preocupação com Alessia aumenta.

> O que você está fazendo em Kew?

Alessia bufa. Seu marido se preocupa demais. Ela percebe isso pelo tom brusco da mensagem dele. Achou que o tranquilizaria ao avisar que estava saindo, mas parece que o deixou mais ansioso. Ela responde à mensagem.

> É uma surpresa.
> Não se preocupe!!! :D
> Bjs

A mensagem de Alessia é mais ou menos tranquilizadora.
Pelo amor de Deus, Maxim. Ela é adulta.

> Tudo bem.
> Se cuide.
> Me avise quando estiver vindo para casa.
> P.S.: Não sei se gosto de surpresas! ☺

A lessia suspira, aliviada. Essa mensagem faz mais o estilo dele. Quem sabe seu marido tenha recuperado o senso de humor. Sentindo-se mais tranquila, Alessia olha pela janela do táxi e avista uma mãe empurrando um carrinho de bebê. Ela imagina como Maxim seria se ela ficasse grávida. Ele provavelmente se preocuparia mais ainda.

Um filho de Maxim.

Ela ama a ideia.

Mas ainda não. Ficou chocada quando ele abordou o assunto no fim de semana. Contente por saber que ele quer filhos, mas a tentação de estudar em uma das melhores escolas de música do país é grande demais.

A maternidade pode esperar.

Porém, se ele insistir, talvez ela considere. Ela também quer filhos.

É. Ela podia se ver fazendo isso.

Seus pais ficariam animados e Maxim também.

Contudo, ele concordou em esperar. Ele também quer mostrar a ela uma parte do mundo.

M eu celular toca. É um número que não reconheço.
— Trevethick.
— Lorde Trevethick, aqui é Ticia Cavanagh.
— Olá, Ticia. Por favor, me chame de Maxim. — *Nossa, nós já nos pegamos, pelo amor de Deus.* — Qual a novidade?
— Estou ligando para contar que, como pensamos, todos os documentos de seu casamento são completamente legítimos. Pesquisamos a fundo. Vocês são legalmente casados.

Dou uma risada, mais de alívio que de qualquer outra coisa.
— Essa é uma grande notícia.
Depois de tudo, o plano de Demachi e Tabaku funcionou.
— Vocês já começaram a procurar um lugar para a Lady Trevethick...

— Alessia, por favor.

— Para Alessia estudar? Estou preocupada com todo esse interesse da imprensa em vocês.

— Ah. Você viu?

— Vi. E você deveria ficar preocupado. Se o departamento de imigração descobrir que Alessia estava aqui ilegalmente no início do ano, eles podem negar um visto de família. E *você* também pode se encrencar, pois violou as leis de imigração, já que ela trabalhava para você e não tinha o visto correto para isso.

— Ah, merda.

— Pois é. Vou acompanhar o caso com um colega para descobrir como a investigação da polícia sobre os traficantes está prosseguindo e se eles têm alguma coisa que possa ligar sua esposa ao crime. Isso tudo vai ser feito de forma anônima, mas o custo vai sair do seu adiantamento. Então, estou perguntando se...

— Vá em frente. Sem dúvida. E se o adiantamento não cobrir, me avise.

— Certo. Ótimo.

— Espero conseguirmos matricular Alessia em um dos conservatórios de música de Londres.

— Eu vi o vídeo. Ela é muito talentosa.

Sorrio, mas balanço a cabeça. Minha esposa viralizou!

— Ela é talentosa, sim, e quer estudar no Royal College.

— Boa sorte. Nesse meio-tempo, seria bom se chamassem um pouco menos de atenção.

— Entendido. Devemos ir para a Cornualha. Vamos ficar fora dos holofotes lá. Obrigado por avisar.

— De nada, Maxim.

Ela desliga, e meu cérebro começa a processar a conversa. Talvez tenha sido um erro ir à festa de Dimitri.

Viralizar justo agora!

Alessia passa o dedo pelo pingente de cruz da avó pendurado no pescoço. O frio na barriga aumenta quanto mais se aproxima de Kew. O táxi para em um sinal vermelho, e Alessia consegue ver a ponte Albert à frente e a estrada para Brentford à direita. Ela se lembra de como era feliz morando com Magda e seu filho por aquelas poucas e preciosas semanas. Michal lhe disse pelo Facebook que ele e Magda estavam bem no Canadá. Ele tem muitos amigos novos e está aprendendo a patinar. E tem vontade de jogar hóquei no gelo como o padrasto, Logan. Por seus posts, ele parece feliz, assim como Magda.

Sem querer, Alessia pensa na rabugenta Sra. Kingsbury e na Sra. Goode. Suas antigas clientes. Será que elas têm faxineiras novas?

Alessia balança a cabeça. Muita coisa mudou em sua vida desde então.

O sinal fica verde e o táxi segue adiante, atravessando a ponte Albert e em seguida entrando em uma rua lateral. O carro para perto de uma casa velha e grande que poderia pertencer a Cheyne Walk. É uma das várias casas ao redor de um bonito pasto verde, cercado por plátanos enormes. Alessia paga ao taxista e sai do carro.

Ele vai embora, deixando-a na casa do tio-avô. O imóvel é impecável. Há uma árvore bem podada na frente, e, através de uma grande janela, Alessia vê um piano de ¼ de cauda.

Um piano!
Ele também toca?

O coração dela começa a martelar de animação, ansiedade e um pouco de medo, mas, naquele momento, ela decide falar com ele.

Ele talvez a mande ir embora.

Ela segura firme a pequena cruz dourada que pertencia a sua Nana, irmã *dele*, e, decidida, anda até a porta preta brilhante e toca a campainha. O som é baixo do lado de dentro e, segundos depois, uma senhora com o cabelo preso em um coque arrumado abre a porta.

— Olá. Posso ajudar? — pergunta ela.

— Estou aqui para ver Tobias Strickland.

— A senhorita marcou um horário com ele? — pergunta ela com firmeza.

— Não. Eu estava esperando que ele me recebesse. Sou neta da irmã dele. Hum... Sobrinha-neta dele.

Considerando as preocupações de Leticia Cavanagh, ligo para Tom Alexander para saber se ele fez algum progresso na busca pela jovem amiga de Alessia e se tem alguma atualização sobre a investigação da polícia.

— Trevethick. Tudo bem? Imagino que você tenha encontrado sua esposa.

— Encontrei. Grisha ofereceu o motorista dele para levar Alessia em casa.

— O quê? Por quê?

— Você não lê as notícias, Tom?

— Você está brincando? Óbvio que não. Já te falei. Não me dou ao trabalho de ler aquelas bobagens, a não ser que eu tenha um cliente que esteja nas manchetes. Sugiro que você faça o mesmo. Ignore aqueles babacas.

— Você está certo. Mas, se por um acaso vir alguma manchete sensacionalista, Charlotte, minha ex...

— A atriz? A que não era tão boa assim? Que sempre faz papel dela mesma?

Apesar da gravidade da situação, dou uma risada pela sinceridade de Tom.

— Isso. Essa mesma. Ela me agarrou. — Há uma pausa esquisita na conversa e continuo falando: — Alessia viu e entendeu errado. Mas, enfim, não liguei para te contar essa história. Quero saber se você descobriu alguma coisa sobre a amiga da Alessia.

— Nadinha sobre a garota. Mas os detalhes que Alessia nos deu são tão vagos que eu ficaria surpreso se conseguíssemos encontrá-la. Eu falei com Spaffer, ele é o responsável pelo caso. Eles ainda estão reunindo provas e disse que um detetive particular tem feito perguntas sobre esse caso.

Sinto um arrepio descer pelas minhas costas.

— Seriam jornalistas? — pergunto.

— Ele não sabe. Mas houve uma operação recente em um lugar em South London, encontraram quatro jovens lá.

— Merda. Sério?

— Sério. O Exército da Salvação está cuidando delas.

— Alguma delas é albanesa e se chama Bleriana?

— Acho que não. Mas não dá para ter certeza se não falarmos direto com elas.

— O que vai acontecer com elas?

— Para ser sincero, não sei.

— É deprimente pra caralho.

— É, sim, cara. Vamos continuar trabalhando. Ver se conseguimos encontrar essas mulheres.

— Boa sorte.

— Ah, e antes que eu me esqueça: você não precisa se preocupar com aquele jornalista que ligou para você.

— É mesmo?

— Não. Ele não sabe de nada. — Tom parece categórico.

Tudo bem então.

— Obrigado pela atualização.

A senhora com o coque arrumado deve ter por volta de cinquenta anos. Ela espia atrás de Alessia para ver se a jovem está acompanhada e em seguida a julga com o olhar. Alessia fica aliviada quando a mulher abre passagem — ao que tudo indica, ela passou na inspeção.

— Não sabia que o professor Strickland tinha uma sobrinha. Muito menos uma sobrinha-neta. É melhor você entrar.

Ela abre espaço para Alessia no corredor. O hall é muito parecido com o da Residência Trevelyan, onde Caroline mora, e Alessia conclui que as duas casas devem ter sido construídas mais ou menos na mesma época.

— Venha comigo — instrui a mulher, e conduz Alessia para uma sala espaçosa com uma lareira proeminente, uma cornija imponente e portas francesas que dão para um exuberante jardim nos fundos.

Sentado em uma escrivaninha, na frente de um laptop, está um homem com uma cabeleira grisalha, um bigode excessivamente curvado e barba. Ele levanta a cabeça e a observa com um olhar curioso. Seus olhos são do mesmo tom azul-claro dos da amada Nana, a boca do mesmo formato, cercada por rugas que revelam a predisposição dele a sorrir. É a versão masculina da avó de Alessia. De repente, ela sente a garganta tomada por diversas emoções e não consegue falar.

— Bem, minha querida — diz ele. — O que posso fazer por você?

Como ela não responde, ele franze a testa, confuso, olhando de Alessia para a mulher, que Alessia suspeita ser uma serviçal. Serviçal, não. Funcionária.

— Ela disse que é sua sobrinha-neta, professor.

O rosto dele fica pálido, então o homem vira seus grandes olhos luminosos para Alessia.

— Alessia? — sussurra ele.

O quê?! Ele a conhece!

Lágrimas brotam nos olhos dela, que confirma com a cabeça, sem conseguir falar.

— Ah, minha querida! — exclama ele, se levantando da cadeira. Ele dá a volta na mesa e pega as mãos dela. — Nunca pensei... — A voz de seu tio-avô falha com um engasgo, e os dois se encaram, de mãos dadas.

Ela assimila as rugas em volta dos olhos dele e o bigode ridículo, que faz curva nos cantos. A barba impecável. A impressionante cabeleira, como a da avó.

— Virginia? — sussurra ele.

Ele não sabe.

Alessia balança a cabeça.

— Ah, não — diz ele, e lágrimas aparecem em seus olhos.

Ele aperta as mãos dela enquanto os dois se entreolham por vários segundos, e incontáveis emoções passam por seu rosto ao absorver a notícia. Por fim, as lágrimas de Alessia caem, descendo pelo rosto quando ela se lembra de sua querida Nana. Tobias puxa um lenço de algodão do bolso da calça e enxuga o rosto.

— Minha querida, estou arrasado. Minha irmã tão amada... Eu sempre me perguntei como estaria ela. Não tenho notícias dela há muito tempo. Eu esperava... — Ele inspira. — Sra. Smith. Chá. Por favor. Você aceita um chá, minha querida?

Alessia assente e retira um lenço da bolsa. A Sra. Smith, cujo sorriso gentil demonstra que sua atitude foi de desconfiada para solícita, sai da sala às pressas.

— Essa cruz dourada. Parece familiar. Era dela?

— Era! Era, sim. — Os dedos de Alessia voam para o pescoço na mesma hora, e ela mexe na cruz. — É o meu bem mais valioso. Eu amava muito minha avó.

Ele sorri. Um sorriso triste.

— Eu me lembro dessa cruz. Meus pais eram terrivelmente religiosos. Ginny também. Foi por isso que ela foi para a Albânia, para espalhar a Palavra de Deus durante o período comunista. — Ele balança a cabeça, como se tentando se livrar de alguma memória desagradável. — Vamos para a sala de visitas.

Ele conduz Alessia em direção à porta.

— Eu não tinha o endereço de Ginny, mas ela me escrevia de vez em quando. Foi assim que eu soube de você. Acho que ela ficava preocupada que os meus pais fossem "resgatá-la" das profundezas da Albânia. Eles não aprovavam o casamento dela de jeito nenhum. — Toby suspira. — Uma história horrível. Eles perderam a filha.

— O casamento acabou sendo uma coisa boa. Ela amava muito o marido. Ele era um homem bom. A filha dela, minha mãe, teve menos sorte, mas parece que isso mudou.

— Sua mãe, Shpresa?

— Isso.

— Então, Alessia, me fale mais sobre você. Por que você está na Inglaterra? Me conte tudo.

Amor, cheguei — exclamo quando fecho a porta de casa. Está um silêncio mortal no apartamento, e a ansiedade e a insegurança que senti desde que Alessia avisou que ia *sair* vêm com força total.

— Alessia! — grito, no caso de ela estar em um dos banheiros ou mexendo no armário.

O vazio ressoante no apartamento é algo que eu nunca havia notado até Alessia se mudar para cá.

Droga. Nos esquecemos de ligar o alarme.

E ela disse que mandaria mensagem. Fazendo uma careta, pego o telefone e ligo para ela. Mas toca até cair na caixa postal.

— Onde você está? — pergunto e desligo, suspirando de frustração.

Alessia pode cuidar de si mesma.

Não pode?

Ela lidou com minha mãe. Lidou com Grisha.

Sinto uma pressão no peito devido à angústia que já me é familiar desde que Alessia foi sequestrada. Mando uma mensagem e tento manter um tom descontraído.

> Onde você está?
> O apartamento fica frio e solitário sem você.
> Bj
> M

Além disso, estou com fome. O que não vai ajudar no meu humor. Sentindo-me péssimo, vou até a cozinha, onde a geladeira está repleta de comidas gostosas. Não. Mudo de ideia, vou para o quarto e coloco uma roupa esportiva. Correr vai desanuviar minha mente, e minha esposa estará de volta quando eu retornar.

— Não acredito que você estava morando do outro lado do rio. Que incrível! — comenta Toby.

— É. Eu era feliz lá — responde Alessia.

— Mas West London é melhor, é o que dizem. — Ele dá um sorriso afetuoso.

Alessia checa o horário. Já passa das seis!

— A hora! Preciso ir. Meu marido vai ficar preocupado.

— Tenho certeza de que vai mesmo. Maxim, você disse?

— Isso. Esse é o nome dele. — Alessia não contou a Toby sobre o título de Maxim. Vai deixar isso para o próximo encontro. — Mal posso esperar para vocês se conhecerem. Ele é um homem bom. — Ela se levanta e olha para o piano.

— Você toca?

— Sim. Toco. Nana ensinou minha mãe e elas me ensinaram. O senhor toca?

Ele dá uma risada.

— A musicalidade está no nosso sangue. Infelizmente, não toco mais tanto quanto antes. — Ele levanta as mãos e remexe os dedos. — Eles não são mais os mesmos, mas estudei música a vida toda. Agora, sinto que é mais uma ciência que uma arte, ainda que tenha começado com uma explosão de cores para mim.

— O senhor tem sinestesia?

— Tenho, minha querida. — Ele fica surpreso. — Mas eu chamo de cromestesia.

Alessia sorri.

— Cromestesia. Nunca ouvi falar.

— É específico. Se refere à sinestesia com cores.

— Eu tenho isso!

— Rá — exclama ele, e pega as mãos dela. — Nunca conheci outro sinestésico! E quando finalmente conheço, somos parentes! Como você vê as cores?

— Elas combinam com os tons. E o senhor?

— A minha é menos definida, mas escute, podemos discutir isso outra hora. Sei que você precisa ir. Vou pedir um Uber para você. E enquanto esperamos ele chegar, você pode tocar alguma coisa para mim?

Alessia está zonza de alegria quando entra no carro. Toby acena da porta para se despedir, e ela retribui o gesto com entusiasmo até não conseguir mais vê-lo. Ela se abraça quando o carro vira e diminui a velocidade no trânsito da ponte. Toby é atencioso, gentil, musical e superinteligente, porém, o mais importante: ele está interessado nela e em sua vida de uma maneira que seus parentes homens na Albânia não estão, e ele quer muito conhecer o marido dela. Ela pega o celular na bolsa para ligar para Maxim e se desculpar por não mandar mensagem, mas acabou a bateria.

O Zot!

Bem, não há nada que ela possa fazer até chegar em casa. Então se recosta e repassa toda a conversa com Toby. Seu tio-avô. Sinestésico.

— Amor, cheguei! — anuncio para o apartamento vazio assim que volto de meu exercício.

As endorfinas que surgiram graças à corrida desaparecem quando vou tomar banho.

Onde diabos ela está?

Por volta das sete da noite, estou arrancando os cabelos. Deixei mais mensagens, porém minha esposa ainda não deu notícias. Não tenho ninguém para ligar, nada que possa fazer. Estou impotente.

Detesto não saber onde nem como ela está.

Perambulo pela sala e, toda vez que passo pelas portas duplas que dão para o corredor, checo a porta da frente, desejando que Alessia apareça.

Eu. Vou. Enlouquecer.

Cacete.

Ando pelo corredor silencioso. De repente, me sinto sufocado. Não sei onde minha esposa está e, por alguma razão desconhecida, me vem a lembrança do Louboutin de minha mãe fazendo barulho no piso de madeira quando ela saiu, e me dou conta de que já perdi outro membro da família esta semana.

Será que aquela foi a última vez que a vi?
E, por mais que Rowena me tire do sério, esse pensamento é deprimente.
Ela é minha mãe.
Mamãe.
Caralho.
Como vamos superar essa?
Afasto essa sensação miserável e mando uma mensagem para ela.

> Precisamos conversar sobre a homenagem para Kit.
> Quando não estiver mais irritadinha, talvez possa me ligar.

Quero acrescentar *sua vagabunda traidora*, mas não faço isso. Ela é minha mãe. Em seguida, envio uma mensagem para minha esposa sumida. De novo.

> Estou enlouquecendo aqui!
> Me ligue.
> Por favor.
> M

De repente, a chave faz barulho na porta e vejo Alessia. Ela está bem. Quando nos entreolhamos, seu sorriso caloroso ilumina o corredor escuro e meu coração. Sinto um misto de alívio e raiva.
Que bom que ela está bem, porra.
Porém, assim que ela pisa no corredor, a raiva triunfa, e meu grito ecoa pelas paredes:
— Onde você estava, caralho?

Capítulo Vinte e Cinco

Alessia fica paralisada. Vou até ela, querendo descarregar minha raiva. Estou dominado pela fúria, mas, quando me aproximo, Alessia levanta o rosto para o meu, uma imagem de inocência e beleza e olhos escuros encantadores.

— Me desculpe. Minha bateria acabou — murmura ela.
— Ah.

Não era isso que eu esperava que ela dissesse. Estava esperando uma discussão vigorosa que fosse me ajudar a me livrar da frustração e do medo. Seu simples pedido de desculpas e explicação me deixam sem ação, e meu humor melhora em um milésimo de segundo.

— Eu estava preocupado — resmungo.

Hesitante, como se ela estivesse prestes a enfrentar um leão, Alessia leva a mão a meu rosto e faz um carinho.

— Eu sei. Me desculpe.

Suspirando, apoio minha testa na dela e fecho os olhos. Levo um momento para me acalmar. Devagar, eu a envolvo nos braços, puxando-a para perto de modo que ela se molda em mim, me inundando com seu calor tranquilizante. Ela me beija.

— Me desculpe. Perdi a noção do tempo.
— Onde você estava?

Ela sorri.

— Se você prometer não ficar enfezado, eu conto.
— Não. Eu não prometo, não. Não mesmo. Eu já estou enfezado. Você tem uma tendência enlouquecedora de se colocar em situações perigosas. Me conte.
— Fui conhecer o irmão da minha avó, meu tio-avô.

Maxim dá um passo para trás, soltando Alessia.
— Tio? Você tem família aqui?

Ela assente, ainda radiante por ter encontrado seu parente.

— Por que eu ficaria chateado? Ele mora em Kew? Como você descobriu?

Alessia pega a mão de Maxim e o leva para a cozinha.

— Sente — diz ela e aponta para a cadeira da cozinha.

Ele franze a testa, confuso, mas obedece e olha para a esposa, na expectativa, com seu cabelo despenteado e os olhos verdes que não brilham mais de raiva, e sim de curiosidade.

— Lembra quando eu falei com você sobre encontrar Bleriana?

Maxim fica imóvel, e Alessia não sabe como ele vai reagir.

— Fui ver aquele detetive.

— Entendi. E aí?

— Pedi para ele encontrar a família da minha avó.

— Ah.

— E Bleriana — sussurra ela, como se estivesse confessando uma maldade enorme.

— Apesar de eu ter pedido para você não fazer isso. — Maxim contrai a boca, e, pelo olhar gélido do marido, ela sabe que ele está irritado.

Alessia assente. Tenta não se sentir culpada, mas não consegue. Maxim balança a cabeça, pega a mão dela e a puxa para seu colo.

— Como assim, Alessia? Não quero você envolvida naquele mundo, mesmo a certa distância. Tom ainda não conseguiu muita coisa, mas ele está investigando. Ligue para o detetive e peça para ele parar. Deixe Tom lidar com isso. Alguém em quem eu confio. Por favor.

— Tudo bem — responde ela. — Me desculpe. Eu só estou ansiosa para encontrar Bleriana.

Maxim suspira.

— Eu entendo. Mas por que você não me contou que ia encontrar seu tio-avô? Eu teria ido com você.

— Eu não estava planejando me encontrar com ele. Ia só entregar uma carta. Aprendemos sobre correspondência e como escrever cartas hoje na aula. Mas aí eu olhei pela janela e reparei que havia um piano na sala. Quando vi aquilo, senti que era... o destino.

Ela dá de ombros, tentando demonstrar o quanto se sentiu impelida a bater na porta depois de ver o instrumento.

Maxim suspira de novo.

— Entendi. Bem, se você tiver mais algum parente escondido, vou ficar feliz em te levar para encontrá-lo. Me deixe fazer isso. Por favor?

— Tudo bem.

— Me conte sobre ele.

Alessia beija o rosto de Maxim.

— Obrigada por não ficar tão enfezado comigo.

— Eu ainda estou um pouco enfezado com você. E não usamos muito "enfezado" nesse tipo de situação. É meio esquisito. Falamos "bravo". E eu estava desesperado mais cedo, porra. Fiquei preocupado.

— Eu sei. Me desculpe. Devo começar a cozinhar? Está com fome?

Maxim se recosta, um sorriso relutante puxando os cantos da boca.

— Estou. Morrendo de fome.

Ela sorri e acaricia o rosto dele. Seu marido está bravo de fome.

— Vou cozinhar e contar tudo sobre ele.

— Então ele estava logo do outro lado do rio quando você morava em Brentford? — pergunto, observando Alessia mexer o molho de tomate. — Tão perto e tão longe.

— É. É uma casa bem grande. Ele é músico também, mas era professor. Em Oxford. Professor universitário de música. Ele tem sinestesia como eu, mas ele chama de... hum... cromestesia.

— Uau. — *Qual a probabilidade?* — Será que é genético?

— Acho que sim!

Ela sorri enquanto acrescenta algumas alcaparras. Seja lá o que for que ela está cozinhando, o cheiro é delicioso. É tão bom que merece uma taça de vinho tinto encorpado.

— Vinho? — ofereço a Alessia.

— Por favor. Ele quer conhecer você. E minha mãe!

— Ele não conhece sua mãe? — Pego uma garrafa.

— Não. Ele nunca foi à Albânia. E minha mãe não sabe que ele existe. Minha avó foi rejeitada pela própria família por se casar com um albanês. — A voz de Alessia some, e ela mexe o molho.

Merda.

Minha família não a rejeitou.

Ou rejeitou? Minha mãe...

— Isso é horrível — murmuro, afastando aquele pensamento na mesma hora.

— Mas ele sabia de mim. Ela escrevia cartas para ele de vez em quando.

— Ele devia ir conhecer sua família. Eu recomendo, apesar de seu pai ser assustador. Você contou para Shpresa? — Abro o vinho e sirvo duas taças.

— Não. Mas vou contar depois do jantar. — Ela escorre o espaguete e acrescenta o molho, misturando. — Está pronto.

Alessia coloca o último prato no lava-louça, limpa a bancada, tira o celular da bolsa e o conecta ao carregador. Maxim está no piano da sala. Ela não o ouve tocar desde o dueto que fizeram juntos. Alessia se inclina contra o batente da porta e escuta por um momento. Ele está improvisando uma melodia em Lá menor. As notas brilham pela sala e pela cabeça de Alessia em um azul vibrante, soando alegres, calorosas e cheias de esperança, algo incomum para um tom menor.

Ele parece... feliz.

Alessia sorri. A música é um contraste completo com a composição melancólica de Maxim que ela tocou para ele há não muito tempo no Esconderijo, na Cornualha. Ele se vira, percebendo a presença da esposa, então ela se aproxima e se senta ao lado do marido no piano.

— Essa é uma melodia mais feliz.

— E por que será? — Maxim dá um sorriso afetado, e ela retribui. — É de *Interestelar*.

Alessia franze a testa.

— O filme? — pergunta ele.

— Não conheço.

— Ah. Precisamos assistir. É incrível. E ainda tem a trilha sonora maravilhosa do Hans Zimmer. — Ele para e coloca o braço em volta dela. — Aliás... Falei com Leticia hoje.

Alessia fica tensa. Apesar de gostar de Ticia, ela não gosta que ele fale com mulheres com quem já teve relações sexuais.

Alessia! Pare.

Maxim continua, sem perceber a tensão dela — ou escolhendo ignorar.

— Ela disse que devíamos manter a discrição e evitar a imprensa. Então, quando você tiver terminado seu curso, acho que devíamos ir para a Cornualha. Tenho trabalho a fazer na Mansão, de qualquer forma. Sei que tínhamos ficado de embalar tudo do apartamento esse fim de semana para nos mudarmos, mas talvez possamos contratar alguém para fazer isso por nós. Ou podemos esperar.

Alessia fica animada.

— Eu amo a Cornualha — diz ela, ofegante. — Principalmente o mar.

— Eu também. — Maxim beija a cabeça dela. — Está resolvido então. Podemos ir na sexta à noite. E até lá podemos ficar em casa e assistir a uns filmes. Ver Netflix e relaxar, sabe.

— Achei que essa fosse outra maneira de dizer sexo no sofá.

Maxim ri.

— Podemos fazer isso também. — Ele lhe dá um beijo rápido.

— Toque um pouco mais de *Interestelar*.

— Eu me sinto um pouco tímido de tocar para você.

Ela ri.

— Por quê? Não, por favor. Eu amo suas composições.

— Bem, essa não é minha. Mas, se você escutar, provavelmente vai conseguir tocar melhor que eu.

— Maxim, só toque.

Ele sorri.

— Sim, madame.

COM A MÚSICA de *Interestelar* ainda soando na cabeça, Alessia pega o telefone para fazer uma chamada de vídeo com a mãe. Há diversas mensagens de Maxim, e a cada uma ele soa mais desesperado e perturbado. Alessia tenta não se sentir culpada. Não queria preocupá-lo.

Há e-mails de quatro faculdades para as quais ela se candidatou. O que ela lê primeiro é do Royal College of Music.

Um teste!

Eles estão ansiosos para vê-la.

Uau! Alessia corre de volta para a sala. Maxim olha para ela.

— Fui chamada para um teste no Royal College of Music!

Ele sorri e aplaude, se levantando devagar.

— Minha esposa talentosa. Que notícia fantástica!

Alessia abre os outros e-mails e descobre que todas as faculdades estão interessadas nela.

Ela se vira boquiaberta para Maxim.

— Todas elas me chamaram para um teste!

— É óbvio! Seriam bobos se não tivessem feito isso. — Ele segura a cabeça de Alessia entre as mãos. — Você é linda. Talentosa. E sou muito feliz por você ser minha esposa. — Ele roça a boca na dela. — Vá. Conte para sua mãe.

Alessia sorri, radiante, e volta à cozinha para ligar para Shpresa com as boas notícias.

Talvez eu me preocupe demais. Alessia está ótima. Ela voltou sã e salva. Ela é uma adulta capaz de cuidar de si mesma, pelo amor de Deus.

Que foi sequestrada.

Duas vezes.

Caralho.

Eu pensei... O que eu pensei? Que ela tinha ido embora? Que tinha sido sequestrada de novo?

Cara. Deixe disso.
Ela está ótima. Está aqui.

Tomo um gole do Bordeaux — que já deu uma respirada agora — e penso por um momento se eu deveria atacar a adega da Residência Trevelyan antes de Caroline beber tudo.

A campainha toca. A da porta, não a do interfone do prédio.

Quem diabos é?

Rowena?

Uma sombra se avoluma do outro lado da porta. É um homem, não uma mulher. Eu abro.

Caralho. É ele.

Com o cabelo todo penteado para trás com gel, sapatos finos e casaco caramelo caro.

A porra do Anatoli. Babaca.

— Oi, inglês — diz Anatoli, com uma arrogância e uma prepotência que me fazem querer nocauteá-lo.

— O que você está fazendo aqui, caralho?

— Vim ver você.

Eu!

— Por quê?

— Não vai me convidar para entrar?

— Não. Vou dizer para você se foder.

— E dizem que os ingleses são tão educados. — Ele dá um passo para dentro e, contra minha vontade, o deixo entrar.

Que merda é essa?

No corredor, ele para e se dirige a mim.

— Onde está sua esposa? A mulher que devia ser minha esposa? Ela já cansou do esnobismo da classe alta e abandonou você?

— Você quer dizer a mulher que você maltratou, sequestrou e arrastou pela Europa?

Alessia aparece no corredor e fica pálida quando vê o Babaca.

— Eu tirei ela do país sã e salva. Ela está de volta legalmente. Fiz um favor para vocês dois — zomba Anatoli, o olhar cortante.

— Anatoli — sussurra Alessia. — Mas o que é que você está fazendo aqui?

A expressão dele muda, os olhos azul-claros ficando mais ternos enquanto a examina.

— Estou aqui a negócios — responde ele em albanês. — É bom ver você, *carissima*. Você parece bem. Seu pai disse que um jornalista ligou para a casa dele. Ele o dispensou. A imprensa não gosta muito de você, como eu falei. Os ingleses são muito esnobes. Eles dizem que seu casamento não é legal.

— Mas sabemos que isso não é verdade! — protesta Alessia.

Anatoli faz uma careta.

— Jak também me disse que você não está esperando bebê. Você mente muito bem.

Alessia ruboriza.

— O inglês está cuidando bem de você? — murmura ele.

— Chega — exclama Maxim. — Vocês dois falem inglês ou eu vou jogar ele na rua.

Maxim olha irritado para Alessia, como se fosse culpa dela que Anatoli está parado no corredor do apartamento dele.

Alessia franze a testa e vai para o lado de Maxim. Ele passa o braço em volta dela e a puxa para perto.

— Não faça tempestade em um copo d'água, inglês. Eu vim ver você.

— Me ver. Que caralho você quer comigo? E por que eu ia querer ver você?

— Que boca-suja. E isso vindo de uma aristocrata.

Maxim fica tenso, e Alessia se preocupa que ele possa perder o controle e bater em Anatoli, como já fez antes. Ela agarra a camisa dele.

— Por que você está aqui? — interrompe ela.

— Foi seu pai que me mandou.

— Baba? Por quê?

— Eu já falei. Tenho um recado para o inglês.

— E meu estimado sogro não podia mandar o recado através da filha? — zomba Maxim.

— Jak não é fluente em inglês. Mas eu sou. — O sorriso presunçoso de Anatoli é irritante, o sarcasmo evidente. — E é particular. O recado é só para você. Não para a filha amada.

Maxim fica incrédulo.

— Você aparece aqui tarde da noite, entra na minha casa sem ser convidado e ainda quer fazer exigências?

— Preciso falar com você. É coisa de homem. E só de homem. — Anatoli lança um olhar incisivo para Alessia.

— Eu não vou a lugar nenhum — declara ela, séria. — Se você tem alguma coisa para falar para meu marido, pode falar para mim também. Não estou mais em Kukës.

— Não, *carissima*. Isso é só para os ouvidos do seu marido.

A lessia se vira para mim, perplexa. É óbvio que ela não tem ideia de por que o Babaca apareceu na nossa porta. Suspiro.

— O nome dela é Alessia. Ou Lady Trevethick, para você. Agora, diga o que tem a dizer e depois pode ir embora. — Dou um sorriso e me seguro pra não mandá-lo ir se foder. Anatoli estreita os olhos.

— Existe algum lugar reservado aonde podemos ir?

Puta que pariu.

— Na verdade, não. A não ser que seja lá fora. Essa casa é de Alessia também.

— Maxim, por que você não vai para a sala e eu trago outra taça de vinho para você?

— Aí está ela! — Anatoli sorri. — Alessia, você é uma mulher albanesa até a alma.

O rosto dele se ilumina. Ele ainda é apaixonado pela minha esposa.

É repugnante.

— Não. Babaca, você não é bem-vindo nessa casa. Você tirou Alessia daqui contra a vontade dela. Ameaçou e agrediu ela. E você ainda tem a audácia de aparecer aqui e esperar ser convidado para entrar...

— Sou sócio do pai de Lady Trevethick. E ele tem um recado para você, babaca.

A lessia fica tentada a se colocar entre os dois, que se fuzilam com o olhar.

— Vamos levar isso lá para fora — diz Maxim entre dentes cerrados.

Alessia se vira para ele, os olhos arregalados e o rosto marcado pelo pânico. Ele abre um sorriso para tranquilizá-la e volta sua atenção para Anatoli.

O olhar gélido do Babaca não me intimida.

— Você está armado? — pergunta Alessia de repente, as palavras saindo de sua boca com uma pressa ofegante e transtornada.

Que porra é essa?

Ele balança a cabeça.

— Dessa vez, não. — E dá um sorriso malicioso. — Vim de avião. Certo, inglês, vamos fazer isso do seu jeito.

Não quero nem pensar no motivo que levou Alessia a fazer aquela pergunta. Por isso foi tão fácil levá-la... o monstro estava armado, porra. Furioso, eu o encaro, tentando me controlar. Ele trouxe a porra de uma arma para minha casa e ameaçou minha esposa.

Ou me ameaçou.

Foi assim que ele conseguiu levá-la.

Uma porra de um monstro.

— E aí, inglês? — diz ele.

Sinto o sangue ferver, mas pego minha jaqueta e saio, sem me importar em esperar por ele. Não vou de elevador; desço a escada com pressa, impulsionado pela raiva, e logo alcanço o pequeno saguão no térreo.

Vamos resolver isso. E depois ele vai embora.

Para sempre. Tomara.

Ele me segue pela escada, e sei que não esperava que eu descesse tão rápido, porque está ofegante quando chegamos lá embaixo.

Fico feliz de ver.

O canalha maldito trouxe uma arma para minha casa.

— Aqui — grita ele quando chega no saguão antes de eu sair do prédio. — É iluminado.

Ele tira do casaco um recorte de jornal e o entrega para mim. É de um jornal albanês, então não entendo as manchetes, mas há fotografias encardidas de dois homens.

Os pelos da minha nuca se arrepiam quando os reconheço.

Aqueles filhos da puta!

Os traficantes.

Viro a cabeça para ele.

— São esses? — pergunta.

Confirmo com a cabeça.

— Por quê?

Ele não responde e então pega um segundo recorte de jornal. É a foto de Charlotte me beijando.

Ah, merda.

— Isso chegou na Albânia?

— Chegou. Em todos os jornais. Jak acha que você devia ser mais discreto com seus casos.

— Ei! — Levanto a mão. — Não é o que parece.

— Não?

— Não. Para sua informação, não estou tendo um caso. E também não é da sua conta. Nem da de Jak.

— Alessia viu isso?

— Lógico que viu. Ela estava lá.

— Ah.

Ele fica tão desanimado que quase sinto pena dele. O coração dele ainda bate forte por minha esposa. Ele a ama. Da sua maneira.

Que idiota.

— Olha — diz ele, de forma ríspida. — Se você fizer merda, eu vou aparecer. Estou esperando. É óbvio que a imprensa nojenta desse país não a aprova. O esnobismo e o desdém estão em cada palavra que eles escrevem sobre ela. Vou estar no país natal dela, onde nós amamos a Alessia. Eu amo a Alessia.

— Não, você não ama. E fique longe da minha esposa. Se você não tivesse tratado ela mal, talvez ela estivesse com você agora. Mas você tratou. *Você* fez merda. E ela é minha agora. De todas as maneiras. E eu não estou nem aí para a porra da imprensa. Esqueça Alessia. Agora você pode ir embora.

Subo a escada aos saltos, sem olhar para ele. Quando chego no último andar, já gastei energia suficiente para me acalmar.

Alessia ainda está no corredor.

— Cadê ele? O que ele queria? — pergunta ela.

— Nada de importante.

Ela coloca as mãos nos quadris.

— Maxim. Me conte.

E, de repente, eu quero rir. Ela foge para encontrar o tio sem falar uma palavra. E agora aqui está ela, exigindo respostas.

— Você quer mesmo saber?

— Quero. E por que você está sorrindo?

— Porque você está me fazendo sorrir.

— Me conte!

— Seu pai quer que eu lide com minhas amantes de uma maneira mais discreta.

Alessia fica pálida, olhando perplexa para mim, como se eu tivesse acabado de dar um tapa nela.

Merda. Eu estava brincando!

— Ei. É bobagem. Anatoli tinha um recorte de um jornal albanês com uma foto com a Charlotte. — E de repente me sinto inspirado. Estendendo o braço, pego a mão de Alessia. — Deixe-me mostrar uma coisa.

Eu a guio para dentro da sala, me sento à mesa e coloco Alessia em meu colo. Ligo o iMac, abro o Instagram e encontro o vídeo de Alessia no piano.

— Assista — digo, enquanto admiro a performance primorosa de minha esposa tocando Bach.

Ela se contorce em meu colo, desconfortável.

— Está ótimo, não se preocupe — murmuro.

Alessia assiste ao vídeo, notando seus dedos em ação e o som saindo do piano. É bom. O tom é suave, mas vivo. Quando ela termina a peça, há uma explosão de aplausos do público. Maxim pausa o vídeo.

— Está vendo? — pergunta ele e, com o cursor, circula algumas figuras borradas no fundo.

Alessia sente um arrepio. Lá está Maxim, se afastando enquanto Charlotte o beija. Ele gira a cabeça, pega as mãos dela e as tira com delicadeza.

Ele a empurrou.

Alessia se vira para ele.

— Ela beijou você.

— Eu falei. *Ela* me beijou.

— Eu acreditei em você.

— Acreditou mesmo? — diz ele, olhando de esguelha, os lábios curvados em um sorriso provocador.

Alessia ri e joga os braços em volta do pescoço dele.

— Acreditei. De verdade. Óbvio que eu acreditei em você.

— E devia mesmo. Vamos ver alguma coisa na Netflix e relaxar?

Com as mãos no cabelo de Alessia, Maxim a beija, a língua invadindo sua boca, tirando-lhe o fôlego e fazendo seu coração cantar.

Capítulo Vinte e Seis

— Foi uma boa reunião. Você já está pegando o jeito, Maxim. — Oliver junta seus papéis com um sorriso generoso, por isso não acho que esteja sendo sarcástico, apenas sincero.

É reconfortante e, ao mesmo tempo, uma lição de humildade. Acabamos de conversar com os administradores imobiliários das divisões de propriedades residenciais e comerciais. Fico satisfeito por tudo ter corrido bem, embora eles estejam monitorando o setor de varejo (por conta das vendas on-line), e a rotatividade de nossas propriedades de varejo esteja alta.

— Eu senti que fluiu bem. Tão bem, na verdade, que estou pensando em matar o resto do dia de trabalho e voltar para casa.

— Bons planos. Você vai para a Cornualha, não é?

— Sim, estou tentando ficar longe da imprensa.

— Boa sorte com isso.

— Tenha um bom fim de semana. E obrigado, Oliver. Por tudo.

— Só estou fazendo o meu trabalho, milorde. Tenha um ótimo fim de semana.

Oliver se retira, e me lembro de quando achei que ele não estava muito interessado em me ajudar. Bom, eu estava errado. Ele é valioso para mim e para o grupo.

Desço os degraus até a rua e me deparo com uma fresca tarde de março. Decidi ir a pé para casa, já que tenho tempo de sobra e quero esticar as pernas. Só consegui correr duas vezes esta semana, e pretendo me exercitar um pouco mais na Cornualha.

Alessia termina o curso hoje e comentou que depois vai tomar uns drinques com as colegas. Fico tentado a ir com ela, mas não fui convidado, e tenho que dirigir à noite.

Cara. Deixe ela curtir.

Ao atravessar a praça Berkeley, uma comichão incômoda se irradia pelas minhas costas, e me viro para olhar para trás.

Será que tem alguém me seguindo?
Jornalistas? Paparazzi?

Não consigo ver ninguém agindo de modo suspeito, mas acelero o passo mesmo assim.

Cara. Controle-se.

Ando mais rápido e até cogito pegar um táxi, mas preciso me exercitar.

A sensação desconfortável me segue até o Chelsea Embankment, e fico aliviado ao não encontrar ninguém da imprensa na frente de nosso prédio. Entro a passos largos e corro escada acima, grato por estar em casa.

Alessia está sentada entre Tabitha e duas das colegas de curso no bar do The Gore, desfrutando de uma taça de champanhe. O clima entre elas é alegre, de celebração.

— Acho que meu pai vai notar que meus modos melhoraram muito. Ele vai ficar satisfeito. Assim espero — murmura Tabitha. — Ele quer que eu me case o mais rápido possível, como as minhas irmãs. Nem parece que estamos no século XXI. Foi o seu marido que mandou você fazer esse curso?

Alessia sorri.

— Não. Foi uma decisão minha, e gostei muito. Aprendi tanta coisa. No primeiro banquete que nós dermos, você tem que ir.

— Banquete completo, com menestréis e tudo? Pode contar com a minha presença!

Alessia dá uma risada.

— Não tenho certeza sobre os menestréis, mas Maxim tem guitarras. Se bem que nunca o vi tocar. Vamos nos mudar em breve. Espero dar uma festa lá.

— Ah! Uma festa de casa nova. Seria o máximo. Quando vocês vão se mudar? E para onde? Me conte tudo.

Estou me preparando para tomar banho quando o interfone toca.

O que é agora?

Melhor não ser um jornalista.

No hall, atendo.

— Alô?

— Alô. Alessia. Por favor — diz uma voz feminina baixinha e hesitante.

— Quem é?

— Amiga. Amiga Alessia. Por favor. — O desespero em sua voz deixa os pelos de minha nuca arrepiados. O inglês não é a primeira língua dela.

— Sexto andar. Use o elevador. — Aperto o portão para abrir lá embaixo. *Vamos ver quem é.*

Tabitha abraça Alessia.
— Adorei conhecer você — diz ela, de forma calorosa. — Por favor, por favor, vamos manter contato.

Alessia retribui o abraço.
— Vamos, sim. E foi ótimo mesmo. Sinto que ganhei uma amiga.
— E agora nós duas sabemos como nos sentar corretamente. A postura é importante. — Tabitha imita a professora, e Alessia ri.
— E eu aprendi a diferença entre um garfo para saladas e um garfo de mesa. Minha vida agora ficou... hum... plena.

Tabitha abre um sorriso.
— Tenho que ir. Maxim está me esperando — diz Alessia.
— Não fique na Cornualha para sempre. Me ligue.
— Pode deixar. Tchau.

Alessia aperta a mão de cada uma e se despede apressada das colegas. Logo está na rua, onde acena para um táxi e dá seu endereço para o motorista.

Abro a porta do apartamento e espero o elevador. Quando ele chega, sai de dentro uma jovem baixinha. Ela tem cabelo escuro comprido e me fita com os olhos escuros e apreensivos. Suspeito que já viram muita coisa neste mundo.
— Olá — começo com prudência. — Posso ajudar?
— Alessia?

Ela está um pouco ofegante. De nervoso? Não sei. Ela é bonita de uma maneira sutil, usa roupas descombinadas e permanece ali imóvel de um jeito estranho, a certa distância de mim. Reconheço a mesma hesitação que Alessia tinha comigo... com os homens.

Jesus Cristo, de onde surgiu esse pensamento?
— Ela não está aqui no momento, mas está vindo para casa.

Ela franze a testa, e me afasto para o lado, convidando-a para entrar no apartamento.
— Pode esperar aqui. Qual é seu nome?
— Meu? — pergunta ela.
— É, seu nome. Eu sou o Maxim. — Coloco a mão no peito.
— Bleriana.

— Bleriana! — exclamo, meu rosto se alegrando. — Alessia estava procurado por você. Entre.

Ela aperta os punhos, como se reunindo forças, e seus olhos escuros deixam transparecer segredos penosos e horríveis por trás de seu brilho.

Merda.

Sorrio de modo tranquilizador, porque não sei o que mais posso fazer. Ela leva alguns minutos para decidir se entra ou não, se confia em mim ou não. Então, umedece os lábios e, seja por curiosidade ou desespero, dá um passo para a frente e entra no apartamento. Fico bem afastado, tentando não assustá-la, e fecho a porta. No corredor, pego meu celular e ligo para Alessia, mas cai na caixa postal.

Droga.

Mando uma mensagem sob o olhar atento de Bleriana.

> Tenho uma surpresa para você.
> Venha para casa.
> Bj
> M
> P.S.: Uma surpresa boa.

— Acho que Alessia já está a caminho de casa. Ela não deve demorar.

Bleriana me encara com um olhar assustado, um pouco como minha esposa costumava fazer.

Pelo que será que essa mulher passou?

— Você fala inglês?

Ela mexe a cabeça para cima e para baixo e depois a balança de um lado para o outro.

— Tudo bem. Quer beber alguma coisa? — Com a mão, faço a mímica de uma xícara nos lábios.

— Não. Obrigada. — Sua voz é suave e vacilante, e os braços estão cruzados na frente do corpo.

Desconfio que esteja tentando se esconder, ficar invisível.

Ah, meu bem. Eu estou vendo você.

— Venha. Pode esperar aqui. — Atravesso o corredor e a conduzo até a sala de estar. — Sente-se.

Bleriana se senta na pontinha do sofá, rígida e assustada, irradiando uma tensão que não consigo nem imaginar. Ela aperta as mãos no colo enquanto os olhos arregalados disparam para todos os lugares, analisando o ambiente. Fico imaginando se está procurando uma rota de fuga.

Eu me mantenho de pé perto da porta, pensando no que devo fazer ou dizer.

— Humm. Está com fome? — Com as mãos, imito alguém comendo.

Ela franze a testa e então mexe a cabeça para cima e para baixo, mas depois balança a cabeça.

É óbvio: ela é albanesa.

— Sim. Não?

— Não.

Checo as horas.

— Alessia. Vai chegar logo.

O táxi para na frente do prédio, e Alessia salta e paga ao motorista. No saguão, tem que esperar pelo elevador e desconfia que a Sra. Beckstrom acabou de chegar do passeio com Hércules, a julgar pelo tempo que o elevador leva para vir do último andar. Enquanto aguarda, ela pega o celular na bolsa. Há uma chamada perdida e uma mensagem de Maxim.

Uma surpresa?

Alessia sorri, intrigada, quando enfim entra no elevador. Está animada para ir à Mansão. Talvez a surpresa tenha algo a ver com a Cornualha.

Assim que ela abre a porta do apartamento, Maxim está de pé no fim do corredor, vestindo calça de alfaiataria e uma camisa branca. O cabelo está despenteado, os olhos verdes, brilhantes, e ele sorri, aliviado ao vê-la.

— Ainda bem que você chegou. Tem uma amiga sua aqui!

— Alessia! — Seu nome ecoa cheio de esperança pelo hall, e uma jovem surge na porta da sala.

As duas se encaram, boquiabertas, nenhuma delas acreditando no que está vendo.

Bleriana!

— *O Zot! O Zot! O Zot!* — A emoção transborda do peito de Alessia, subindo até a garganta. Ela dispara pelo corredor e abraça Bleriana. — Você está aqui. Mas como? Você está bem? Conseguiu fugir?

Bleriana começa a chorar, e as lágrimas de Alessia vencem o nó de esperança, alegria e incredulidade que se formava em sua garganta, e as duas mulheres se abraçam e soluçam juntas.

Caramba. Mulheres aos prantos. Mulheres aos prantos conversando em albanês, num ritmo rápido e intenso.

Por um momento, eu me sinto sufocado por esse reencontro emotivo.

Alessia vira o rosto banhado de lágrimas para mim.

— Como?

Balanço a cabeça.

— Não sei. Ela apareceu aqui do nada. Talvez tenha me seguido do escritório. Pergunte a ela.

Alessia indaga Bleriana, que agora vira para mim seu rosto molhado, porém mais esperançoso, e responde.

— Sim. Ela seguiu você — confirma Alessia.

— Bem que eu desconfiei que estava sendo seguido. Vou tomar um banho e deixar vocês conversarem por alguns minutos.

Alessia pega minha mão.

— Obrigada — faz com a boca.

— Por mais que eu queira levar o crédito, não fiz nada. Ela é que nos encontrou.

Alessia se vira para Bleriana.

— Me conte. Como você nos encontrou? Estávamos procurando você. Você fugiu? — Ela pega a mão de Bleriana, e as duas se sentam no sofá.

— Eles me pegaram. — Bleriana murmura as palavras como se estivesse confessando um pecado horrível. Parece estar sentindo um medo e um pavor tão profundos que a sensação de repulsa em Alessia faz a bile subir até sua garganta.

Ela abraça Bleriana e a aperta com força, como se nunca mais fosse soltá-la.

— Você está aqui agora. Está segura.

Bleriana soluça, como se uma represa tivesse rompido dentro dela, e se agarra em Alessia como se a amiga fosse seu bote salva-vidas em um oceano de atrocidades, horrores e abusos terríveis. Alessia a embala com ternura, como Maxim fez com ela, as duas derramando lágrimas e mais lágrimas. E mais. E ainda mais.

— Você está segura. Estou com você — murmura Alessia repetidas vezes, confortando Bleriana e a si própria ao mesmo tempo.

Isso podia ter acontecido com ela.

Depois de um tempo, Bleriana se acalma e esfrega o nariz e os olhos com o lenço de papel que Alessia lhe entrega.

— Se você quiser me contar, estou aqui. Vou escutar.

O lábio inferior de Bleriana treme, e ela conta sua história em uma voz lenta e falha, enquanto Alessia escuta e morre um pouco por dentro.

Da porta, eu as observo conversando em voz baixa, mas de forma intensa. Não entendo o que estão falando, mas a compaixão de Alessia por essa jovem sofrida repercute por todo o seu corpo. O modo como ela segura as mãos da garota e afaga suas costas, o olhar cheio de afeição e preocupação. Ela está concentrada em Bleriana, e nada mais.

É... comovente.

Seja o que for que Bleriana esteja contando a Alessia, é angustiante para ambas. Dou meia-volta — é doloroso demais de assistir, e minha imaginação mórbida está a mil.

Merda. Merda. Merda.

— Como você nos encontrou? — pergunta Alessia. — Nós tínhamos contratado pessoas para procurar você.

— Nós fomos... resgatadas. Pela polícia inglesa. Uma instituição de caridade tem me ajudado, agora estou morando com uma família inglesa. Eles são bons. Ainda estou esperando para ver se posso ficar na Inglaterra. Mas aí eu vi os jornais e reconheci você.

— Ah! — E, por um momento, Alessia se sente grata pela imprensa britânica.

— O casal que está me hospedando tem uma filha. Ela se chama Monifa, e é muito gentil. Ela procurou seu nome na internet, aí descobrimos quem era seu marido e onde ele trabalhava. Então decidi vir a Londres procurar você.

— E você me achou. — Alessia irradia alegria, e é retribuída com um sorriso radiante de Bleriana, apesar das lágrimas.

— Mas me conte. Lady Trevethick. Como isso aconteceu? — Os olhos de Bleriana estão brilhando de curiosidade, o pesar por um momento escondido por trás da felicidade pela amiga.

— É uma longa história.

Volto para perto da porta quando ouço risadas. Sob o cuidado meigo e sereno de Alessia, Bleriana parece mais relaxada, e não aquela garota angustiada que apareceu no apartamento. Sua expressão está mais suave, e há um vestígio da jovem bonita que ela é, apesar dos inimagináveis horrores pelos quais passou.

Meu único receio é que ela traga à tona o trauma e os pesadelos de Alessia. Eu não queria que ela voltasse àquele mundo pavoroso. No entanto, aqui estamos.

Droga. Estou escondido como um espectador, me sentindo completamente inútil.

O que posso fazer?

E me dou conta de que isso era o meu normal.

Era assim que eu me sentia o tempo todo. *Inútil.*

Só depois de conhecer Alessia foi que me senti digno e passei a ter um objetivo. *Cacete*. Afasto esse pensamento, pois é um pouco perturbador.

Nossos planos de ir para a Mansão hoje à noite foram por água abaixo, então vou até a cozinha e ligo para Danny.

— Ah, milorde. Que pena. Estávamos tão ansiosos para ver o senhor e nossa nova condessa.

— Surgiu um imprevisto, mas devemos ir amanhã. Eu aviso.

— Está bem, Maxim.

Em seguida, ligo para Tom e lhe digo para suspender a busca por Bleriana.

— Ela apareceu aqui.

— Veja só, Trevethick. Quem diria!

— Pois é.

Depois de terminar os telefonemas, volto para a sala de estar.

— Senhoras. Vamos comer?

Alessia dá um pulo.

— Maxim! Desculpe. O tempo voou.

— Tudo bem, podem continuar conversando. Vou pedir comida.

— Não. Não. Eu posso cozinhar. Não vamos para a Cornualha hoje à noite?

— Vamos amanhã.

Alessia se vira para Bleriana.

— Você pode ficar? Está com fome?

O sorriso de Bleriana diz que sim.

Alessia prepara costeletas de carneiro grelhadas, com azeite, alho e alecrim. Depois começa a fazer uma salada com queijo feta, cebola, tomate e vários tipos de alface. Bleriana a ajuda a cortar a cebola e o tomate. Maxim abre uma garrafa de vinho tinto para os três.

— Alessia, veja com Bleriana onde ela está hospedada — diz Maxim, servindo o vinho.

— Reading — responde Bleriana quando Alessia pergunta.

— Ela pode passar a noite aqui? — indaga Alessia.

— Querida, não precisa pedir minha permissão. Esta casa também é sua, e ela é sua amiga.

— Eu queria checar se você concorda.

— E por que eu não concordaria? — Ele franze a testa. — Mas será que Bleriana pode? Ela precisa voltar a Reading hoje à noite? Precisa dizer a alguém onde está?

— Bem lembrado. — Alessia abre um sorriso para o marido.

Ele é tão competente.

E faz as perguntas certas.

Alessia pergunta para Bleriana, que diz que pode passar a noite, mas tem que ligar para a família com quem vive para avisar.

— Eu tenho um telefone. Eles vão ficar ansiosos se eu não ligar. Vou fazer isso agora.

Ela vai até o corredor para dar o telefonema, deixando Alessia e Maxim sozinhos pela primeira vez desde que ela chegou. Maxim abraça a esposa e passa o nariz no pescoço dela, debaixo da orelha.

— Já falei que eu te amo? — sussurra ele.

Os lábios dele na pele dela e as palavras suaves bem no seu ouvido provocam calafrios nas costas de Alessia.

— Que sorte a minha ter você. — Ele a beija e depois mordisca o lóbulo de sua orelha, pegando Alessia de surpresa e fazendo-a dar um grito.

Ela se vira em seus braços.

— Que sorte a minha ter você. Obrigada por ser tão compreensivo com a Bleriana. — Ela se estica e o beija.

— Por que não seria? Ela comeu o pão que o diabo amassou. Se ela mora em Reading, podemos levá-la até lá amanhã a caminho da Cornualha.

— Tudo bem.

Alessia quer perguntar se Bleriana pode ir para a Cornualha com eles, mas decide esperar a hora certa.

— Bleriana está bem no quarto de hóspedes? — pergunto quando Alessia entra debaixo das cobertas.

— Ela está melhor agora que tem o dragãozinho. — Alessia se aninha em mim e passa a mão por meu tórax e minha barriga, deixando-a descansar embaixo da cintura do pijama. — Você está vestido — murmura, enquanto seus dedos roçam a ponta dos meus pelos púbicos, acordando meu pau.

— Estou vestido, sim. Nós temos uma hóspede. Não quero que ela tome nenhum susto no meio da noite.

Ela tira a mão, para minha decepção, e a desliza por meu corpo até o queixo, onde agarra meu rosto. Aproximando-se de mim, ela sussurra:

— Obrigada. — E me dá um beijo rápido e terno.

— Ah, não. Eu quero muito mais do que isso.

Puxando-a para meus braços, eu nos giro, de modo que ela fica deitada embaixo de mim, o cabelo escuro espalhado no travesseiro, os olhos escuros me fitando, o corpo encaixado no meu.

Eu faço uma pausa, apreciando minha esposa.

Porém, alguma coisa está errada.

— Obrigada — repete ela, mas dessa vez é uma súplica baixa e sussurrada, com o ar sério.

Ela segura meu rosto e seus olhos ficam marejados de lágrimas.

Sinto falta de ar.

Ah, meu Deus.

Não.

Sua súplica suave quase acaba comigo e com meu desejo. Eu a aperto e rolo de volta, mantendo-a firme em cima de mim.

Podia ter sido ela.

Foi isso o que ela pensou.

Podia ter sido ela.

Mas ela conseguiu fugir.

Minha garota. Minha esposa. Minha esposa tão linda.

Alessia solta um soluço ofegante e começa a chorar, e eu a abraço enquanto ela absorve as dores de sua jovem e querida amiga e talvez de si mesma e tudo o que também suportou.

Beijo sua cabeça e murmuro:

— Estou com você. Desabafe. Você está aqui comigo. Está segura.

E minhas próprias lágrimas ficam alojadas como um bloco de cimento na garganta.

Capítulo Vinte e Sete

Quando me mexo, Alessia está pressionada contra mim, o traseiro encostado na minha virilha, nós dois deitados de conchinha. Meus braços a envolvem, e minhas narinas se enchem de seu perfume delicioso e excitante.

Meu pau, frustrado pela noite passada, está ávido para entrar em ação. De olhos fechados, beijo o cabelo de Alessia.

— Bom dia, meu amor — murmuro e escuto um arquejo que não saiu de minha esposa.

Que porra é essa?

Abrindo os olhos, levanto a cabeça, e Bleriana, deitada junto a minha esposa no outro lado da nossa cama super king, me encara com os olhos enormes e as bochechas coradas.

Por um instante, fico perplexo.

Quer dizer, não é a primeira vez que acordo com mais de uma mulher na cama, mas nunca nessas circunstâncias.

— Bom dia — repito, sem saber o que dizer, e sentindo minhas bochechas ficarem vermelhas enquanto minha ereção murcha.

Ao despertar, Alessia se contorce colada a mim e roça em meu pau, trazendo-o na mesma hora de volta à vida. Ela estende o braço e coloca a mão na bochecha de Bleriana.

Espere aí! E eu?

— Bom dia. Você dormiu bem? — pergunta Alessia, a voz suave e acolhedora.

Bleriana pisca algumas vezes.

— Dormi. Muito bem. Seu marido está acordado. Ele está bravo?

Alessia sorri.

— Não, por que estaria bravo? — diz e, com um sorriso malicioso, continua: — Acho que ele já acordou nesta cama com mais de uma mulher.

Bleriana arqueja de novo, escandalizada, mas achando graça da franqueza da amiga, e depois cai na gargalhada. Alessia a acompanha.

— Eu não devia ter dito isso para você. Ainda bem que ele não entende albanês.

— Alessia se vira para encarar o marido.

Minha esposa está aos risos, despenteada e sonolenta. Linda como sempre.
— Bom dia, Lady Trevethick. Tem alguma coisa que queira me contar? Parece que recebemos uma clandestina no meio da noite.

O olhar de Alessia brilha de malícia e amor, e, para meu alívio, a angústia da noite passada parece uma recordação distante. Os olhos escuros estão focados em mim, e a única coisa que vejo neles é sua adoração. Eu estou louco de desejo por ela. Mesmo com nossa plateia presente.

Porém, mesmo querendo, não posso trepar com ela agora, por causa de... Bleriana.

— Espero que você não se importe. Bleriana ficou com medo de noite. Ela apareceu aqui. Eu me afastei um pouco, e nós não acordamos você. Tem mais espaço nesta cama do que no quarto de hóspedes. E o mais importante é que *você* está aqui, nos protegendo de nossos pesadelos.

— Achei que essa responsabilidade fosse do dragãozinho.

— E é. Mas você também faz isso. Sempre.

Ela acaricia minha bochecha, os dedos roçando em minha barba por fazer. O contato de sua pele com a minha e suas palavras doces têm um efeito imediato em meu pau.

— Ah, Alessia — murmuro e a beijo de leve nos lábios, embora eu quisesse fazer muitas outras coisas.

Maldita situação empata-foda!

Para mostrar meu desejo, empurro os quadris para a frente, encostando meu pau duro em Alessia.

— Eu podia sair da cama, mas aí me denunciaria.

— Maxim!

Abro um sorriso. E dou um beijo rápido em sua testa.

— Vai levar uns minutinhos.

— Vamos fazer café. — Alessia sorri, então ela e Bleriana levantam da cama.

— Ele obriga você a fazer café da manhã todo dia? — pergunta Bleriana, quando estão na cozinha, franzindo a testa em desaprovação.

Alessia ri.

— Não. Ele também prepara o café da manhã, mas gosto de fazer essas coisas para ele. Maxim é um homem bom. Eu o amo demais.

— Dá para ver. Você tem sorte.

— Tenho mesmo. — O rosto de Alessia se ilumina.

Depois do banho, Alessia veste apressada uma calça jeans e um suéter, enquanto Bleriana se arruma no banheiro do quarto de hóspedes.

Maxim já tomou banho e se vestiu, e agora está sentado ao computador na sala de estar quando Alessia o interrompe:

— Milorde, tenho um pedido.

Ele desvia a atenção da tela e a fita.

— Por que você está tão longe? — Ele a puxa para o colo. — O que foi, milady? — Ele esfrega o nariz no dela. — Se você quer saber se Bleriana pode ir com a gente para a Cornualha, eu preferia que ela não fosse.

— Ah. — Alessia joga o peso do corpo no dele, decepcionada.

— Meu amor, não é o que você pensa — logo retoma Maxim. — Quando a Leticia ligou essa semana, ela disse que o Serviço de Imigração pode recusar um visto de família para você se descobrir que esteve no país ilegalmente. Você foi traficada para cá com a Bleriana, e a polícia já sabe quem ela é. — Uma ruga se forma entre suas sobrancelhas. — Fico preocupado de alguém descobrir a relação entre vocês duas, e se a imprensa souber disso...

— Ah. — Alessia empalidece.

— Pois é. Mas podemos pedir para Leticia agilizar a questão do asilo para a Bleriana. É a especialidade dela, e Bleriana pode até conseguir um visto antes de você.

— Tudo bem — diz Alessia, mas ainda se sente insegura em relação a Maxim e Ticia.

Alessia! Ticia é uma especialista.

— É um bom plano. Você fala com a Ticia?

Ele sorri.

— Vou mandar um e-mail para ela agora. Depois que tudo se resolver, Bleriana pode ir à Cornualha quando você quiser. Mas prefiro que ela durma no quarto dela.

— Ela está... hum... trauma... traumatizada — diz Alessia em voz baixa.

— Eu sei. — Ele coloca o cabelo de Alessia atrás da orelha. — Mas não é apropriado. — Maxim dá de ombros, com um sorriso pesaroso.

Alessia aquiesce, entendendo. *Se os funcionários descobrirem, vão imaginar o pior.*

— Bleriana é muito nova — diz ele. — Ela quer voltar para a Albânia?

— Não. Ela vai ser rejeitada. O estigma... — A voz de Alessia falha.

— Uau. Isso é horrível. E os pais dela?

Alessia balança a cabeça em resposta à pergunta não formulada por Maxim.

— Tudo bem. Vamos levar Bleriana de volta para Reading e entrar em contato com Leticia.

Sentada ao lado de Alessia no banco traseiro do maior carro de Maxim, o Discovery, Bleriana permanece calada. As duas estão de mãos dadas e de vez em quando conversam trivialidades, mas Alessia sente a ansiedade da amiga crescer à medida que vão se aproximando de seu destino. Maxim sai da autoestrada e avança em direção ao centro de Reading.

— Queria poder ir com você — confessa Bleriana em voz baixa.

— Eu sei. — Alessia aperta a mão dela e dá uma espiada em Maxim.

Os olhos dos dois se encontram no espelho retrovisor, e ela fica pensando se deveria pressionar Maxim a mudar de ideia.

— Tenho que ficar aqui por causa das reuniões — explica Bleriana.

— Ah, é? — Essa notícia consola Alessia um pouquinho. — Reuniões?

— É. Com um terapeuta. E um assistente social.

Bleriana não pode ir à Cornualha.

— Entendi. Fico feliz que você esteja fazendo terapia.

— Quando vou ver você de novo?

— Em breve. Prometo. Você tem meu número, pode me ligar a qualquer hora.

Nós paramos na frente de uma modesta casa geminada nos arredores da estação de Reading. Saio do carro e me junto a Bleriana e Alessia na estradinha da propriedade. Assim que a porta se abre, uma mulher de meia-idade sai. Seu sorriso é amigável, e os dentes reluzem em contraste com o tom escuro de sua pele quando ela sorri.

— Bleriana, bem-vinda de volta.

Um homem pálido, calvo e corpulento, de cinquenta e poucos anos, aparece atrás dela, usando calça jeans e uma camisa de futebol do Reading F.C. Seu sorriso é tão caloroso e amistoso quanto o da esposa. Suponho que sejam casados, a família que está acolhendo Bleriana. Alessia se apresenta como Alessia Trevelyan e me apresenta como seu marido. Gosto que ela não saia exibindo seu título. Às vezes, é a melhor coisa a se fazer.

E ela entendeu isso.

O Sr. e a Sra. Evans parecem ser ótimas pessoas, mas, quando nos convidam para tomar um chá, recuso com toda a educação. Quero pegar a estrada.

Bleriana se vira, abraça Alessia e murmura um adeus choroso em albanês; em seguida, a certa distância, faz um gesto com a cabeça, se despedindo de mim.

— Venha. — Estico a mão para minha esposa, e caminhamos para o carro.

No banco do carona, Alessia dá um aceno de adeus, os olhos brilhando, e sei que está quase chorando. Ponho o Discovery em marcha, desço a rua e pego a mão de minha esposa.

— Ela vai ficar bem. Eles parecem boas pessoas.
— E são, mesmo. Bleriana está impressionada com a bondade dos dois.
— Logo vocês se encontrarão de novo.

Alessia faz que sim e se vira para olhar pela janela do carro.

— Se incomoda se eu puser uma música? — pergunto.
— Não.
— Algum pedido?

Ela vira seus olhos escuros e tristes para mim e balança a cabeça.

— Ah, baby. Quer que eu dê meia-volta para pegar a Bleriana?
— Não. Não. Não podemos fazer isso. Ela tem compromissos marcados com um assistente social e um terapeuta.

Suspiro aliviado.

— Estou contente que ela tenha apoio. Ela vai ficar bem. Bleriana é uma garota independente, assim como você. Ela conseguiu te encontrar sozinha, foi muito corajosa.

Alessia me dá um sorriso tímido. E sou tentado a relembrar-lhe que ela estava chorando na última vez que fomos à Cornualha, mas decido não mencionar o assunto. Em vez disso, ligo o rádio e coloco na BBC Radio 6. Eu me deixo inundar pela voz de Roy Harper e sua canção "North Country", de 1974.

Humm. Queria aprender a tocar isso no violão.

— Quer parar para almoçar? — indaga Max.
— Não estou com fome. — Alessia sente o coração pesado.
— Não aceita nem um panini?

Ela sorri, relutante.

— Parece que foi há tanto tempo.

Maxim ri.

— Foi mesmo. Um mundo de distância. Estou com fome, vamos dar uma parada, por favor?

O sorriso de Alessia se amplia.

— Lógico. Não quero que você fique com fome.

Quando estacionamos em uma parada de beira de estrada em Sedgemoor, Alessia fica grudada a meu lado, de mãos dadas comigo. Compramos dois mistos-quentes e cafés, mas decidimos comer no caminho.

— Algum dia você não vai pensar duas vezes quando tiver que parar no meio da estrada — tento tranquilizar Alessia quando abro a porta do carro.

— Assim espero — replica ela, mas seus olhos me seguem conforme dou a volta, e sei que ela não se sente segura.

Pensar nisso é deprimente. Eu sabia que isso poderia acontecer se ela fosse exposta de novo a seu passado recente e àquele submundo.

Vai levar tempo, cara.

Tempo.

Assim que me sento, deixo o copo de café em um suporte, tiro o sanduíche da embalagem e dou uma grande mordida. Ligo o carro e saio da vaga.

— Você não chegou a me contar sobre o último dia do curso. Como foi? — pergunto, com a boca cheia e manteiga escorrendo pelo queixo.

Ela ri antes de me entregar um guardanapo, e o som enternece meu coração.

— O curso foi muito... humm... informativo. Vamos ver. E fiz algumas amigas. Em especial, a Tabitha.

— Que ótimo.

De soslaio, eu a observo dar uma pequena mordida no sanduíche enquanto pensa sobre alguma coisa. Seu guardanapo está no colo na posição correta, o que me faz sorrir. Ela é uma dama, certamente.

— Acho que vão ajudar.

— As aulas?

— É. Quero provar para sua mãe e gente como ela que sou digna de você e do seu... legado.

Sua declaração, dita naquela voz suave, é um soco no estômago. E o impacto vai até a minha alma.

Puta que pariu.

Rowena deve ter falado alguma coisa maldosa e mordaz na semana passada, e minha pobre esposa levou para o coração o veneno destilado por minha mãe. Lembro-me do que ela disse quando estávamos os três na nossa sala, o que já foi bastante ofensivo.

Você precisa de alguém da sua classe, uma inglesa que compreenda as pressões do título e sua posição na sociedade. Uma esposa que te ajude a desempenhar o papel para o qual você nasceu e ajude a proteger o seu legado.

O rancor que alimentei por Rowena — que faz parte da minha vida desde que ela nos deixou, tanto tempo atrás — grita em meu peito, e seguro o volante com mais força. O ressentimento é meu companheiro, e nunca desaparece por completo.

— Você é mais do que digna de mim... — murmuro, tentando controlar meu humor. — Você é digna de tudo. Nunca duvide disso, por favor. — Sorrio para ela, me desculpando. — A Rowena deve ter dito alguma coisa horrível para você. Só posso pedir desculpas.

Alessia suspira.

— Ela estava irritada, Maxim. Ela acha que você se casou com alguém que não está no seu nível... uma mulher estrangeira, sem nada, e ela estava lá para confessar... humm...

— Os pecados dela? — completo com desdém.

— Ela estava lá para acabar com... as suas preocupações. Você devia ouvir o que sua mãe tem a dizer sobre a história do Kit. Às vezes as mulheres se encontram em... — ela engole em seco — ... situações difíceis.

Respiro fundo. Minha esposa doce e compassiva me lembrando da realidade brutal do mundo. *Ela sabe do que está falando. Foram suas experiências penosas que a trouxeram até mim.*

Fico espantado.
Minha garota linda. Defendendo minha mãe.
Sinto a garganta se fechar e pigarreio.

— Como está seu sanduíche? — pergunto, porque estamos adentrando um território difícil.

Não quero sentir nenhuma compaixão por minha mãe.
Ela nos abandonou.
Ela foi cruel com minha esposa.

— Delicioso — sussurra Alessia, e, quando lhe dou uma espiada, percebo que ela sabe muito bem o que estou fazendo.
Mudando de assunto. Indo para longe do tema sensível que é a mamãe.
Cara.

— Você é boa demais com a minha mãe. Mas vou pensar no assunto — digo e, como não quero falar da Nave Mãe, ligo a música.

Pouco depois das cinco da tarde, com o sol já baixo no céu, viro à direita no portão norte, passo pelo mata-burro e pego a pista norte da propriedade. Alessia se inclina para a frente para observar a extensão de pasto à nossa direita. Não estivemos nessa área antes.

— Você tem vacas!
— Temos gado, sim. Criado de forma orgânica.
— Elas são tão bonitas!
Dou uma risada.

— É Devon.

Alessia se vira para mim, a testa franzida.

— A raça. Do gado.

— Ah.

— Você pode ver os animais de perto mais tarde.

Alessia sorri.

— Ainda não tem cabras.

Eu rio.

— Nada de cabras.

Ela olha para a frente e fica boquiaberta quando avista a Mansão Tresyllian. A imponência dessa casa nunca deixa de impressionar. Também sempre me afeta. De repente, sinto um aperto no peito. Estou trazendo minha esposa para um lugar que será um lar para ela, para nossos filhos e espero que para os filhos deles também.

Cacete.

Cara. Calma.

É um pensamento e tanto.

Que vem acompanhado de emoções e tanto.

Chega.

Deixo isso para lá. Esse lugar tem sido meu refúgio, e espero que Alessia também seja feliz aqui.

Dou a volta no caminho, passo sobre o segundo mata-burro — o que faz nossos dentes chacoalharem — e contorno os estábulos antigos, chegando até perto da porta da cozinha, onde estaciono o Discovery.

Desligo o motor e me viro para Alessia.

— Bem-vinda ao lar, minha esposa.

O sorriso de Alessia ilumina seu rosto.

— Bem-vindo ao lar, milorde.

A porta da cozinha se abre, e Danny surge na entrada, apertando as mãos de ansiedade, a alegria estampada nos cintilantes olhos azuis e no sorriso radiante. Atrás dela, Jensen e Healey, os amados setters irlandeses de Kit, aparecem correndo pelo cascalho, curiosos para ver quem chegou.

Saio do carro, e os cachorros pulam, felizes em me ver, querendo atenção.

— Oi, meninos!

Acaricio os dois atrás das orelhas. Eles voltam a atenção para Alessia quando ela para a meu lado. Minha esposa faz carinho em ambos, um pouco mais reticente do que eu.

— Bem-vindos, milorde e milady! — diz Danny, superefusiva.

Essa não é uma reação normal da Danny.

Ela pega a mão de Alessia.

— Estou tão feliz de ver a senhora de novo!

— Obrigada, Danny — diz ela. — Por favor, me chame de Alessia.

— Não precisa ser tão formal, Danny. Pelo amor de Deus. — E lhe cumprimento com um beijo rápido. — É bom ver você.

— Sinto o mesmo, milorde. — Ela afaga meu rosto, parecendo um pouco chorosa.

Ah, assim não dá.

— Maxim. Por favor — peço a Danny. — Mas esperem. Preciso fazer uma coisa antes. — Pego a mão de Alessia e a carrego no colo, fazendo-a soltar um gritinho agudo de surpresa.

Os cães pulam e começam a latir. E, em vez de entrar pela cozinha, dou a volta, andando com dificuldade pelo cascalho, até a entrada principal da casa.

— O que você está fazendo? — Alessia ri, segurando-se em meu pescoço.

— Estou levando você para a porta principal. Nós devíamos entrar pelo saguão, para deixar os casacos e as botas, mas todo mundo usa a porta da cozinha, porque é a parte mais agradável da casa. Mas como você é a nova condessa, acho que deve entrar pela frente.

Quando dou uma olhada para trás, os cães estão nos acompanhando, mas Danny desapareceu. Sei que ela está se dirigindo à porta principal pelo interior da casa. Viro a esquina e sigo o caminho ladeado de teixos antigos até a porta da frente. É uma caminhada mais curta para Danny, que abre a velha porta de carvalho. Ao seu lado, Jessie, nossa cozinheira, e Brody, um dos funcionários, estão prontos para nos receber.

Carrego Alessia para dentro e a coloco no chão no corredor, em frente ao brasão de minha família e à equipe de funcionários.

— Bem-vinda, condessa Trevethick — digo, segurando seu rosto e lhe dando um beijo terno que mexe com minha alma.

Minha esposa.

Aqui. Até que enfim.

— Ahh. — Há um som coletivo de aprovação, e tenho que me lembrar de que não estamos sozinhos.

— Sejam bem-vindos. E parabéns — diz Jessie.

— Obrigado. Danny, Jessie, Brody, quero apresentar a vocês Alessia, condessa de Trevethick.

Alessia está comovida com a recepção calorosa e inesperada. Todos da casa, até mesmo os cachorros, estão encantados em vê-la. Danny e Jessie saíram para preparar chá, e Brody foi trocar lâmpadas em algum lugar. Os cães, sentindo que poderiam ganhar algum petisco, seguiram Danny e Jessie.

Maxim e Alessia ficam sozinhos no hall e se entreolham. Em algum lugar próximo, o tique-taque de um relógio antigo bate em um ritmo persistente.

— Como você está se sentindo? — pergunta Maxim.

Ele coloca uma mecha solta de cabelo atrás da orelha de Alessia, os olhos ardentes fixos nos dela. O toque delicado dele percorre o corpo de Alessia, despertando-o.

— Bem. Muito bem — sussurra ela, incapaz de desviar a atenção dos olhos verdes penetrantes, que se intensificam ao encará-la.

— Não faz tanto tempo assim que estivemos aqui.

— Não. Mas foi em uma vida passada.

— Foi mesmo — murmura ele e passa o polegar pelo lábio inferior de Alessia, enviando uma descarga de eletricidade para todos os músculos, tendões, ossos e tecidos da esposa.

É excitante.

— Eu conheço esse olhar — sussurra ele, as palavras quase inaudíveis.

— Eu conheço o seu olhar.

Ela consegue sentir. O desejo dos dois, fluindo entre eles. Elétrico. Mágico. Uma alquimia especial e única.

— Vamos para a cama — murmura Maxim, os olhos tomados de admiração carnal e promessas ousadas.

Como ela poderia resistir? Por que resistiria?

— Vou adorar.

Ele sorri, pega a mão dela e a conduz para a incrível escadaria, com seus balaústres com figuras de águias de duas cabeças.

— Vamos apostar corrida? — desafia ele com um sorriso malicioso e sobe aos pulos, de dois em dois degraus.

Alessia segue, tentando não rir.

Maxim espera no topo da escada, todo despenteado, um sorriso devasso no rosto.

— Ansioso? — provoca Alessia, um pouco ofegante, e ele ri e se agacha de repente, agarrando-a pelas coxas e puxando-a para cima do ombro.

Ela ri na mesma medida.

— Pode crer — exclama ele e dá uma palmada em sua bunda antes de avançar pelo corredor em direção ao quarto, com Alessia quicando em seu ombro.

Para sua sorte, o quarto não é longe. Lá, ele a coloca de pé e os dois se encaram, extasiados, trocando olhares, sorrisos e desejo.

— Eu te amo — sussurra ele e se abaixa, grudando a boca na dela, deslizando devagar os braços ao redor do corpo de Alessia e puxando-a para si.

Eles se beijam. Sem parar. Saboreando e provocando um ao outro, se perdendo no outro, por meio de suas línguas, lábios e dentes. Alessia agarra o cabelo castanho sedoso de Maxim, enquanto ele segura sua cabeça e desliza as mãos pelo corpo dela, até o traseiro, apertando-o com força e deixando Alessia grudada no pau cada vez mais duro.

— Seu gosto é tão bom — murmura ela, quando os dois pausam para recuperar o fôlego.

— O seu também, baby. O seu também. Eu quero tanto você. Mas, primeiro, só quero abraçar você. Aqui. Agora.

Ele aperta mais os braços ao redor da esposa e encosta a testa na dela.

Ela sorri para si mesma e para ele enquanto respira fundo, e os dois ficam um nos braços do outro, um momento de paz no olho de seu furacão apaixonado.

Eles permanecem abraçados.

Um pertence ao outro.

— Ah, Maxim. Eu te amo — sussurra ela. — Mais do que você imagina.

— Mas eu *imagino*.

Porém, o amor, a gratidão e o desejo de Alessia não podem esperar mais tempo.

— Eu quero você — murmura ela, pegando o suéter de Maxim e tirando-o pela cabeça.

Ela puxa a camisa dele para fora da calça e começa a desabotoar.

Fico parado o mais imóvel possível, dado que minha vontade é atacar minha esposa.

Agora.

Eu a deixo me despir. Ela está tão motivada por seu desejo quanto eu. Meus dedos estão coçando para despi-la, mas fico feliz de atiçar o fogo no meu sangue só de olhá-la.

Ela enfia a mão no cós da minha calça jeans e abre o botão.

— Sua vez — digo, fazendo-a parar, e removo seu suéter com um movimento rápido.

Em seguida, me ajoelho a seus pés e tiro suas botas, uma de cada vez, e depois suas meias. Volto a ficar de pé e, sob o olhar firme de minha esposa, tiro meus sapatos e minhas meias.

Estou pronto.
Totalmente pronto.

— Tire a calça. Agora — murmuro.

Alessia arqueja, com um olhar cada vez mais intenso, dá um passo para trás, desabotoa devagar a calça jeans e abre a braguilha lentamente.

Me provocando!

Depois ela rebola, balançando sua bunda gostosa, empurra a calça para baixo e a retira.

Minha linda esposa, parada diante de mim usando um belo conjunto de calcinha e sutiã de renda.

Porra. Tiro um momento para apreciar a visão deslumbrante.

Ela é maravilhosa.

Alessia leva as mãos para trás, solta o sutiã e o joga para mim. Ela ri quando o pego. Depois, se contorcendo, tira a calcinha.

— Você é tão bonita, Alessia.

— Agora você — diz ela com um olhar imperioso, sensual à beça.

— Sim. Milady. — Tiro a calça e a cueca, apressado, de modo que meu pau mais do que pronto salta livre, cheio de tesão por ela.

Alessia sorri com malícia e se aproxima, me agarrando.

É minha vez de arquejar.

Seus dedos estão frios!

— Ai!

Alessia ri, assim como eu.

— Chega! — Eu a agarro pela cintura e a ergo do chão. — Enrosque as pernas em mim, linda.

Ela obedece, e, ainda carregando-a, caminho até nossa cama e me abaixo até deitarmos nela e eu ficar aninhado entre suas coxas.

— A primeira vez. Como marido e esposa. Aqui — sussurro, de repente acometido pela importância histórica daquilo, ou de legado, ou de algo que nos transcende.

Ela me encara e afasta meu cabelo da testa com ternura.

— Marido — murmura ela, e a palavra ecoa entre minhas pernas.

Caralho.

Quero estrar dentro dela. Passo a mão por seu corpo, roçando o mamilo, que reage, e continuo, minha mão celebrando as curvas de sua pele, seguindo pela barriga e passando sobre seu sexo. Devagar, enfio um dedo em seu interior molhado e quente. Ela ergue os quadris na direção de meu dedo e toma impulso contra minha mão, desejando extravasar.

Ah, baby.

Retiro o dedo e devagar a penetro e colo minha boca na dela, minha língua tão ávida quanto meu pau. Seu corpo se alinha ao meu, e ela enrosca os braços e as pernas em mim, me abraçando com força. É inebriante.

E não consigo mais resistir.

Começo a me mexer.

Com força.
Rápido.
Reivindicando a mulher que é minha esposa.
Levando-a ao êxtase, enquanto suas unhas arranham minhas costas.
Sem prestar muita atenção nisso, esqueço tudo que não seja ela e desejo que deixe marcas em mim.
Sou dela.
Ela é minha.
Para sempre.
— Maxim — grita ela ao gozar, e me perco também, gozando dentro da única mulher que já amei.
Minha esposa.

Capítulo Vinte e Oito

Alessia faz um intervalo, depois de praticar as peças que vai tocar no teste, e observa Maxim pelas janelas da grande sala de música. Ele percorre devagar o caminho de acesso com Michael, o administrador da propriedade. Está vestindo sobretudo e galochas, segurando o que parece ser uma bengala enquanto anda pelo terreno. Eles estão no meio de uma conversa animada, quem sabe sobre a destilaria, o projeto pelo qual Maxim está apaixonado. Ele está empolgado para tirar a ideia do papel.

Atrás dele, Healey e Jensen vão pulando pela pista, parando para farejar alguma coisa e marcar território, como os cachorros costumam fazer. Mesmo de onde está, Alessia percebe que os animais estão encantados com seu marido. Eles o adoram.

E ela também o adora.

Maxim e Michael riem de alguma coisa que Michael diz, e aquece o coração de Alessia ver Maxim tão feliz. Esse lugar é perfeito para o marido. Ele parece o senhor da mansão e fica muito mais relaxado na Cornualha do que em Londres. E como culpá-lo? O ritmo ali é mais tranquilo, e faz Alessia se lembrar de sua terra natal.

No pasto atrás deles, os cervos se amontoam ao redor do cocho de água. Maxim faz uma pausa para admirar o rebanho com Michael.

Alessia se distrai com o som de passos.

— Ah, que prazer ouvir a senhora tocar, milady — diz Danny. — Trouxe um café. — Ela apoia uma bandeja com um pequeno bule, uma xícara e seu pires no aparador próximo.

— Obrigada.

— Sua Senhoria sempre gostou dos cervos — murmura ela, ao olhar pela janela.

Alessia aquiesce.

— Na última vez que estivemos aqui, vi um macho grande na estrada. Ele parou bem na nossa frente.

— É mesmo? Eu nunca vi. — Danny parece chocada.
— Por que isso é surpreendente?
— Maxim não contou?
— Não.
— Sobre a lenda?
Alessia balança a cabeça.
— Ah, esse menino — zomba Danny. — Diz a lenda que a primeira condessa, Isabel, encontrou um cervo macho adulto na floresta pouco depois de seu casamento com o primeiro conde. O cervo disse para ela que, se a sua família tomasse conta do rebanho selvagem, seria abençoada com uma vida longa e muitos filhos. E foi isso mesmo que aconteceu. A propriedade Trevethick tem sido um abrigo para esses bichos. Eles são considerados um sinal de boa sorte. É por isso que existem dois cervos no brasão da família. Eles simbolizam proteção para o condado, a propriedade e a família, milady.
— Eu não sabia disso. Eles não são... hã... caçados?
Danny balança a cabeça.
— Não. Há séculos que isso não acontece. De dois em dois anos, são abatidos de forma piedosa, para manter uma população sustentável. E a carne de caça é muito cobiçada por aqui. Mantém o rebanho forte e, enquanto o rebanho estiver forte, os Trevelyan e os Condes de Trevethick também permanecem fortes.
Alessia não sabe o que dizer, mas um sentimento de esperança em relação ao futuro, um futuro para ela e o marido, percorre sua pele. Afinal, o cervo que avistaram quando Maxim a levou para praticar tiro parecia a estar acolhendo. Ela sorri para Danny.
— É um bom presságio, milady. A família Trevelyan é responsável pelo bem-estar da propriedade, do vilarejo e das florestas, campos e pastos em torno. O terreno se expande em muitos milhares de hectares. E a família e as pessoas próximas os mantêm unidos e prósperos desde a década de 1660. Que assim perdurem. — O sorriso de Danny reflete o de Alessia. — Agora, depois de tomar o café, fiquei pensando se gostaria de ver os apartamentos privados e o sótão, apesar de aquele andar ser mais reservado para os funcionários e para depósito.
— Eu gostaria muito de fazer isso. Obrigada, Danny.
Alessia aprecia bastante as excursões pela casa com a governanta. Danny explicou em detalhes cada cômodo que está aberto (pois nem todos estão), sua história e para que servem. Já apresentou Alessia à maior parte dos funcionários, que, até o momento, mostraram-se amáveis e acolhedores. Alessia admira muito a mulher que mantém a casa toda funcionando tão bem. E se sente segura nas mãos de Danny; afinal, foi ela que cuidou de Alessia depois da tentativa de sequestro.

E é óbvio que Danny tem um carinho enorme por Maxim, que sente o mesmo. Ela parece agir de maneira mais maternal do que a própria mãe dele...

Alessia!

Ela tenta não pensar em Rowena de forma tão dura, mas às vezes é impossível. No entanto, talvez Alessia possa fazer alguma coisa para ajudá-los a se reconciliar.

Mas o quê?

— E ainda precisamos tomar providências importantes quanto às mudanças de quarto: Sua Senhoria vai para o quarto do conde e a senhora para o da condessa. — diz Danny, e Alessia logo para de divagar.

— Quarto da condessa?

— Sim. Cada um tem os próprios aposentos aqui.

Quartos separados!

— Às vezes é bom ter um refúgio — diz Danny, como se tivesse lido seus pensamentos.

Refúgio? Alessia não entende o que isso significa e não gosta de falar ou de pensar em dormir separada de Maxim.

Será que Maxim quer isso? Dormir sem ela?

Como um antigo costume gheg! A ideia a deprime na mesma hora.

— Nossa, milady. Não vai ser desse jeito — comenta Danny. — Vou lhe mostrar depois de seu café.

Michael e eu inspecionamos os carros nas antigas estrebarias. Esses modelos clássicos e *vintage* eram a alegria e o orgulho de Kit. Quase posso vê-lo caminhando em minha direção, vestindo um macacão imundo, as mãos cobertas de graxa e cheirando a gasolina e Swarfega. Ele estaria com seu boné de tecido e um trapo oleoso se projetando do bolso e estaria feliz demais, porra.

E aí, Reserva, topa dar uma volta nesta Ferrari?

Ele adorava este lugar.

Ele adorava os carros.

Eu, nem tanto. Porém, não me incomodava em dar uma volta pela propriedade de vez em quando em uma das máquinas.

E agora tenho que decidir o que fazer com elas.

— Você está certo, Michael. Aqui seria muito melhor para uma destilaria. É mais seguro, mais perto da casa, há espaço para expandir e essas antigas estrebarias estão em melhores condições do que o celeiro do pasto norte.

— O único problema são os carros.

— Vou vender. Não preciso de todos eles.

Michael dá um sorriso pesaroso. Sei que vendê-los deixaria Kit de coração partido, mas ele não está mais aqui.

— Vou ficar com o Morgan e me livrar do resto. Vou perguntar a Caroline se ela quer algum, mas duvido muito. Os carros eram uma paixão de Kit, não dela.

— Sim, milorde.

Volto para a casa, entrando pelo saguão, enquanto Michael retorna a seu escritório. Tivemos uma manhã proveitosa, e estou pronto para o almoço. Michael estava falando sobre as vantagens da agricultura regenerativa. Pelo visto, esse é o próximo estágio da agricultura sustentável. Prometi estudar o assunto e tentar entender o motivo de tanto estardalhaço.

Encontro Alessia na sala de estar, sentada em uma mesa já posta para o almoço. Ela ergue o olhar do livro de Daphne Du Maurier que estava lendo, a ansiedade estampada no rosto.

— O que foi? — pergunto quando tomo a cadeira a sua frente.

— Você quer dormir separado?

— O quê? Não. Do que você está falando?

— Danny estava me contando sobre mudar de quarto.

— Ah. — Cai a ficha. — Não tenho certeza se quero mudar de quarto. Você quer?

— Não. Quero ficar com você.

Dou uma risada.

— Fico feliz de ouvir isso. Podemos dormir onde quisermos. O quarto do conde foi do meu pai e do meu irmão. — Dou de ombros. Não estou a fim de me mudar para lá. — E sobre os aposentos da condessa, depende de você. Não são longe do meu quarto, e tem um closet que pode ser útil. Você não precisa dormir lá. Eu preferia que você dormisse comigo. A não ser que eu ronque.

Ela ri.

— Ótimo. Foi o que pensei. E você não ronca.

— Tenho uma ideia do que podemos fazer hoje à tarde — mudo de assunto.

— Ah, é? — Alessia inclina a cabeça com uma expressão de flerte, e sei que ela está pensando em sexo.

Caio na gargalhada.

— Não. Vou ensinar você a dirigir.

— Dirigir?! Eu?

— É. Você não precisa ter carteira para dirigir em uma propriedade privada. Podemos usar o Defender, ou talvez um carro menor, e vou ensinar a você.

Danny entra, trazendo dois pratos.

— Almoço, milorde.

Reviro os olhos.

— Maxim. É o meu nome.

— Maxim, milorde. — Danny acata, e coloca os pratos na mesa. — Salada niçoise com um toque da Cornualha.

— Toque da Cornualha? — pergunto, curioso, examinando o prato.

— Sardinhas, senhor, em vez de anchovas.

Eu rio.

— Tudo bem, então.

— Firme, acelera mais um pouquinho e vai tirando o pé da embreagem devagar — oriento Alessia.

Estamos no Defender que Danny dirige para se deslocar pela propriedade. Está bastante usado, mas ainda é útil.

Concentrada, Alessia segura o volante como se sua vida dependesse dele. O carro de repente dá um solavanco e morre, e Alessia pisa com força no freio.

Sou arremessado para a frente, o cinto de segurança pressionando meu peito.

— Epa!

Alessia solta uma série de ofensas em sua língua materna, que nunca a ouvi dizer antes.

Ela não ficou nada satisfeita.

— Tudo bem — tranquilizo-a. — É só uma questão de achar o ponto de equilíbrio na embreagem quando o motor dá a partida. Você só precisa acelerar um pouquinho mais. Vá com calma, temos a tarde toda. E não tem problema, dirigir pode demorar um pouco para aprender.

Ela faz uma careta rápida e determinada e liga o carro de novo.

Minha garota não vai desistir.

— Vá devagar. Passe a marcha — murmuro.

Ela luta com o câmbio para pôr em primeira de novo, e fico pensando se devíamos ter escolhido um carro mais fácil.

Se ela conseguir dirigir este carro, vai conseguir dirigir qualquer um.

— Muito bem. Respire fundo. Você consegue.

A marcha arranha quando ela engata a primeira e dá partida no motor mais uma vez.

— Bem lento. Sem acelerar muito.

Ela me encara, zangada de novo, e calo a boca porque, se não fizer isso, desconfio que ela ficará tentada a arrancar um dos meus braços. Nunca ensinei ninguém a dirigir. Eu mesmo aprendi aqui, na propriedade, quando tinha quinze anos. Foi uma das últimas coisas que meu pai fez antes de morrer. Ele estava calmo e me encorajava. Tenho muito carinho por essa lembrança. Ele era um ótimo professor.

Quero agir da mesma forma com Alessia.

A passo de tartaruga, seguimos adiante.

Isso! Comemoro mentalmente para não distrair Alessia, e atravessamos devagar o caminho de cascalho atrás dos estábulos.

— Ótimo, agora a segunda. Embreagem. Segunda marcha. Passe a marcha com calma.

Sua língua aparece de novo, e Alessia passa para a segunda de forma suave, deixando o Defender ganhar um pouquinho de velocidade.

— Muito bem! Ótimo. Com calma. Siga reto em direção aos portões. Isso. Bom!

Com cuidado, Alessia dirige até os portões, onde fica o mata-burro.

— Vamos pegar a pista. Mantenha assim.

Ela consegue passar entre as colunas dos portões e segue descendo a pista. Um sorriso selvagem surge em seu rosto, e é contagioso.

— Você está indo bem. Mantenha a atenção na estrada.

Ela continua a dirigir pela pista, devagar, mas com firmeza, concentrando-se ao máximo. De vez em quando, passa a língua nos lábios.

É muito sensual.

Porém, agora não é hora de lhe dizer isso. Ou pensar nisso — é o tipo de coisa que distrai.

— Você está indo muito bem. Mas fique atenta, pois pode aparecer algum cervo na pista. Eles devem se afastar quando ouvirem nosso barulho. É melhor não colidir com um cervo. Kit fez isso. Uma vez...

Merda.

E olhe o que aconteceu com ele.

Cacete.

Pigarreio e tento afastar minha tristeza. De repente, me vem à mente uma lenda sobre os cervos e seu vínculo com a propriedade, mas não me lembro direito da história. Vou tentar recordar para contar a Alessia.

— No final da pista, perto da guarita norte, vamos virar à esquerda. Depois vamos fazer uma excursão em zigue-zague pela propriedade.

Alessia está eufórica. Não consegue acreditar que está dirigindo. Mas, acima de tudo, está animada porque não quer decepcionar Maxim. Pelo visto, ele a considera capaz de fazer isso.

E é verdade.

A fé de Maxim nela é tocante.

Quando fazem uma curva na pista, ela avista a guarita, o mata-burro e a encruzilhada com três direções.

Ela entra em pânico por um minuto.
Qual é a esquerda?
O Zot!
Em vez de fazer a curva, ela pisa fundo no freio, arremessando os dois para a frente e deixando o carro morrer.

— Desculpe! — diz ela.

— Sem problemas. Não precisa se desculpar. Você se lembrou do freio e parou o carro. Essa é a coisa mais importante. Não tem certeza onde é a esquerda?

Alessia ri, mais de nervoso do que por estar achando graça.

— Não. Eu me confundi.

— Tudo bem. Você poderia ter ido para qualquer lado. Tudo isso faz parte da propriedade. Desligue o motor. Coloque o carro em ponto morto e use o freio.

Alessia segue as instruções de Maxim e respira fundo.

Ela consegue fazer isso!

— Quer tentar de novo?

Ela aquiesce.

Maxim aponta para a frente.

— Adiante.

Ela vira a chave, o motor ronca e começa a funcionar. Alessia pisa no pedal da embreagem, querendo mostrar quem manda ali, e coloca a primeira. O sistema de câmbio emite um horrível barulho de arranhado. Alessia olha para Maxim, que estremece. Ela volta a mirar a estrada e acelera, tirando o pé da embreagem e soltando o freio de mão. E então, eles avançam mais uma vez.

O carro não morreu!

Alessia está rindo à toa.

Ela gira o pesado volante, e o veículo vira devagar para a esquerda e prossegue na pista.

— Agora a segunda? — sugere Maxim, com delicadeza.

Ela assente e muda a marcha, mantendo o carro em curso. Eles passam por um dos campos, e Alessia logo avista Jenkins em um trator puxando um trailer. Ele acena para os dois, e Maxim retribui, mas Alessia mantém as mãos firmes no volante. Enquanto seguem pela pista, o marido continua a lhe oferecer apoio.

Ele está satisfeito.

Alessia avista mais uma guarita e diminui a velocidade ao se aproximar. Do outro lado do portão, uma pequena motocicleta surge de repente e atravessa a pista. O motorista usa calça e botas pretas, e, presa na garupa, há uma caixa de transporte portando o que parece ser um passageiro peludo e pequeno. Como a moto segue pela estrada sem diminuir velocidade, Alessia pisa no freio, mas não deixa o carro morrer!

Boa, Alessia!

— Merda. É o padre Trewin — diz Maxim. — Pilotando rápido demais. Só pode ser a vontade de Deus que ele ainda chegue inteiro nos lugares. É melhor seguir atrás.

Alessia obedece e acelera para ver se consegue alcançar a moto.

— Com calma — alerta Maxim, e ela desacelera de novo. — Vamos encontrar o padre em casa. Ele deve ter vindo para nos parabenizar. Ou veio me repreender por não ter ido à missa ontem. Provavelmente as duas coisas.

Alessia para ao lado do padre, que está soltando Boris, seu cãozinho Norfolk terrier, da caixa de transporte na traseira de sua moto. Jensen e Healey estão ansiosos esperando para brincar, os rabos abanando de modo frenético.

Desço do carro, dou a volta para abrir a porta de Alessia e me viro para cumprimentar o padre Trewin.

— Maxim, milorde. Parabéns pelo casamento. Como está? — Ele estende a mão e aperta a minha com firmeza.

— Bem. Obrigado, padre. Quero apresentar minha esposa, Alessia, a Condessa de Trevethick.

— Lady Trevethick, que prazer vê-la de novo.

— Padre Trewin, como vai? — Alessia e o clérigo apertam as mãos. — Gostaria de tomar um chá com a gente?

— Eu adoraria. — Ele nos oferece um sorriso largo, bondoso, especial-para-os--paroquianos.

Entramos na casa pelo saguão e seguimos pelo corredor oeste, onde nos deparamos com Danny.

— Boa tarde a todos — nos cumprimenta Danny. — Como foi com o carro, milady?

— Era um caminhão — exclama Alessia, alegre. — Mas consegui dirigir.

— Que bom.

— Você pode nos trazer um chá? — pede Alessia.

Danny sorri.

— Sim, milady. Na sala de estar oeste?

Alessia me olha. Aquiesço.

— Por favor.

— Não vimos você na missa do domingo — diz o padre Trewin.

Cacete. Eu sabia. Vou ouvir um sermão.

— É verdade. Tive que ficar aqui para ver como as coisas estavam — murmuro, desesperado para mudar de assunto.

Eu me abaixo e faço carinho atrás das orelhas de Boris, me perguntando onde estão Jensen e Healey.

— E eu estava mostrando a propriedade para minha esposa — acrescento.

— Bem, milorde, como eu disse antes, temos que dar o exemplo. Talvez no domingo que vem você possa fazer uma das leituras.

O quê?

Pigarreio.

— Lógico, eu adoraria — digo.

Mentiroso.

— O seu irmão era um grande apoiador de nossa igreja.

Típico do Kit. O certinho!

Sorrio, sentindo o coração apertado.

Kit era assim, o conde perfeito. Já eu, sou o oposto.

Cara. Que ironia.

— Você escolhe a leitura? — pergunto.

— Lógico. E podemos contar com a presença de Lady Trevethick também? — Ele lhe dirige os olhos brilhantes.

Alessia sorri e olha para mim, pedindo ajuda em silêncio.

— Alessia nasceu na Albânia, onde a religião foi proibida durante muitos anos. Mas a família dela é católica. Como pertencentes à Igreja Alta, acho que isso não vai ser um problema.

— Somos uma igreja ecumênica e acolhemos todas as crenças.

— Ótimo. Estarei lá — garante Alessia.

Danny entra e apoia uma bandeja com xícaras na frente de Alessia. Ela aquiesce e sai da sala.

— Quer chá, padre Trewin? — pergunta Alessia.

— Sim, por favor, condessa.

Se o uso de seu título a perturba, Alessia não deixa transparecer nada. Ela pega o bule e enche uma xícara, usando o coador que Danny trouxe, depois a entrega para o padre com o pires e uma colherzinha de chá. Oferece-lhe leite e açúcar, depois enche uma segunda xícara, que passa para mim junto ao pires.

Escondo o sorriso e aceito a xícara. Ela aprendeu a servir o chá de maneira adequada.

— Obrigada, meu amor.

Ela me dá um sorriso levado antes de servir, e percebo que Alessia sabe que eu notei que ela está pondo em prática o que aprendeu no curso de etiqueta.

Ela não errou nem um mínimo detalhe.

E eu esperaria menos do que isso?

Ela é incrível. E adorável.

E sei que ela fez isso por mim.
E talvez por si mesma.
Volto a atenção para nosso convidado, que percebe que Alessia e eu estamos sorrindo um para o outro como dois bobos. As bochechas do padre ficam mais rosadas e ele olha de mim para minha esposa.
Sim. Estamos apaixonados.
Lide com isso.
O que me faz lembrar...
— Padre Trewin, eu estava planejando me casar de novo com Alessia aqui no Reino Unido, quando voltássemos, mas uma fonte segura me informou que não é possível. Por isso, gostaria de saber se podemos receber uma bênção na igreja. Seria uma oportunidade para celebrarmos aqui também. De preferência no verão...
— Que ideia esplêndida. Óbvio que podemos fazer isso. Vou ficar muito feliz.

ALESSIA ACOMPANHA o padre Trewin até sua moto. Ele está cada vez mais encantado com minha esposa. Acho que ela ganhou um fã. Dirijo-me ao escritório para fazer algumas anotações sobre a destilaria, procurar alguém interessado em comprar os carros de Kit e ler sobre agricultura regenerativa, a nova paixão de Michael.
Quando desvio o foco do computador, já entardeceu. Minha cabeça está a mil com o que aprendi sobre agricultura sustentável. Recosto na cadeira e dou uma conferida ao redor para descansar meus olhos.
Na verdade, não entro nesse escritório para trabalhar desde que Kit morreu. Só vim aqui no dia em que Oliver me explicou sobre o assalto no Chelsea Embankment e, antes disso, quando visitei a Mansão pela primeira vez já como conde, sentei-me aqui para conversar com os funcionários da propriedade.
Uma melodia suave percorre os corredores, vinda da sala de música. Alessia está ao piano, sem dúvidas praticando para o teste. Enquanto tento descobrir o que ela está tocando, observo a mesa que antes foi de meu irmão e de meu pai. Há vários objetos que pertenciam aos dois: a caixa de chá georgiana de meu pai, onde ele guardava clipes e outras bobagens, e duas miniaturas de Bugattis *vintage* da década de 1960, que também pertenciam a meu pai, e com as quais Kit adorava brincar. Meu pai e meu irmão compartilhavam a mesma paixão por carros.
Eles *eram* próximos.
E aqui estou eu, vendendo sua estimada coleção.
Kit. Desculpe, cara.
Abro a caixa de chá, mais por nostalgia do que curiosidade, tentando sentir alguma essência de meu amado pai.

Há um pequeno conjunto de chaves em cima de uma chave um pouco maior. A chave do cofre.

O cofre!

Talvez o laptop e o celular de Kit estejam lá. E quem sabe um diário.

Pego a chave, me levanto e abro o grande armário de madeira embutido que antes servia como guarda-louça e que agora abriga o velho cofre Cartwright & Sons. A chave maior entra na fechadura. A destranco e vejo o laptop de Kit.

Mas nada do celular nem do diário.

Há também vários papéis, mas não tenho energia para analisá-los agora. Pego o computador e o coloco na mesa.

Talvez o diário esteja dentro de uma gaveta.

Tento abrir uma delas, mas está trancada.

Uma das chaves da penca pequena abre a gaveta e, devagar, eu a puxo e encontro o diário de couro marrom gasto de Kit, assim como seu iPhone descarregado.

Ignoro o celular e o computador porque devem estar protegidos por senha. Ou seja, vou precisar de ajuda para hackear os dois.

É o diário que vai responder às minhas perguntas.

Sinto uma tensão no couro cabeludo quando o retiro da gaveta com ambas as mãos, e o apoio em cima do laptop. Eu o encaro por um minuto antes de decidir invadir a privacidade de meu irmão. Devagar, com um leve tremor na mão, desfaço o nó da tira de couro gasta e puxo a capa. O diário abre na última entrada.

2 de janeiro de 2019

Merda! Merda! Merda!
Mil vezes merda!
Estou fodido!
Rowena filha da puta!!!
Primeiro minha esposa, agora minha mãe!!!

Capítulo Vinte e Nove

Cada pelo do meu corpo fica em pé devido ao choque enquanto leio e releio o que Kit escreveu.
Primeiro minha esposa, agora minha mãe.
As palavras ficam se repetindo na minha cabeça.
Minha esposa? Caroline?
E a culpa cresce como um tsunami em meu peito.
Mas. Mas... nós... nós... Kit já estava morto quando Caro e eu transamos. Eu nunca a toquei enquanto eles estavam juntos.
Nem uma única vez.
Antes de eles ficarem juntos, sim, é verdade. Mas não enquanto *eles* eram um casal.
Primeiro minha esposa!
Será que ela estava tendo um caso? E ele descobriu?
Foi por isso que não deixou nada para ela no testamento?
Faz sentido. Foi algo surpreendentemente cruel. E Caroline ficou com raiva... mas aceitou sem protestar.
Será que ela descobriu que ele sabia?
Será que ele a confrontou?
Deve ter sido isso, já que o testamento foi modificado em setembro do ano passado.
Mas um caso com quem? Uma pessoa? Duas? Mais?
Cacete. Coitado do Kit.
Fico me lembrando do Natal no Caribe. Não havia qualquer sinal de problemas entre eles. Ou talvez eu não tivesse notado porque estava ocupado demais fodendo com as turistas.
Ai, merda.
As próximas páginas devem responder minhas dúvidas.
Será que me atrevo a olhar?

Será que quero mesmo saber?

Alguém bate na porta, e levo um susto. Fecho o diário e, por instinto, me inclino sobre ele para escondê-lo. Danny entra, e devo estar com uma expressão terrível de culpa, porque ela permanece calada.

— Tudo bem, milorde?

— Tudo. Tudo, sim. O que foi, Danny?

— A condessa saiu com Jenkins para ver as ovelhas. Ela não queria incomodá-lo. Mas queria ajudar. Temos vinte e sete fêmeas parindo agora mesmo.

— Isso tudo?

— Sim, milorde.

— Mas ainda estamos no início da estação! — Franzo a testa. São muitas ao mesmo tempo. — É melhor eu ir ajudar também.

Levanto-me e levo o diário de Kit. Não quero nenhum intrometido lendo isso aqui. Por impulso, pego a Leica M6 que trouxe de Londres e verifico se ela tem filme.

— Vou esperar para servir o jantar, milorde.

— Está bem, obrigado. Não tenho ideia da hora que vamos voltar.

Alessia e Jenkins seguem no Defender, que anda aos solavancos em uma das pistas. Está escuro e, à beira da estrada, os altos espinheiros e gramíneas parecem se assomar no meio da noite. Por isso, Alessia está contente de não ser ela a motorista. Jenkins dá uma espiada nela, a testa franzida de preocupação.

— Milady. — Jenkins quase grita acima do barulho do motor.

— Alessia.

— Sim. Tenho que perguntar... — Ele para de falar, como se estivesse relutante em continuar a frase.

— O que é, Jenkins?

Ele pigarreia.

— A senhora... está esperando?

Alessia franze a testa. *Esperando o quê? O que isso significa?*

Jenkins puxa a própria orelha.

— A senhora... está grávida, milady?

As bochechas de Alessia ficam vermelhas, e ela espera que não seja perceptível no escuro do carro.

— Não! — exclama ela. — Por que... por que está perguntando isso?

Os ombros de Jenkins cedem quando ele relaxa.

— Ainda bem, milady. Mulheres grávidas não devem se aproximar de ovelhas parindo.

— Ah. Ah, sim. Entendo. Desculpe.
— Não tem motivo para se desculpar, senhora. Esqueci de perguntar antes.
Alessia exibe um rápido sorriso.
— Eu sei que mulheres grávidas não devem se aproximar de ovelhas e cabras.
— Cabras?
Alessia ri.
— É. Na minha terra nós temos cabras.
Ele vira perto de uma grande construção, que Alessia percebe ser um enorme celeiro. Jenkins para ao lado de uma porta de aço, onde mais três carros estão estacionados.
— Chegamos — diz ele. — Que bom que a senhora se agasalhou bem.
O celeiro é cavernoso e frio, e deve haver cem ou mais ovelhas lá dentro. Várias estão balindo alto por conta das contrações do parto; elas foram afastadas para baias menores, longe das ovelhas prenhes. Nas baias, alguns cordeiros recém-nascidos já estão sendo cheirados e lambidos pelas mães, enquanto eles fuçam as tetas inchadas em busca de leite. Alguns poucos funcionários da propriedade estão ocupados com os partos.
Ela e Jenkins chegam bem a tempo de assistir a um dos funcionários, que Alessia ainda não conhece, auxiliar no parto de uma ovelha. Usando luvas cirúrgicas, o rapaz limpa o focinho do filhote para ajudá-lo a respirar e o coloca na frente da mãe para ser lambido e limpo. Ele pega um frasco e aplica um pouco do unguento, que Alessia conclui ser iodo, no umbigo do filhote.
— Boa noite. — Ele faz um gesto com a cabeça, cumprimentando Alessia. — Ah, lá vem outro — diz o jovem e se senta de novo, enquanto a ovelha dá à luz mais um filhote. — Boa menina. Vamos com calma agora — tranquiliza ele a nova mamãe e repete os mesmos procedimentos de limpeza com o recém-nascido.
— Onde estão as luvas? — pergunta Alessia a Jenkins.
— O posto de trabalho fica ali. — Jenkins indica com o queixo. Seus olhos estão nas ovelhas e em quem será a próxima a parir. — Tentamos deixar elas parirem sozinhas. Elas acasalaram com carneiros Suffolk da Nova Zelândia. Isso significa que as crias devem ter ombros mais estreitos e cabeças mais finas. Fica mais fácil de parir. No entanto, algumas ovelhas precisam de ajuda, milady. É bom ficar de olho. Em geral, elas não entram em trabalho de parto todas ao mesmo tempo.
Alessia sorri para o jovem funcionário, que agora está tentando colocar os dois filhotes para mamar.
— Colostro. Muito bom para os recém-nascidos — explica ele, e sorri.
Alessia se dirige ao posto de trabalho, espalha desinfetante na palma das mãos, prestando uma atenção especial à região entre os dedos, e depois coloca luvas descartáveis. Jenkins faz o mesmo.

— Todo mundo tem que ficar a postos, observando e checando se elas estão em sofrimento.

Alessia aquiesce.

— Eu já fiz isso, só que com as cabras. E não eram tantas assim.

Jenkins abre um largo sorriso.

— A senhora vai se adaptar direitinho, milady.

Estaciono perto do celeiro da fazenda da família, pego minha câmera e salto do carro. Guardei o diário de Kit no porta-luvas e o tranquei. Acho que está a salvo lá. Dentro do celeiro, olho ao redor à procura de minha esposa, mas não consigo encontrá-la. Há cerca de trinta ovelhas nas baias de parto. Localizo Jenkins, que está na mais próxima ajudando um animal, e me agacho para falar com ele.

— Milorde.

— Todas ao mesmo tempo? O que fizemos para merecer isso?

— Vai ver é a lua — diz ele enquanto traz um carneirinho ao mundo.

A mãe está ansiosa para limpá-lo.

Jenkins se afasta. Eu rio.

— O que posso fazer para ajudar? E onde está minha esposa?

— Alessia está no meio disso tudo, em algum lugar por aí. Ela quis ajudar.

Franzo a testa. *Será que ela sabe o que está fazendo?* Mas não compartilho esse pensamento em voz alta.

— Muito bem, vou me aprontar.

Sigo até o posto de trabalho, desinfeto as mãos e boto luvas azuis. Dali, avisto Alessia, o cabelo sinuoso em uma longa trança nas costas. Ela está em uma baia, limpando o focinho de um cordeiro recém-nascido e o posicionando na frente da mãe. Quando me aproximo, eu a ouço falando em albanês.

— *Hej, mama. Hej, mami, ja ku është qengji yt. Hej, mami, ja qengji yt.*

Com delicadeza, ela afaga o focinho da ovelha e repete o que acabou de dizer, seja o que for, em seu tom reconfortante, depois se recosta para ver se a ovelha vai parir mais um filhote.

De repente, me sinto tomado por uma onda de emoção que cresce em meu peito e me deixa paralisado. Sinto o coração transbordando. Cheio a ponto de explodir, só de observar minha adorável esposa interagir com uma ovelha. Uma ovelha Trevethick.

Uma das nossas.

Nunca vi Caro ou minha mãe ajudarem assim na propriedade.

E, nesse momento, sei que Alessia é a melhor coisa que já me aconteceu.

Que nos aconteceu.

A todos nós. Aqui. Agora.

Pigarreio para tirar o nó da garganta quando me ajoelho ao lado da baia.

— Oi — sussurro, a voz rouca.

— Olá.

Ela sorri, feliz de me ver, e parecendo confortável naquele lugar. Ela está imunda, com sangue, muco e só os céus sabem o que mais nas luvas, na calça e no suéter; mas está radiante.

— Você está bem?

Ela assente.

— E este pequenino também. — Ela afaga a cabeça do cordeirinho. — A mamãe se comportou muito bem. Talvez ela tenha mais um.

— Pelo visto você não é uma marinheira de primeira viagem, né? — pergunto.

Ela franze a testa.

— Não é a primeira vez que faz isso — explico.

— Não. Nossos vizinhos... Eles foram ao nosso casamento. Eles têm cabras. Já ajudei quando elas estavam prenhes. Muitas vezes.

— Alessia, você nunca deixa de me surpreender. Sorte a nossa de você estar aqui.

Ela desconsidera o elogio com um gesto de quem faz pouco-caso.

— Você também já fez isso? — pergunta.

Eu rio.

— Também não é minha primeira vez. Vou ver onde precisam de ajuda. Mas primeiro... — Ergo a câmera e observo minha esposa linda e desarrumada através das lentes enquanto ela sorri para mim, e pressiono o obturador. — Quero tirar outras, não tenho muitas fotos suas. E, neste exato momento, você está linda pra caralho. É melhor eu ir.

Ela sorri, deslumbrante, só para mim, e reluto em deixá-la, mas o dever me chama.

SÃO TRÊS DA madrugada quando levo Alessia para o chuveiro para que ela possa tomar um banho. Estamos exaustos e sujos após um turno completo no estábulo de ovelhas. Porém, temos setenta e dois novos cordeirinhos. Acho que nunca trabalhei tão duro na minha vida, mas estou animado. Apenas um natimorto, nenhum rejeitado, e todas as ovelhas em boas condições. Foi um início épico da temporada de procriação. E fico muito contente que estávamos aqui para ajudar.

Agora, eu preciso ajudar minha esposa a se limpar e levá-la para a cama.

De olhos fechados, Alessia se apoia em mim sob a agradável água quente.

Meu amor.

Ela é absolutamente incrível.

Alessia enrolou a trança em um nó para mantê-la longe da água. Pego esponja e sabão e, com delicadeza, começo a lavar suas mãos, seus braços e seu rosto. Depois, ela fica me esperando enquanto eu me lavo.

Maxim enxuga Alessia com a toalha. Ela mal consegue manter os olhos abertos, até seus fios de cabelo devem estar exaustos. Mas ela está se sentindo satisfeita. Finalmente conseguiu retribuir toda a ajuda que Maxim e os funcionários da propriedade, que a acolheram com tanto carinho, lhe ofereceram.

— Podemos ir para a cama agora? — balbucia ela.

Com delicadeza, Maxim segura o queixo da esposa, que abre os olhos.

— Seu desejo é uma ordem, Lady Trevethick. Obrigado por essa noite. Você foi espetacular. Deve estar morrendo de fome. — Ele roça os lábios nos dela.

— Não. Só cansada. Cansada demais.

Ela sorri, sonolenta. Ele deixa a toalha cair, levanta a esposa do chão e a coloca na cama.

Alessia pegou no sono antes que eu pudesse cobri-la com o edredom. Tiro uma mecha solta de cabelo do seu rosto, e ela não se mexe.

— Minha garota forte e corajosa. Obrigado — sussurro e beijo sua testa.

Termino de me enxugar, visto o pijama e deito na cama, onde me aconchego ao lado de minha esposa e inspiro seu perfume.

É O BARULHO das xícaras que me acorda. Danny entrou em nosso quarto com uma bandeja de café da manhã muito bem-vinda. O cheiro é irresistível, e fico com água na boca.

Estou com uma puta fome.

— Bom dia, Vossa Senhoria. Eu soube que a noite foi bem animada.

— Bom dia — murmuro, sem querer acordar.

Abro os olhos e noto os de Alessia piscando, mas eles se fecham de novo.

Danny deposita a bandeja na beirada da cama.

— Já passa das onze horas, milorde. Achei que iam precisar tomar o café da manhã — diz, e não consigo me lembrar da última vez em que ela me trouxe o café na cama.

Devo ter caído nas graças de Danny.

Ou talvez seja Alessia.

Provavelmente é Alessia.

— Obrigado, Danny.

Eu me sento, e Alessia continua dormindo pesado ao meu lado. Danny baixa o olhar para minha esposa adormecida, com uma expressão suave e doce e uma ternura que acho que nunca vi antes.

— Ah, milorde, sua escolha foi acertada — diz ela.

Danny se endireita, pigarreia, pega nossas roupas imundas do chão e sai do quarto.

O cheiro do café da manhã é delicioso.

Bacon, ovos, cogumelos, torrada.

Trago a bandeja para perto, e Alessia desperta.

— Sinto cheiro de comida — comenta ela, sonolenta.

— Está com fome? — pergunto.

Ela me oferece um sorriso sonolento.

— Morrendo de fome.

Alessia ainda está se familiarizando com o ritmo da casa. De manhã, depois de tomarem banho e de se vestirem e talvez fazerem amor, ela e Maxim tomam o café da manhã com os funcionários na cozinha. Depois, ela e Danny conversam sobre o cardápio do dia, as reservas e as exigências para as casas de veraneio, que incluem o Esconderijo, assim como quaisquer questões e tarefas que precisam ser terminadas. Quando tudo está resolvido, Alessia vai ao celeiro para auxiliar as ovelhas nos partos e ajudar a levar as mães e suas crias para baias separadas do restante dos animais.

Alessia até dirigiu um carro sozinha.

Sem Maxim.

Ele ficou ansioso, mas a deixou ir.

E ela se saiu bem.

Precisa fazer o exame para tirar a carteira de motorista.

Tudo a seu tempo, Alessia!

Durante a semana, a fazenda foi agraciada com 197 cordeiros, e ainda mais virão.

Alessia passou outras duas noites ajudando nos partos das ovelhas. E adorou.

Ela adora este lugar.

Ela adora se sentir... útil.

Agora conhece todos os funcionários pelo nome e sabe diferenciar aqueles que moram lá dos que moram no vilarejo Trevethick, que fica perto, e dos que moram bem mais longe. Todos estão encantados com o fato de ela os ajudar no trabalho.

E ela é milady.

Para todo mundo.

No início da noite, ela passeia com Jensen, Healey e o marido. Os cachorros adoram Maxim quase tanto quanto ela — embora ele lhe assegure que os animais eram de Kit. Os quatro perambularam por toda a propriedade enquanto Maxim conta histórias de sua juventude e suas incontáveis travessuras. Em sua mente, Alessia criou uma imagem de Maxim e os irmãos levando uma vida tranquila naquela propriedade.

Não é surpresa que ele ame tanto esse lugar.

Os dois fizeram algumas caminhadas ao longo da praia Trevethick, e ela respirou o ar puro e salgado do mar.

Ele lhe deu o mar... de novo.

E ela adorou.

Amanhã, porém, será diferente. Após a missa, eles vão voltar para Londres, pois Alessia tem um teste marcado para segunda-feira. Ela tem estudado durante as tardes, perdendo-se nas cores das notas na grande sala de música.

Maxim também tem andado ocupado. Além dos planos para a nova destilaria, ele tem mergulhado no conceito de agricultura regenerativa. Hoje à noite, na Mansão, vai promover um encontro de todos os arrendatários com um fazendeiro que veio de um lugar chamado Worcestershire — que Alessia acha impossível pronunciar. Serão oferecidos petiscos e bebidas; Danny, Jessie e Melanie, uma das ajudantes de Danny, vão se encarregar de servir, mas Alessia também vai ficar a postos. Ela está ansiosa pela reunião, pois será a primeira vez que vão receber convidados na Mansão, e ela também quer conhecer mais essas novas práticas de agricultura.

A única preocupação de Alessia é Maxim. Às vezes, ele parece um pouco distraído. Ela não tem certeza se foi a desavença com a mãe ou alguma outra coisa. Perguntou se estava tudo bem e ele disse que sim. Na verdade, Maxim vive dizendo que nunca foi tão feliz.

Está tudo bem.
Estamos aqui juntos.
Eu estou amando a vida neste exato momento.
Graças a você. Eu te amo.

Alessia sente o mesmo, mas gostaria que ele se reconciliasse com Rowena, porque, bem no fundo, ela desconfia que o marido esteja sofrendo.

Sentado à escrivaninha, repasso as anotações para o encontro desta noite. Estou animado. Michael, que administra a fazenda, tem me incentivado muito. Meu pai estava à frente de seu tempo quando passou para o cultivo orgânico. O pai de Michael, Philip, que administrava nossa fazenda na época, ajudou a persuadir os arrendatários a seguir esse mesmo caminho. Hoje, com a ajuda de Michael, espero convencer os arrendatários da região de que a agricultura regenerativa é o próximo passo em nossa jornada ecológica. A agricultura regenerativa e sustentável é o melhor caminho: ajuda a propriedade, nossos produtores, nossa terra, a região e o planeta. Ela alimenta e repara o solo, promove o sequestro de carbono e aumenta a biodiversidade. Durante minha pesquisa sobre o assunto, me tornei um fã apaixonado. Um fazendeiro de Worcestershire chamado Jem Gladwell é um defensor da causa e vem à reunião de hoje à noite. Sua grande fazenda emprega as mais recentes técnicas regenerativas, e ele se converteu de tal forma a essa prática que quer divulgá-la e conversar com outros fazendeiros sobre o tema.

Estou ansioso para conhecê-lo, e ele vai passar a noite aqui.

Nosso primeiro convidado!

E, se o evento de hoje for um sucesso, espero poder repetir esse processo em Angwin e Tyok.

Depois de terminar minhas anotações, verifico meu e-mail, e aí me lembro de Caroline e do diário de Kit. Eu o escondi no cofre e guardei a chave. Não li mais nenhuma página, porém estou dividido. Não sei se quero descobrir mais ou se devo deixar os segredos de Kit guardados. Afinal, ele não está mais entre nós.

Eu devia deixá-lo descansar em paz.

Mas aquilo me atormenta... Caroline, infiel.

Não é de se estranhar que trepamos quando ele morreu. Achei que era um tipo de laço que nos unia para conseguir lidar com o luto. Talvez fosse, mas, quando paro para pensar, nem eu nem ela tentamos evitar.

Merda.

Será que ela foi infiel durante o casamento deles?

Ela disse que o amava.

E ficou arrasada quando ele morreu.

Arrasada o suficiente para dormir comigo?

Caralho.

Detesto ser atormentado por esses pensamentos. Nenhum de nós dois se comportou bem.

Caro me mandou suas ideias para a decoração dos prédios de Mayfair. Há três opções, todas boas, mas não vou discuti-las com ela ainda. Oliver quer a opção mais barata, mas isso não é surpresa. Vamos voltar a Londres amanhã à noite para passar alguns dias na cidade, aí dou um jeito de falar com ela.

Ouço uma batida leve na porta, e Melanie, uma das auxiliares de Danny que mora no vilarejo, aparece na porta.

— Boa tarde, Vossa Senhoria. O sargento Nancarrow está aqui para ver o senhor.

O quê? Merda!
A ansiedade cresce em meu peito. O que ele quer? Entrevistar Alessia? Em um sábado? Achei que tínhamos evitado tudo isso.
— Ofereça algo para ele beber e o leve para a sala de visitas principal. Já estou indo.
— Sim, milorde.
Suspiro. O que será que ele quer, afinal?

Quando entro na sala, Nancarrow está tomando uma xícara de chá e examinando os retratos de família expostos em uma das mesas Queen Anne. Notas musicais flutuam da sala de música, onde Alessia encontra-se ao piano.
Controle-se, cara.
— Sargento Nancarrow. Boa tarde.
Ele se vira, e estendo a mão.
— Milorde. Bom ver o senhor.
Apertamos as mãos, eu o conduzo até onde Melanie apoiou a bandeja com o chá, e ambos nos sentamos.
— Parabéns pelo casamento — diz e me oferece um sorriso gentil.
Por enquanto, tudo bem.
— Obrigado. Como posso ajudar?
Ele suspira e repousa sua xícara, assumindo uma expressão séria.
— Trago novidades, milorde. Uma notícia triste. No início desta semana, os dois homens que prendemos na sua propriedade foram assassinados enquanto estavam sob custódia.
Sinto uma pressão na cabeça e uma súbita tontura. Tenho certeza de que estou ficando pálido.
Puta que pariu.
— Como?
— Os detalhes ainda não foram divulgados — murmura ele, me encarando.
Eu me recosto na cadeira, perplexo, e uma lembrança do Babaca me mostrando o recorte de jornal surge na minha mente.
— Achei que o senhor devia saber. O caso contra eles vai ser suspenso, mas nem o senhor nem Lady Trevethick vão precisar testemunhar em juízo.
— Entendo — sussurro, minha cabeça indo a mil.
Será que Anatoli *assassinou* os homens?
Será que ele faria isso?
Ou ele mandou alguém fazer esse trabalho?
Puta que pariu. Será que devo contar isso ao Nancarrow?

— Eu também queria devolver isso ao senhor. — Sua voz se suaviza, e ele me entrega uma grande sacola de compras da Tesco.

Lá dentro estão meu laptop e minhas mesas de som.

— Como conseguiu achar isso?

— O equipamento estava no porta-malas do carro deles. Nós estávamos guardando o veículo e esses itens como evidência, mas agora o caso foi encerrado. — Ele dá de ombros. — Os números de série coincidem com os das peças que o senhor perdeu. Achei melhor devolver.

— Obrigado.

Sua expressão fica mais séria, e não sei o que isso pode significar.

— E também tinha isso. — Ele enfia a mão no bolso, pega um envelope pardo e o entrega a mim. — Nós achávamos que a Polícia Metropolitana ia pedir todas as provas, mas acabaram não pedindo. E, bem, agora não faz mais sentido.

Intrigado, abro o envelope e vejo o antigo passaporte de Alessia.

Merda.

Nossos olhares se encontram, e não faço ideia do que ele vai dizer.

— Achei que Lady Trevethick podia querer isso de volta, milorde.

Estou atordoado, em completo silêncio.

Ele sorri diante de meu silêncio.

— E podemos encerrar essa história por aqui.

Eu o encaro, pasmo, sem ter certeza se acredito no que ele está insinuando.

— Obrigado — digo sem pensar.

— Ouvi falar que ela causou uma boa impressão aqui, milorde.

— Maxim. Por favor.

Ele sorri.

— Maxim.

— Ela causou, sim. Em todos nós. É ela agora, tocando.

— Piano?

— É.

— Eu gosto bastante de Beethoven.

— Venha conhecer minha esposa. Ela não se importa com plateia.

— Não quero me intrometer.

— Está tudo bem. Venha.

— Adeus, sargento Nancarrow — diz Alessia, quando eles apertam as mãos.

— Foi um prazer, milady. — O rosto dele cora, e sei que minha esposa cativou mais um coração.

— Milorde. Maxim — corrige-se ele, e, com um gesto da cabeça, se dirige para a viatura.

Solto o ar. Ele não mencionou a morte dos traficantes para minha esposa, e decido não compartilhar essa informação por enquanto. Sei que isso pode deixar Alessia abalada.

— Ele parece muito simpático — comenta ela, mas soa em dúvida. — Por que veio até aqui?

— Ele veio devolver o equipamento que aqueles babacas roubaram do meu apartamento e também isso. — Retiro o antigo passaporte de Alessia do bolso.

— O *Zot!* Ele sabe! — Ela morde o lábio inferior, os olhos arregalados de preocupação.

— Sabe, mas preferiu nos dar o benefício da dúvida. Ele não vai dar prosseguimento ao caso.

Alessia franze a testa.

— Mas quando Dante e Ylli forem julgados... — Seu tom de voz baixa, e mudo meu foco para o carro de Nancarrow desaparecendo na pista. — Maxim, o que foi?

Merda.

— Me fale!

Eu me viro para Alessia, que parece tensa.

Droga.

— Eles morreram na prisão.

— O quê? Dante e Ylli? Os dois? — Mal consigo ouvir sua voz.

Confirmo com um gesto da cabeça.

— Por isso que o Nancarrow veio aqui, na verdade...

— Eles estão mortos — sussurra ela de novo, como se não estivesse acreditando.

— Parece que sim.

— Assassinados?

— Isso mesmo.

Ela me encara, e eu a observo, enquanto uma dezena de emoções passam por seus olhos, até que eles se endurecem. Ficam frios. Insensíveis. Algo nada típico de minha garota.

— Ótimo — diz Alessia, com tanta veemência que me deixa um pouco chocado. — Tomara que apodreçam no inferno.

Uau. Mas é isso. Tomara mesmo.

— Isso também significa que não vai haver julgamento. Estamos livres desse caso — murmuro.

Seus olhos escuros começam a lacrimejar.

Merda. Não.

— Por favor, não chore. Não por eles. — Eu a envolvo nos braços, puxando-a para perto e beijando seu cabelo.

— Não. Não por eles. Pelas vítimas deles. Mas estou aliviada. Estamos livres.

— Estamos, sim.

Ela suspira, e seu corpo relaxa em meus braços, como se um grande peso tivesse sido removido.

— Que alívio. — Ela inclina a cabeça e eu a beijo, me rendendo a seu feitiço enquanto seus dedos se enroscam em meu cabelo.

Ela se afasta, me premiando com seu doce sorriso.

— Pronto. Agora só precisamos que você fale com a sua mãe.

Dou um riso de escárnio e balanço a cabeça.

— O quê? Que bela mudança de assunto. E é a minha mãe que precisa falar comigo. Mandei uma mensagem para ela.

— Você mandou? Ótimo. Ela vai responder. Ela te ama, só não estava preparada para contar toda a história dela. Apenas… humm… as partes chocantes. E você não estava preparado para escutar.

Fico tenso.

— Não sei se algum dia vou estar pronto para escutar, e não sei se algum dia ela me amou. Ela amava o Kit.

Alessia acaricia meu rosto.

— Óbvio que ela te ama. — Ela leva minha boca para junto da sua. — Como ela não ia te amar? Você é filho dela… e eu te amo — sussurra.

Ouvimos uma tosse no corredor e nos endireitamos, nos afastando um do outro.

— Danny?

— Milorde. Jem Gladwell está aqui para ver o senhor.

— Ótimo. Leve o Gladwell para a sala de estar principal.

Estamos largados na cama, mas deveríamos estar dormindo.

— Podemos voltar para cá? — pergunta Alessia, a cabeça descansando no travesseiro, e eu a encaro enquanto ela delineia com o dedo o contorno de minha tatuagem.

Faz cócegas, mas adoro esse carinho.

— É lógico que vamos voltar para cá. É nossa casa.

— Mas logo. — Ela segura meu rosto entre as mãos.

— Depois que você terminar seus testes. Sem dúvida.

— Ótimo. Gosto muito daqui.

— Eu também. Eu me sinto cheio de esperança neste lugar. E agora tenho mais esperança ainda pelo futuro daqui e da propriedade como um todo. Acho que Gladwell foi uma inspiração.

— É verdade. E engraçado também. Ele é... hum... uma boa companhia?

— Ele é uma boa companhia, sim. Estou ansioso para me encontrar com ele de novo quando ele for a Angwin. — Eu a puxo para meus braços. — Acho que ele gostou de você. — Roço o nariz embaixo de sua orelha, onde sinto sua pulsação.

Alessia se contorce e ri em meus braços.

— Isso faz cócegas.

Paro e fito seu lindo rosto.

— É melhor irmos dormir. Amanhã de manhã tenho que fazer a leitura na igreja, e depois temos uma longa viagem até Londres.

— Está nervoso por causa da leitura?

Eu me recosto nos travesseiros, pensando na resposta, e Alessia se aconchega em mim.

— Não. Não estou nem um pouco nervoso. Eu me sinto meio hipócrita, na verdade. Não sou religioso, nunca fui. Mas Trewin está certo. Ele está aqui em prol da comunidade, e preciso assumir meu papel e me colocar em prol da comunidade também, quer eu goste ou não. Esta noite, escutando e observando todos os arrendatários e funcionários da propriedade, percebi que nos juntamos para compor uma unidade coesa. Todos trabalhamos para o bem da comunidade. E você e eu somos parte disso. Nunca pensei assim antes... quando Kit estava no comando. Agora, quero fazer parte disso mais do que nunca. É importante manter esse lugar unido e próspero para nós e para aqueles que moram em Trevethick e arredores. Nós somos o coração de Trevethick.

Os olhos escuros de Alessia estão cintilando. Neles, vejo sua esperança e, me atrevo a dizer, admiração.

— Também quero ser parte disso — murmura ela.

— Ah, baby, você já é. Mais do que imagina.

— Adorei nosso tempo aqui. Não consigo acreditar que essa agora é a minha vida. Parece um sonho. Obrigada.

Passo os dedos por seu rosto.

— Não, meu amor. É a você que tenho que agradecer. Este lugar ganhou vida com você aqui.

Alessia balança a cabeça como se não acreditasse no que estou dizendo e me beija. Da melhor maneira, com sua mão deslizando por meu corpo... despertando tudo.

De novo? Ah, cara!

Capítulo Trinta

— Você quer que eu espere? — pergunta Maxim.

Eles estão no impressionante saguão do Royal College of Music, com seu piso de mosaico ornamentado. O teste de Alessia é dali a quarenta minutos.

— Não sei quanto tempo vai demorar. Mas eu vou ficar bem. — Alessia ignora o coração disparado para tranquilizar o marido. — Você tem que trabalhar. Passo no seu escritório depois.

Ele franze a testa, inseguro, e ela apoia a mão no peito do marido, sentindo o calor de seu corpo através da camisa.

Reconfortada pelo calor dele, o coração dela desacelera.

— Vou ficar bem — repete ela e inclina a cabeça para um beijo.

— Tudo bem. Vejo você no escritório. Boa sorte — diz ele, depois dá um beijo rápido na esposa. — Como dizemos aqui, merda.

Alessia franze a testa e abaixa a cabeça.

Merda?

Maxim segura o queixo dela entre o polegar e o indicador e a encara com seus olhos verdes brilhantes, que reluzem, achando graça.

— É só uma expressão para desejar boa sorte.

— Ah. — Alessia retribui o sorriso dele.

— Vá. Se aqueça. Você vai conseguir.

Alessia pega a bolsa, dá uma última olhada em seu lindo marido e segue o jovem estudante que espera pacientemente por ela.

Eles sobem os dois lances de escada e passam por um corredor. O estudante se apresenta como Paolo e lhe dá as boas-vindas à faculdade. Ele está vestido de maneira informal, com calça jeans e suéter, e Alessia espera que ela própria não esteja arrumada demais, em seu terninho preto. Ele para e abre a porta para uma pequena sala de ensaios.

— Pode ensaiar aqui. Volto para levar você para o teste em uns vinte minutos.

— Obrigada — diz Alessia, estudando o espaço e, o mais importante, o piano vertical Steinway e o banquinho diante dele. São as únicas mobílias na sala.

Paolo fecha a porta, e Alessia coloca a bolsa no chão e se acomoda no banco.

É isso. Ela está aqui. Treinou sem parar. Sabe a peça de trás para a frente. Assistiu a vídeos do YouTube sobre técnicas de teste e o que esperar. Ela está pronta.

Respirando fundo, ela leva as mãos às teclas e começa a se aquecer, amando que o tom do piano é quente e imediato nesse casulo à prova de som.

No táxi a caminho do escritório, meu celular vibra, e acho que deve ser Alessia. Não. É mais uma mensagem de Caroline. Ela já me mandou algumas nos últimos dias implorando um retorno sobre as propostas.

Pelo amor de Deus, vamos nos encontrar agora de manhã. Eu não sabia que ela era uma profissional tão carente! Agora ela está tentando uma outra tática.

Como estava a Cornualha?
Estrada A303 ou M5/M4?

Apesar de tudo, sua mensagem me faz rir.

Você sabe que eu detesto a A303
É para aposentados!
Até mais tarde

Meus olhos se desviam para a mala gasta a meu lado no banco. Dentro dela estão as anotações da reunião com Jem Gladwell, que quero compartilhar com Oliver, e o diário de Kit — cuja mera existência está acabando comigo.

Será que eu devo ler?
Merda.
Talvez eu devesse queimar esse negócio.

Alessia acalma os nervos, entra na sala para o teste e se depara com os representantes do corpo docente, dois homens e uma mulher, sentados atrás de uma mesa comprida. Essa sala é mais arejada do que a outra — grande o suficiente para abrigar um piano de cauda Steinway no centro — e há uma grande janela que dá para o Royal Albert Hall.

O homem mais velho se levanta de trás da mesa.

— Alessia Trevelyan. Bem-vinda. Eu sou o professor Laithwaite, e esses são meus colegas, a professora Carusi e o professor Stells.

Alessia e o professor apertam as mãos.

— Bom dia, professor. Bom dia — diz ela para os outros, que a cumprimentam com um sorriso.

— Você está com suas partituras?

— Estou. — Ela retira todas as folhas da bolsa e as coloca em cima da mesa na frente dos tutores.

— Por favor, sente-se ao piano.

— Obrigada.

— Ah. Qual é esta? — pergunta a professora Carusi ao olhar uma das partituras. — Valle e Vogël?

— Sim. De um compositor albanês. Feim Ibrahimi.

— Por favor. É curta. Vamos escutar. E depois passamos para o Liszt.

Alessia assente, feliz por eles quererem ouvir um dos principais compositores de seu país. Ela inspira fundo e apoia os dedos sobre as teclas, a familiaridade do teclado a acalmando. E começa a tocar. A música é viva e expressiva, uma homenagem a uma canção folclórica albanesa jorrando pela sala em nuances de roxos e azuis, se transformando em tons de azul mais claro. Quando as notas finais se extinguem, Alessia coloca as mãos no colo, inspira fundo mais uma vez e começa o Liszt. As notas a levam de volta ao apartamento em Chelsea, a neve rodopiando do outro lado da janela enquanto ela tocava para Maxim pela primeira vez.

— Chega, obrigado — interrompe o professor Laithwaite no início do penúltimo crescendo.

— Ah.

— O Beethoven. Eu gostaria de ouvir a partir do trigésimo sétimo compasso. — pede Stells.

— Tudo bem — diz Alessia, um pouco abalada.

Será que eles detestaram? Ela foi mal?

Ela suspira conforme sua mente busca as tonalidades do trigésimo sétimo compasso na partitura. Em seguida, leva as mãos às teclas mais uma vez e começa a verter seu coração e sua alma para o resto da peça enquanto a música explode em tons de vermelho e laranja em volta dela.

O sorriso radiante e o aperto de mãos caloroso de Oliver sugerem que ele está feliz de me ver.

— O que você achou de Gladwell? — pergunta ele.

— Achei que ele foi fantástico. E, o mais importante, nossos arrendatários também gostaram dele.

Oliver bate palmas, animado, o que é bem atípico.

— Michael tem tentado tirar do papel essa ideia de agricultura regenerativa há mais de um ano.

— Ele não me contou isso.

— Pois é. Mas Kit não tinha interesse.

Oliver balança a cabeça e olha para o outro lado, como se estivesse envergonhado ou tivesse falado demais, e percebo que ele não quer ser desleal ao amigo, meu irmão.

— Bem, acho que Kit perdeu uma oportunidade. Estou animado com isso. Nosso próximo passo é falar com os arrendatários de Angwin e Tyok. Gladwell está disposto a fazer isso. Precisamos conversar sobre comprar ou alugar o equipamento necessário. Vai ser caro.

— Podemos separar uma verba para isso. Vou conversar com cada administrador das propriedades e marcar uma reunião.

— Ótimo. Alguma coisa urgente?

— Só a decoração de Mayfair.

— Caroline?

— Isso. — E acho que nunca o ouvi falar aquela palavra com tão pouco entusiasmo.

— Algum problema?

— Não. Claro que não. — Oliver pigarreia e vou para meu escritório.

Que estranho.

O primeiro item na minha agenda é ligar para Leticia e contar as novidades do sargento Nancarrow.

— E por que você quer estudar no Royal College of Music? — pergunta a professora Carusi, os olhos astutos avaliando Alessia.

— Preciso construir uma base para minha música. Minha educação musical até hoje foi... hum... bem regional. Não, provinciana, e eu sei que posso ir além com a instrução correta.

— Onde você acha que precisa de ajuda?

— Na minha técnica. Quero desenvolver minha voz, minha maneira de tocar. E meu vocabulário musical.

— Com que finalidade? — pergunta o professor Stells.

— Eu adoraria me apresentar. No mundo todo.

Alessia não consegue acreditar que falou isso em voz alta.

Eles aquiescem como se isso pudesse ser uma possibilidade, e Alessia fica empolgada. Ela não quer contar que a outra razão para estar ali é porque necessita de um visto de estudante.

— Bem, obrigada por vir. Você vai fazer testes em outros conservatórios?
— Vou.
O professor Laithwaite assente.
— Entraremos em contato.

ALESSIA NÃO TEM ideia de como se saiu, mas fica aliviada que acabou. Ela sabe que tocou bem... mas será que foi bem o suficiente? No táxi, em um impulso, ela liga para o tio-avô.

— Alessia, minha querida. Tudo bem?
Ela o atualiza sobre a última semana na Cornualha e conta sobre o teste.
— Quem você encontrou?
— O que você quer dizer?
— Quem avaliou o teste?
Alessia conta.
— Hum... Só gente boa. Você vai se sair bem. Tenho certeza. Já contou para sua mãe? Ela vai ficar animada. Temos nos falado com frequência, mas o inglês dela não é tão bom quanto o seu.

Alessia sorri, feliz por eles estarem mantendo contato.
— Não. Vou ligar para ela agora.
— Bem, boa sorte, minha querida. Depois me conte como você se saiu e quando podemos nos encontrar de novo.

Em seguida, Alessia liga para a mãe para relatar as novidades.

À minha mesa de reuniões, converso com Caroline e Oliver sobre os projetos para a decoração dos prédios de Mayfair, e fica evidente que ela está se dedicando bastante. A primeira opção é luxuosa e elegante; a segunda, sofisticada e aconchegante, mas delicada; a terceira, arrojada, porém minimalista. Tenho que admitir, todas são bem diferentes, mas excelentes. Caro tem um ótimo gosto.

— Acho que prefiro a segunda opção.
Não é a mais cara, porém também não a mais barata. Dou uma espiada em Oliver para ver se ele está de acordo.
— Concordo — afirma Oliver, assentindo.
— Ótimo. Vamos lá, então — diz Caroline, feliz consigo mesma.
— Ótimo. Se me dão licença. — Oliver se levanta da mesa e sai.

Caroline o observa se afastar com a testa franzida. Depois, se volta para mim.

— Então, como foi na Cornualha? Alessia se adaptou?

— Foi ótimo, obrigado. Foi bom voltar lá. Alessia gostou muito. Ela é maravilhosa. Ajudou com os partos das ovelhas.

— Hum... Sério? — Caroline franze mais a testa.

— É — continuo, ignorando a reação dela. — Ela sabia direitinho o que fazer. Na verdade, ela quer voltar à Cornualha assim que possível. Acho que ela fica mais à vontade na Mansão.

— E por que não ficaria? Lá, ela tem quem faça tudo para ela, e é bem rural.

— Na verdade, ela não quer ter gente a servindo — replico, com rispidez. — E o que você quer dizer com isso?

— Ah, pelo amor de Deus, Maxim. Dá um tempo. Acho que ela está um pouco intimidada pela vida em Londres, só isso. E quem não ficaria? Ela parece mesmo atrair muita atenção quando está aqui. Não é uma surpresa — resmunga Caroline e começa a guardar o portfólio.

Em vez de começar uma discussão, mudo de assunto.

— Vou vender a coleção de carros de Kit. Você quer algum?

Ela para, como se estivesse refletindo sobre aquilo, depois balança a cabeça.

— Não. Aquilo era uma coisa do Kit. Não minha.

— Tem certeza?

Ela confirma.

— Preciso tirar minhas coisas do quarto da condessa — acrescenta, com um pouco de tristeza.

— Sem pressa. Nós ainda estamos no meu quarto.

— Ah. — Ela arqueia as sobrancelhas.

Viu, Alessia não é a alpinista social mercenariazinha e que não perde tempo que você acha, Caro!

— Então, quais são os planos enquanto vocês estiverem aqui?

— Não sei quanto tempo vamos ficar. Alessia tem testes no RCM, RAM, Guildhall e mais algum lugar. Não lembro qual.

— Todos eles!

— É. Ela é talentosa. E ela precisa entrar em algum deles para garantir o visto. Senão, ela vai ter que voltar à Albânia por mais ou menos um mês. E nós não queremos isso.

Caroline revira os olhos.

— Pelo amor de Deus. Não é como se ela estivesse vivendo às custas do Estado. Não sei por que isso é tão difícil.

Suspiro.

— Também não sei — digo. — Mas é o que nosso governo acredita que precisamos. É extremamente irritante.

— Concordo. — Ela pega o portfólio e dá a volta na mesa, mas para e nota o diário de Kit em minha escrivaninha.

Cacete. Eu devia ter guardado.

Caroline fica pálida na mesma hora.

— Você achou — diz ela com a voz quase inaudível, o que logo a entrega.

— Achei. Estava em uma gaveta trancada na mesa do Kit na Mansão.

Ela vira o rosto para mim, os olhos arregalados e receosos, ficando cada vez maiores e mais intensos à medida que os segundos passam. Nos encaramos, e o peso do pequeno caderno de couro desgastado vai deixando o clima mais tenso. O peso das últimas palavras escritas por Kit.

— Diga alguma coisa — sussurra ela.

— O que você quer que eu diga, Caro? — Dou de ombros. Isso não é da minha conta.

— Você leu?

Abro a boca e fecho de novo.

— Maxim. Me fale!

E eu sei que ela vai insistir até descobrir a verdade.

— Você leu. Dá para ver. Você nunca consegue esconder nada de mim.

Caralho.

— O último registro.

Ela engole em seco.

— O que dizia? — As palavras dela são quase inaudíveis.

Ouvimos batidas na porta e Oliver aparece, com um sorriso educado e irradiando uma maldita animação enquanto conduz Alessia para dentro. Meu humor melhora assim que ela entra na sala. Minha esposa é a cavalaria, me salvando de uma conversa mais do que constrangedora.

— Estou interrompendo? — pergunta Alessia, sem parecer indelicada.

— Não. Óbvio que não. — Feliz, dou um passo à frente e beijo de leve seus lábios. Todas as outras pessoas desaparecem. — Como foi?

Ela dá de ombros, mas sorri.

— Não sei. Vamos ver. Gostei da sua sala. — Ela olha em volta. — Oi, Caroline — cumprimenta ela com doçura.

— Alessia, querida. Tudo bem? — Caroline parece recuperar as forças e dá dois beijinhos em minha esposa.

Oliver já saiu da sala.

— Caroline estava mostrando os projetos da reforma dos imóveis que eu te falei.

Alessia volta os olhos escuros para mim e assente, mas há um ar inquisitivo em sua expressão.

Porra. Ela sabe que tem alguma coisa acontecendo.

Eu não tinha comentado com Alessia sobre as últimas palavras escritas por Kit, em parte porque não é da minha conta, muito menos da minha esposa, e em parte porque não sei o que ela acharia de eu invadir a privacidade de Kit. Mas a principal razão é que percebi que Alessia ainda não confia totalmente em Caroline, e não quero dar mais motivos para minha esposa ter dúvidas sobre ela.

— É melhor eu ir. Ah, mais uma coisa — diz Caroline, a voz cortante. Ela joga o cabelo para o lado, voltando à sua personalidade descolada habitual. — Sua mãe finalmente me ligou.

Ah!

— Ligou?

— Ela quer adiar a homenagem fúnebre para o Kit até o outono.

— O que você acha disso?

— Acho que seria um pouco tarde demais. Sabe, o evento é uma forma de encontrar paz de espírito. Uma maneira de dar um último adeus. — Ela desvia o olhar, para esconder a emoção ou a vergonha, não sei.

— Sim, lógico. Vamos conversar com ela. O que será que Maryanne acha?

Caro assente. Ela contrai a boca como se estivesse contendo o luto. E eu me forço a lembrar que Kit descobriu que Caro foi infiel — ela é muito boa no papel de viúva enlutada.

— Rowena está em Londres? — pergunta Alessia.

— Está.

O olhar de Alessia vai de Caro para mim.

— Você devia conversar com ela. E talvez convencê-la de que... hum... o mais cedo... quer dizer... quanto antes, melhor.

— Ela vai lá em casa hoje à noite. Talvez vocês possam ir jantar com a gente — oferece Caro.

— Aceitamos com prazer — declara Alessia sem hesitação, pegando minha mão para eu não me opor.

O quê?

Capítulo Trinta e Um

Minha esposa tem feito uma campanha silenciosa para eu me reconciliar com a Nave Mãe desde o colapso de Rowena. Alessia acha que eu não percebi, mas é surpreendente ela ficar tão entusiasmada para encontrar minha mãe, levando em consideração a maneira horrível como Rowena a tratou.

Você devia ouvir o que sua mãe tem a dizer sobre a história do Kit. Às vezes as mulheres se encontram em... situações difíceis.

Aceitar rever a Nave Mãe é algo ao mesmo tempo arriscado e corajoso.

Cara. Quem você está enganando?

Alessia é mais do que corajosa.

Ela sai do quarto de hóspedes e vem a meu encontro no corredor.

— Está bom? — pergunta, levantando o queixo, os olhos escuros em mim.

Ela está com seu Jimmy Choo, uma calça preta elegante e uma blusa de seda creme. O cabelo está arrumado e preso em uma trança sofisticada; nas orelhas, as pérolas que comprei para ela em Paris. A maquiagem é discreta, o perfume é um sussurro caro de Chanel, e a aliança de noivado brilha sob a luz do lustre.

Uma aristocrata dos pés à cabeça.

E, por uma fração de segundo, sou transportado de volta à época em que uma jovem tímida de olhos escuros e segurando uma vassoura me falava seu nome no corredor, hesitante.

O lenço na cabeça.

O uniforme de limpeza de náilon azul.

O tênis surrado.

Um nó ameaça se formar em minha garganta.

Minha esposa arrasa como condessa, porra.

Tusso para afastar a emoção.

— Você está perfeita.

Ela faz um gesto rápido dispensando meu elogio, mas sei por seu sorriso tímido que ficou satisfeita.

— *Você* está perfeito. Bem demais.

— Esses trapinhos? — Dou um sorriso e puxo as lapelas de minha jaqueta Dior. — Vamos acabar logo com isso. Tudo bem para você ir andando com esses saltos?

— Claro.

Eu a ajudo a vestir a jaqueta, ligo o alarme e saímos do apartamento de mãos dadas.

Nossa estadia na Cornualha transcorreu como o planejado. Não há ninguém da imprensa para nos importunar quando saímos do prédio, e está uma noite amena. O ar ainda está quente depois de um dia de sol, o que nos dá um gostinho da primavera que está por vir.

— Nós devíamos nos mudar para a casa nova — comenta Alessia quando nos aproximamos da casa em Cheyne Walk que vai ser nossa.

— É verdade.

— Posso providenciar isso.

— Certo. — Dou um sorriso. — Vou deixar por sua conta. Podemos nos mudar quando quisermos.

— O mais importante é o piano.

— Acho que vamos precisar de um guindaste para tirá-lo do apartamento.

Ela para do lado de fora da casa.

— Um guindaste!

— Existem empresas especializadas nisso. Acho que foi assim que colocaram ele lá.

— O Zot!

— Sim. *O Zot.* Eu compraria um novo, mas sou muito apegado àquele piano.

— Eu também — comenta ela de uma maneira sonhadora. — Ele tem um som lindo. Sabe, quando eu limpava seu apartamento, ele era meu refúgio. Eu tocava quando você não estava em casa. Era maravilhoso.

Pego a mão dela e beijo seus dedos.

— Fico feliz que ele tenha sido seu refúgio.

Alessia estende os braços e pega meu rosto.

— De muitas maneiras — sussurra ela, e a ponta de seus dedos acaricia minha barba por fazer, atiçando meu desejo.

Chega.

— Venha. Vamos acabar logo com isso antes que eu decida levar você para casa, estragar sua maquiagem e te comer.

Ela sorri.
— Isso seria ótimo. Mas precisamos ver sua mãe.

Toco a campainha da Residência Trevelyan, e Blake atende quase que de imediato.
— Boa noite, Lorde Trevethick.
— Blake.
— Lady Trevethick — cumprimenta ele, com um sorriso cordial.
— Minha mãe está aqui?
— Ainda não, milorde.
— Ótimo. Caroline está na sala de visitas?
— Sim, lá mesmo, com Lady Maryanne.
De mãos dadas, seguimos para cima, em direção à sala. Antes de abrir a porta, respiro fundo. Sei que Caroline vai querer terminar a conversa que começamos no escritório.

Alessia se prepara mentalmente quando Maxim abre a porta. Ao entrarem, eles encontram Caroline e Maryanne paradas ao lado do carrinho de bar, com drinques na mão e conversando animadas. Há três velas na mesa de centro, cada uma com três pavios, e o fogo arde na lareira, dando à sala um brilho caloroso e acolhedor.
— M.A. — diz Maxim, transparecendo todo o seu afeto pela irmã quando dá um passo à frente e beija sua bochecha. — Como foi em Seattle?
— Foi fabuloso, Maxie. — Maryanne o abraça e fecha os olhos.
É verdade, eles não se viam desde que a mãe revelou seus segredos daquela maneira tão desagradável no apartamento de Maxim.
Maryanne se volta para Alessia e dá um sorriso largo.
— Alessia, querida. Como você está? Ouvi dizer que você foi a sensação no parto das ovelhas na Mansão.
Ela abraça Alessia, um aperto forte e demorado, surpreendendo-a.
— Oi, Maryanne. Com quem da Mansão você esteve falando?
— Gim-tônica para vocês dois? — pergunta Caroline. — Oi de novo, Maxim — diz ela com rigidez e oferece a bochecha, que ele agracia com um beijo.
Maryanne se afasta, o sorriso vibrante e sincero.
— Tenho minhas fontes. Você está linda.
— Obrigada, você também — responde Alessia. — E sim, por favor, Caroline.
As duas mulheres estão vestidas de forma impecável, como sempre: Maryanne em um terno azul-marinho e Caroline em um chemisier acinturado de seda cinza-escuro. Mas, dessa vez, Alessia sente que também está.

Caroline está preparando as bebidas, e Maxim oferece ajuda.
— Você parece feliz, Alessia — comenta Maryanne.
Alessia sorri.
— Você também. Foi ver seu amigo em Seattle?
Maryanne cai na gargalhada.
— Ele é mais do que um amigo. Fui. Nos divertimos muito e espero que vocês todos conheçam Ethan na Páscoa.
— Mal posso esperar.
— Me conte sobre a Cornualha. Estou com tanta saudade de lá.
Maryanne aponta para um dos sofás, e Alessia se acomoda nele. A irmã de Maxim se senta a seu lado, os olhos atentos e o sorriso brilhante, como se estivesse de fato feliz de vê-la e interessada no que tem a dizer.
Alessia relaxa um pouco e conta para a cunhada suas façanhas.

Caroline me entrega uma taça de gim-tônica.
— Fomos interrompidos mais cedo. Você não respondeu minha pergunta.
— Caro. Não acho que aqui seja hora nem lugar.
— Por favor — sussurra ela, o apelo tão sincero que me desconcerta. Ela insiste: — Eu *preciso* saber.
— Maxim — exclama Maryanne. — Não me diga que você ensinou Alessia a dirigir logo no Defender. Como você é sádico!
Viro para ela e minha esposa, que observa a mim e a Caroline de forma cautelosa.
Ela sabe que tem alguma coisa acontecendo.
— Ensinei. E, como sempre, minha esposa não me decepcionou. — Dou a Alessia um sorriso carinhoso e, espero, tranquilizador.
— O Defender? — zomba Caroline, me olhando por baixo dos cílios. — Sério? Você é sádico mesmo.
— Se a Alessia consegue dirigir aquilo, ela consegue dirigir qualquer coisa. — Dou de ombros e tomo um gole de meu drinque, feliz pelas duas estarem me dando uma bronca, ainda que desnecessária, pelo bem da minha esposa.
Caroline contrai a boca em uma linha fina e se afasta para entregar uma bebida a Alessia, me salvando de uma conversa desconfortável sobre o diário de Kit.
A porta é aberta, e Rowena entra na sala. Austera em um macacão preto fluido, sem dúvida da Chanel, ela para assim que percebe que estou presente.
— Oi, mãe — cumprimento-a com vivacidade e me aproximo para dar um beijo no rosto dela.

Rowena permanece imóvel, piscando, como se estivesse desejando desesperadamente estar em qualquer outro lugar. Ignoro sua reação e a beijo de qualquer forma. Mas, ao fazer isso, percebo que ela está apavorada.
Minha mãe? Apavorada?
Fico chocado. Porém o que mais me chateia é que reconheço aquela expressão porque já a vi antes... em minha esposa.
Alguma coisa se agita e se quebra dentro de mim.
E, antes que eu consiga me conter, dou um abraço apertado em Rowena, meu coração batendo rápido.
— Está tudo bem — sussurro, ela ainda imóvel ali. — Está tudo bem. Estou com você.
Inspiro seu perfume caro e, pela primeira vez na vida, a abraço e não tenho vontade de soltá-la. Não me lembro de alguma vez abraçá-la assim, nem quando era criança.
Ficamos parados no meio da sala, as batidas de meu coração se assentando num ritmo mais calmo, e percebo que a conversa à nossa volta parou e todas estão nos observando, embora nós dois não consigamos ver ninguém.
Rowena não faz... nada. Apenas fica imóvel. Em choque, talvez, e acho que ela pode ter parado de respirar, mas, por fim, ela estremece e, com um meio suspiro ou um soluço silencioso, levanta o rosto e beija minha bochecha.
— Meu menino — sussurra ela e pega meu rosto, os olhos brilhando com as lágrimas.
— Ah, mamãe — murmuro e beijo sua testa.
— Me desculpe — diz ela com a voz quase inaudível.
— Eu sei. Eu também.

Alessia assiste aos dois, mãe e filho, e lágrimas brotam em seus olhos. Mesmo não conseguindo escutar nada do que estão falando, esse momento entre eles é muito mais do que ela podia esperar...
Ela observa a cunhada e a concunhada. Maryanne está tão chocada que ficou sem palavras e, boquiaberta, fita a mãe e o irmão. Caroline os encara, franzindo a testa, completamente confusa. Por fim, ela fecha a cara.
— O que diabos está acontecendo? — diz Caroline.

— Você não contou para ela? — pergunta Rowena para mim.
Balanço a cabeça.
— Não.

Ela aquiesce, com uma expressão de, ouso dizer, admiração.

— Você é igualzinho a seu pai. Acho que você ficou com a melhor parte dele.

— Essa é a coisa mais gentil que você já me disse.

Ela dá um meio sorriso, depois revira os olhos.

— Todos esses... sentimentos. Isso é assustadoramente burguês.

Dou uma risadinha e concordo:

— Eu sei.

Ela sai do meu abraço, levando o peso da minha raiva junto.

— Alguém pode, por favor, me explicar o que está acontecendo aqui? — pede Caroline.

— Caroline, querida. Acho que tenho algumas explicações a dar — diz Rowena. — Mas, primeiro, Alessia.

O coração de Alessia começa a pular quando a mãe de Maxim a encara e levanta o queixo.

O que é isso?

— Eu devo desculpas a você.

Alessia sente um arrepio — não era isso que ela estava esperando.

— O que eu disse da última vez que nos encontramos foi imperdoável. Heath tinha interferido, como você sabe. Mas eu o coloquei no lugar dele. Eu não queria que ele falasse com a imprensa. Enfim, espero que você possa me perdoar mesmo assim.

Alessia se levanta do sofá e vai em direção a Rowena.

— Claro — diz ela.

Rowena estende a mão gelada, e Alessia aceita.

— Você tem um espírito generoso, minha querida. Não perca isso.

— Meu marido já perdeu o pai e você já perdeu um filho... Vocês não precisam perder mais um ente querido.

Rowena pisca algumas vezes, e é óbvio que está surpresa.

— É. É isso mesmo. — Ela aperta a mão de Alessia. — Você faz bem para meu filho.

— E ele para mim.

Maxim coloca o braço em volta dos ombros de Alessia e beija sua testa.

— Ouvi falar coisas maravilhosas sobre você na Mansão, minha querida — acrescenta Rowena, com gentileza.

— Alguém pode por favor me dizer que porra é essa que está acontecendo? — intervém Caroline, com rispidez.

— Vou pegar uma bebida para você, mãe — diz Maxim.

— Vinho. Por favor, querido. — Ela se senta em uma das poltronas de frente para a lareira e Alessia se acomoda no sofá.
— Vocês estão prontos para ouvir isso? — Ela se dirige aos filhos.
— Sim — respondem Maryanne e Maxim ao mesmo tempo.
— Ouvir o quê? — pergunta Caroline, ainda confusa.
Maryanne se vira para Caroline.
— O papai não era pai do Kit.
— O quê? — Caroline fica pálida e olha de Maryanne para Maxim, mas ele está ocupado servindo vinho.
— É verdade — diz Rowena, franzindo a testa para Maryanne, provavelmente por ela ter acabado de confessar seu segredo de uma maneira tão brusca.
— Só estou atualizando Caro dos acontecimentos — explica Maryanne, na defensiva.
Caroline abre a boca, mas não é de surpresa... é mais de compreensão.
— Eu não queria revelar isso assim para você, Caro querida. Achei que pudesse contar para você em particular. Não esperava que o resto da família estivesse aqui. Me desculpe por isso.
Caroline assente como se compreendesse... ou estivesse em choque. Alessia não sabe qual dos dois.

Coloco uma taça de Chablis na mesa de centro em frente a minha mãe e sento ao lado de Alessia.
— Você quer saber? — Rowena está se dirigindo a Caroline.
— Quero — responde Caro em voz baixa.
— Tudo bem. Vou resumir — diz ela com seu sotaque articulado. Ela junta as mãos no colo e se concentra no fogo diminuindo. — Quando cheguei a Londres, eu era ingênua e burra. Não queria saber de faculdade, só de me divertir. Meus pais eram rígidos demais, mas depois que saí de casa eles perderam todo o controle que tinham sobre mim. Eu tinha sorte, morava em Kensington com amigas da faculdade, e uma delas era modelo. Ela me arrastou junto para a agência. Fizeram meu cadastro lá e o resto, como dizem... Eu me tornei o que era descrito como uma *it girl*. — Ela pronuncia as duas últimas palavras com desdém. — Eram os anos 1980. Ganância era algo bom. E eu era gananciosa. Abracei a atmosfera, as festas, as ombreiras, o cabelão... e, um dia, conheci um homem encantador, um músico com a cabeça no lugar. Ele não me dava bola, e eu fiquei obcecada. Mas então, uma noite, depois de muito álcool... bem, eu o conquistei. Não vou entrar nos detalhes sórdidos, mas ele não quis nada comigo depois disso. Nessa mesma época, eu estava trabalhando bastante com John, o pai de vocês. Como sabem, ele

era um fotógrafo muito talentoso, no auge da carreira. Todas as revistas de luxo adoravam trabalhar com ele, então fizemos muitos ensaios juntos. E nossa relação era... mais do que profissional, podemos dizer. Eu sabia que ele estava louco por mim.

Rowena faz uma pausa e toma um gole do vinho.

— Na época em que descobri que estava grávida, o músico tinha desaparecido. E quando finalmente consegui encontrá-lo, ele disse que o bebê era problema meu. E foi isso. Era... — Ela franze a testa. — Era tarde demais para que eu... bem... O pai de vocês teve pena de mim. Ele era bom e amável. Nós nos casamos e ele assumiu a paternidade de Kit. E aquilo se tornou nosso segredo.

Ela acrescenta:

— Cameron descobriu, lógico. — Ela olha para Alessia. — O irmão do John, tio do Maxim. Ele ficou furioso. — Ela se volta para Maryanne. — Mas seu pai me amava... — Sua voz falha, os olhos ficam mais luminosos, e ela encara o fogo.

O estalar das chamas e o tique-taque do antigo relógio georgiano acentuam o silêncio provocado pela atenção de todos.

Ela balança a cabeça como se quisesse apagar aquela lembrança.

— Enfim, o pai de Kit se mudou para os Estados Unidos e se tornou um empresário muitíssimo bem-sucedido e abertamente gay, o que explica ele ter me largado. Nunca mais ouvi falar dele e me forcei a esquecê-lo. Até ele morrer no ano passado. Saiu nos jornais e foi quando descobri o problema genético dele.

Rowena faz uma pausa e toma mais um gole de vinho.

— Foi um dia horrível. E, por acaso, Kit havia marcado uma consulta por conta das dores de cabeça recorrentes que tinha. Eu o incentivei a falar com os médicos, não tive coragem de contar sobre o pai biológico dele. Só depois do Ano-Novo é que Kit me disse que ele tinha um problema e queria contar para vocês dois. — Ela olha para mim e depois para Maryanne. — E foi quando eu confessei a ele. — Seu lábio inferior treme, mas ela engole em seco e mantém o controle. — Ele ficou furioso, lógico. E, em seguida, saiu com a moto...

A voz dela falha e, de dentro da manga, Rowena puxa um lenço de algodão.

— Bem, nós sabemos o resto — murmuro com delicadeza.

— Nossa discussão foi a última conversa que tivemos — sussurra ela. — Ele estava tão furioso comigo... — Ela soa quase como uma criança.

Mais uma vez, a sala fica em silêncio, que é quebrado somente pelo relógio que bate a cada meia hora, assustando Alessia. O som reanima Caroline, que se levanta e vai se sentar do lado de minha mãe, e apoia a sua mão na dela.

— Ele não estava chateado só com você. Nós dois o decepcionamos — murmura ela, e acho que só eu consigo ouvi-las.

Rowena lhe oferece uma expressão solidária.

— Eu sei — diz ela, em voz baixa.
— Ele contou?
Rowena assente.
— Eu não estou em posição de julgar, querida. Kit podia ser... difícil.
Difícil? Kit?
Caroline olha para mim e logo em seguida desvia a atenção.
Do que diabos elas estão falando?
Quais outros segredos minha família está guardando de mim?
— É hora de dar um adeus apropriado a ele, mamãe. Por todos nós — sugere Maryanne.
— É — eu e Carol falamos ao mesmo tempo.
— Você está certa — reconhece Rowena e dá batidinhas nos cantos de cada olho com seu lenço delicado.
— Ótimo — prossegue Caroline. — Vamos seguir com a homenagem fúnebre como planejado.
Ouvimos uma batida na porta, e Blake entra.
— O jantar está servido — anuncia ele, alheio como sempre ao clima tenso na sala.
Mas fico feliz de vê-lo. Todos esses segredos estão me deixando com fome.
— Você está bem? — pergunto a Alessia.
— Estou. E você?
— Tudo bem. Estou muito melhor, na verdade. Você estava certa. — Pego a mão dela e seguimos Caro para fora da sala. — Eu precisava ouvir a história dela.
— Vocês se reconciliaram antes de você ouvir a história dela.
— Uma mulher inteligente me lembrou que Rowena é minha mãe, e eu devia aproveitar enquanto ela ainda está viva.
As bochechas de Alessia ganham um adorável tom de rosa, e ela sorri com o meu elogio enquanto descemos a escada em direção à sala de jantar, onde uma mesa suntuosa nos espera.

A grande mesa de mogno está um espetáculo, posta com a delicada louça branca e dourada com talheres dourados e candelabros combinando. Alessia fica perplexa quando vê. Mas ela também espia o piano vertical Yamaha de ébano no canto da sala.

Caroline insiste que Maxim se sente na cabeceira. De cada lado, Caroline e sua mãe ocupam as cadeiras, com Maryanne do lado de Caro e Alessia se sentando perto de Rowena. Alessia fica feliz de não estar intimidada pela disposição dos impressionantes talheres e, mais uma vez, grata pelo curso de etiqueta.

O jantar decorre de forma agradável. É como se todos tivessem respirado fundo e soltado o ar. Maxim está encantador. Ele fala sem parar para a mãe sobre os planos para a Cornualha — a destilaria e a agricultura regenerativa. E Maryanne e Rowena o enchem de perguntas, que ele responde com tranquilidade.

Sua mãe parece uma pessoa diferente. Como se tivesse saído de uma cela e sentido o sol no rosto pela primeira vez em muitos anos. Alessia está fascinada.

Maryanne fala mais sobre Seattle, Ethan e suas aventuras por lá. Alessia conta do teste no Royal College of Music e dos outros que ainda fará.

A única pessoa que não parece à vontade é Caroline. Ela olha de soslaio para Maxim sem parar, como se estivesse tentando lhe dizer alguma coisa.

Até que, durante a sobremesa, Caroline se levanta e Maxim a imita.

— Querido — diz ela a Maxim. — Preciso falar com você e entregar aquelas coisas que eram do Kit. Podemos fazer isso agora?

Maxim encara Alessia, e os olhos dele estão bem arregalados — com o quê? Pânico?

Por quê?

Alessia decide que isso é um assunto entre ele e sua ex-amante. Nada a ver com ela. Então ela sorri de forma tranquilizadora e dá de ombros de leve.

— Lógico — responde ele e segue Caroline para fora da sala, deixando Alessia com a cunhada e a sogra.

— Alessia, querida — diz Rowena. — Ouvi muito sobre seu talento musical. Adoraria vê-lo ao vivo. Você nos daria a honra?

— Claro. Eu adoraria.

Alessia se levanta da mesa e segue para o piano. Depois, ergue a tampa e tenta o dó central. O tom é robusto e intenso, ecoando em puro dourado pela sala.

— Está afinado — diz ela, quase para si mesma, e se senta no banco.

Com o coração apertado, sigo Caro até o escritório de Kit. Não entro aqui desde que ele morreu. É um pouco opressivo, com paredes azul-marinho, quadros grandes e uma prateleira abarrotada de objetos raros, fotos e troféus. Acho que sinto um vestígio fraco do perfume dele, e uma visão de um sonho ou pesadelo há muito esquecido surge em minha mente sem pedir licença. Ele está inclinado sobre mim. *Você consegue dar conta. Foi para isso que você nasceu.* E ele está com seu sorriso torto e sincero, que era reservado para aqueles raros momentos — pelo menos, eu achava que eram raros — que ele fazia merda.

De repente, fico desconcertado.

Talvez eles não fossem tão raros no que dizia respeito a Caro.

Cacete. Kit sempre foi meu maior exemplo. Eu o invejava.

Ele tinha a garota. Ele tinha o título. Ele levava jeito para o trabalho.
Da sala de jantar, escuto o piano. O piano no qual aprendi a tocar.
Alessia.
Ela está tocando "Clair de Lune", e me lembro da última vez que tocamos essa música juntos... que experiência inspiradora. É reconfortante saber que ela está tão perto, e isso me traz de volta para o presente. A última coisa que quero fazer é trair a confiança de Kit. Seu diário tinha as suas confidências, seus pensamentos íntimos, não quero me intrometer neles, e não quero que Caro faça o mesmo.
Decido ir direto ao ponto:
— Escutei o que você disse para Rowena.
Caro se recosta na antiga escrivaninha de Kit e cruza os braços.
— Você sabe, então.
Suspiro.
— Sei que Kit sabia que você teve ou estava tendo um caso.
O olhar de Caro continua fixo no meu.
— O que ele escreveu no diário?
— Ele estava chateado com você e com Rowena. Só isso. Esse foi o último registro. Não acho que ele quis se matar. Ele só estava com raiva. De todas as merdas com as quais estava lidando.
— Você está me incluindo nessas merdas?
Puta que pariu.
Afundo em uma das poltronas xadrez na frente da mesa.
— Não sei, Caro. Não fui eu que escrevi. E não estou em posição de julgar. Nem a Rowena, como ela falou. Foi uma pessoa? Várias pessoas? Isso era entre você, Kit e sua consciência.
Ela fita as unhas, depois se vira e afunda na cadeira a meu lado.
— Eu o amava.
— Eu sei que você o amava. O que Rowena quis dizer sobre ele ser difícil?
Caroline se ajeita e fita as unhas de novo. Ela suspira.
— Ele era distante e rigoroso. Controlador. De vez em quando violento.
Que porra é essa?
— Com você? — pergunto, me endireitando enquanto o choque reverbera por cada célula de meu corpo.
Ela aquiesce e desvia os olhos para o teto.
— Não com frequência.
— Isso é horrível. Por que você não nos contou?
— Eu não conseguia. Tinha muita vergonha. Então, para magoá-lo, procurei outra pessoa. Não achei que ele fosse se importar, mas ele se importou.
— Ah, Caro, sinto muito.

— Maryanne percebeu. Ela contou para sua mãe. Acho que Rowena discutiu com ele.

Caroline para, então escutamos o final da melodia no piano que Alessia toca com tanta elegância, mas só consigo pensar em como minha família é uma merda completa... e eu sem saber de nada.

— Eu sabia que tinha feito a escolha errada — sussurra ela.

— Caro. Não. Não vamos para esse lado. Deixa o passado no passado.

— Foi tão difícil para mim, assistir a você, sem rumo, indo para a cama com qualquer criatura viva que usasse uma saia curta.

Faço uma careta.

— Tal mãe, tal filho — brinco.

Ela ri.

— Mas isso acabou — acrescento, aliviado por ela ainda ter senso de humor.

Caro revira os olhos.

— Eu sei. Eu vi. Você se ilumina como a porra de uma árvore de Natal quando ela pisa na sala. Dá até enjoo.

— Bem, Caro, isso é amor.

— Você nunca foi assim comigo.

— Não.

— Ela é uma mulher de sorte.

— Eu sou um homem de sorte.

— Você vai me dar o diário?

— Você quer mesmo saber o que ele escreveu?

— Não. Só espero que ele não me odiasse.

— Nunca tive a impressão de que ele odiava você, Caro. Vocês dois pareciam estar muito bem em Havana e em Bequia no Natal passado.

— Estávamos nos esforçando. Não me entenda mal. Havia bons momentos também.

— Se apegue a esses, querida.

Ela assente com tristeza.

— Estou tentando.

— Devíamos voltar para a sala de jantar.

— Verdade. — Nós nos levantamos. Ela se inclina por cima da mesa e pega uma caixa de madeira. — Estas são algumas das coisas dele de que achei que você fosse gostar.

— Vou olhar com calma quando estiver em casa.

— Certo.

Eu pego a caixa com uma das mãos e a envolvo com o outro braço.

— Sinto muito, Caro.

— Eu sei.
— E você está de parabéns por não chorar.
Ela ri.
— Vamos voltar para a sala.
Para minha família. Sim. Minha família. Minha família toda fodida. Caramba.
Graças a Deus por Alessia.

Capítulo Trinta e Dois

Voltamos de mãos dadas para o apartamento, com a caixa de madeira enfiada embaixo do braço, já que não quis a sacola de mercado que a Sra. Blake ofereceu.

— Sobrevivemos à noite — murmuro para Alessia.

— Foi... bastante coisa.

Dou uma risada.

— Foi mesmo!

— Sua mãe foi gentil comigo durante o jantar.

— Minha mãe percebeu que havia agido errado. Ela parecia uma pessoa diferente no jantar depois de lavar toda a roupa suja dela.

Alessia faz um barulho abafado de desaprovação.

— Desculpe, a analogia da minha mãe com a roupa suja foi longe demais?

Ela balança a cabeça e ri.

— O que você conversou com Caroline?

— Conversamos sobre Kit.

Alessia assente.

— Eu me preocupo porque acho que Caroline ainda é apaixonada por você.

— Não tenho tanta certeza. Caroline e eu nunca fomos um bom casal. Nós éramos bons amigos. Somos bons amigos. E é nisso que temos que ficar. Na amizade. Ela sabe que eu só tenho olhos para você. Nunca amei ninguém como amo você.

Alessia sorri.

— Nunca amei ninguém que não fosse você.

— Nem mesmo o Babaca?

Ela ri, horrorizada.

— Principalmente o Babaca!

— Fico me perguntando se ele matou aqueles homens. Os tais traficantes.

— Andei pensando a mesma coisa.

— Você acha que ele seria capaz?

— Não sei — diz Alessia.
— É melhor não saber.
— É. Como você disse... Eu não quero me meter nesse mundo.
— Não. Mas devíamos fazer alguma coisa. Ajudar mulheres como Bleriana. Vou conversar sobre isso com Maryanne. Na verdade, você devia se juntar ao conselho de administração do fundo de caridade. Podemos encontrar alguma instituição beneficente que ajude mulheres como sua amiga.
— Eu gostaria disso.

Ela aperta minha mão, e andamos em um silêncio confortável ao longo do Embankment. Alessia não é uma dessas mulheres que precisam preencher todos os vazios com conversas. E eu a amo mais ainda por isso.

— O que tem na caixa? — pergunta ela depois de um tempo.
— Algumas coisas do Kit. Vou dar uma olhada amanhã. Nesse momento, estou precisando reavaliar minha opinião sobre ele.
— Por quê? Porque ele é só seu meio-irmão?
— Não. Ele sempre vai ser meu irmão. É pela maneira como ele tratava Caro. E também *me* tratava, na verdade... Ele não era um homem gentil, e tinha um lado sombrio que escondia bem. Mas não tanto de Caroline.
— Ah.
— Pois é. Caro e eu conversamos sobre isso também. Mas essa história ela é quem tem que contar, não eu.

Chegamos no prédio, onde Alessia destranca a porta, e entramos.

— Vou sentir saudade daqui — murmuro enquanto esperamos o elevador.
— Eu também. Encontrei a felicidade aqui. — Alessia se estica e beija minha bochecha.

Não é suficiente. Enrolo meu braço livre na cintura dela e a puxo para mim, nos guiando para dentro do elevador quando a porta abre.

— Eu também. Encontrei você.

Minha boca e a dela se combinam. Eu a apoio na parede e nos beijamos o caminho todo até o sexto andar. Línguas e dentes e lábios e amor. Está tudo lá. No nosso beijo. Estamos sem fôlego quando as portas se abrem.

— Me leve para a cama, milorde — sussurra Alessia, a respiração doce se misturando com a minha.
— Você leu minha mente, milady.

Depois que já desliguei o alarme e deixei a caixa de madeira no aparador, minha esposa pega minha mão e me guia para o quarto. Com os olhos escuros nos meus, ela tira minha jaqueta e a coloca no sofá.

Alessia para ao lado do móvel, tira sua jaqueta e deixa-a em cima da minha... mantendo os olhos escuros em mim o tempo todo. Seus dedos vão para a própria blusa, e ela começa a desabotoá-la enquanto me observa.

Ah. Quero participar desse jogo.

Levanto a mão, tiro uma das abotoaduras e depois a outra, as deposito na mesa de cabeceira e aí abro os punhos da camisa.

Alessia lambe o lábio superior... e ela podia muito bem estar lambendo meu pau.

Caralho.

Ela tira a blusa e a deixa cair no sofá, então fica só de sutiã de renda creme, os mamilos escuros duros no tecido transparente. Ela anda na minha direção, de salto alto, e tira meus dedos dos botões da minha camisa enquanto eu a observo, embasbacado.

— Deixe que eu faço — diz ela, me olhando por debaixo dos cílios.

— À vontade — sussurro.

Que mulher fatal é essa na minha frente?

Com delicadeza, ela tira minha camisa de dentro da calça e continua a desabotoá-la.

Devagarinho.

Um botão de cada vez.

De cima para baixo. Estou enlouquecendo, meu pau esticando e endurecendo a cada botão aberto. Quando ela alcança a parte de baixo, abre minha camisa com um floreio, se inclina para a frente e dá um beijo suave e molhado em meu peito.

Caralho.

Seguro seu rosto entre as palmas das mãos e aproximo sua boca da minha.

Ah, baby.

Seus lábios têm um gosto doce, e estão ávidos. Ávidos para me satisfazerem. E eu estou com tesão para cacete. Nossas línguas se acariciam, consumindo e atiçando nosso desejo, enquanto eu guio Alessia de costas em direção a nossa cama. Ela toma fôlego, passa as mãos pelos meus ombros e termina de tirar minha camisa, que cai no chão. Alessia desce os dedos por minha barriga, alcançando os pelos abaixo do meu umbigo e indo para o cós da calça.

Minha garota está impaciente.

Gosto disso.

E quando ela abre o botão na cintura, fico sem fôlego, o pau muito excitado. Ansiando. Por ela.

Alessia quer saboreá-lo.

Ele. Todo.

Ela abre o zíper da calça dele e desliza a mão para dentro. Maxim geme de prazer quando ela apalpa sua ereção grossa.

Alessia se afasta.

— Tire.

Ele sorri com prazer por ela estar no controle.

— Como desejar, minha esposa — diz ele, a voz rouca, e descalça os sapatos e as meias, depois tira a calça e a cueca em um único movimento veloz.

Ele fica parado, gloriosamente nu... e pronto.

Muito pronto. Para ela.

— Você está usando roupas demais — sussurra ele e cai de joelhos, abrindo a fivela do sapato dela com delicadeza e o tirando.

Ele olha para ela e abre sua calça, retirando-a com um puxão delicado e deixando a esposa de calcinha e sutiã.

Devagar, como um tigre de olhos verdes, ele se coloca de pé e beija Alessia mais uma vez, sua língua molhada e exigente. Ela se solta e guia os dois para perto da cama.

— Você ainda está com muitas roupas — murmura ele.

— Vamos ver como eu posso consertar isso.

Ela sorri, colocando as mãos na pele quente do peito do marido, e o empurra na cama. Ele ri quando cai, surpreso com o movimento repentino, mas se apoia nos cotovelos e aproveita o espetáculo. Ela o encara e para um momento, apreciando a beleza que é seu marido no esparramado diante de si. Dos ombros largos aos poucos pelos em seu peito e o abdômen firme e musculoso, depois aos pelos que traçam uma linha em sua barriga que ela quer lamber. Ele parece delicioso, a pele ainda exibindo um bronzeado desbotado. E ele é todo dela.

A ereção de Maxim infla quando ele percebe a admiração de Alessia.

Sem pressa, ela se livra da calcinha de renda rebolando. Em seguida, sem tirar a atenção dos brilhantes olhos verdes de Maxim, remove o sutiã com cuidado, uma alça por vez.

— Me provocando — sussurra ele baixinho, seu olhar ficando mais intenso de desejo.

Alessia gosta do efeito que tem sobre ele.

Ela deixa o sutiã cair no chão e passa as mãos por cima dos seios, ainda sem desviar a atenção do marido. Maxim fica de queixo caído pelo desejo ardente, e ela não consegue resistir a um sorriso sensual de triunfo. Ele está ofegante quando ela engatinha para a cama, por cima do corpo dele. Alessia agarra os punhos de Maxim, os prende na cama, do lado da cabeça, e o encara, seu nariz quase encostando no do marido.

— Você é meu. Eu quero você.

— Eu também, baby — sussurra Maxim, e ela o solta quando se inclina para saborear os lábios dele.

As mãos dele deslizam pelas costas dela, para a cintura e depois a bunda, onde ele agarra e aperta sua pele com mãos fortes enquanto um prova do outro.

— Lady Trevethick, você tem uma bunda fantástica — sussurra ele.

Ela sorri, dando uma mordidinha em seu queixo antes de beijá-lo, descendo pelo esterno, estômago, umbigo e barriga. A respiração de Maxim vacila, e ele se retrai quando ela agarra sua ereção rígida.

Alessia fita o marido e passa a língua em volta do pau dele antes de enfiá-lo na boca.

Maxim fecha os olhos e cai de costas na cama, a respiração sibilando entre os dentes de puro prazer. Com delicadeza, ele coloca a mão na cabeça da esposa enquanto ela o chupa. Indo e voltando. E de novo.

Ele se insere mais a fundo na boca de Alessia com um gemido.

Ela está incansável.

Levando-o ao êxtase.

— Chega — sussurra ele. — Quero gozar dentro de você. — Ele está rouco. De desejo.

Alessia vai para cima dele, guiando-o para dentro dela em um movimento rápido.

— Ah! — grita ela, desfrutando da plenitude da invasão dele.

E ela começa a ir para cima e para baixo, embalando o marido e pegando o ritmo, os dois em perfeita sincronia. Ela se inclina, apoiando as mãos no peito dele. Os olhos de Maxim ardem em um verde-floresta intenso, as pupilas grandes e escuras. Cheio de amor. Cheio de desejo. Cheio de vontade.

— Eu te amo. — Os lábios de Alessia pairam sobre os dele.

Ele toma impulso com os quadris, erguendo-os, querendo mais.

— Eu quero você — diz ele.

E muda de posição de repente, surpreendendo-a e girando os dois, ainda conectados, de forma que ele fica em cima dela, o peso do marido pressionando Alessia contra o colchão enquanto ele se perde nela.

Maxim dobra os braços perto da cabeça dela, encasulando-a enquanto se mexe com uma intensidade e paixão que deixa Alessia sem fôlego e quase... quase...

Ela grita quando goza, e Maxim enterra a cabeça no pescoço da esposa e goza em seguida, gritando o nome dela ao chegar ao clímax.

Alessia volta ao planeta Terra, surpresa pela rapidez e intensidade de seu orgasmo. Ela o segura apertado contra si, adorando que ele ainda esteja dentro dela. Seu coração transborda de emoção conforme ela cheira o cabelo dele.

Ela não consegue acreditar que essa é sua vida agora, ali deitada com o homem que ama.

Seu marido apaixonado.
Seu libertino reabilitado.
Será que vai ser sempre assim?
Tão intenso.
Tão apaixonado.
Ela espera que sim... por toda a eternidade. Sentindo-se mais do que completa, ela pega a mão esquerda de Maxim, entrelaça seus dedos nos dele e leva a mão do marido até os próprios lábios.

— Isso é a coisa mais sexy de todos... de todas — sussurra ela, se corrigindo.
— O quê? Minha mão? — Maxim sorri, os olhos refletindo o amor dela.
— Não. — Ela beija a aliança reluzente de platina. — Isso significa que você é meu.
— Sempre — murmura ele, junto ao canto da boca de Alessia. Ele a abraça e os dois ficam deitados juntos, entrelaçados, pele contra pele. — Eu só quero ficar agarrado com você. Até o fim dos tempos.
— Será que vai ser tempo suficiente? — murmura Alessia e beija o peito dele.
— Nunca...

Quando Alessia acorda, está sozinha. É sábado de manhã, e ela teve uma semana ocupada. Deitada de costas no lençol de seda macio, ela desfruta do silêncio, mas tenta escutar onde Maxim pode estar. No entanto, o apartamento está silencioso. Ela o chama e ninguém responde. Talvez ele tenha saído para correr ou praticar esgrima com Joe.

Ela sorri, se lembrando da noite passada. Eles saíram com Tom, Henry, Caroline e Joe para comemorar a admissão de Alessia no Royal College of Music. As celebrações começaram cedo em um restaurante novo em Mayfair — o chef era amigo de Maxim e Caroline, e a comida mediterrânea era fantástica — e terminaram altas horas da noite no clube de Maxim. Foi um programa relaxante e alegre, a maneira perfeita para o casal espairecer depois do estresse das revelações de Rowena no início da semana e dos testes desgastantes de Alessia.

Hoje ela vai começar a embalar as coisas, já que eles querem se mudar em uma semana. Alessia vai precisar ir ao mercado porque o tio-avô e Bleriana virão almoçar amanhã, e ela quer preparar seu prato albanês preferido para eles. Ela checa as horas, e já passam das dez. Não costuma dormir tanto. Sai da cama e se encaminha para o banheiro.

Quinze minutos depois, vestida com uma calça jeans justa e uma camiseta branca, Alessia entra no corredor e nota a luz vermelha.

Ah.

Maxim está no quarto escuro. Ela nunca o viu usá-lo. Ele só entrou lá quando a beijou pela primeira vez. Alessia anda até a porta, pressiona a orelha e o escuta cantarolando desafinado para si mesmo e se mexendo lá dentro. Com cuidado, ela bate na porta.

— Não entre! — grita ele.

Ela sorri. Não tinha intenção de entrar.

— Café? — oferece ela.

— Por favor. Vou terminar em uns cinco minutos.

— Tomou café da manhã?

— Não.

Ela sorri e entra na cozinha, decidindo que a refeição será torrada com abacate, um dos pratos preferidos de Maxim. Talvez com salmão defumado.

Esperei a semana toda para revelar as fotos de nossos dias na Cornualha, e estou empolgado com o resultado. Prendo a última foto para secar e admiro as imagens.

É a minha esposa. Sorrindo. Linda. A Mansão Tresyllian como cenário deslumbrante atrás dela. Na seguinte, Jensen e Healey aparecem brincando felizes na pista, Alessia ao fundo, a luz da noite na hora mágica. E o retrato é simplesmente... mágico. Alessia na praia, fitando o mar.

Cara, ela é linda.

Depois, a foto de um cervo no horizonte. Essa está digna de ampliação, e pode ser adicionada à coleção de fotos que vendemos na galeria em Trevethick.

A minha preferida, porém, é a que tirei no galpão das ovelhas. Alguns fios de cabelo escaparam da trança de Alessia e emolduram seu lindo rosto, os olhos brilhando de pura animação. Mas o que amo mesmo é seu sorriso: focado em *mim*, e capaz de iluminar o mundo todo; um sorriso contagiante e inebriante, que também me faz sorrir, como um idiota. Fico satisfeito com meu trabalho. Quero um porta-retratos com essa foto em todas as minhas escrivaninhas.

Sinto o estômago roncar, então desligo a luz vermelha e saio para o corredor.

Eu me recosto no batente da porta e observo Alessia se mexendo com graciosidade pela cozinha enquanto prepara o café da manhã.

Torrada com abacate.

Eu aprovo.

Ela olha para cima e me premia com aquele mesmo sorriso que tive a sorte de capturar na foto.

— Bom dia, marido.

— Bom dia, esposa.

Alessia larga a mistura de abacate que está espalhando na torrada, me abraça e me beija de leve.

Esfrego o nariz no dela enquanto a abraço.

— Estou me sentindo muito produtivo. — Dou um beijo nela. — Saí para correr. — Dou um beijo nela. — Tomei banho. — Dou mais um beijo nela. — E revelei o filme de quando fomos à Cornualha. Mal posso esperar para te mostrar as fotos. Acho que estou merecendo meu café da manhã. — Beijo o canto de seus lábios.

— Você merece o café da manhã e muito mais — sussurra ela, os braços deslizando pelo meu peito enquanto me fita por baixo dos cílios com um olhar tímido e provocante.

Ah... é assim, é?

Meu corpo responde, eu a abraço mais forte e continuo a beijá-la, puxando seus lábios com delicadeza com meus dentes. Suas mãos estão no meu cabelo, me puxando para mais perto, e ela desliza a língua para dentro da minha boca, me desafiando com a dela. Fechando os olhos, solto um gemido e aprofundo o beijo, saboreando sua boca muito doce, minha língua aceitando o desafio da dela. Levo uma das mãos para sua nuca, segurando sua cabeça, a outra agarrando uma nádega de sua bunda gostosa e coberta pela calça jeans. Eu me viro e a imprenso contra a parede, empurrando meus quadris nos dela para encontrar alguma fricção para meu pau, que está endurecendo.

Foda-se o café da manhã.

— Meu Deus, olhe o que você faz comigo, milady — sussurro pertinho de seu queixo.

— O que você faz comigo, milorde.

— Será que deixamos para lá o...

A campainha da porta toca duas vezes, e apoio minha testa na dela.

— Porra.

— Agora não, pelo que parece. — Alessia dá uma risadinha e se afasta do meu abraço para atender ao interfone na cozinha.

— Alô?

— Alessia! Bom dia. Abra para mim.

— É a Caroline — informa Alessia.

Maldita empata-foda.

— Oi. Ok! — responde Alessia e sorri para mim, se desculpando.

Também lhe ofereço um sorriso.

— Outra hora. — Beijo o nariz dela.

Ela dá uma espiada na parte da frente da minha calça. Solto uma gargalhada.

— É. É. Vou resolver isso.

Dando uma risadinha, ela me deixa sozinho para eu me controlar e vai receber Caroline.

— **B**om dia, Alessia — cumprimenta Caroline, lhe dando um abraço rápido e dois beijinhos. — Espero não estar interrompendo nada.
— Não. Entre. Estamos preparando o café da manhã. Você está com fome?

Caroline está de calça jeans, botas de couro marrom e seu casaquinho de tweed por cima de um suéter de caxemira creme. Ela está elegante como sempre, mas Alessia não fica mais intimidada em sua presença, embora esteja descalça e com sua calça jeans mais surrada.

— Estou faminta. — Caroline dá um sorriso genuíno.

Alessia percebe que a concunhada anda muito mais amistosa e relaxada desde o jantar do início da semana, e se pergunta se o motivo para a mudança seria a conversa que Caro e Maxim tiveram depois da refeição.

— Vamos comer torrada com abacate.
— Hum. Oi, Maxim — diz Caroline, quando elas se juntam a ele na cozinha.
— Caro. — Ele beija a bochecha dela. — Café?
— Quero, por favor.
— Sente — diz Alessia, dirigindo a visitante à mesa da cozinha que ela já tinha arrumado para duas pessoas.
— Vocês dois são tão donos de casa. Não vão contratar funcionários?

Maxim olha para Alessia e, antes que ela possa dizer qualquer coisa, fala:
— Quando nos mudarmos, sim.

Alessia franze a testa. Ela acha que talvez eles não precisem de funcionários em Londres, mas não o contradiz. Pega um jogo americano e o coloca em cima da mesa, em seguida uma xícara, um pires e um prato.

— Quando vocês se mudam? — pergunta Caroline.
— No fim desta semana.
— Vamos começar a empacotar hoje — diz Alessia, na esperança de que Maxim se lembre de que ele precisa pensar no que quer levar.

Ela coloca mais uma fatia de pão na torradeira e continua a espalhar a mistura de abacate e salmão defumado na torrada que já está pronta.

A testa de Caroline franze de dúvida.
— Não é a empresa de mudanças que faz isso?
— É. Mas vamos ver os itens pessoais. E assim temos oportunidade de... qual é a palavra? Desapegar.

Caroline ri quando Maxim olha para Alessia alarmado.

— Boa sorte com isso — solta Caroline quando ele se junta a ela na mesa com uma prensa francesa cheia de café forte. — O cheiro está ótimo.

Alessia coloca a comida na frente de Caroline e Maxim e espera sua fatia de torrada ficar pronta.

— Hum... Isso está com uma cara ótima, Alessia. Obrigada. E eu tenho boas notícias para vocês dois.

— Ah, é? O quê? — pergunta Maxim.

— Conversei com meu pai sobre Alessia e o visto dela.

Alessia sente um frio na barriga e Maxim levanta a cabeça para a cunhada de forma brusca.

— Agora que Alessia foi aceita no RCM, ela pode conseguir um visto de estudante... e podemos partir daí — informa ele.

— Mas o papai vai agilizar a licença de permanência por tempo indefinido. Ele só precisa dos formulários.

— O quê? — sussurra Alessia.

— Ele é diretor no Ministério do Interior. Esse é o presente dele. Jantei com ele e a vacadrasta na quinta-feira. Desculpe, minha madrasta. E contei a ele que você estava lidando com todos esses obstáculos ridículos. Pelo amor de Deus, você é casada com um nobre. Ele concordou comigo. Isso não acontece com frequência. Enfim, ele me ligou hoje de manhã e explicou tudo.

— Caro, isso é... — Fico sem palavras. Por um lado, seria maravilhoso parar de me preocupar com o status legal de Alessia no Reino Unido. Por outro, isso parece... trapaça.

— Querido, o título tem seus privilégios. — Caroline nota minha preocupação. — O dinheiro também. Lógico.

— Tem, mesmo — murmuro, e me viro para minha esposa, que está espalhando abacate e salmão em sua torrada.

— Isso é ótimo. Obrigada, Caroline — diz Alessia com entusiasmo, e é óbvio que ela não tem objeção alguma.

— Vou conversar com nossa advogada de imigração sobre isso. — *E também com minha esposa.*

Não tenho certeza se quero burlar os procedimentos legais do processo de cidadania de Alessia. Afinal, bem no fundo, é assim que eu me sinto sobre nosso casamento. Nós não seguimos as regras, o que levou a perguntas constrangedoras da imprensa, e não quero acabar na mídia por termos dado um jeito de evitar o sistema de imigração. Quero fazer isso da maneira correta, e talvez manter o pai de Caro como plano B.

— Isso está muito gostoso, Alessia — elogia Caroline. — Não é de admirar que você não saia tanto quanto costumava.

Alessia se junta a eles na mesa.

— Suco de limão e ricota. Meus ingredientes secretos.

O LADO BOM de ter apresentado minha esposa à sociedade na festa do Dimitri Egonov é que agora recebemos milhares de convites para eventos. Quer dizer, eu já recebia uma boa quantidade de convites, mas agora se trata de uma enxurrada. Todos querem conhecê-la.

Deixo a correspondência de lado. Vou olhá-la com Alessia quando ela voltar do mercado. Tobias Strickland, a jovem Bleriana e agora Caroline vão se juntar a nós amanhã para o almoço de domingo, então Alessia saiu para comprar ingredientes. Dizer que ela está animada com a ocasião é um eufemismo.

Ofereci que fôssemos almoçar fora, mas ela quer cozinhar.

E longe de mim me colocar entre uma mulher albanesa e sua cozinha.

Eu me recosto na cadeira e olho para a caixa de madeira que Caroline me deu no início da semana, ainda fechada em cima da mesa. Não sei o que está me impedindo de abri-la.

Cara. Abra essa caixa.

Eu a apoio na minha frente e levanto a tampa. Enrolado com cuidado em cima de um pedaço de veludo azul está o velho cinto do Iron Maiden de Kit. Rio alto. Caroline sabe que eu detestava o gosto musical de Kit.

Louco por carros.

Louco por heavy metal.

Ele amava, amava, amava bandas de heavy metal.

Pego o cinto pesado, cujo couro já viu dias melhores. A fivela, por outro lado, está tão assustadora quanto no dia em que Kit comprou aquela peça. Feita de peltre, representa a cabeça de um monstro, com uma pedra vermelha em um dos olhos e o crânio por cima de ossos cruzados, com "1980" e "1990" entalhados em pequenas placas de cada lado. Entre as datas aparece entalhado EDDIE em um pedaço de pergaminho. Kit tinha quatorze anos quando comprou isso, e era seu xodó. Eu me lembro de morrer de inveja na época, do alto de meus dez anos. Estranho pensar que passei tanto tempo da minha infância invejando meu irmão.

Deixo o cinto de lado e retiro da caixa de madeira uma segunda caixa, essa coberta com couro verde. Ela me parece um pouco familiar. A coroa na frente não me é estranha, mas não consigo lembrar onde a vi antes. Quando abro, encontro o Rolex do meu pai.

É um soco no estômago.
Papai.
Eu o tiro da caixa. É robusto. Feito de aço inoxidável.
O relógio de meu pai.
Está escrito Rolex Oyster Cosmograph no fundo, acima dos três mostradores.
A palavra Daytona aparece em vermelho sobre o terceiro mostrador.
Porra. Fico com os olhos cheios de lágrimas ao examiná-lo. Eu me lembro de brincar com a coroa e os dois botões quando era criança. Eu era fascinado por esse relógio e adorava quando meu pai me deixava mexer nele. Ele parecia gostar. *O tempo é precioso, meu garoto,* dizia ele, e estava certo.
Viro o relógio, e há uma inscrição na parte de trás.

> *Obrigada.*
> *Por tudo.*
> *Sempre sua, Row.*

Uau. Eu não fazia ideia de que tinha sido um presente de minha mãe. Ele usava o relógio todos os dias, sem falta, imagino que como uma declaração para ela. Balanço a cabeça, sabendo o que eu sei agora.
Ela teve sorte.
Ele a amava muito.
Ele lhe deu respeitabilidade e um nome, e a seu filho, um título de conde.
E, na parte de trás do relógio, só há gratidão. Ela admitiu que era obcecada por outro homem. Um que não a quis.
Talvez fosse por isso que eu não queria abrir a caixa de madeira. Sabia que haveria... *sentimentos.* Preciso aceitar o fato de que minha mãe se casou por conveniência, não por amor, e que meu pai não tinha o amor de uma boa mulher.
Que é o que eu tenho...
Porém, ele tinha o respeito dela. Então é isso. Talvez fosse suficiente para ele. Eu preciso aceitar isso.
Devolvo o Rolex ao estojo e retiro mais uma caixa de veludo verde-escuro.
Dentro, aninhado em veludo, há um par de abotoaduras de prata com o brasão da família Trevethick. Isso é muito a cara de Kit, e estou tentando me lembrar se ele mandou fazer ou se foi um presente. Se foi presente, foi de Caroline. Fico sensibilizado que ela decidiu que deveria ser meu.
No fundo da caixa de madeira, em um porta-retratos prateado, encontro uma fotografia de Kit, Maryanne e eu quando crianças. Kit está no meio, todo orgulhoso, mais alto do que nós. Ele tinha cerca de doze anos, e Maryanne e eu tínhamos sete e oito anos, respectivamente. Meu pai tirou a foto nas dunas

da praia Trevethick, na Cornualha. Kit está nos envolvendo com os braços, exibindo um sorriso radiante de orgulho. Ele sempre foi o dono do pedaço. Seus cachos louros brilham na luz do sol da Cornualha, que nos deixava com mechas douradas em nosso cabelo castanho-claro, e fazemos um nítido contraste com nosso irmão mais velho. Eu me lembro de nosso pai nos encorajar a sorrir. Ele deve ter dito alguma coisa engraçada, porque tanto Maryanne quanto eu estamos rindo — mas provavelmente só estávamos fazendo alguma brincadeira que Kit criou.

A luz está excelente. Fiquem imóveis, prole.

Era assim que nosso pai nos chamava.

E seu amor está evidente nesse retrato.

Eu não me lembro de ver essa foto em lugar algum na casa de Kit, mas devia ter significado alguma coisa para ele, se a colocou em um porta-retratos. E isso me dá uma sensação calorosa, mas melancólica, de nostalgia.

Kit. Kit. Kit.

Eu sinto muito, muito mesmo.

Passo o dedo por cima da imagem dele...

Seu imbecil. Deixou sua raiva falar mais alto.

Um nó se forma em minha garganta.

Às vezes você era um babaca, mas eu te amava e sinto sua falta.

Ouço o barulho da chave na porta do apartamento e deixo a caixa para ajudar minha esposa.

A lessia fecha a porta usando o pé, já que está carregada de sacolas de compras. Ela as apoia no chão quando Maxim chega disparado.

— Ei — diz ela, enquanto ele a envolve nos braços e a aperta forte. — O que aconteceu? — pergunta, retribuindo o abraço.

— Nada. Senti saudade. Só isso. — Ele a mantém ali por vários segundos, o nariz enterrado no cabelo dela.

— Estou de volta. Inteira.

— Eu sei. Eu sei. Estou feliz que você voltou.

E u a solto e lembro que tenho uma tarefa a realizar.

— Preciso mostrar uma coisa para você.

— Tudo bem. Posso guardar as compras antes?

Dou uma risada.

— Lógico. Vou ajudar.

— Então, esse é o cofre, que você conhece. Mas essa é a senha. — Eu lhe entrego um pedaço de papel. — Decore e coma depois. — Arqueio as sobrancelhas.

Ela ri.

— Gostoso.

Estamos no meu closet e, desde que descobri que Kit não compartilhou com Caro nenhuma de suas senhas, achei que precisava me certificar de que o mesmo não aconteceria com minha esposa. Giro o mostrador de números: 11.14.2.63. Em seguida, giro a manivela e abro a porta. Alessia espia dentro, fascinada.

— Viu?

— Vi. O que tem aí dentro?

O diário de Kit.

— Documentos importantes. Minha certidão de nascimento. Passaporte. Você precisa me dar o seu. As joias que você usou quando fomos na festa do Egonov, que eu preciso levar de volta para o banco.

— Para o banco?

— É. As coisas mais valiosas ficam guardadas lá. Temos um cofre no banco e precisamos ir lá olhar. Pode ter alguma coisa que você goste.

— Por que você está me mostrando isso?

— Para o caso de acontecer alguma coisa comigo.

Alessia arregala os olhos, alarmada.

— O que vai acontecer com você?

Dou uma risadinha.

— Nada, eu espero. Só acho que é importante que você saiba onde tudo está. Também tem um cofre em Angwin e outro na Mansão. Vou te mostrar quando formos lá. Você precisa saber o que tem dentro deles e onde ficam.

— Tudo bem.

— Ótimo. — Sorrio, me sentindo... aliviado.

— Agora... já que estamos aqui. Tem alguma roupa aqui que você queira doar para a caridade?

— Eu gosto das minhas roupas.

— Maxim, ninguém precisa de tantas roupas. Vou pegar um saco plástico.

Suspiro, examinando o armário abarrotado. Talvez Alessia tenha razão, mas não é assim que eu queria passar minha tarde.

— Pronto, enchi um saco. — Saio do armário me sentindo muitíssimo satisfeito comigo mesmo.

Alessia levanta a cabeça. Está sentada no chão ao lado das gavetas de minha mesa de cabeceira, com uma caixa de papelão e um saco plástico preto. Ela segura um par de algemas e o balança nos dedos.

— São suas?
— Ah.
— Ah — repete ela e sorri enquanto sinto minhas bochechas corarem.
Por que eu estou com vergonha?
Dou uma risada e me aproximo dela.
— Achei que você já tivesse passado por essa gaveta quando fazia faxina.
— Não. Mas já vi isso aqui antes. Uma vez. E essa fita estava amarrada na cabeceira. — Ela segura a fita.
Droga. Isso foi para prender Leticia e as garras dela.
— Você conhece todos os meus segredos indecentes.
Alessia se levanta com agilidade.
— Conheço?
— Talvez não todos. — Eu me aproximo e afago sua bochecha. — Mas podemos fazer os nossos.
— Segredos indecentes? — Sua expressão se ilumina e ela desliza os dedos pelo meu peito até o cós da calça. — Que tal o "outra hora" ser agora? — Ela me olha por entre os cílios com sua expressão mais sedutora.
Caralho, topo.

Epílogo

Fevereiro. Ano seguinte.
Cheyne Walk

— Que tal?
Alessia sai do closet e desliza as mãos pelo cetim preto da saia comprida e justa que está usando. Ela me olha, e sei que está querendo minha aprovação.
Ela não precisa da minha aprovação.
Ela é uma deusa, caralho.
— Uau.
— Gostou?
O bustiê justo é de couro e com tiras, então consigo ver a pele sob o corpete antes de ele encontrar a saia. Peço com o dedo que ela dê uma voltinha, e ela ri e obedece. A parte de trás é presa por três tiras separadas que não estão amarradas.
— Você quer que eu amarre você nesse vestido deslumbrante?
Alessia solta uma risadinha, e suspeito que seja de nervoso.
— Por favor.
— Você está sensacional. — Beijo a pele macia e perfumada de seu ombro nu.
— Seu pai viu você com esse vestido?
— Não. Está exagerado?
— Não. Está perfeito. Você parece pronta para conquistar o mundo com ele.
— Foi isso que eu pensei. É Alaïa.
— Combina com você.
— Caroline também achou. Ela é um gênio nas compras.
Com destreza, amarro o vestido de minha esposa, e quando ela se vira, noto que está usando sua cruz de ouro e os diamantes Trevethick nas orelhas.
— Sou um homem muito sortudo, Lady Trevethick. Agora, vamos lá chocar seus pais.

Alessia está entusiasmada pelos pais terem vindo para essa ocasião especial. Eles estão hospedados conosco em Cheyne Walk, e adorando. Principalmente a mãe de Alessia, que desabrochou em Chelsea. Seu inglês melhorou, e ela está mais do que agradecida por ver seu tio, Toby.

Já estamos instalados em nossa casa nova. Depois de uma negociação intensa com minha esposa, temos uma faxineira, cujo marido mora conosco e trabalha meio período como motorista e faz-tudo.

E também há Bleriana, que ficará conosco por mais dois meses. Alessia está feliz por tê-la aqui.

Já eu, não tenho tanta certeza.

Porém, enquanto ela está estudando inglês, está ganhando seu sustento ajudando a faxineira com a casa.

Como Alessia costumava fazer.

Eu só não contei a Oliver porque sei que ele ia querer que ela entrasse na folha de pagamentos.

E Bleriana prefere dinheiro em espécie.

Ela ainda fica nervosa perto de mim, e isso *me* deixa nervoso, mas ela está fazendo progresso na terapia, então temos esperança de que, um dia, Bleriana se sinta menos ansiosa. Alessia tem ajudado a amiga a se reconciliar com os pais. Ela quer voltar para a Albânia e ser professora, mas, por enquanto, tem ajudado a montar nosso fundo assistencial para mulheres que escaparam do tráfico de pessoas. Acho que suas habilidades serão muito úteis assim que seu inglês melhorar.

Jak e Shpresa vão embora amanhã, e Alessia e eu vamos para a Cornualha. Nosso aniversário de casamento é no domingo, e reservei o Esconderijo para o fim de semana, onde podemos comemorar, só nós dois.

É uma surpresa para minha esposa, e mal posso esperar.

Tenho planos.

Eu a sigo escada abaixo até a sala de visitas no primeiro andar.

— Minha querida, você está linda — diz Shpresa quando Alessia entra na sala. Ela abraça a filha. — Estou tão feliz por você — sussurra no ouvido dela, em albanês.

— Obrigada, mãe. A senhora também está linda. — Alessia beija a bochecha dela.

O pai de Alessia franze a testa e se vira para Maxim.

— Você acha que isso é adequado? — Ele aponta para Alessia, e é óbvio que desaprova o vestido.

— Ela está deslumbrante — declara Maxim, embora não tenha entendido uma palavra do que o sogro disse.

Os olhos de Maxim ardem quando ele observa Alessia, e seus lábios se curvam para cima, tanto por achar graça no pai dela quanto por pensar algo malicioso e obsceno.

Alessia sorri para ele.

— Como eu digo sempre, minha filha agora é problema seu — murmura Jak, e Alessia segura a mão do pai. Ele abre um sorriso relutante para ela, e Alessia percebe o orgulho escondido no olhar dele. — Seu marido não parece se importar que você esteja seminua. — Ele dá de ombros e dá um beijo rápido na bochecha da filha.

— Baba, não é meu marido que decide o que eu visto. Sou eu.

Maxim intervém:

— Estão todos prontos? Temos que ir. Os carros já devem estar aqui.

A família Trevelyan tem um camarote de luxo no nível um do Albert Hall desde que foi construído, de doze assentos, pelo que me disseram. Conduzo nossos convidados para dentro e fico encantado por ver os recém-casados Tom e Henry reluzindo de felicidade, ao lado de Caroline, Joe e Tabitha, amiga de Alessia. Eu os apresento aos pais de minha esposa e fico aliviado por Bleriana estar conosco, uma vez que ela pode ser a tradutora de Jak.

Seu inglês com certeza está melhorando.

Ofereço champanhe para todos.

— Estou dizendo, Trevethick, aposto que você não imaginou isso quando conheceu Alessia — diz Tom, olhando para o palco onde a orquestra começou a se reunir.

Dou uma risada.

— Não. Não, mesmo. Quem teria imaginado?

— Estamos muito felizes por ela — acrescenta Henry.

— Ela está usando o Alaïa? — pergunta Caroline.

— Está. Ela está sensacional.

Caroline sorri, orgulhosa.

— Era perfeito. Estou bem feliz. Ela vai arrasar nesse concerto.

— Cara — diz Joe.

— É. Quem diria? — Engulo meu nervosismo.

Minha esposa vai se apresentar no Royal Albert Hall.

Do nosso camarote, analiso o grande salão, cheio de espectadores, e começo a pensar se alguma vez imaginei que testemunharia esse momento. Sou transportado de volta para o dia em que a ouvi tocar pela primeira vez.

Bach.

Caminhando na ponta dos pés pelo corredor para espiá-la pela porta da sala.

Talvez eu tenha imaginado tudo isso, sim. Eu sabia que Alessia tocava da forma padrão de concerto, e desde que começou a estudar no Royal College of Music, a habilidade e a técnica dela melhoraram muito.

Ela é uma estrela da música clássica.

Sua história de vida também é perfeita para a imprensa. Sua trajetória "da pobreza à riqueza" é irresistível para os editores dos jornais. Somos cercados de vez em quando por paparazzi e suspeito que essa seja uma das razões pelas quais os assentos abaixo de nós estão praticamente todos ocupados.

Balanço a cabeça em fascínio e admiração e ouço uma batida na entrada do camarote. Joe abre a porta e dá as boas-vindas a minha mãe, que veio com Maryanne e Tobias.

— Oi, querido — diz ela, e me oferece uma bochecha.

— Mãe.

Dou um beijinho nela e em Maryanne, depois aperto a mão de Toby, encantado por vê-lo de novo. Suas palmas estão suadas, e suspeito que ele também esteja nervoso pela sobrinha-neta.

Alessia vai se apresentar como parte do programa especial do RCM.

Há outros três músicos, mas Alessia vai ser a última. Ela é a atração principal da noite.

Mal posso esperar.

Porém, não é só por esse motivo que estou tão nervoso. Ela deve estar estressada agora, e eu não quero que ela se estresse de jeito nenhum porque... hoje de manhã ela me contou que está grávida. Estou zonzo de alegria, mas precisamos manter a gestação em segredo por mais algumas semanas.

Eu vou ser pai.

Eu. Pai.

Estou empolgado pra caralho.

Tomo um gole de champanhe e suspiro, e, ao longe, um sinal toca.

O espetáculo está prestes a começar.

AEDH DESEJA OS TECIDOS CELESTIAIS

Se eu tivesse os tecidos bordados celestiais,
Adornados com luz dourada e prateada,
Os tecidos de azul, de penumbra e de escuro
Da noite e da luz e da meia-luz,
Eu estenderia os tecidos sob seus pés;
Porém, eu, pobre que sou, tenho apenas meus sonhos;
Estendi meus sonhos sob seus pés;
Pise com cuidado, pois está pisando nos meus sonhos.

WILLIAM BUTLER YEATS, O VENTO ENTRE OS JUNCOS
1865-1939

As Músicas de Madame

CAPÍTULO QUATRO
"Delicious", de Dafina Rexhepi

CAPÍTULO SEIS
"Sonata para Piano Nº 14 em Dó Sustenido Menor", op. 27 Nº 2, movimento Três ("Sonata ao Luar"), de Ludwig van Beethoven

CAPÍTULO SETE
"Vallja E Kukesit", de StrinGirls e Jeris
"Vallja E Rugoves Shota", de Valle
"Vallja E Kuksit", de Ilir Xhambazi

CAPÍTULO OITO
"Magnolia", de JJ Cale

CAPÍTULO NOVE
"Only", de RY X

CAPÍTULO DEZ
"Partita para Violino Nº 3 em Mi Maior", BWV 1006: I. Prelúdio, de Johann Sebastian Bach (Arranjo para Piano por Sergei Rachmaninoff)

CAPITULO ONZE
"Lo-Fi House is Dead", de Broosnica
"Only Love", de Ben Howard

CAPÍTULO DOZE
"Claire de Lune", de Claude Debussy

CAPÍTULO DEZESSETE
"Fuga Nº 15 em Sol Maior", BWV 884, de Johann Sebastian Bach

CAPÍTULO DEZOITO
"Runaway", de Armin van Buuren e Candace Sosa
"Prelúdio Nº 2 em Dó Menor", BWV 847, de Johann Sebastian Bach

CAPÍTULO VINTE E CINCO
"Cornfield Chase" (de *Interestelar*), de Hans Zimmer

CAPÍTULO VINTE E SETE
"North Country" (John Peel Session 1974), de Roy Harper

CAPÍTULO TRINTA
"Valle e Vogël", de Feim Ibrahimi
"Les jeux d'eaux à la Villa d'Este", *Années de Pèlerinage, 3ème année,* S. 163 IV, de Franz Liszt
"Sonata para Piano Nº 14, em Dó Sustenido Menor", op. 27, Nº 2, Movimento Três ("Sonata ao Luar"), de Ludwig van Beethoven

CAPÍTULO TRINTA E UM
"Claire de Lune", de Claude Debussy

Agradecimentos

Escrever *Madame* teria sido um desafio muito maior sem a ajuda, os conselhos e o apoio das seguintes pessoas queridas, para quem eu devo uma quantidade gigante de agradecimentos:

Minha editora albanesa, Manushaqe Bako, da Dritan Editions, por sua inestimável orientação em etiqueta de casamentos albaneses, e, lógico, por todas as traduções para o albanês.

Kathleen Blandino, por suas habilidades com websites e por ser uma leitora beta muito confiável.

Ben Leonard, Chelsea Miller, Fergal Leonard e Lee Woodford, por me explicarem o labirinto tortuoso dos pedidos de visto para aqueles que desejam viver com seus entes amados no Reino Unido.

James Leonard, por toda a terminologia dos ricaços. *Okay yah?*

Vicky Edwards, pela orientação sobre casamentos estrangeiros e a legislação no Reino Unido.

Chris Brewin, pelas informações duramente conquistadas sobre os protocolos da polícia britânica.

Meu amado "Major", por seu conhecimento em música e equipamento de DJ.

Minha agente, Valerie Hoskins, por seu constante apoio moral e emocional, suas piadas ruins e suas informações inestimáveis quanto aos desafios da agricultura no Reino Unido atual.

Kristie Taylor Beighley, da Silk City, uma destilaria de excelência, por sua orientação de especialista sobre como fabricar bebidas destiladas.

E meu querido amigo Ros Goode, por todas as dicas sobre como lidar com um Land Rover Defender!

Um obrigado imenso a minha talentosa editora Christa Désir, por aprimorar minha gramática com muito humor e elegância, e pelo suporte.

Para todos os meus colegas maravilhosos e trabalhadores da Bloom Books e da Sourcebooks: obrigada pelo trabalho duro, profissionalismo e apoio.

Obrigada a meus amigos escritores, pela disponibilidade, pela inspiração e pelos momentos divertidos. Vocês sabem quem são — são muitos para eu citar, e posso esquecer alguém nessa extensa lista, o que me deixaria arrasada!

Obrigada às Senhoras do Bunker, pelo apoio, risadas e memes hilários.

Obrigada a todos os escritores da *Author Conference on Clubhouse*, com quem aprendi tanto.

Um obrigada imenso às senhoras do *I Do Crew*; o apoio de vocês é tudo para mim.

E obrigada a todas aquelas deusas das redes sociais por sua amizade de sempre, incluindo Vanessa, Zoya, Emma, Philippa, Gitte, Nic etc.

Obrigada a minha assistente, Julie McQueen, por lidar comigo e com as Senhoras do Bunker.

E, como sempre, obrigada e muito amor a meu marido, Niall Leonard, por criticar minha gramática, me escutar (às vezes!) e pelo fornecimento constante de chá.

E aos meus garotos, Major e Minor: obrigada por serem vocês! Vocês dois brilham muito e me trazem muita alegria. Amo vocês, incondicionalmente, sempre.

E, por fim, a todos os meus leitores. Dizer "obrigada" não parece ser suficiente... mas obrigada por lerem. Obrigada por tudo.

intrinseca.com.br

@intrinseca

editoraintrinseca

@intrinseca

@editoraintrinseca

editoraintrinseca

1ª edição	NOVEMBRO DE 2023
impressão	CROMOSETE
papel de miolo	PÓLEN NATURAL 70 G/M²
papel de capa	CARTÃO SUPREMO ALTA ALVURA 250 G/M²
tipografia	MINION PRO